LUZIFER
VERLAG

ANDREAS
GRUBER

DIE LETZTE FAHRT DER
ENORA TIME

Dieses Werk wurde vermittelt durch die
AVA international GmbH Autoren- und Verlagsagentur, München

Umschlaggestaltung: Michael Schubert | Luzifer-Verlag

ISBN: 978-3-95835-343-5

Printed in Germany

Bibliografische Information der Deutschen Nationalbibliothek: Die Deutsche Nationalbibliothek verzeichnet diese Publikation in der Deutschen Nationalbibliografie; detaillierte bibliografische Daten sind im Internet über http://dnb.d-nb.de abrufbar.

Für Veronika A. Grager,
danke für deine jahrelange Begleitung,
deinen zynischen Humor und deine große Intuition

»Die Zukunft hat viele Namen.
Für die Schwachen ist sie das Unerreichbare.
Für die Furchtsamen ist sie das Unbekannte.
Für die Tapferen ist sie die Chance.«

Victor Hugo

INHALT

Vorwort: Warum das mein letztes Buch ist

Jetzt gerade ist es kurz vor Mitternacht, der Wind drückt das Laub ans Fenster, der Nieselregen klopft sanft an die Scheibe und wird vermutlich in den nächsten Stunden heftiger werden. Ich werde es erleben, denn ich habe vor, in dieser Nacht noch länger am PC zu sitzen. Immerhin soll dieses Vorwort ja fertig werden.

Zum Glück ist es in meiner Stube warm. Im Heizkörper gluckert und gluckst es, meine Frau, die ich am Nachmittag noch kurz gesehen habe, ist übers Wochenende mit einer Freundin in eine Wellnesstherme gefahren. *Sturmfreie Bude!* Ich habe mir am Abend noch *Alarm im Weltall,* einen Science-Fiction-Klassiker aus dem Jahr 1956 mit Leslie Nielsen auf DVD angesehen und bin jetzt in der richtigen Stimmung, dieses Vorwort zu schreiben.

Vor exakt einem Jahr bot mir Steffen Janssen an, meinen seit langem vergriffenen Science-Fiction-Erzählband *Die letzte Fahrt der Enora Time* in seinem Luzifer Verlag neu zu veröffentlichen. Damals sagte ich sofort zu. Es war die Chance, die alten Storys stilistisch zu überarbeiten, aufzupolieren und zu erweitern, um sie einem neuen Publikum zu präsentieren. Die Storysammlung hatte im Jahr 2001 den ersten Platz beim Deutschen-Phantastik-Preis belegt, den zweiten Platz beim Deutschen-Science-Fiction-Preis und den dritten Platz beim Kurd-Lasswitz-Preis. Nicht, dass ich mich damit brüsten möchte, aber ich denke, es wäre schade, wenn es als vergriffenes Buch in Antiquariaten verstauben würde.

Allerdings meinte mein neuer Verleger, ich müsste den alten Erzählband um neue Storys erweitern, denn damit würde der

Band genauso dick werden wie meine anderen Bände im Luzifer Verlag. *Kein Problem!* In meiner Schublade lagen noch eine unveröffentlichte Erzählung und weitere SF-Storys, deren Rechte im Lauf der Zeit an mich zurückgefallen waren.

Nichts leichter als das. Ich hatte ja ein Jahr lang Zeit dafür. Aber dieses eine Jahr hatte es in sich. Und davon möchte ich Ihnen erzählen …

Einige Monate bevor dieses Jahr begann hatte mir Thomas Fröhlich, ein befreundeter Stückeschreiber, Rezensent und Herausgeber, eine E-Mail mit einer Handvoll YouTube-Links geschickt und dazu geschrieben, dass ich mir das einmal anhören sollte. Songs von *Pete Mallick and the Sputniks*. Sie wären zwar etwas psychedelisch, könnten mir aber gefallen. Ich hatte von dieser Band noch nie gehört. Außerdem dachte ich damals: *Herrgott, schon wieder jemand, der mich bekehren will!*

Ich höre nämlich leidenschaftlich gern Hard Rock und Heavy Metal, und das seit über fünfunddreißig Jahren, und nicht so einen psychedelischen Mist. Die erste Langspielplatte, die ich mir mit zwölf Jahren von meinem sauer ersparten Taschengeld gekauft hatte, war *Back in Black* von AC/DC gewesen. Thomas Fröhlichs E-Mail lag also einige Monate lang in meinem elektronischen Postfach, bis der Zeitpunkt kam, als ich eines Montagmorgens die erste Story für diesen Erzählband überarbeiten wollte, mir nicht die richtigen Worte einfielen und ich – zu gleichen Teilen aus Langeweile und zur Ablenkung – auf den ersten Link klickte, den Thomas Fröhlich mir gemailt hatte.

War of the Worlds hieß der Titel. Und ich war sogleich gefangen von der melancholisch traurigen Stimme, die mich an einen jugendlichen Orson Welles erinnerte, der panisch, nervös und vom Wahnsinn verfolgt, zurück in seine heimatliche Küstenstadt musste, wo der blanke Horror einer Alien-Invasion regierte. Was für ein Song!

Nun wusste ich, was Thomas Fröhlich gemeint hatte. *Das könnte dir gefallen!* Als Science-Fiction-Fan, der die klassischen Themen dieses Genres über alles liebte, klickte ich den nächsten Titel von Pete Mallick an. Der Song *Orwell* beschrieb eine Nacht in jener legendären Verhörzelle 101 in einer zukünftigen Welt des Jahres 1984. Wieder dieser sanfte, traurige, leicht besessene Gesang, begleitet von einer Gitarre, die sich dramatisch steigerte, und einer Orgel, die aus einem unheimlichen Raumschiff-Cockpit zu stammen schien.

Okay, dachte ich. Und dieses *Okay* bedeutete, dass das Manuskript, an dem ich gerade arbeitete, warten konnte. Ich schloss die Datei meines Storybandes und widmete mich den anderen YouTube-Links.

Der Song *Guy Montag* basierte auf Bradburys Roman *Fahrenheit 451,* und auch hier begegnete ich wieder diesem von Irrsinn befallenen Gesang, der sich dramatisch steigerte und diesmal von dem Geklimper eines historischen Tasteninstruments begleitet wurde, vermutlich eines futuristischen Cembalos, das den Sound brennender Bücher imitierte. *Weiter!,* dachte ich.

Der Song *Body Snatchers* basierte auf einem Roman von Jack Finney, der in den 70er Jahren mit Donald Sutherland genial verfilmt worden war. Mein Gott, worauf war ich da gestoßen? Diesmal mit harten Drums, einer psychedelischen Gitarre, einem Synthesizer und elektronisch verzerrtem Refrain, der den verwirrten Geist eines von Pflanzen verfolgten Mannes punktgenau traf. Wells, Orwell, Bradbury, Finney! Was würde Mallick noch zu bieten haben?

Ein anderer Song hieß *Nostromo* und spiegelte meine Liebe zu klassischen Raumschiffen wider, mit einem Sound und einem Refrain, der die Einsamkeit im All und die Verzweiflung der Crew im Kampf gegen ein außerirdisches Lebewesen wunderbar traf, und den Film *Alien* im Vergleich dazu wie eine TV-Kindersendung wirken ließ. Weitere Songs hießen *Enterprise, Orion Patrol* oder *Event Horizon* und – Sie haben es bestimmt schon erraten – auch für diese Raumschiffe hege ich eine große Leidenschaft. Worüber in *The Time Machine, Blade Runner* und *Neuromancer* gesungen wurde, können Sie sich vermutlich schon denken.

Okay, okay. Ich räumte also alles von meinem Schreibtisch beiseite und öffnete auf dem ersten Bildschirm das YouTube-Download-Programm und auf meinem zweiten Bildschirm Wikipedia. Während das Programm diese elf Songs runterlud, musste ich nachlesen, wer dieser Pete Mallick und seine Band, die Sputniks, eigentlich waren. Aha, Briten. Pete Mallick war fünfundfünfzig Jahre alt, Musiker und Songwriter. Gut, schon bald hatte ich ein Bild von ihm vor Augen. Und dieses Gesicht passte zu der kindlich singenden, teilweise krank anmutenden, verrückten und besessenen Stimme, die so düstere utopische Themen besang.

So ein Mist! Warum hatte ich diese Links nicht schon vor Monaten geöffnet? Endlich war der Downloader fertig und ich hatte diese elf Songs auf der Festplatte archiviert.

Kaum hatte ich sie gehört, gab ich sogleich in YouTube einen Suchbefehl ein. Ich wollte wissen, welche Songs es noch von Pete Mallick gab. Genauer gesagt, wollte ich wissen, über welche klassischen Science-Fiction-Themen er noch sang. Hätte ja gut sein können, dass diese Themen nur auf einer einzigen CD aus der Frühphase seines Schaffens zu finden waren und er mittlerweile über ganz andere Dinge wie Apartheid, Walfang oder Klimawandel sang.

Doch da irrte ich gewaltig!

Schon bald entdeckte ich einen Titel namens *Mister Dick's Fantasies,* der einen so einprägsamen Refrain hatte, dass ich schon nach dreißig Sekunden mitsang. Und ab da hatte mich das Pete-Mallick-Fieber gepackt. Die Warteschleife des Downloaders war voll mit Songs. *Brave New World* mit seinem packenden und dramatischen Refrain war ein ebenso mystischer Song, den ich unbedingt haben musste. Und als ich zum ersten Mal *Space Odyssey* hörte, mit dem traurigen Cello, das sanft und subtil im Hintergrund spielte, drückte es mir die erste Träne aus dem Auge, ohne zu wissen, worum es in diesem Song eigentlich ging. Und dann kam der Refrain, und ich ahnte, dass der Computer HAL einen Fehler begangen hatte, woraufhin vielleicht alle im All sterben würden, und mir liefen die Tränen über die Wangen.

Na, wie peinlich war denn das! Zuletzt hatte ich geweint, als ich 1990 *Der mit dem Wolf tanzt* im Kino gesehen hatte.

Reiß dich zusammen, dachte ich und klickte einen weiteren Song an. Und der gab mir den Rest. In *Captain Nemos last Travel* stand der gleichnamige Kapitän im Morgengrauen am Steuerrad der Nautilus und sprach zu seiner Mannschaft. Er hatte mit dieser Welt abgeschlossen.

Sogleich sah ich James Mason in der Walt-Disney-Verfilmung *20.000 Meilen unter dem Meer* aus dem Jahr 1954 vor mir. Die Schlussszene hatte sich seinerzeit unauslöschlich in das Gedächtnis eines zehnjährigen Jungen eingebrannt, der Rotz und Wasser geheult hatte, als Captain Nemo es mit dem Ruderboot zu seiner Nautilus geschafft hatte und an Deck sprang, während die Soldaten den Hügel an der Küste herunterrannten und auf ihn schossen. Alle Mann waren bereits unter Deck, nur Captain Nemo musste noch die wenigen Meter bis zum Abgang schaffen, dann könnte er die Luke schließen und die Nautilus tauchen lassen. Doch auf den letzten Metern wurde er in den Rücken geschossen und taumelte schwer verletzt unter Deck. Mit keuchenden Atemzügen packte er das Steuerrad und ließ die Nautilus in die blauen Tiefen abtauchen.

All das sah ich plötzlich vor mir, dazu kam der Frauenchor in Pete Mallicks Song, der pochende Klang des Sonargeräts und die subtilen futuristischen Walgesänge im Hintergrund … und ich saß an meinem Schreibtisch und heulte mir erneut die Seele aus dem Leib.

Nach einer Weile verebbte mein melancholischer Anfall, und ich beruhigte mich wieder. Während das Download-Programm ratterte, bastelte ich mir schon ein Cover für eine Pete Mallick CD. Ich wollte mir keine Alben von ihm kaufen, da darauf ja auch bestimmt schlechte Songs enthalten waren. Stattdessen wollte ich mir selbst eine CD brennen. *The Greatest Hits of Pete Mallick and the Sputniks*. Noch ein paar Songs, dann hatte ich zwanzig beisammen, was für ein etwa 80 minütiges Album reichen würde.

Mittlerweile hörte ich die Songs auf YouTube gar nicht mehr zu Ende, sondern klickte einfach nur noch mitten rein. Die unter die Haut gehende Stimme, die herzzerreißende Traurigkeit, die düstere Atmosphäre und die ergreifenden Gitarren, die melancholischen Violinen, das unheimliche Piano und das zu Tränen rührende Cello, gepaart mit den mechanischen Klängen verrückt gewordener futuristischer Maschinen und Computersysteme auf defekten Kommandobrücken, waren einfach der Wahnsinn! *Steampunk Diaries* war ein ebenso genialer Song, genauso wie

Umbrella Corporation, Mister Asimov's Robots, Future Crimes, Solaris oder *Thirteen Monkeys*. Jeder Song war eine großartige Hommage an eines der großen Themen der Science-Fiction.

Ich hörte nur Fragmente von den Lyrics und reimte mir meine eigene Zukunftswelt zusammen, um die es in diesen Songs zu gehen schien. In *Triffids* sah ich plötzlich einen netten, zuvorkommenden, aber besessenen Wissenschaftler vor mir, der einen fremden Gast in sein Haus einlud, um ihm seine Freunde vorzustellen … hungrige bizarr aussehende Pflanzen, die gefüttert werden mussten. Begleitet von einer Akustikgitarre und einer Flöte, die in meiner Vorstellung die Geräusche von fleischfressenden Blüten ziemlich gut imitierte. Und in meiner Phantasie entstanden weitere unheimliche Storys, über die Pete Mallick sang – *Cyberspace Love, Colossus, Skywalker, Double-Singularity, Cought in the Void, Cyberdyne Systems* oder *The Hitchhikers of the Galaxy* – und kaum hatte ich es versehen, waren vierzig Songs auf meinem PC heruntergeladen. *Verdammt! Vierzig!* Ich wollte doch nur *eine* Greatest Hits-CD machen.

Das mag Sie vielleicht wundern, aber dazu muss ich erklären, dass ich ein pedantischer Zwangsneurotiker bin, der alles in seinem Leben geordnet haben muss. Also kramte ich in meiner Schublade und fand tatsächlich eine leere Doppel-CD-Hülle. Okay, dann wurde es eben ein Doppel-Album *Greatest Hits*. Cover und Rückseite waren bald fertig – ich hatte im Web ein tolles, mystisch anmutendes Bild von einem havarierten Raumschiff in der Umlaufbahn eines Mondes gefunden, das ich für meine selbstgebrannte CD geklaut hatte und das zur phantastischen Welt des Pete Mallick passte – druckte es am Farbdrucker aus, schnitt es zurecht, faltete es, brannte die Rohlinge und fertig war das Doppelalbum.

Das alles spielte sich vom Vormittag bis zum Abend ab. Mein Manuskript war an diesem Tag liegen geblieben, der Abgabetermin der ersten überarbeiteten Story würde sich deshalb nur geringfügig verschieben, aber egal – die Arbeit an diesem Album war jede Minute wert gewesen.

Noch in derselben Nacht las ich vor dem Einschlafen zur großen Verwunderung meiner Frau nicht in Orson Scott Cards Sachbuch *How to write Science-Fiction* weiter, sondern hörte mit dem Discman die CDs. Jedes Album zweimal! Bis drei Uhr früh. Bei manchen Songs hatte ich sogar erneut Tränen in den Augen und Gänsehaut am ganzen Körper, da ich die Inhalte der Texte erst jetzt richtig verstand und mir den Rest der Handlung dazu fantasierte. Danach träumte ich wirres Zeug.

Am nächsten Morgen frühstückte ich mit meiner Frau, log sie beinhart an, dass die Arbeit an meinem neuen Buch gut voran ginge. Kaum hatte sie mich daran erinnert, die Waschmaschine am Nachmittag einzuschalten, mir einen Kuss gegeben und um sieben Uhr früh das Haus verlassen, um nach Wien ins Büro zu fahren, startete ich bereits den PC in meinem Schreibbüro. Das Manuskript öffnete ich gar nicht erst. *Pfeif drauf!* Heute würde ich etwas völlig anderes machen.

Während meiner verrückten Träume in der Nacht, die von Tentakelwesen in Raumschiffen, blutrünstigen Aliens, fehlerhaften Riesencomputern, Havarien und abstürzenden Raumsonden im Weltall, fremden Planeten, Wurmlöchern, Androiden, Robotern und geheimnisvollen Gehirn-Fabriken, viktorianischen mit Dampf betriebenen Luftschiffen, gescheiterten Zeitreisen, unheimlich blitzenden Hologrammerscheinungen und U-Booten und Kraken auf dem Meeresgrund handelten, war ich zu dem Entschluss gekommen, dass ich alle verfügbaren Songs von *Pete Mallick and the Sputniks* haben musste. Und zwar nicht nur jene faszinierenden Songs, deren Titel mich an die klassischen Science-Fiction-Themen erinnerten, sondern einfach *alle* Songs, die ich auf YouTube von ihm finden konnte, ganz egal, worüber er sang. *Alle!* Sie verstehen, was ich meine? *Alle!* Ich bin eben ein Zwangsneurotiker.

Während ich also eine Liste mit Songtiteln erstellte, ratterte der Downloader unaufhörlich. Da Pete Mallick nicht gerade ein weltberühmter Musiker war, der radiotaugliche Musik machte, hatte er eine ziemlich nerdige Fan-Community, weshalb es relativ viel von ihm im Netz zu finden gab. Und die Job-Queue wurde immer länger und länger. *Verdammt,* so viele CD-Rohlinge und Hüllen hatte ich gar nicht zu Hause! Sobald ich einen Überblick darüber haben würde, wie viele Songs ich aus dem Netz geklaut hatte, würde ich in den Supermarkt fahren müssen, um Rohlinge zu kaufen. Am besten gleich mehrere Doppel-CD-Hüllen für weitere Greatest Hits Volumes.

Am Nachmittag hatte ich weit über hundert Songs, manche doppelt – in besserer und schlechterer Qualität – und manche in unterschiedlichen Fassungen: Out-Takes, Demoversionen, Spoken Word-Aufnahmen, Live-Mitschnitte, Instrumentalsongs, Rehearsals, alternative Re-Mixes oder Live Acoustic Radio Sessions. Es war zum Verrücktwerden!

Ich hörte mir alles an, suchte die besten Fassungen heraus, sortierte sie und schnitt mit einem Programm die unnötigen Anfänge und Enden weg. Bald wusste ich es: Ich hatte 156 verschiedene Songs in Top-Qualität. Das ging sich genau auf sechs Doppel CDs mit je 13 Songs pro Silberling aus. *Dreizehn!* Wie passend. *Thirteen Monkeys!* Ein dunkles Omen!

Ich setzte mich in den Wagen, fuhr in den Nachbarort zum Supermarkt und kaufte ein. Spaßeshalber fragte ich die Verkäuferin an der Kassa, ob sie CDs von Pete Mallick habe.

»Nein, habe den Namen noch nie gehört. Wer soll das sein?«

Dumme Tussi! Hast keine Ahnung, was dir da entgeht.

Rein ins Auto, heimgefahren, zum PC gelaufen, sechs neue passende bunte Motive aus dem Internet geklaut – Raumstation, Wurmloch, Alienwesen, Roboter, Shuttle und eine Maschinenfabrik – und sechs neue CD-Covers gebastelt.

Pete Mallick – Greatest Hits – Volume I – VI

Farbig ausgedruckt, zurechtgeschnitten, gefaltet, gebrannt – und fertig!

Mit geröteten Augen starrte ich stolz auf mein Werk. Zur gleichen Zeit kam meine Frau heim und ging in mein Arbeitszimmer.

»Du bist schon da?«, fragte ich sie erstaunt.

»Ha, witzig«, antwortete sie. »Es war ein Stau auf der Autobahn, ich bin eine Stunde zu spät.«

Verblüfft blickte ich zur Wanduhr. Es war nach 19 Uhr.

»Hast du bei deinem neuen Buch viel vorangebracht?«, fragte sie mich.

»Ja, sicher, ich hatte heute einen guten Schreibfluss«, antwortete ich und ließ die CDs unauffällig in der Schublade verschwinden.

»In der Küche riecht es gar nicht verbrannt. Hast du dir nichts zum Mittagessen gemacht?«

Das Essen! Das hatte ich ganz vergessen. »Ich war beim Chinesen«, log ich.

»Und hast du die Waschmaschine eingeschaltet?«

Scheiße!

Die nächsten Wochen waren wie der berühmte Paradigmenwechsel für mich gewesen, über den drittklassige Unternehmensberater ständig schwafelten, weil sie gern eine 180-Grad-Wendung in ihrer Lebensanschauung hätten.

Mir war das passiert! Unbeabsichtigt.

Ich verbannte meine CD-Kiste mit den Hard Rock und Heavy Metal Alben in den Kofferraum meines Wagens. Fortan sollte mein Gefährt nicht mehr Metal-Mobil, sondern Mallick-Mobil heißen, denn ich hörte während der Autofahrt nur noch meine Pete-Mallick-CDs. Außerdem kopierte ich mir die Songs auf den mp3-Player und hörte sie vor dem Schlafengehen, oft weit bis nach Mitternacht. Orson Scott Cards *How to write Science-Fiction* blieb jede Nacht ungelesen auf meinem Nachtschrank liegen.

Zusätzlich hörte ich die Compilations anstatt der üblichen Mark-Brandis- und Perry-Rhodan-Hörspiele auf dem mp3-Player beim Nordic Walken, denn jeden Donnerstag ging ich für eine Stunde in den Wald, um kreative Energie zu tanken. Allerdings brauchte ich die gar nicht mehr, denn das Manuskript des Erzählbandes blieb sowieso unbearbeitet liegen.

Stattdessen verbrachte ich die Tage, indem ich nach Pete Mallick googelte. Ich musste alles über diesen Mann und seine Band erfahren. Wenn ich für gewöhnlich im Internet ein interessantes Interview finde, lese ich es gleich am Bildschirm, überspringe die langweiligen Passagen und scrolle rasch nach unten. Doch die Pete Mallick Interviews, die ich bei diversen Online-Musikmagazinen gefunden hatte, druckte ich aus. Noch dazu ein paar Artikel und Biografien über seine Band. All das las ich im Wintergarten auf der Couch – und ich genoss jede Minute. Es war, als hätte ich eine verwandte Seele entdeckt, die musikalisch das umsetzte, wofür ich eine tiefe Leidenschaft empfand. Seine Musik war für mich wie eine Collage klassischer utopischer Filme, deren pure Atmosphäre niemals durch moderne Computertricks zerstört werden konnte. Außerdem war er fürchterlich belesen und hatte zu fast allen Interviewfragen etwas Intelligentes zu sagen.

Pete Mallick wurde für mich so etwas wie der letzte britische Gentleman. Er war gebildet, vornehm, zurückhaltend, bescheiden und tat vor allem das, was *er* für richtig hielt – und zwar so, *wie* er es für richtig hielt. Von seinen ersten Songs aus den frühen 80er Jahren bis heute blieb er seinem musikalischen Stil treu, einer Mischung aus hartem Rock, Folk, Psychopop, Klassik, Gothic Rock und schicksalhafter Ballade, wunderbar gepaart mit futuristischen Klängen. Er ließ sich nicht von Managern, Plattenlabels oder Musikproduzenten verbiegen. Dazu war er auch schon zu alt und hatte zu viel Lebenserfahrung. Immerhin hatte ihm David Bowie, den er gekannt hatte und mit dem er befreundet und zweimal auf Tour gewesen war, einen frühen Ratschlag mit auf den Weg gegeben:

*Keep away from fu***ing music-labels!*

Es war wie eine Sucht – ich musste alles über diesen Mann erfahren und alles von ihm und über ihn lesen. Dieses Fieber wurde mir zunächst gar nicht bewusst, erst als ich meine Frau eines Abends fragte: »Hast du eigentlich gewusst, das Pete Mallick auch einen Artikel über Salvador Dalí geschrieben hat, dem er den Song *Bizarre Worlds* gewidmet hat?«

»Ja, das hast du mir schon dreimal erzählt. Können wir bitte über etwas anderes reden als dauernd über diesen Pete Mallick. Das nervt mittlerweile«, seufzte sie, stemmte die Hände in die Hüften und legte den Kopf schief. »Was ist das eigentlich für eine komische nerventötende Musik aus dem Radio?«

»Ach nichts«, sagte ich und schaltete wie beiläufig den CD-Player aus.

Der Tag war gekommen, an dem ich mit meiner Frau nicht mehr über Pete Mallick sprechen konnte. Genauso wie Alkoholiker ihre Sucht zu verbergen suchten, versuchte auch ich meine Bewunderung für Mallick heimlich auszuleben. Aber da gab es jemanden, mit dem ich darüber sprechen konnte. Außerdem war es ohnehin höchste Zeit geworden, ihm eine E-Mail zu schreiben: Thomas Fröhlich.

»Weißt du eigentlich, was du mir mit den Pete-Mallick-Links angetan hast?«, begann ich und schrieb ihm in knappen Worten all das, was ich Ihnen gerade erzählt habe.

Thomas schrieb zurück, dass es ihm ähnlich ergangen sei, als er Pete Mallick vor vielen Jahren entdeckt und das erste Mal gehört hatte. Und dann beendete er seine E-Mail mit den Worten: »Pete Mallick kommt übrigens im Sommer nach Wien und gibt ein Konzert.«

Was? Wann? Wo?

Ich war schon verdammt lange auf keinem Konzert mehr gewesen. Zuletzt bei *Manowar,* wenn ich mich recht erinnerte. Ein peinliches Konzert. Schwülstig und vor Selbstverliebtheit strotzend. Ich notierte mir also das Datum im Kalender. Am 13. Mai 2017 im Rhiz, einem Lokal mit Kelleratmosphäre im Gürtelbogen unter der ehemaligen Wiener Stadtbahn, wo jetzt die U-Bahn über die Gleise rumpelte.

Der Tag rückte näher, und als ich mit dem Wagen nach Wien fuhr, hörte ich natürlich immer noch Pete Mallick im Auto, obwohl ich bis dahin alle heruntergeladenen Songs bereits auswendig kannte.

Um in keinem Stau zu landen und den Beginn des Konzerts auf keinen Fall zu verpassen, war ich früher als nötig losgefahren. Natürlich war noch kein Mensch in dem Lokal, als ich ankam. Durch die angelehnte Tür hörte ich den Soundcheck. Mein Puls ging nach oben. Sie spielten *Mister Dick's Fantasies* – und es klang großartig. Ich spähte durch den Türspalt. Pete Mallick saß an der Gitarre, der Ire Scott Edwards an der zweiten Gitarre, Erica Finn am Synthesizer, der im Rollstuhl sitzende Frank Ihnken am Bass, die Italienerin Tanja Sclavi an der Percussion, der Asiate Shinichi Tanaka am Schlagzeug und der mächtig übergewichtige Mike Otto am Cello. Diese Besetzung war seit den 80er Jahren unverändert geblieben – und welche Band kann das schon von sich behaupten? Die Musiker hatten dementsprechend auch nur zwei Tage zuvor geprobt, wie mir der Barkeeper erzählte. Aber das ziemlich intensiv, denn schließlich war das der Beginn einer kleinen Tournee, der sogenannten *Into-The-Void-Tour 2017*, die anschließend nach Prag, Bratislava, Budapest, Zagreb, Belgrad, Bukarest, Sofia und Varna gehen sollte.

Ich bestellte einen Kaffee, starrte auf das Tourplakat neben dem Tresen der Bar, und da fiel es mir plötzlich auf. *Scheiße, Alter!* Ich rutschte vom Stuhl, trat näher und starrte auf das Plakat. Hatte das vor mir noch keiner bemerkt? Wenn man die Anfangsbuchstaben der Nachnamen aller Bandmitglieder aneinanderreihte, entstand aus Mallick, Edwards, Finn, Ihnken, Sclavi, Tanaka und Otto *MEFISTO*. So ein Zufall! Still und heimlich grinste ich wegen dieser Erkenntnis in mich hinein.

Der Soundcheck näherte sich dem Ende, ich wurde unglaublich nervös und umklammerte meine Umhängetasche, in der ich meine selbstgebrannten *Greatest Hits* mitgenommen hatte. Schließlich trudelten die ersten Konzertbesucher ein – langjährige Freunde und Fans von Pete Mallick –, die Musiker beendeten ihren Soundcheck, kamen in die Bar, Grußworte wurden ausgetauscht, ein paarmal fielen ein *Fuck-You* und *Bitch*, und dann ging die ganze Gruppe in ein Nachbarlokal, um eine Kleinigkeit zu trinken, bevor das Konzert um 21 Uhr beginnen würde. Der Besitzer eines kleinen Wiener Second-Hand-Schallplattenladens, den ich gut kannte, war auch darunter, und so kam es, dass ich plötzlich mitten in der ganzen Horde war und nur zwei Stühle entfernt neben Pete Mallick saß.

So sah er also aus der Nähe aus, dieser kluge, britische Gentleman mit der eindringlichen Stimme!

Er war eher klein, trug ein geflochtenes Ziegenbärtchen, hatte mittlerweile graue Haare, listige kleine Augen und sah ständig bescheiden zu Boden. Irgendwann trafen sich unsere Blicke, ich grüßte ihn, wir gaben einander die Hand und plauderten auf Englisch.

Dann outete ich mich als großer Pete-Mallick-Fan, erzählte ihm, was mir besonders an seiner Musik und seinem Gesang gefiel, gab aber gleichzeitig zu, dass ich sein Werk erst seit einem halben Jahr kannte. Das brachte mir natürlich merkwürdige Blicke der anderen Gäste ein, die Pete Mallick schon vor fünfzehn Jahren live in Wien gesehen hatten. Dennoch unterhielten wir uns weiter, über Musik und klassische utopische Filme, und als er erfuhr, dass ich unter anderem Autor von Science-Fiction-Geschichten war, rückte er mit seinem Stuhl ein Stück näher.

Ab da wollte er von mir alles über die Schriftstellerei wissen. Ich war komplett fertig. *Warum ausgerechnet von mir?* Er war doch selbst Songwriter. *Ja klar,* antwortete er, *aber nur von kurzen lyrischen Texten.* Also unterhielten wir uns über die Verlagswelt, und ich erzählte ihm alles, was ich wusste. Es wurde ein Fachgespräch, und wir stellten fest, dass es zwischen dem Produzieren von Musik und dem Schreiben von Romanen kaum Unterschiede gab. Natürlich kamen auch die illegalen Downloads zur Sprache, unter denen er als Musiker genauso zu leiden hatte wie ich als Buchautor. Und das war mein Stichwort. *Jetzt oder nie!* Ich zog der Reihe nach meine *Greatest Hits Volume I* bis *VI* aus der Tasche, legte sie ihm zögerlich auf den Tisch und bat ihn, ob er so nett wäre, sie mir zu signieren.

Die Gespräche am Tisch verstummten, und alle starrten mich mit offenem Mund an. *Ein Verrückter!*, las ich in ihren Gesichtern. Besonders die Musiker warfen sich seltsame Blicke zu. Pete Mallick sah mich mit zusammengekniffenen Augen an, als würden sich jeden Moment nach Algen stinkende tentakelige Fangarme aus Augen, Nase und Ohren schlängeln, mich packen und in das nächste Wurmloch zerren. Doch dann lächelte er plötzlich, murmelte ein *Fuckin' excellent good covers*, griff nach einem Stift und signiert mir die CDs.

For Andy – this is a criminal record – best regards, Pete.

Mann, was für ein cooler Typ.

Ich hatte zuvor gegoogelt, dass er verheiratet war und seine Kinder teilweise in Sheffield, England, und teilweise in New Mexico, USA, aufwuchsen. Seine Frau kam nämlich aus Roswell in New Mexico. Ja, genau aus dieser Ecke, in der auch die Area 51 lag, wo es angeblich diese UFO-Sichtungen und UFO-Abstürze gab. *Typisch Mallick!* Immer seinen Science-Fiction-Wurzeln treu, selbst was seine Familie betraf. Vorsorglich hatte ich daher eine Sammlung mit Science-Fiction-Kurzgeschichten von mir mitgenommen, die ich ihm nun im Gegenzug schenkte und für ihn, seine Frau und seine Söhne signierte. Er nahm das Buch dankend an sich, stand auf, und zehn Minuten später begann das Konzert.

Es war großartig, die Stimmung kochte und alle waren begeistert. Nur ein Mann fiel mir auf, der die ganze Zeit hinten in der Ecke neben der Bar stand. Ein grauhaariger Kerl im weißen Anzug, der nur beobachtete und keine Regung zeigte. Vielleicht jemand vom Magistrat der Stadt Wien, der die Veranstaltung überprüfen musste, dachte ich. Jedenfalls war er nach der Zugabe verschwunden.

Nach dem Konzert war Pete Mallick nur noch kurz angebunden. Wir unterhielten uns zwar, aber ich merkte, er musste los. Er wollte meine Karte mit meiner privaten E-Mail-Adresse, denn er würde mir schreiben, da er zu jedem seiner Alben meine ausführliche Meinung hören wollte.

Erneut war ich komplett erledigt. *Ein begnadeter Musiker wie er fragt mich um meine bescheidene Meinung!* Ich konnte es gar nicht fassen und sagte natürlich zu, fest davon überzeugt, dass er sich sowieso nie bei mir melden würde.

Eine Woche später kam tatsächlich seine E-Mail, und ich musste Pete versprechen, ihm eine detaillierte Kritik zu schicken. Ich sagte zu, alle Alben im nächsten Urlaub in Ruhe zu hören, schließlich würde ich bereits in einigen Tagen mit meiner Frau ans Meer fahren. Zwei Wochen Mittelmeerkreuzfahrt von Savona, über Marseille, Gibraltar und Lissabon bis nach Marokko.

Auf Marokko freute ich mich besonders, denn dieses orientalische Flair erinnerte mich an David Cronenbergs Verfilmung von Burroughs *Naked Lunch*. Was würde also besser passen, als im Urlaub an Bord des Schiffes die fantastischen Songs von Pete Mallick zu hören?

Allerdings waren es noch etwa zehn Tage, bevor das Schiff ablegen würde. Zeit genug, um ein paar Online-Bestellungen aufzugeben. Ich hatte nämlich beschlossen, dass ich alle Original Pete Mallick CDs besitzen musste – mit den Booklets. Koste es, was es wolle!

Mittlerweile war ich kein normaler Fan mehr. Ich war besessen! Ich hätte dringend behandelt werden müssen, aber dann hätte ich natürlich alles abgestritten.

Das erste veröffentlichte Album *The Dimensions of TRON* war 1980 erschienen, und das letzte Album *Jules Verne's Jukebox* im Jahr 2016. Dazwischen gab es sechzehn weitere Studioalben, wenn man die Live- und Greatest-Hits-Alben nicht dazu zählte.

Und meine Recherchen ergaben drei erfreuliche Neuigkeiten: Erstens waren die alten Alben mittlerweile alle digital remastered worden und hatten keine so lausige Qualität wie meine sechs YouTube Sampler. Zweitens gab es in jedem Album ein dickes Booklet mit Songtexten und einem einführenden Vorwort von Pete Mallick, in dem er über die Entstehungsgeschichte der Songs schrieb. Und drittens – ja drittens, meine Damen und Herren – waren die Alben gespickt voll mit unveröffentlichtem Bonus-Material, unter dem es mindestens fünf neue Songs pro CD gab, die ich noch nicht kannte.

Der Wahnsinn, der mich vor Monaten gepackt hatte, war in beängstigendem Maße mit neuer Leidenschaft weiter angestachelt worden. Mehrmals lief ich täglich zum Briefkasten und wartete darauf, dass die bestellten Päckchen der Reihe nach eintrudeln würden. Nur noch drei Tage bis zum Urlaub – und fünf CDs fehlten noch.

Noch zwei Tage – und drei CDs waren noch ausständig.

»Warum bist du in letzter Zeit so nervös?«, fragte mich meine Frau eines Abends kurz vor der Abreise. »Schaffst du die

Abgabe deines Kurzgeschichtenbandes nicht mehr vor dem Urlaub? Du lagst doch so gut in der Zeit.«

Das Buch!

O Gott! Das hatte ich ja vollkommen vergessen.

Pfeif drauf, sagte ich mir. *Ich würde den Verlag vertrösten müssen. Totale Schreibblockade!* »Hast du heute vielleicht zufällig ein Paket aus dem Briefkasten geholt?«

»Ja, das liegt im Carport. Warum?«, antwortete sie. »He, wo läufst du hin?«

Alles war fein. Alles wurde gut. Sämtliche CDs waren rechtzeitig gekommen, und wir flogen nach Mailand, und von dort fuhren wir mit dem Shuttlebus nach Savona.

Im Koffer lagen mein Discman mit zehn Reservebatterien, achtzehn Studioalben, insgesamt 257 Songs, und eine Mappe mit allen Booklets. Zum Glück gab es auf dieser Reise drei Seetage ohne Landausflüge, die ich in der Sonne auf einer Liege an Deck verbringen konnte, um sämtliche Lyrics zu lesen und in das Pete Mallick Universum einzutauchen.

Während der Kreuzfahrt saß ich tatsächlich in einem Stuhl an Deck in der Sonne, spürte den salzigen Sprühregen, hörte Musik und las die Lyrics in den Booklets, während meine Frau einen Roman nach dem anderen am E-Book-Reader verschlang.

Am dritten Tag sprach mich ein Engländer aus Brighton an, der die CD-Covers bemerkt hatte, und sich ebenfalls als Pete Mallick Fan outete. Ich konnte es gar nicht fassen, auf einem Schiff auf hoher See einem anderen Mallick-Fan zu begegnen. Wie klein die Welt doch war. Wir unterhielten uns ein wenig und verabredeten uns nach dem Abendessen an der Bar zu einem ausführlicheren Gespräch.

Am selben Tag sah ich ihn noch in Begleitung eines grauhaarigen Herrn im weißen Anzug, doch danach nicht mehr. Er war wie vom Erdboden verschluckt, und zu unserem Treffen an der Bar kam er natürlich auch nicht. Meine Frau war entsprechend sauer auf mich, weil ich den ganzen Abend und die halbe Nacht mit fünf Tequilas allein am Tresen verbracht hatte.

Tags darauf zweifelte ich daran, ihm tatsächlich jemals begegnet zu sein. War er nur eine Fantasie gewesen? War ich mit Kopfhörern zwischen den Alben eingeschlafen und hatte geträumt, einem ähnlichen Fan wie mir zu begegnen?

»Kannst du dich noch an den jungen Mann erinnern, mit dem ich gestern an Deck geplaudert habe?«, fragte ich meine Frau.

»Welcher Mann? Meinst du den gut aussehenden Steward, der sich nach meiner Zimmernummer erkundigt hat?«

»Vergiss es!«

Nach dem Urlaub schrieb ich Pete Mallick eine lange E-Mail, in der ich ihm zu jedem einzelnen Album meine ausführliche Meinung mitteilte, und dass es absolut nichts zu kritisieren gab. Dieser Mann hatte einfach ein begnadetes Talent, nicht nur als Musiker, sondern auch als Songtexter.

Und weil wir gerade so schönen E-Mail-Verkehr hatten, packte ich die Gelegenheit beim Schopf und stellte ihm zu einem seiner Songs eine Frage. Denn mit einer Textpassage in *Asylum in Space,* einem Song über eine mysteriöse Irrenanstalt in einem besonders dunklen Teil des Universums, konnte ich nichts anfangen. Ich fragte ihn, was er mit einer bestimmten Stelle zum Ausdruck bringen wolle.

The mentally ill will be found, lost in reverie.

Beyond recall, boost them all.

Im Grunde genommen rechnete ich fest damit, keine Antwort darauf zu erhalten, und wenn, dann höchstens etwas in der Art wie: »Sorry, Andy, but I won´t explain any of my lyrics to you. Take them as they are and don´t bother me again with questions!«

Fragen *Sie* doch einmal David Lynch, warum seine Filme so sind, wie sie sind. Keine Chance auf eine Antwort!

Doch einmal mehr erstaunte mich Mallick, als er mir erklärte, dass es sich bei der Passage um eine Redewendung handelte, deren Sinn er mir erläuterte und wie sie zum Rest der Story in *Asylum in Space* passte. Die geistig Verwirrten und schwer Gestörten kämen auf mysteriöse Weise in dieses Asylum. Automatisch und unwiderruflich!

Mann, ich war schwer beeindruckt! Andererseits lief mir ein Schauder über den Rücken.

Außerdem schrieb er mir, was er bisher zuvor in keinem Booklet erwähnt hatte, nämlich woher er die Inspiration zu seinen Songtexten nahm und den Themen, über die er sang. *Andy, believe me. It's all true. I have seen it all by myself. And I had escaped!*

Wie bitte? Ich war verwirrt. Klar, als Autor wusste ich selbst, dass man nur über das schreiben konnte, was man zuvor irgendwo gesehen, gelesen oder gehört hatte – und den Rest erfand man dann irgendwie dazu. Darum interpretierte ich Mallicks Aussage so, dass er über diejenigen Dinge sang, über die er sich eben den Kopf zerbrach. Aber eine Aussage machte mich dennoch stutzig. Er meinte auch, das *Asylum in Space* gäbe es tatsächlich.

Naja, ein verschrobener Künstler eben!

Es gäbe noch so vieles zu erzählen, aber ich sollte mit diesem Vorwort langsam zu einem Ende kommen. Danke, dass Sie mir so lange zugehört haben. Mittlerweile ist es schon nach sechs Uhr früh, zarter Nebel liegt auf den Feldern, die ich von meinem Schreibbüro aus sehe, die Sonne erhebt sich gerade mit einem ersten zarten Leuchten über die Berge, und die Songs von *Pete Mallick and the Sputniks* laufen immer noch in einer Endlosschleife im CD-Player.

Obwohl mittlerweile ein Jahr vergangen ist, in dem ich keinen einzigen Heavy Metal Song gehört habe, habe ich mich an Mallicks Musik immer noch nicht sattgehört. Ich frage mich, ob dieser Moment je kommen wird. Und wenn ja, wann? Vielleicht kommt er nie. Vielleicht bin ich wirklich besessen und ein dringend medikamentös zu behandelnder Fall. Das mag sein. Ich bin selbst unsicher geworden. Wenn man meiner Frau Glauben schenken darf, dann bin ich das mit Sicherheit.

Orson Scott Cards *How to write Science-Fiction* habe ich übrigens immer noch nicht zu Ende gelesen, obwohl es ein großartiges Sachbuch ist, aber ich komme nicht dazu. Mittlerweile liegt eine ziemlich hohe Staubschicht auf dem Buch.

Meine Manuskripte sind immer noch nicht überarbeitet. In keinem einzigen davon auch nur eine einzige Zeile. Die fünf eingeschriebenen Mahnbriefe des Verlags liegen zusammengeknüllt im Papierkorb.

Marokko war übrigens genauso faszinierend und mystisch wie in David Cronenbergs *Naked Lunch*. Vielleicht komme ich eines Tages wieder dorthin – natürlich mit sämtlichen Pete Mallick CDs im Gepäck.

Mein Handy brummt gerade auf dem Schreibtisch. Ich erhalte eine SMS von Thomas Fröhlich. Um diese Uhrzeit? Es ist erst 6.15 Uhr. Er schreibt nur ein Wort: *Lauf!*

Was?

Ich blicke auf.

Vor meinem Haus hält ein weißer Kastenwagen. Kein Kennzeichen. Nur ein Logo an der Seitenwand: *AIS*. Zwei Hünen steigen aus. Ein alter grauhaariger Mann im weißen Anzug begleitet sie. Sie sehen sich um und reden miteinander. Fast kommt mir das alles wie ein schlechter Witz vor, denn sie haben eine weiße Jacke mit Schnüren dabei.

Zielstrebig betreten sie unser Grundstück und kommen zum Haus. Ich warte. Eine halbe Minute später läutet es an der Tür.

O nein! Die wollen sich doch bestimmt nicht nur nach dem Weg erkundigen. Mein Blick fällt auf die SMS.

Lauf!

Schließlich stehe ich auf. Meine Beine sind ganz steif vom langen bewegungslosen Sitzen. Ich schüttle sie durch und verlasse mein Schreibbüro. Im Gang liegt eine eingetrocknete tote Katze auf dem Parkettboden vor der Tür. *Verdammt!* Habe ich vergessen, sie zu füttern?

Eine zarte Staubschicht liegt auf der Kommode, Spinnweben hängen von der Decke und schwingen sanft im Luftzug. Ich betrachte mein Gesicht in der Fensterscheibe. Eingefallene Wangen, struppiger Bart, lange fettige Haare, Schatten unter den Augen. *Das kann doch nicht wahr sein!* Wenn ich es mir recht überlege, ist meine Frau nicht erst dieses Wochenende zur Wellnesstherme gefahren. Wie lange ist das schon her?

Es läutet erneut an der Tür.

Während ich die Treppe zur Eingangstür hinunter gehe, klingt aus meinem Zimmer der Beginn des nächsten Songs. *Asylum in Space*. Wie passend!

Ein Song über einen Mann, der in dieser weit entfernten Klinik von fremden Doktoren und Wissenschaftlern gegen seinen Willen gefangen gehalten wird, wo man versucht, ihn mit schrecklichen Mitteln zu heilen.

I'm pinned against the bed,
two hands against my head,
the belt is tight and fine,
keep the needles in my spine.

Ich erreiche das Erdgeschoss und öffne die Tür. Die drei Männer stehen mir gegenüber. Den Alten im weißen Anzug kenne ich doch! Er sieht aus wie ein Arzt im Kittel. Ist das nicht der Kerl, den ich schon auf dem Live-Konzert gesehen habe? Und danach später auf dem Kreuzfahrtschiff? Mein Blick fällt auf das Logo der Anstecknadel am Kragen seines Sakkos.

AIS.

Und plötzlich weiß ich, wofür diese Abkürzung steht. Pete Mallick hatte ja so recht. Das Asylum gibt es tatsächlich. Irgendwo. Weit weg! Er war dort und ist entkommen.

»Guten Morgen.« Der alte Mann tippt sich zum Gruß an die weiße Mütze. »Das war Ihr letztes Buch. Wir nehmen Sie jetzt mit auf eine lange, lange Reise …«

Herzlichst
Ihr
Andreas Gruber

ECKE 57TH STREET

Von jeher haben mich so genannte Locked-Room-Szenarien fasziniert, wenn sich die Handlung in einem geschlossenen System abspielt, wie beispielsweise bei Mord im Orient-Express *im Zug,* Stirb Langsam *in einem Wolkenkratzer,* Alarmstufe Rot *auf einem Schiff oder* Air Force One *in einem Flugzeug. Wenn die Handlung wie in einem Kammerspiel in einem Ort zusammengedampft wird, bin ich wie gefesselt. Je klaustrophobischer, desto besser.*

Vermutlich ist aus dieser Faszination heraus Ecke 57th Street *entstanden, das ich Ende der 90er Jahre geschrieben habe. Ich hoffe, Sie können diesem Thema etwas abgewinnen und es wird Ihnen nicht zu eng …*

»Margarit Jenan?«, wiederholte der Portier nuschelnd, stützte sich mit den Ellbogen auf das Pult und blinzelte mich aus misstrauisch zusammengekniffenen Augen an. »Die wohnt im einundzwanzigsten Stock, Zimmer 2163.« Er deutete mit einem Kopfnicken zum Lift.

Seine Stirn erstarrte zu einer Fassade aus tiefen Furchen und sah aus, als wäre ihm das Muster ins Gesicht gemeißelt worden. Es fehlte noch, dass er sein Kauderwelsch mit dem obligatorischen *Yeah!* beendete, doch diesen Gefallen tat er mir nicht. Er justierte sein Steckmikro im Ohr und nestelte an dem Kabel, das an seinem Hals entlang verlief und unter dem Kragen der dunkelblauen Uniform verschwand.

»Ist sie zu Hause?«, fragte ich auf Englisch. Falls sie arbeiten ging, müsste sie zu dieser Zeit eigentlich schon da sein.

Der Portier warf einen Blick auf die Digitalanzeige über dem Halleneingang. 18.35 Uhr. Er zuckte mit den Achseln und lächelte nachsichtig, als läge ihm ein schnippischer Kommentar auf den Lippen. *Woher-soll-ich-das-wissen-Bursche-sehe-ich-aus-wie-der-liebe-Gott?* Geringschätzig blickte er über den Rand des Pults und musterte meine Schnürschuhe, die Bauchtasche, die über den Knien abgeschnittenen Jeans, meine Ray Ban Sonnenbrille, die im Ausschnitt steckte, und mein *Bill geht's*-T-Shirt, dessen Wortwitz er sowieso nicht verstand.

»Name?«, murrte er.

Verständnislos starrte ich ihn an. *Mein Gott, was will der von mir?* »Margarit Jenan«, wiederholte ich automatisch.

Er blähte seine Nasenflügel und sog die Luft scharf ein, sodass sich sein Brustkorb hob. »Nein, *dein* Name, Junge!«

Ach so! »Markus Breitler«, antwortete ich.

Wie ein Habicht fixierte er mich.

»*Yeah!*«, murrte er schließlich und klapperte mit den Fingern auf der Tastatur des Laptops, ohne den Blick von mir zu nehmen.

Arrogantes Arschloch, dachte ich. Wahrscheinlich konnte er meinen Namen nicht richtig schreiben und würde stattdessen eine amerikanische Version, wie Marcus Brightler, erfinden. Neugierig spähte ich auf den Bildschirm. Im nächsten Augenblick stand *Markus Breitler* in dunkelblauen Lettern auf dem Crystaldisplay des Monitors zu lesen.

»Aha!« Ich betrachtete ihn überrascht. Schließlich fügte ich ein duckmäuserisches »*Vielen Dank*« hinzu, stemmte meinen Tramper-Rucksack hoch, schwang den Riemen über die Schulter und ging zur Liftanlage.

Meine Schuhsohlen quietschten über die blau gesprenkelten Marmorplatten der Eingangshalle. In der Spiegelung einer Glaswand sah ich, dass in der Lasche des Rucksacks immer noch die Handtücher hingen, heute Morgen klitschnass hinein gestopft, bevor ich die Jugendherberge verlassen hatte. Mittlerweile hatte die Sonne sie jedoch getrocknet und sie waren so steif wie Bretter.

Der Zeiger des Fahrstuhls pendelte sich soeben zwischen dem achten und neunten Stockwerk ein. Ich drückte den Sensor und wartete. Auf der blankpolierten Messingverkleidung der Kabinentür bemerkte ich die verzerrten Umrisse des Portiers, der seinen Oberkörper wie eine Marionette über das Pult beugte und mir ein Loch in den Rücken starrte. *Amerikaner,* dachte ich, beinahe hätte ich es laut gesagt. *Neugierig, bespitzelnd und denunzierend!*

Aus Angewohnheit wischte ich mir den erkalteten Schweiß aus dem Nacken und rieb die Handfläche an den Jeans trocken. Zum Glück war der Wohnblock klimatisiert. Auf der Straße knallte die Nachmittagssonne auf den Asphalt und vermischte sich mit dem Smog, der zäh zwischen den Häuserschluchten hing; typisch für New York um diese Jahreszeit. Ende August. Doch nach Quebec, Montreal, den Niagara-Fällen und Boston war hier ohnehin mein letzter Stop, wo mein Urlaub zu Ende ging – fünf Wochen, die mir das Personalbüro der Siemens AG erstmalig genehmigt hatte.

Die weite Einsamkeit Kanadas war ein Traum gewesen, die Hektik New Yorks dagegen ein Albtraum! Mit einem Bus war ich während der Rushhour durch die halbe Stadt gegondelt, von Staten Island nach Manhattan, und hatte aus dem zerknautschten Gebrabbel des Fahrers mehr über den *Big Apple* erfahren, als ich bei einer Sightseeing-Tour je hätte lernen können. In der Nähe des Central Parks war ich an der Kreuzung Broadway und West 57th Street aus dem Bus gesprungen, zwischen Millionen von Menschen, hupenden Yellow Cabs, flackernden Neonreklamen, Hochhäusern mit verdreckten Backsteinfassaden und Türmen aus Beton und verschmiertem Spiegelglas. Mir hatte der Atem gestockt; die Menschenmasse hatte annähernd still gestanden und war wie ein Lavastrom quälend langsam an mir vorbei geflossen. Noch drei Tage, dann hatte ich es hinter mir, und die zweistöckige Boeing 747 der *KLM* würde mich zurück nach Wien bringen.

Margarit lebte also im einundzwanzigsten Stock. Vielleicht wusste sie eine günstige Unterkunft oder würde mir sogar anbieten, die paar Tage in ihrer Wohnung zu übernachten, dann ersparte ich mir die Dollars für eine Jugendherberge. Margarit war zwar nie besonders hilfsbereit gewesen, doch sie würde mir bestimmt weiterhelfen, denn für eine grobe Abfuhr kannten wir uns schon zu lange.

Aufgefallen war sie mir zum ersten Mal im Einführungs-Tutorium und später während der Vorlesungen des Wintersemesters '91. Meist saß sie allein in der hintersten Reihe und stellte bereits damals, trotz ihres Sprachfehlers, die unmöglichsten Fragen, besserwisserisch und rotzfrech, wie es ihre Art war. Zweifellos war sie anders, und ihr ungewöhnlicher Charakter faszinierte mich schon zu einer Zeit, als wir uns noch nicht kannten.

Erst im dritten Semester lernte ich sie persönlich kennen, in der Mensa der Technischen Universität Wien, als sie sich mit ihrem Essentablett bis zu meinem Tisch hindurch zwängte, ihre schmächtige Figur vor mir aufbaute, die rahmenlose Kunststoffbrille zurechtrückte und mich fragte, ob *diese* Nische mitsamt dem Tisch meine Studentenbude sei, weil ich mich mit den Büchern und Skripten so breitmachte. Bereits als junge Studentin betonte sie ihre weiblichen Reize nicht im Geringsten; anscheinend hatte sie keine. Allerdings wirkte sie vielleicht gerade deswegen interessant in ausgebeulter Hose und schlabberigem Hemd, die ihre schlaksige Figur verhüllten, den fusseligen, schulterlangen Haaren und dem nichtssagenden Gesicht, auf dem ich niemals Rouge, Lidschatten oder Lippenstift entdeckt hatte.

Von diesem Zeitpunkt an liefen wir uns in der Mensa öfter über den Weg und saßen beim Mittagessen in jener Nische beisammen, meiner sogenannten *Studentenbude*. Bald paukten wir gemeinsam in nächtlichen Marathonsitzungen den Seminarstoff des vierten Semesters und hockten dabei meist in ihrem Studentenzimmer, das fast ausschließlich aus Tastaturen ohne Abdeckungen bestand, Monitoren ohne Gehäuse und Computern, deren ausgebaute Motherboards verstreut wie Treibgut auf dem Boden lagen. Stundenlang lümmelte sie vor den Geräten, die Haare mit einem Gummiband zu einem kurzen Pferdeschwanz gebunden, während ihre blassen, dürren Hände im Zweifingersystem über die Tasten huschten. Sie knabberte gelegentlich trockenes Müsli ohne Milch, trank einen Joghurt dazu und drohte in ihrem Arbeitsfleiß magersüchtig zu werden. Jedenfalls aß sie nur dann etwas, wenn ich mit einer Tüte vom Supermarkt kam und ihr Fruchtsäfte und Thunfisch-Sandwiches mit Eiern und Käse brachte.

Viele Studienkollegen bezeichneten sie als Streberin, ich sah jedoch den besessenen Freak in ihr. Bereits im ersten Studienabschnitt kristallisierte sich Margarits Talent heraus, und binnen weniger Semester avancierte sie zur Begabtesten des Jahrgangs. Geradezu genial entwarf Margarit die erste vernetzte Datenbank, die sich mit einem integrierten KI-Chip selbst updatete und weiter entwickelte. Die Datenbank wusste, *wo* und *wann* sie welche Daten downloaden durfte, welche Informationen von Interesse waren und welche nicht. Im Grunde genommen nichts Aufregendes, doch programmierte Margarit dazu eine Hologramm-Plattform für Cyberbrillen, die an Schläfenkontakten – *Scanpads,* wie Margarit sie nannte – montiert wurden. Diese Pads ließen eine optische Datenverarbeitung zu, sodass der User mehrere Operationen gleichzeitig, praktisch in Nullzeit, durchführen konnte.

Zeitschriften wie *Chip, PC-Intern* und *Computerwoche* berichteten darüber, und schlagartig stand die TU-Wien im Mittelpunkt der Wissenschaft. Doch Margarit ging der Fortschritt viel zu langsam. Ständig wollte sie die Abläufe rationalisieren und schimpfte über die Hürden der veralteten Computertechnologie, bis sie schließlich an einem von Wirtschaftsgeldern gesponserten Forschungsprojekt beteiligt wurde, in dem sie einen mehrdimensionalen Maschinencode ausbrütete. Dafür wurde keine Programmiersprache mehr benötigt, die als Übersetzer fungierte und die Befehle in den binären Eins-Null-Code kompilierte, sondern nur noch ein Interface, das die Eingabe sofort als Maschinencode interpretierte. *Wie das funktionieren sollte,* fragten wir uns, und einige Studenten belächelten Margarit als eine spleenige Verrückte, die meisten anderen jedoch als arrogante Wichtigtuerin.

Dennoch, ihre Idee von einer neuen Technologie schien zu funktionieren – zumindest in der Theorie. Margarits Konzept basierte auf keiner simplen Strom-ein/Strom-aus-Methode, sondern nutzte das Farbenspektrum des Lichts, um komplexere Zustände gleichzeitig abzuarbeiten. *Licht statt Strom!* Ein revolutionärer Ansatz – offensichtlich –, und wie ich es von Margarit nicht anders erwartet hätte, arbeitete sie verbissen und fast bis zur körperlichen Selbstaufgabe daran. Es ging sogar soweit, dass sie die Welt um sich negierte, sich zu Hause einschloss, ihre sozialen Kontakte aufgab und gänzlich auf Partys, Kinobesuche und die Techno-Open-Air-Festivals auf der Donauinsel verzichtete, wo sie ohnehin nur selten zu sehen gewesen war. Auf diesem Niveau der Forschung klinkte nicht nur ich mich aus, sondern auch alle anderen Projektstudenten sowie der gesamte Lehrkörper … und Margarit blieb allein zurück mit ihren Überlegungen. Ob das Projekt eingestampft oder weitergeführt wurde, wusste ich nicht. Möglicherweise hatte das MIT die Forschung Jahre später fortgesetzt.

Das Klingeln des Fahrstuhls riss mich aus den Gedanken. Vor mir glitt die messingverkleidete Doppeltür auf. Die Kabine wurde von kupfergelben Deckenspots erhellt, und ich zuckte zusammen, als ich hinein starrte. *Mein Gott!* Täuschte der Spiegel oder war es tatsächlich *mein* hagerer, ausgemergelter Körper, der mir gegenüber stand? Beine und Unterarme wirkten zwar gebräunt, die Haare darauf golden, dennoch waren sie so dürr wie Zahnstocher. Von der Sonne strohblond ausgebleichtes Haar leuchtete im Spiegel, ein ausgezehrtes, von Bartstoppeln übersätes Gesicht starrte mir entgegen. Mit ein paar Kilo mehr hätte ich vielleicht sehnig gewirkt, doch viereinhalb Wochen Tramperleben in Nachtzügen, auf Campingplätzen und in Jugendherbergen hatten ein knochiges Gespenst aus mir gemacht.

Ich trat ein, stellte den Rucksack in die Ecke und presste den Sensor für die einundzwanzigste Etage. Das Logo des MIT stand unauffällig klein skizziert in der unteren Ecke des Armaturenboards. *MIT* ... wiederholte ich in Gedanken und musste grinsen. Es gab schon merkwürdige Zufälle im Leben. Ruckelnd setzte sich die Kabine in Bewegung.

Zuletzt hatte ich Margarit im Sommer '99 bei unserer Sponsionsfeier im Festsaal der TU-Wien gesehen, einer Multi-Media-Veranstaltung, gesponsert von IBM und Digital: Ansprache des Rektors über Videowall, Überreichung der Urkunden zum Magister, Applaus der Studenten und Verwandten und anschließendem Sekt-Aperitif am Brötchenbuffet. Selbst an diesem Tag trug Margarit ihre plump wirkende Kleidung und ließ ihre Haare ungekämmt über die Schultern hängen. Anschließend feierte die Horde Studenten im modernen Glasbunker, dem HaasHaus in der Fußgängerzone des ersten Wiener Bezirks, doch der Lärm und die vielen Menschen beunruhigten mich, und schon bald verließ ich das Lokal. Seither traf ich Kolleginnen und Kollegen nur noch gelegentlich bei Absolventen-Veranstaltungen und Programmier-Workshops, doch Margarit war nie unter ihnen gewesen.

Viele unserer Studienkollegen kamen nach der Verleihung des akademischen Grades als Programmierer bei IBM, Digital oder Philips unter, ich selbst schaffte es nur zum lausigen Netzwerkbetreuer bei Siemens, wo ich mich während der letzten sieben Jahre zwar nicht hoch gearbeitet, aber immerhin auch nicht zu Tode geschuftet hatte. Einige Auserwählte wurden sogar von Toshiba, Microsoft oder Apple engagiert, doch nicht Margarit. Sie erhielt ein Stipendium am MIT, ein Angebot, von dem wir anderen nur träumen konnten. Woran *die* damals arbeiteten, wusste ich nicht, doch erinnerte ich mich, dass Margarit noch im Sommer '99 bei der erstbesten Gelegenheit Wien verließ, die nächste Maschine nach Boston, Massachusetts, nahm und sich eine Mietwohnung in Cambridge leistete ... fünf Minuten Gehzeit vom *Massachusetts Institute of Technology* entfernt – dem Traum aller Studenten!

Wieder starrte ich auf das Logo am Armaturenboard. War das Zufall? Lebte Margarit in einer Dienstwohnung des MIT oder hatte das Institut *zufällig* die Fahrstuhl-Technologie für ausgerechnet *diesen* Wohnblock geliefert?

Leise fuhr der Lift hinauf, die Bewegung spürte ich kaum. Die Luft in der Kabine war trocken, die Klimaanlage surrte über meinem Kopf, und der kühle Luftzug strich mir über die Waden und ließ mich frösteln. Wie erfroren meine Beine waren, spürte ich erst, als ich sie bewegte und mit den Schuhen über den blauen Kunststoffteppich strich.

Nach Margarits Emigration in die Staaten telefonierte ich anfangs noch regelmäßig mit ihr, doch wechselte die Art unserer Gespräche schon bald vom Telefonhörer auf die Tastatur für E-Mails. Jenseits aller Schranken, die durch unterschiedliche Zeitzonen existierten, führten wir seitenlange Gespräche. Beim Lesen ihrer E-Mails hörte ich in Gedanken ihre Stimme, spürte ihr direktes, manchmal rotzfreches Temperament, und bemerkte sogar ihren Sprachfehler, der sich von Zeit zu Zeit in meine Vorstellung mogelte. Manchmal waren wir zur selben Zeit online und schrieben uns stundenlang, als hockten wir nur einen Sitzplatz voneinander entfernt und schummelten wie bei vielen unserer Prüfungen an der TU.

Schon damals, als sich Margarit in der Uni-Mensa an meinen Tisch gedrängt hatte, träumte sie von einer vernetzten Welt, in der man keinen Schritt mehr vor die Wohnungstür setzen musste. Später berichtete sie mir in ihren E-Mails immer wieder davon, wie außerordentlich praktisch es wäre, wenn man sich von zu Hause um alles kümmern konnte: die Büroarbeit über eine Standleitung vom eigenen PC aus erledigen, den Kontakt zu Freunden und zur Familie per E-Mail und Webcam pflegen, die Einkäufe über Touchscreen im Internet tätigen, den Zahlungsverkehr online abwickeln, über PC-Lautsprecher Radio hören und über den PC-Monitor Spielfilme sehen, Nachrichten verfolgen und digitale Sachbücher lesen … Margarit faszinierte eine Lebensweise, deren einzigen Handgriffe aus Mausklicks bestanden – ein Leben mit dem Rucksack auf den Schultern war ihr genauso fremd wie verhasst.

Ich musste grinsen. Damals hatte ich ihr geschrieben, dass der Laptop nicht an ihrer Stelle aufs Klo gehen könne, doch in ihrer starrköpfigen Art hatte sie geantwortet, dass sich selbst *dafür* eine Lösung finden würde. Immerhin waren die Staaten das Land der unbegrenzten Möglichkeiten – und Margarit würde sie ausloten, da war ich mir sicher.

Unser Kontakt wurde seltener, aber auch oberflächlicher, bis er gänzlich abbrach und ich von Margarit nur noch zu Weihnachten eine Standard-E-Mail mit einem animierten Santa-Claus-Videoclip erhielt. Drei Jahre lang landete der gleiche Clip in meinem elektronischen Postfach, als wäre sie müde geworden und interessierte sich nicht mehr länger für *the latest news in computer technologies,* wovon sie mir früher ständig vorgeschwärmt hatte. In ihrer letzten Nachricht mailte sie mir *diese* Adresse: Kreuzung Broadway und West 57th Street, No. 248/21. Aus irgendeinem Grund hatte ich die Adresse damals ausgedruckt und den Zettel an die Pinnwand über meinem Schreibtisch geheftet, wo das mittlerweile vergilbte Blatt Papier immer noch hing. Oft hatte ich gedankenverloren auf die Korkwand gestarrt, an Margarit gedacht. Wie es ihr wohl ergangen war? Ob sie immer noch ihre rahmenlose Kunststoffbrille trug, ihr trockenes Müsli aß, ihr dünnes Haar zu einem Pferdeschwanz band, sich noch immer weigerte, einen Friseur zu besuchen, und was sie um Himmels willen dazu bewogen hatte, von Cambridge nach New York City zu übersiedeln?

Margarit hatte mich zwar nicht ausdrücklich eingeladen, sie in Manhattan zu besuchen, andererseits hatte sie es mir auch nicht verboten.

Die Kabine des Fahrstuhls blieb ruckartig stehen, es klingelte, am Sensorfeld leuchtete *twenty one* und die Tür glitt auf. Vor mir breitete sich ein einsamer Flur mit blauem Teppich aus. Der Trakt war fensterlos, elektrisches Licht flimmerte von der Decke. An den Wänden hingen Videokameras, ebenfalls in Blau gehalten, und surreale Aquarelle hinter entspiegeltem Glas. Dazwischen lagen mit azurfarbenem Holz verkleidete Zimmertüren; eine Ordnung aus Türen, Bilderrahmen und marineblauen Kameras, die sich bis an das weit entfernte Ende des Korridors fortsetzte.

Mein Magen knurrte plötzlich unnatürlich laut und erinnerte mich daran, dass mein Frühstück in der Herberge bereits elf

Stunden hinter mir lag. Vielleicht hatte Margarit etwas Essbares zu Hause. Mit dem Rucksack über der Schulter wanderte ich den Gang entlang, federte mit den Turnschuhen über einen Teppich, der jedes Geräusch verschluckte. Die Klimaanlage des Wohnblocks surrte. Der Anblick der monströsen Schränke ließ mich frösteln, zweifelsohne waren sie zu kalt eingestellt. Wenn es in Margarits Wohnung ebenso eisig war, musste ich einen Pullover aus dem Rucksack kramen.

Angestrengt betrachtete ich die Zimmernummern im matten Licht der Deckenröhre. 2163 war die letzte Wohnung am Ende des Korridors. Mit weichen Knien stand ich davor, plötzlich pochte mein Herz unnatürlich schnell und meine Handflächen wurden gleichzeitig feucht und kalt. Unwillkürlich schloss ich sie zur Faust.

Wie sah Margarit aus? Hockte sie im scheußlichen Fummel vor dem PC oder zeigte sie sich im dunkelblauen Armani-Anzug mit cremefarbener Damenkrawatte und MIT-Anstecknadel? Klimperten an ihren Handgelenken goldene Armreifen, oder hatte sie sich ein Piercing durch die Augenbraue stechen lassen und trug gar ein Tattoo auf der Schulter? Vielleicht das Motiv von Bon Jovis *New Jersey?*

Erst jetzt wurde mir bewusst, wie sehr wir uns voneinander entfremdet haben konnten. Sieben Jahre waren eine verdammt lange Zeit! Lebte sie von teuren Restaurantbesuchen oder war sie zu einer Junk-Food-Göre in *Panda-*, *Burger King-* und *Taco Bell*-Läden degeneriert? Konnte sie noch einigermaßen Deutsch oder sprach sie nur noch im New-Yorker-Slang? *Fuckyou Sonofabitch!* Hatte sie noch immer ihren Sprachfehler, der bisweilen auftrat, unmotiviert und unregelmäßig? *Fuckyou Sonofabit-z!*

Würde sie *mich* überhaupt wiedererkennen?

Ich pochte an die Tür und lauschte. *Nichts!* Auf dem weichen Teppich trat ich von einem Bein auf das andere. *Fuck!* Was wollte ich hier eigentlich? Ich sollte umkehren und mit dem Bus zur nächsten Jugendherberge fahren, bevor Margarit die Tür aufriss und mich mit der schmierig verschwitzen Kleidung und dem lächerlichen Tramper-Rucksack sah. Was hatte ich eigentlich erhofft? Eine vor jubelnder Begeisterung völlig hingerissene Margarit? Wiedersehensfreude wie bei einem Studententreffen?

Ein Summen ließ mich zusammenfahren. Über meinem Kopf surrte das Zoom einer Minikamera aus dem azurfarbenen Türrahmen. Das Gerät vollzog einen Vertikalschwenk, stellte den Autofokus ein, klickte zweimal und verschwand wieder in einer Spalte im Kunststoff. Ich tastete über die glatte Oberfläche, spürte jedoch weder eine Öffnung noch eine Erhöhung. Erneut surrte es neben mir, diesmal lauter, und die Tür sprang einen Spaltbreit auf. Dahinter lag Dunkelheit.

Ich stieß die Tür mit der Schuhspitze auf und schlüpfte vom Flur in die Wohnung. Augenblicklich legte sich ein statisches Knistern über die feinen Härchen meiner Handrücken und jagte mir einen Schauer über den Nacken die Wirbelsäule hinunter. Hinter mir fiel die Tür zu und schnappte ins elektronische Schloss. Es war stockdunkel wie in einem fensterlosen Keller, in dem der Strom ausgefallen war. In dem Raum roch es weder nach abgestandener Luft noch nach schmuddeligen Teppichfusseln; es roch überhaupt nicht. In der bitteren Kälte fiel mir das Atmen schwer, der Frost biss regelrecht in Nase und Lunge, als liefe die Klimaanlage seit Monaten auf Hochtouren.

Unsicher schlang ich die Arme um den Oberkörper und blickte mich um. Waren die Fenster dichtgemacht worden? Mit einem Stoff verhangen? Das hätte nicht ausgereicht! Vielleicht war der Raum fensterlos? Ich kniff die Augen zusammen und blinzelte. Nicht ein winziger Lichtschimmer war zu erkennen. Hatte sich der Portier einen üblen Scherz mit mir erlaubt? War *das* die Standardbegrüßung für europäische Touristen? Das Gruselkabinett des Zimmers 2163, wo man einsame Tramper verschwinden lassen konnte, die blöde Fragen stellten?

Da ließ mich eine Computerstimme zusammenfahren.

»Marku-z Breitler! Schön, da-z du mich besuchst!«

Margarits Stimme! Unverkennbar! Zwar elektronisch verzerrt, doch tatsächlich ihre Stimme in akzentfreiem Deutsch! Das Gerät imitierte ihre Klangfarben, sogar der sporadische Sprachfehler wurde einwandfrei simuliert. Es klang, als drangen die Worte aus einem Lautsprecher an der Decke.

»Wie siehst *du* denn au-z?«, fragte die Stimme mit einem überraschten Unterton.

»Wie bitte?« Ich starrte wie ein Blinder in die Dunkelheit.

»Dein Haar ist voll-ztändig verfilzt, und du bist abgemagert«, stellte die Stimme fest. »Komm erst mal weiter! Den Durchgang entlang, der letzte Raum rechts.«

Welcher Durchgang? Ich tastete mich an der Wand entlang bis zum Ende des Gangs, wo ich die Vertiefung eines Türrahmens fühlte.

»Margarit?«, flüsterte ich.

»Du bist derselbe schüchterne Kerl wie damals in der Mensa, der seine Bücher zur Seite schieben wollte, als ich an seinen Tisch kam, und sich dabei den brühendhei-zen Kaffee über die von Mama frisch gebügelte Hose kleckerte.«

Scheiße!, fluchte ich in Gedanken. *Sie ist es tatsächlich! Muss sie mich ausgerechnet daran erinnern, diese freche Göre?*

»Freche Göre!«, schnappte die Stimme aus dem Lautsprecher.

Mein Herz pumpte wie verrückt. »Was?«, krächzte ich. Meine Hände wurden eiskalt. Ich glaubte ein Kichern zu hören.

»In jedem Raum sind Molekül-Scanner installiert. Sie funktionieren auf Eiwei-zbasis, raffinierte kleine Dinger, mit denen man die Stromstö-ze des Gehirns in dreidimensionale Bilder umwandeln kann … aber das erkläre ich dir später. Komm erst einmal herein!«

Meine Hand wanderte zur Klinke und drückte sie nieder. In dem Raum dahinter schimmerte dunkelblaues Licht, als fiele die Färbung des Ozeans durch ein Bullauge an die Zimmerwände. Ich trat ein, hinter mir schnappte die Tür ins Schloss. Auch hier drinnen war es eiskalt, meine Nackenhaare stellten sich auf, eine Gänsehaut lief mir über den Rücken. Unter meinen Füßen vibrierte der Boden, erfüllt vom täuschend echt klingenden Surren Tausender Magnetspulen. Es roch nach Elektrizität, nach dem bitteren Geruch eines überhitzten Transformators, der mich an meine Kindheit erinnerte, als ich gemeinsam mit Vater meine erste Elektro-Eisenbahn mit Höchstgeschwindigkeit über die Gleisanlage durchs Wohnzimmer gejagt hatte. Die Erinnerung hatte etwas Vertrautes. Sie ließ mich die surreale Situation erkennen, in der ich mich befand.

»Fürchte dich nicht. Es sind blo-z Generatoren. Sie tun dir nichts«, beschwichtigte mich die elektronische Stimme.

»Ich fürchte mich nicht«, stellte ich fest.

»Lügner!«

Scheiße!

»Grüble nicht länger darüber nach«, riet sie mit sanfter Stimme. »Lügendetektoren ermitteln den emotionalen Zu-ztand einer Person anhand von Herzschlag und Atemfrequenz.«

Margarits Computerstimme machte eine Pause. »Das wird oft falsch interpretiert. Molekül-Scanner dahingegen irren sich nie, mein Freund!«

Wieder kicherte die Stimme, sie klang nicht menschlich, eher blechern. »Macht dir das Angst?«

Ich schwieg.

»Mu-z es nicht! Ich bin nicht allwi-zend«, kam die Antwort mit einem süffisanten Unterton aus dem Lautsprecher. »Nur beinahe!«

Hinter meinem Rücken spürte ich den Türrahmen, die Schnallen des Rucksacks kratzten über das Holz.

»Wo bist du?«, fragte ich.

»Ich bin doch hier ... vor dir!«

Blinzelnd sah ich mich um. Der Raum war winzig, so erbärmlich schmal wie das Vier-Personen-Schlafabteil eines Zuges. Dennoch bemerkte ich in seiner Mitte die Umrisse einer gigantischen Sitzschale, die mir ihre Rückseite zukehrte. Unwillkürlich machte ich einen Schritt darauf zu.

»Vorsicht!«, warnte die Stimme. »Verheddere dich nicht in den Datenleitungen.«

Unter meinen Schuhen spürte ich mehrere Kabel, dicke Stränge, die quer über den Boden verliefen und sich in der Dunkelheit verloren. Wie angewurzelt blieb ich stehen.

»Ich kann dich nicht sehen!«, flüsterte ich.

»Deine Augen mü-zen sich erst an das dunkle ultraviolette Licht gewöhnen. Eine voll-ztändige Adaption kann bis zu vierzig Minuten dauern, doch so lange werden wir nicht benötigen«, wurde mir erklärt.

»Benötigen? Wofür?«, wiederholte ich, erhielt jedoch keine Antwort.

Wieder knurrte mein Magen. Der Hunger erinnerte mich daran, dass ich meine Zeit vertrödelte. Ich sollte schleunigst verschwinden, raus auf die Straße, mir bei *Burger King* ein Riesenmenü mit Pommes leisten und anschließend eine Jugendherberge in der Nähe suchen, um endlich zu duschen.

»Wunderst du dich nicht, dass ich dich besuchen gekommen bin?«, fragte ich und wollte mich umwenden.

»*Gekommen bin?*«, echote sie prompt. »Möchtest du schon wieder gehen?«

»Nein, es ist nur so, ich bin hungrig, ich brauche eine Dusche und … wunderst du dich eigentlich gar nicht, dass ich *hier* bin?«, hakte ich nach, diesmal darum bemüht, die Frage wie beiläufig klingen zu lassen. Tatsächlich aber war ich es, der sich über die Selbstverständlichkeit wunderte, mit der sie mich empfangen hatte. Obwohl es in den Membranen des Lautsprechers nur leise knisterte, glaubte ich, Margarit lächeln zu hören.

»Marku-z, Marku-z«, seufzte sie schließlich. »In Zeiten wie diesen, wo man Flüge, Herbergen und Bahnfahrten bargeldlos buchen kann und sogar Busfahrer mit Kreditkartenmaschinen ausgestattet sind, ist man eben informiert. Selbst Bordelle verrechnen heutzutage über VISA … *tz, tz, tz.*« Sie schnalzte mit der Zunge. »War es wenigstens schön?«

Siedend heiß stieg mir die Hitze zu Kopf. »Was?«, krächzte ich, obwohl ich genau wusste, was sie meinte. Und diesmal hatte ich nicht den Eindruck, sie lächeln zu hören.

»Wie ich erfahren habe, gehen deine Beziehungen regelmä-zig den Bach hinunter. Bist du mal wieder Single, Marku-z? Bist du schon *sooo* lange einsam, da-z du …?«

Sie ließ den Satz unausgesprochen, es klang spöttisch. Ich antwortete nicht mehr.

»Früher haben sie mich als Verrückte bezeichnet, als blöde Kuh belächelt, als arrogante Irre beschimpft oder sich über das *alte Motherboard mit den Monitorglä-zern* lu-ztig gemacht! Du warst nie so! Warum eigentlich nicht?«

Eisern schwieg ich und wartete ab. Was würde als Nächstes folgen? Ihr Tonfall klang nicht so, als wäre sie stolz auf unsere damalige Freundschaft. Vielmehr hörte es sich nach einem Vorwurf an.

»Ich will es dir sagen. Im Grunde genommen brauchtest du eine Frau wie mich, die im Herzen und im Gei-zte so war wie die gute alte Margarit, richtig?« Die Stimme wurde lauter. »Doch bumsen konntest du *die* natürlich nicht, da warst du dir zu gut, der feine Herr. Margarit, mit ihren Monitorglä-zern, den dünnen Haaren und den weiten, unförmigen Kleidern! Das wäre dir nie in den Sinn gekommen, direkt absto-zend! Ja, peinlich! Da muzten schon andere herhalten ...«

»Hör auf!« Meine Hände ballten sich zu Fäusten, geräuschvoll sog ich die Luft ein.

»Beruhige dich! Dein Puls geht viel zu rasch.« Ihre Stimme hatte nichts Sanftes mehr. »Verträgst du keine Kritik?«

Plötzlich schwang der Stuhl mit einem motorischen Geräusch herum, darin befanden sich die Umrisse eines reglosen Körpers.

»Erschrick nicht!«, flüsterte Margarit. »Ich öffne jetzt die Augen!«

Mein Herzschlag setzte aus. Vor mir öffneten sich zwei Augenlider zu dünnen Schlitzen, aus denen violettes, phosphoreszierendes Licht fiel.

»Margarit?«

Der Kopf schien sich zu bewegen, als wollte er nicken. Das sollte Margarit sein? *Unmöglich!* Nicht nur, weil sie keine Brille trug, sondern auch keine ...

»Die brauche ich nicht mehr!«, stellte sie verächtlich fest. »Ich sehe durch den Monitor.«

Ein Kälteschauer jagte mir über Schultern und Arme. »Welcher Monitor?«, flüsterte ich.

»Roz Picard vom MIT hat einmal erläutert, *da-z sich der Computer dem Menschen anpa-zen mü-ze*«, erklärte sie. Durch ihre aufgewühlte Stimmung schien sich der Sprachfehler zu verstärken.

Ich schluckte trocken.

»Das ist falsch!«, zischte sie. »Roz Picard hat keine Ahnung! Die niedere Kreatur mu-z sich der evolutionär fortschrittlicheren anpa-zen!«

Das Ultraviolett der Augenschlitze strahlte durch den Raum, der Glanz fiel auf den Körper und tauchte ihn in mattes Licht. Zuerst erkannte ich ein blau schimmerndes Kabel, das sich ähnlich einem Armreif um das Handgelenk wand. Es lief den Unterarm hinauf, schnürte sich eng wie eine Fessel um den Ellenbogen, verdünnte sich zu einem Draht und verschwand schließlich wie die lange Kanüle einer Spritze unter der Haut des Oberarms. Ich zuckte zurück.

Margarit schien zu lächeln.

»Das ist nicht alles, Marku-z«, sagte sie selbstgefällig. »Pa-z auf!«

Am Kopfende der Sitzschale klickte eine Batterie Prozessoren. Die beiden Augendeckel klappten vollends auf. Strahlend phosphoreszierende Augäpfel starrten mich aus der Dunkelheit an. Es war absolut verrückt! Sie waren pupillenlos, über die violette Krümmung der Iris zuckten Datenströme aus Zeichen und Symbolen.

»Margarit!«, kreischte ich. »Hör mit diesem Scheiß auf! Komm raus! Wo bist du?«

»Wer bi-zt du, da-z du mir Befehle erteilst?« Die Augen der Gestalt wurden wie im Zorn weit aufgerissen, das Licht erhellte Teile des Körpers. In einem kahlen Schädel steckten Dioden, der Rest des Hinterkopfs lag im Schatten. Aus den Ohrmuscheln glaubte ich Kabel herausragen zu sehen, deren Enden mit der Dunkelheit verschmolzen. Schillernde Glasröhren führten in die Nackenmuskulatur. Die Adern der Oberarme lagen frei, vom Körper separiert, mit Steckkarten abgeklemmt, pulsierend wie Hydraulikpumpen. Was aussah wie Fingerkuppen, ging als Halbleiter fließend in Siliziumspeicher über, die mit dem Touchpad der Armlehnen zu einer Einheit verschmolzen.

Was für ein Irrsinn!

Der Mund der in der Sitzschale liegenden Gestalt verzog sich zu einem schiefen Lächeln, die Lippen öffneten sich und erstarrten zu einem kalten Grinsen. Aus dem zahnlosen Mund ragte ein Bündel Lichtleiter, das sich wie in Wellen über den nackten Oberkörper einer Frau ergoss und über Transistoren im Unterleib verschwand, wie die Zunge eines schrecklichen Dämons.

»Das ist nicht wahr«, flüsterte ich. »Du erlaubst dir einen Scherz mit mir, das ist ein computeranimiertes Hologramm, nicht wahr?«

Sie antwortete nicht.

Ich versuchte zu lächeln. »Wo bist du wirklich?«

»Komm doch näher!« Die Lippen der Gestalt schienen sich langsam zu bewegen.

Doch ich stand stocksteif da und starrte auf die Details, die sich immer deutlicher aus dem ultravioletten Licht schälten und vor meinen Augen wie ein Mosaik zusammensetzten. Unter der Haut bewegten sich Dutzende Microboards, und in der offenen Kehle der reglosen Gestalt zuckten die Ladungen winziger

Lichtleiter. Ich starrte an dem Oberkörper hinunter, der unterhalb der Transistoren endete.

»Wie du siehst, habe ich sogar das Problem mit der Toilette gelö-zt.«

»Pinkelst du in die Transistoren?«

Margarits Lider zuckten für einen Augenblick zusammen, dann erstrahlte die Iris wieder in phosphoreszierendem Violett.

»Die Bio-Glasfasern der Neuronik spülen alle fünfzehn Minuten die Körpersysteme«, erläuterte sie sachlich kühl. »Ich bin der perfekte Mensch!«

»Das bist nicht *du!*« Ich lachte laut auf. »Das ist ein zusammengeflicktes Verkehrsopfer, dem man schon längst die Maschinen hätte abdrehen müssen!«

Sie gab einen Ton von sich, als belächelte sie meinen Kommentar. »Vielleicht hast du recht! Aber falls nicht ...« Sie machte eine Pause. »... bin ich die fleischgewordene Datenbank! Bewegungslo-z, aber überall – fragil, zerbrechlich und doch allwi-zend!«

»Mach´s gut!« Ich wandte mich um und machte einen Schritt zur Tür. *Blöder Scherz!* Mit Sicherheit hatte sie meine Ankunft in New York über das Personalbüro meiner Firma erfahren und für mich dieses Gruselszenario aus Kunststoff, Latex und Kabelsalat vorbereitet. Verrückt genug dafür wäre sie ohne Zweifel! Doch jetzt war der Spaß zu Ende! Ich trat an die Tür und suchte nach der Klinke. Da schoss aus der Dunkelheit eine leuchtend grelle Cursorhand auf mich zu, stoppte vor meiner Nase und berührte mit dem Lichtfinger meine Stirn.

»Was soll das?« Ich wischte mit der Hand durch die Luft, konnte das Gebilde jedoch nicht verjagen.

»Der Supersensor scannt dich nach brauchbarem Material.«

Sie schmunzelte; es klang, als knisterte die Bildröhre eines soeben ausgeschalteten Monitors.

»Was soll das?«, wiederholte ich.

Hinter mir ertönten gleichzeitig mehrere Geräusche, als ratterte eine Rechenanlage, als luden sich Magnetspulen auf, booteten Systeme hoch und starteten Programme durch.

»Gratuliere, du bist positiv!«, rief sie in dem Getöse.

Positiv? Unwillkürlich musste ich an das Bordell in Boston denken.

»Keine Angst, deine DNS ist positiv, sonst nicht-z«, erklärte sie.

»Positiv, wofür …?«

»Kompatibel«, unterbrach sie mich ungeduldig. »Für den nächsten Evolutionssprung.«

Zwischen meinen Beinen schnappte etwas auf, als entriegelte sich ein Schloss. Aus einer winzigen Klappe im Fußboden schnellte ein Stift an die Oberfläche. Ein Pieksen in der Wade ließ mich erstarren. Ich humpelte zur Seite, mein Muskel zuckte und verkrampfte sich. Entsetzt wollte ich mich hinunterbeugen, um nach der Wunde zu greifen, als mich ein neuer Schmerz herumfahren ließ, diesmal im Knöchel des anderen Fußes, und so durchdringend wie der Einstich einer Nadel.

»Keine Angst«, schnurrte Margarit. »Ich analy-ziere nur deine Blutwerte und die Struktur deines Rückenmarks.«

Die Klappe schloss sich wieder, jedoch hörte ich hinter mir ein ähnliches Geräusch. Ein Gerät ritzte über die Haut in meinem Nacken, als hätte es mich verfehlt. Ich fuhr herum und stolperte zur Seite. Mit schweißnasser Hand wischte ich über mein Genick und zerrieb die klebrige Flüssigkeit zwischen den Fingern. Es roch nach Chloroform und Desinfektionsmittel. Um mich herum ratterten die Systeme in einem aufgebrachten Tumult, der Boden unter meinen Füßen begann zu vibrieren, als donnerte eine U-Bahn durch die Stockwerke. Wusste der Portier eigentlich, dass in diesem Hochhaus eine Verrückte wohnte?

»Hör auf!« Ich wirbelte mit der Hand durch die Luft. Die Knöchel meiner Faust schlugen hart gegen die Wand, trotzdem spürte ich den Aufprall nur wie durch ein Wattekissen.

»Beruhige dich, du fügst dir nur unnötige Schmerzen zu.«

»Mich beruhigen?«, kreischte ich. »Was machst du mit mir?«

»Keine Sorge: Keton, Nitrit, Glucose – alles in Ordnung. Du bist kerngesund, Marku-z. Blutsenkung, Bilirubin, Cholesterin, Leukozyten und Triglyceride, nur die fein-zten Werte. Ich bin stolz auf dich. Hast dich gut gehalten für dein Alter.«

Ich humpelte zur Tür, mein Oberschenkel begann zu kribbeln, als wollten sich die Muskeln jeden Augenblick verkrampfen. Die Riemen rutschten mir von den Schultern, der Rucksack schlug hinter mir am Boden auf.

»Pa-z auf! Die Datenleitungen!«, bellte Margarit zornig.

Ich taumelte durch den Raum, eine Eiseskälte umfasste meine Beine. Schlagartig erstarb das Gefühl in meinen Zehen.

Scheiß auf die Datenleitungen! Ich tastete über den Türrahmen. *Weg! Bloß raus hier!* Doch ich fand die verdammte Klinke nicht.

»Es gibt keine«, erklärte Margarit. »Ich brauche keine, ich verla-ze dieses Zimmer nie … und bald brauchst du auch keine mehr!«

Hinter der Sitzschale flammte eine bis zur Decke reichende Monitorwand auf. Wie Facettenaugen waren Bildschirme neben- und übereinander gereiht. Knisternd richteten sich meine Nackenhaare auf. Mit dem Arm versuchte ich das gleißend helle Licht abzuschirmen, doch konnte ich ihn nicht mehr bewegen. Taub baumelten beide Arme an meiner Seite herunter. Geblendet schloss ich die Augen, um im nächsten Moment zwischen meinen Lidern hindurch zu blinzeln.

»Was zum Teufel ist …?«

Wie eine Turbine heulte die Maschine auf und übertönte jeden Laut. Unendliche Mengen von Symbolen und Zeichen zuckten über die Mattscheiben, als verarbeitete das System in jeder Millisekunde Milliarden von Datensätzen. Die Sitzschale wurde von einem Lichtkranz umrahmt, der leblose Oberkörper war nur noch als eine dunkle Silhouette zu erkennen, grotesk mit dem Stuhl verwachsen. Mein Blick verschwamm.

»Was hast du mir gegeben?«, entfuhr es mir.

»Sei nicht ungeduldig. Gleich beginnt es zu wirken.«

Margarit lächelte, und schlagartig hörte für mich die Zeit auf zu existieren. *Und zwar für immer!* Die Temperatur fiel auf den Nullpunkt, eine Gänsehaut überzog meinen Körper, meine Zähne schlugen klappernd aneinander und erstarrten.

»Was hast du mir – verflucht nochmal …«, presste ich hervor. Mein Kopf wurde schwer, meine Finger taub, ich rang nach Atem.

»Aerocepthyl, mein Freund«, antwortete Margarit. Ihre Stimme klang dunkel, schwer und weit entfernt. »Nichts Gefährliches, mein Freund … nichts Gefährliches …«

Es ist schön an Margarits Seite. Sie zeigt mir ihre Welt, wir sind überall gleichzeitig, allwissend und allmächtig – wie sie es gesagt hat. Aber ich darf mich nicht rühren. Bei der kleinsten Bewegung ziehen sich die Glasfaserstränge enger um meine Oberschenkel, Knie, Hand- und Fußgelenke – und dann schmerzt es.

Die Platte an meinem Gaumen lässt mich manchmal würgen. Chromfarbene Maschinenteile bewegen sich immer wieder surrend vor meinem Gesicht und pieken mit hauchdünnen Nadelstichen in meine Haut.

Es kribbelt jedes Mal, wenn die Datenkanäle mit weiteren Nervenbahnen verschmelzen und der Partikelstrom wie auf Autobahnen durch meinen Körper rast. Dann jagen die spindelförmigen Nanoboards wie Drohnen durch Arme und Beine und verwandeln Haut-, Muskel-, Fleisch- und Nervenfasern zu weiteren digitalen Glasfaserinlays.

Meine Atmung stoppt.

Du brauchst sie nicht mehr!

Ja, ich weiß. Sensorbügel arretieren meine inneren Organe.

Dann kommt das Update!

Ich bin Teil von Margarits Datenbank geworden, vernetzt mit dem System.

Genauso wie der Portier, dessen Oberkörper am bioelektronischen Datenkanal hängt.

Genauso wie die Bewohner der anderen Wohnungen in diesem Gebäude in dieser Straße.

Und bald auch in allen anderen Straßen.

DUELL IM MINTAUER

Ich muss etwa dreizehn oder vierzehn Jahre alt gewesen sein, als ich eines Abends allein zu Hause war und eigentlich für die Schularbeit am nächsten Tag hätte lernen sollen.

Meine Eltern waren ausgegangen – ich kann mich nicht mehr daran erinnern, wohin – jedenfalls waren sie nicht da. Aber anstatt zu lernen, habe ich das Fernsehgerät eingeschaltet, da ich nur ein paar Minuten Zerstreuung wollte, und da lief gerade Michael Ciminos Die durch die Hölle gehen, *ein Anti-Kriegsfilm mit Robert De Niro und Christopher Walken.*

Die beiden waren als US-Soldaten des Vietnamkriegs in ein asiatisches Kriegsgefangenenlager geraten. Zum Amüsement der Vietnamesen mussten sie mit einem scharfen Revolver russisches Roulette gegeneinander spielen, während die Vietnamesen Geld darauf setzten, wer überleben würde.

Damals noch ein Teenager hat mich dieser Film komplett verstört. Er dauerte knapp drei Stunden, und natürlich habe ich nicht nach zehn Minuten abgeschaltet, sondern mir den gesamten Film bis zum Schluss spät in die Nacht angesehen. Für die Schule habe ich natürlich nicht gelernt, hatte bei der Schularbeit am nächsten Tag keine Ahnung und schrieb eine schlechte Note, die sich gewaschen hatte.

Aber etwas Sinnvolles hat diese Nacht trotzdem gehabt.

Die Inspiration zu der folgenden Science-Fiction-Story, die ich viele Jahre später geschrieben habe.

1.

Hermetun war ein Scheißplanet. Der alte Schiffshangar war bis auf wenige Container leer. Hier konnte man jemanden ohne Zeugen problemlos verschwinden lassen.

»Du hast zwanzigtausend Dudok aus meinem Safe mitgehen lassen!« Lucius schnippte mit den Fingern. Die Ragoon-Droiden, die im Halbkreis um Bone standen, rissen wie auf Kommando die Waffen hoch. Die Projektile glitten mit einem schrillen Ton in die Kammern der Reseeder.

»Lucius, es ist nicht so, wie du denkst ...« Bone schluckte. »Ich hätte dir das Geld zurückgegeben.« Mit der linken Hand tastete er instinktiv über den breiten Hüftgurt. Dort spürte er nur das leere Holster, in dem bis vor wenigen Minuten noch seine Waffe mit vollem 36er-Magazin gesteckt hatte.

Lucius, sein ehemaliger Boss, versuchte zu lächeln, doch dabei kam nur ein schiefes Grinsen zustande. Er nickte, einer der Droiden schwang die Reseeder herum und stieß den Kolben der Waffe in Bones Rippen. Die Luft zischte aus Bones Lunge. Er strauchelte, sackte zusammen, schlug mit den Knien am Boden auf und krümmte den Oberkörper zusammen.

»O Scheiße!« Bone presste die Hand gegen die linke Seite. Der Ragoon-Droide holte erneut aus und schwang den Kolben über Bones Nacken. Lucius Hand schnellte empor, woraufhin der Droide erstarrte.

Vom Boden aus schielte Bone in die kalten smaragdgrünen Augen der Biomaschine. Mit bloßen Händen könnte er dem Droiden das Motherboard aus der Wirbelsäule reißen und ihn kampfunfähig machen. Wahrscheinlich würde es ihm sogar noch gelingen, einem zweiten heranstürzenden Droiden mit einem Jit Su Do-Kick den Schädel vom Rumpf zu schmettern, doch spätestens dann würden ihn die anderen Biomaschinen mit ihren Waffen durchsieben. Anschließend würden ihn die Chirurgen nicht einmal in einem Neurotank zusammenflicken können, sondern seine Überreste kurzerhand zu den Schwefelminen hinausbringen lassen, wo sie sich auflösten.

Bone verzerrte das Gesicht und drückte die Hand gegen die Rippe. *Scheiße, wahrscheinlich angeknackst!* Er rappelte sich keuchend auf. Lucius ging auf ihn zu. Was hatte der Scheißkerl vor? Aus der Innentasche seines schwarzen Anzugs zog er ein fingernagelgroßes Objekt.

»Was haben wir denn da?« Lucius hielt den ovalen Chip zwischen Daumen und Zeigefinger. Selbstgefällig warf er den Kopf in den Nacken, sein ergrauter, straff geflochtener Zopf tanzte wie ein Seil hinter dem Rücken.

»Eine Holocard«, keuchte Bone, ohne das Objekt zu betrachten. Er wusste, was sich darauf befand.

»*Eine* Holocard?« Lucius silbergraue Augenbrauen verengten sich. »*Deine* Holocard, du Mistkerl!« Sein Finger zeigte auf Bones Brust.

Bone nickte stumm und spannte den Körper an, vorbereitend auf den nächsten Hieb, den ihm der Droide mit dem Kolben jeden Augenblick zufügen würde. Doch die Biomaschine stand nur regungslos da.

»Meine Droiden haben sie *zufällig* in deinem Gepäck gefunden!«

Miese Ratte, dachte Bone. *Zufällig gefunden!* Seine Reisebox war aufgebrochen und ihr Inhalt genauso zerstört worden, wie der Rest des Zimmers. Was würde die Hotelleitung dazu sagen? Von der Tür hingen nur noch Metallsplitter im Rahmen. Bett, Tisch, Schrank und die Badezimmerarmaturen waren von

Reseeder-Projektilen verkohlt worden, und der Bodenbelag sah aus, als wäre eine Batterie Tretminen im Raum detoniert. Bone hatte das Zimmer gar nicht betreten, sondern war über die Treppe zum Hinterausgang gestürzt. Dort hatten die Biomaschinen bereits auf ihn gewartet und zum Hangar gezerrt.

Lucius kam vor Bone zum Stehen und drehte die Holocard wie eine Münze zwischen den Fingern. »Lass uns doch mal sehen, was da drauf ist ...«

»Nein!«, entfuhr es Bone eine Spur zu hastig.

»*Nein?*«, wiederholte Lucius. »Warum? Ich kann es gar nicht erwarten, zu erfahren, wofür du mein Geld verpulverst.«

»Ich kann es dir erklären ...«

»Halt dein dreckiges Maul!«, fuhr Lucius ihn an. »Sehe ich so bescheuert aus, dass *du* mir etwas erklären müsstest?«

Lucius aktivierte den Infoscan am Handgelenk und ließ den Raster über die gerippte Oberfläche des Chips wandern. Sekunden später flimmerte ein Hologramm vor Lucius Augen auf. Das Bild zeigte Sternenkarten, astronomische Koordinaten, eine elliptische Flugbahn und einen Langstrecken-Raumfrachter im Querschnitt.

»Oho!«, rief Lucius erstaunt. »Ein Erste-Klasse-Ticket für morgen Abend auf der Rochus III. Sieh an, sieh an! Bone, ich bin überrascht! Für so dämlich hätte ich dich nicht gehalten.«

Verflucht!

Das Hologramm entfaltete sich zu weiteren Details.

»Sogar für zwei Personen, noch dazu in einer Kabine am A-Deck. Du lässt es dir wirklich gut gehen – um mein Geld.« Lucius drehte den Kopf zur Seite. »Wohin fliegt die Rochus III?«

»Nach Tooheran«, röhrte die blecherne Stimme eines Ragoon-Droiden.

Lucius wandte sich wieder an Bone. »Dachtest du etwa, ich ließe dich von hier abhauen – noch dazu mit Zylla? Ja, da staunst du! Ich weiß von euch beiden.«

»Okay, dann weißt du auch, dass wir eine Familie gründen wollen. Ich biete ihr das, was du ihr nie ...«

»Eine Familie? Du?« Lucius lächelte. »Sie ist verwöhnt! Was kannst *du* ihr schon geben, außer einem Leben auf der Flucht?« Er wischte mit der Hand durch die Luft. »Ich würde euch überall finden ... selbst auf Tooheran!«

»Drogen, Waffen, Bandenkriege, das Blutvergießen und die Vergeltungsschläge – wie viele Unschuldige hast du auf dem Gewissen? Meinst du, das sei ein Lebensinhalt für Zylla? Sie hat es satt!«, spie Bone verächtlich aus. »Mit deinem letzten unnötigen Exempel gegen Vito hast du sie endgültig verloren! Sie will nur raus aus dieser Scheiße!«

»Diese *Scheiße* hat jahrelang dein Leben finanziert – und ihres übrigens auch. Du wirst weich, Bone!« Lucius schnalzte mit der Zunge. »Mein bester Auftragskiller wird zahm wie ein Hündchen. Für dich wird es Zeit auszusteigen!«, stellte Lucius mit einem bedauerlichen Unterton in der Stimme fest. »Bone, Bone, Bone ...«, seufzte er und schüttelte den Kopf. »Einen Waschlappen wie dich wird Zylla bald vergessen.«

»Sie liebt mich!«

Lucius Arm stockte mitten in der Bewegung. »*Dich* armselige Kreatur?« Lucius Halsschlagadern quollen wie Kabel unter der Haut hervor.

Bone wusste, er hatte einen Fehler begangen, trotzdem fuhr er fort. »Du kannst Zylla nicht aufhalten! Wenn sie nicht mit *mir* geht, flüchtet sie mit dem nächstbesten Typ vor dir und deinen Schrottmühlen ...«

Lucius nickte knapp. Im gleichen Augenblick spürte Bone den Schlag gegen den Kiefer. Die Wucht riss ihn von den Beinen. Sein Kopf flog herum und er schlug am Boden auf. Über sich hörte er das mechanische Klicken der Gelenke, als der Droide in seine Ausgangsposition zurück schwang. Keuchend blieb Bone liegen, mit der Zunge tastete er über Lippen und Zähne. Er schmeckte Blut, ein dünner Faden lief ihm aus dem Mundwinkel. Unter Schmerzen verzerrte er das Gesicht und ließ den Unterkiefer knirschend von links nach rechts wandern. Bevor der Droide zum nächsten Schlag ausholte, würde er der Maschine mit der Faust die Siliziumschaltkreise zertrümmern.

Mit einem Handgriff ließ Lucius das Hologramm in sich zusammenfallen. Ein neuer Gedanke schien ihm zu kommen, sein Blick wurde ernst. »Was willst du ausgerechnet auf Tooheran? Hast du etwa Heimweh? Auf einmal?«, fragte er spöttisch. »Zieht es dich nach Hause? Weit weg vom guten, alten Lucius? Glaub mir, Bone, dort ist es viel zu langweilig für dich!« Er betrachtete ihn und schüttelte den Kopf. »Woher hast du eigentlich diesen albernen Namen?«

»Du selbst hast ihn mir gegeben«, erinnerte Bone ihn.

»Ach ja, richtig, als ich dich von der Gosse aufgelesen habe, abgemagert und halb verhungert. Scheiße, ist das lange her.«

Auf Lucius musste seine hagere Gestalt geradezu lächerlich wirken. Wie eine Marionette lag er da, im speckigen Raumanzug, in ausgetretenen Stiefeln, mit dem breiten Hüftgurt und dem leeren Holster, das lose an seinem Oberschenkel hing.

»Du solltest dich sehen!« Angewidert verzog Lucius das Gesicht. »Struppig, unrasiert, verfilzt! Drei Tage allein im Hotel, und du siehst aus wie ein schäbiger Tramp, der vergammelten

Tofu frisst und sich als blinder Passagier in den Frachttanks der Raumgleiter herumtreibt.«

»Du siehst auch nicht gerade aus wie jemand, den ich meiner Mutter vorstellen würde.«

»Meine Güte! Bin ich froh, dass mir der Anblick deiner Alten erspart bleibt!« Lucius grinste und blickte sich amüsiert nach den Droiden um. Die Biomaschinen standen jedoch stumm und regungslos in Formation. Was sollten die humorlosen Bestien auch anderes tun?

»Aus eurer Flucht nach Tooheran wird wohl nichts«, seufzte Lucius und schnippte die Holocard wie eine Münze auf den Boden. Der Chip kullerte davon. Hastig streckte Bone die Finger danach aus, doch Lucius kam ihm mit dem Schuhabsatz zuvor. Es knirschte, auf dem Boden blieb eine pulverisierte Staubschicht zurück. Damit war das Ticket für die Kabine erloschen.

Bone starrte auf den traurigen Rest, der von den zwanzigtausend Dudok übriggeblieben war. Ohne diese Holocard würde die Kabine auf der Rochus III morgen Abend leer bleiben. Gott, er sah Zylla bereits vor sich, wie sie ihn dafür verfluchte und ihm am liebsten die Augen auskratzen würde – und wie Lucius sie wieder in seine Welt hineinziehen würde, aus der er sie nicht retten konnte. Aber im Moment war Zylla sein geringstes Problem. Lucius hatte etwas mit ihm vor, und bald würde er herausfinden, was.

Lucius ging keuchend in die Hocke, sein Anzug raschelte, als er Bone von oben herab betrachtete. »Wie es aussieht, wirst du noch ein Weilchen auf Hermetun festsitzen.«

»Bastard!«

Lucius Lächeln versteinerte. »Tot oder lebendig … das hängt von dir ab!« Er fixierte Bone, keine Miene regte sich in seinem

Gesicht. Schließlich streckte er den Zeigefinger aus. »Fakt ist: Du schuldest mir immer noch zwanzigtausend Dudok.«

Bone antwortete nicht.

»Dich überstürzt zu töten, wäre demnach unklug. Richtig? Anschließend können dir die Droiden immer noch das Gehirn aus dem Schädel pusten.« Lucius deutete zu den Biomaschinen, die wachsam im Halbkreis um die beiden standen.

»Anschließend an *was?*«, krächzte Bone.

Lucius warf ein Stecktuch vor Bone auf den Boden. »Wisch dir das Blut aus dem Gesicht!«

Bone griff nicht danach. Stattdessen wischte er sich mit dem Handrücken über die Lippen.

»Dann will ich dir mal sagen, was du tun wirst, um am Leben zu bleiben.« Lucius schnalzte mit der Zunge. »Ich biete dir einen Deal an … eine faire Chance.«

Bone wusste, was *fair* auf einem Planeten wie Hermetun bedeutete, besonders wenn es aus Lucius' Mund kam.

Lucius stemmte sich ächzend hoch, verschränkte die Arme vor der Brust und schritt gemächlich um Bone herum. »Hör genau zu, Kleiner …«

2.

Tot oder lebendig? Bone lümmelte am Tisch, betrachtete das Glas *Correll* vor sich mit der dunkelgrünen Flüssigkeit und den zu ovalen Gebilden geschmolzenen Eiswürfeln. Er tastete über den Tisch, spürte das speckige Holz und griff nach dem Kolben der Decipher. Langsam zog er die schwere Bioplasma-Waffe zu sich heran, umklammerte den Griff, fühlte das kalte Metall und starrte auf den Abzug, den chromfarbenen Hahn und die volle

Kammer. *Tot oder lebendig?* Das waren Lucius' Worte gewesen. Die raue Oberfläche des Kolbens lag wie ein schuppiger Panzer in seiner Hand. Der Griff kratzte am Handballen, als hielt er ein maßangefertigtes Modell in der Hand. Wem es wohl früher gehört haben mochte?

Er hob die Waffe, führte sie an die Stirn, fühlte den glatten Doppellauf, spannte den Hahn und presste die Mündung gegen die Schläfe. *Tot oder lebendig!* Es würde rasch vorüber sein, vielleicht spürte er es gar nicht, vermutlich würde er nicht einmal das Klicken des Abzugs hören. Er schloss die Augen, atmete tief durch und drückte ab. Die Ladung fuhr hoch und der Hahn schnappte zurück. *Sluuurp … Klick!* Die Waffe gab ein krächzendes Husten von sich. Bone sog Luft ein, füllte seine Lunge mit Sauerstoff. Dann nahm er die Decipher herunter, knallte die Waffe auf den Tisch, sodass sein Glas überschwappte, und ließ sie an das andere Ende des Tisches schlittern.

Stühle rückten über den Holzboden, Gläser und Flaschen klirrten auf dem Tresen. Die Männer an der Bar räusperten sich und begannen zu murmeln. Er hörte das Rascheln von Stoff und das Klimpern der Dudok, die den Besitzer wechselten. Das Mintauer war zum Bersten gefüllt. Alkoholdunst und Rauchschwaden hingen wie eine Glocke über den Tramps, Genhändlern, Raumfrächtern und Datenhackern, die hier ihre letzten Dudok versoffen, verspielten und mit den radioaktiv verseuchten Nutten durchbrachten. In *dieser* Nacht amüsierten sie sich jedoch nicht mit den Mädchen … *noch nicht.* Die Gäste des Mintauer standen dicht gedrängt um den einzigen Tisch des Lokals.

Bones Gegenüber zog die Augenbraue hoch. »Mutig!« Squod grinste zahnlos. »Ich wusste gar nicht, dass du einer von *der* Sorte bist … der erste Linkshänder, der gegen mich antritt.«

Squod war ein Bursche übelster Sorte. Sein Raumanzug war mottenzerfressen und er stank aus dem Mund wie eine Mülldeponie. Seit Jahren kam er ins Mintauer, und noch nie hatte er einen Wettkampf verloren. Sein rechtes, nikotingelbes Auge zuckte einmal, zweimal, dann griff er ohne zu Zögern nach der Decipher, packte sie am Griff, stemmte die klobige Waffe hoch, setzte den Lauf an die Stirn, spannte den Hahn und drückte ab. *Sluuurp … Klick!* Bone zuckte zusammen. Ein Raunen ging durch die Menschenmenge.

Squod grinste schief, ein weißer Faden hing ihm aus dem Mundwinkel. Er war mit *Burn, Killodrom* und schmerzstillenden Tabletten so abgefüllt, dass er es nicht bemerkt hätte, wenn er sich den Doppellauf der Waffe irrtümlich ins Auge gestoßen hätte.

»Yahooo!«, grölte Squod, knallte die Decipher auf den Tisch und schob sie zurück auf Bones Seite.

Schlagartig wurde es still, die Gäste hielten den Atem an. Bone starrte auf das glänzende Metall und die matten Chrom-Inlays der Waffe. Die ausrangierten älteren Decipher-Modelle waren berüchtigt für ihre Ladehemmung; ein Produktionsfehler, der damals, als Bone noch ein Junge gewesen war, in den Kolonien für Aufsehen gesorgt hatte. Zu dieser Zeit war die Produktion der Bioplasma-Waffe für die Grenzpatrouillen am Rande der Galaxis auf Hochtouren gelaufen. Auch Bones Vater hatte damit an der Front gekämpft, in den Rohstoffkriegen auf den äußeren Planeten. Doch bald erkannten die Commander den Grund, weshalb ihre Soldaten wie wehrloses Vieh abgeschlachtet wurden. Tausende Exemplare der Decipher wurden eingezogen und verschrottet. Die Waffe wurde durch ein verbessertes Modell ersetzt, das statt des Hahns und Abzugs mit Suchscanner und Wärmesensor ausgestattet war. Hin und wieder tauchte in den Kolonien eine alte, verrottete Decipher auf. Doch öfter als zweimal versagten diese Schrottmühlen nur selten, meistens erst nach hundert Versuchen.

Das Los hatte entschieden, dass Bone den Wettkampf beginnen sollte. Eigentlich hatte er damit gerechnet, dass sich Squod beim zweiten Versuch die Birne vom Rumpf blasen und der Bioplasmakanal seinen Schädel zerfetzen würde. Doch Squod, der Matador des Mintauer, hatte wieder einmal Glück gehabt. Wie schon so oft.

Jetzt ist es soweit, dachte Bone. Vor ihm lag die Decipher, daneben ein Berg zerknüllter Siliziumkarten – insgesamt zwanzigtausend Dudok, jene Prämie, die Bone vorgeschlagen hatte und die der Überlebende an diesem Abend erhalten würde. Nur wenige Typen an der Bar hatten auf ihn gesetzt, alle anderen warteten darauf, dass er sich jetzt den Kopf vom Hals schießen würde, was ein Riesenspektakel in der Bar verursacht hätte. Noch bevor sein warmer Leichnam vom Stuhl gerutscht wäre, hätte Squod das Geld an sich gerafft und wäre lauthals grölend mit zwei oder drei Mädchen im Arm aus dem Lokal getaumelt … wie jeden Monat, seit beinahe drei Jahren. Wahrscheinlich würde er in einer Spelunke untertauchen, wo ihn die Soldaten der Grenzpatrouille nicht finden konnten. Nicht nur auf Hermetun, sondern in der gesamten Galaxis waren Wettkämpfe *dieser* Art verboten.

Bone griff nach der Decipher, sie wog schwer in seiner Hand. Einer von hundert würde den dritten Versuch überleben, dachte er bitter. Ob er von den Reseedern der Ragoon-Droiden zerstäubt oder durch die Decipher pulverisiert wurde, war bereits egal. Lieber wollte er den Hahn selbst spannen und den Abzug drücken, als im Hinterhof eines Schiffshangars röchelnd vor Lucius zu liegen und jämmerlich zu verbluten. Ob mit oder ohne Zylla, die Rochus III würde er ohnehin nicht mehr rechtzeitig erreichen und die grünen Hügel Tooherans, seines Heimatplaneten, nie wieder zu Gesicht bekommen. Egal … alles war verdammt noch mal scheißegal geworden! Er riss die Waffe an die Schläfe, spannte den Hahn und drückte ab. *Sluuurp … Klick!* Die Gäste im Mintauer schrien auf.

Bones Puls raste, seine Stirn war schweißnass, er rang nach Atem. Squods Augenbraue zuckte. Mit weit aufgerissenen Augen starrte er auf die Waffe in Bones Hand. Da knallte Bone die schwere Decipher auf die Tischplatte und schob sie auf Squods Seite.

Ich bin am Leben! Scheiße noch mal, ich bin am Leben!

Bone ließ die Schultern sinken, warf sich gegen die Stuhllehne und blinzelte zu Squod hinüber. *Das ist dein letztes Spiel, Kumpel! Du wirst jetzt sterben.* Beim vierten Versuch hatte eine Decipher noch nie versagt. Um Squod würde niemand eine Träne vergießen. Seit Jahren lebte der Drogensüchtige von gestohlener Zeit, eines Tages musste es soweit sein, dass er sich die von *Burn* und *Killodrom* zersetzten Gehirnwindungen aus dem Schädel pustete.

Squod war blass geworden. Unsicher schielte er in der Bar umher, glotzte zu Vito. Wegen seiner verkrüppelten Beine war Vito zwei Köpfe kleiner als die anderen Männer an der Bar. Breit grinsend lehnte er am Tresen und warf sich eine Tablette ein, die er mit einem Glas *Correll* hinunterspülte – wahrscheinlich um die Schmerzen in den kaputtgeschossenen Gelenken zu betäuben. Lucius' letztes Exempel hatte deutliche Spuren hinterlassen.

Der Zwerg hat gut lachen. Die Männer an der Bar griffen nach den Geldbeuteln und zogen ihre letzten Dudok hervor, die Wetten stiegen ins Unermessliche. Heute Abend würde Vito den Umsatz seines Lebens machen.

Erspare uns die Quälerei, drück endlich ab! Bone starrte zu Squod hinüber. Nachdem sich der Penner selbst abgeschlachtet hatte, würde er die zwanzigtausend Dudok einstreichen und seine Schulden bei Lucius bezahlen – als freier Mann! Ob er noch einmal an Zylla herankam war fraglich. Hauptsache, er war erst mal aus diesem Schlamassel draußen.

Squods wässriges Auge zuckte nervös. »Halleluja!«, brüllte er, als wollte er sich Mut machen, umklammerte die Waffe, führte sie an die Stirn, presste die Augen zu einem schmalen Strich zusammen und spannte den Hahn. Bone kniff ebenfalls die Augen zusammen und rutschte ein Stück zurück. Squods Gehirnmasse würde wie eine zerplatzte Frucht über den Tisch spritzen. Squod drückte ab. *Sluuurp … Klick!*

»Yahooo!« Squod lachte schrill auf und knallte die Waffe auf das Holz. Ein lautes, argwöhnisches Murren ging durch das Mintauer.

Bones Herzschlag setzte aus. Ungläubig starrte er auf Squod, der ihm quicklebendig gegenüber saß und über das ganze Gesicht grinste. *Das kann doch nicht wahr sein!* Warum fiel der Scheißkerl nicht tot vom Stuhl?

»Das vierte Mal!«, rief jemand von der Bar.

»Die Waffe hat eine *absolute* Ladehemmung«, murmelte jemand hinter Bones Rücken. Wie durch ein Kissen drangen die Worte dumpf in sein Bewusstsein.

»Irgendwann wird sie schon losgehen«, murrte ein anderer.

»Das ist mal ein toller Kampf!«

»Ich steig ein!«, rief eine Frau.

Die Siliziumkarten klimperten, es wurde durcheinander gebrüllt und neu verhandelt. Da schwang die Tür zur Straße auf und das Raunen im Lokal verstummte.

3.

Eine langbeinige, blonde Dame betrat das Mintauer, den schwarzen Ledermantel lässig über den Unterarm geschlagen. Mit hochhackigen Stiefeln, glänzend schwarz bis zu den Knien, stelzte sie durch den Raum. Was zum Teufel tat Zylla um diese Zeit hier? Gott, hatte sie sich aufgetakelt. Als wollte sie den Gewinner abschleppen. Aber doch nicht Squod? So geschmacklos wäre sie nie gewesen. War sie von Rachegedanken erfüllt? Wollte sie *ihn* blutig enden sehen, weil er ihre gemeinsame Flucht verbockt hatte? Nein, für so niederträchtig hielt er sie nicht.

Zylla drängte sich zwischen den Betrunkenen hindurch und fand einen freien Platz an der Theke. Ausgerechnet neben Vito, dachte Bone, diesem kleinwüchsigen, schmierigen Kerl in der grauen Felljacke. Sie strich ihr schulterlanges Haar auf einer Seite hinter das Ohr und betrachtete die Szene mit gelangweiltem Blick. Es musste auf sie wirken, als hätte sich eine Horde Großmäuler zu einem törichten Männerspiel in der Arena getroffen, das erst dann beendet war, wenn Blut aus einem zerfetzten Schädel spritzte. Angewidert rümpfte sie die Nase, was ihrer Erscheinung ein vornehmes Aussehen verlieh, das zu ihrem Auftritt passte.

Bone bemerkte, wie sie sich zu Vito hinunter beugte und etwas flüsterte. Vito grinste. Mit einer beiläufigen Handbewegung deutete er auf den Tisch, wo sich Bone und Squod gegenüber saßen. Offenbar erklärte er ihr die Regeln des Wettkampfes.

»Los, du bist dran!«, zischte Squod. »Deine Fans warten!«

»Halt dein Maul!«, fluchte Bone. Mit zittrigen Fingern griff er nach dem Glas mit der dunkelgrünen Flüssigkeit und leerte es in einem Zug. Zurück blieb das Klimpern der Eiswürfel. Bitter verzog er das Gesicht. *Correll* war ein ekelhaftes Gesöff, aber das einzige, das man für einen Dudok im Mintauer kaufen konnte.

Er nahm die Decipher zur Hand und starrte auf den chromfarbenen Hahn, den Schlitten, die Kammer, den Bioplasmakanal und den wuchtigen Doppellauf. Sollte es *so* enden? Aus dem Augenwinkel bemerkte er, wie Squod zur Theke schielte. Die blonde Amazone mit den feinen Gesichtszügen schien es ihm angetan zu haben. Mit einer knappen Geste senke Squod den Kopf, einem unmerklichen Nicken gleich.

Bones Puls beschleunigte, wie beiläufig huschte auch sein Blick zur Theke. Mühsam verlagerte Vito sein Gewicht von einem Bein auf das andere. Seine Hände verschwanden in den Taschen der Felljacke, gleichmütig lehnte er mit dem Rücken am Bartresen und wartete. Mit einem Mal glaubte Bone ein leichtes Vibrieren in dem Metallgehäuse der Waffe zu spüren. Die Haare an seinem Unterarm stellten sich auf, eine Gänsehaut jagte ihm vom Handgelenk bis zur Schulter hinauf. Plötzlich wusste er, dass die Waffe *jetzt* losgehen würde. Ladehemmung hin oder her, ob defektes Modell oder nicht, sie würde losgehen, sobald er den Hahn gespannt hatte und den Abzug drückte.

Vito verbarg noch immer eine Hand in der Jackentasche. Versteckte der krummbeinige Kerl einen Sender darin? Hatte er die Decipher mit einem Magnetimpuls aktiviert? Hatte dieses Modell etwa gar keine Ladehemmung und würde *dann* losgehen, wenn Vito es für richtig hielt? Eine perfekte Zeitbombe, aktiviert und scharf?

Wenn es in der Waffe tatsächlich einen Empfänger gab, musste er irgendwo installiert sein. Scheinbar gelangweilt ließ Bone den Blick über das Metall, die Kammer, den Kolben und den Lauf gleiten. Sein Puls raste. Wieder spürte er die raue Oberfläche des Kolbens, die unangenehm an der Haut seines Handballens rieb. Die Decipher war überhaupt kein maßangefertigtes Modell, schoss es ihm durch den Kopf. Aus welchem Grund sollte eine derartig spezielle Bioplasma-Waffe auch existieren, wenn sie zu Tausenden für die Soldaten der Grenzpatrouille an der Front produziert worden war?

»Los!«, zischte Squod, diesmal lauter. Einige Gäste begannen zu murren, sie wollten das Finale des Spektakels erleben.

Bone ignorierte es. Sein Fingernagel kratzte über den Griff. Am Kolben entdeckte er eine winzige Erhöhung, die offenbar der Grund für das Reiben an der Haut war. Wie ein verkleinerter Stecknadelknopf war der Empfänger in den Griff eingelassen … *falls es überhaupt ein Empfänger war,* korrigierte er sich. Wahrscheinlich würde der Impuls den Plasmakanal im Lauf öffnen, sobald er den Hahn spannte. Wäre er Rechtshänder, hätte er den winzigen Knopf gar nicht bemerkt. Rechtshänder nahmen ohnehin viel zu wenig wahr. Sie dachten zu viel. *Oder bin ich etwa paranoid?* Täuschte ihn seine Intuition, von der er angenommen hatte, sie sei unfehlbar? Irrte er sich oder trieben der Wettkampfmatador und der Besitzer des Mintauer tatsächlich ein falsches Spiel mit ihm? Mit einer manipulierten Waffe hätten Squod und Vito eine Unmenge an Dudok verdienen können. *Verdammt!* Sein Herz raste.

»Los!«, brüllte nun auch Vito quer durch das Lokal. »Wir wollen dein Blut spritzen sehen!«

Die Gäste gackerten vor Lachen. Bone umklammerte den Griff der Waffe, bis seine Knöchel knackten. Er könnte die Decipher herumreißen, auf Squod richten und abdrücken, anschließend auf Vito zielen und dem Gnom das Fleisch vom Körper brennen. Eine Genugtuung wäre es allemal, doch hätte er sein Leben nur kurzfristig verlängert. Vitos Geschäftsfreunde, jene anderen Lokalbesitzer, Drogendealer, Waffen- und Maschinenhändler der Stadt, würden sich anschließend um Bone kümmern. Aber mit leerem Holster, ohne seine Waffe, stattdessen nur mit dieser schäbigen Decipher bewaffnet, wäre er auf Hermetun nicht lange am Leben.

Sein Hals steckte ziemlich tief in der Schlinge. Sie würden ihn ohne mit der Wimper zu zucken lynchen, aber zuvor in einem leer stehenden Container foltern. Vermutlich die Kniescheiben rausschießen, die Gelenke brechen und mit einem Druckwellenblaster langsam seine inneren Organe zermalmen. Er konnte es sich lebhaft vorstellen. Vor zwei Monaten hatte er eines dieser Opfer gesehen, einen Burschen, der noch Flaum im Gesicht trug, als Geldbote gearbeitet hatte und den mächtigsten Waffenhändler auf Hermetun um tausend Dudok betrügen wollte. Es war kein schöner Anblick gewesen, den Jungen röchelnd zwischen dem Müll des Hinterhofs liegen zu sehen. Dann lieber *so* sterben.

Er würde es jeden Augenblick herausfinden. Weshalb länger zögern?

4.

Mit einem sehnsüchtigen Gesichtsausdruck verlor sich Bones Blick in den Augen der Frau an Vitos Seite. Er spannte den Hahn, zog die Decipher wie in Zeitlupe an die Stirn und drückte ab. *Sluuurp … Klick!* Sein Herzschlag setzte für einen Moment aus.

Erst langsam begannen sich die Gäste des Mintauer wieder zu rühren, als hätten sie gleichzeitig den Atem angehalten. *Kein*

Sender, keine manipulierte Waffe, dachte Bone und sank wie eine von den Schnüren gekappte Marionette in sich zusammen. Sein Rücken war schweißnass. Bei der geringsten Bewegung spürte er den kalten Raumanzug, der wie eine zweite Haut an seinem Körper klebte.

»Das fünfte Mal«, flüsterte eine Stimme, als handelte es sich um den absoluten Rekord, der jemals mit einer Decipher aufgestellt worden war.

Bone wuchtete die Waffe auf den Tisch. »Deine Runde«, brachte er mit trockener Kehle hervor und schob die Waffe von sich.

Squods Kopf zuckte herum. Entsetzt blickte er zu Vito, der an der Theke stand und kaum sichtbar die Schultern hob. Für einen kurzen Moment schien Squod die Situation zu erfassen, als wäre das Dope in seinem Gehirn verdampft.

Verdammt noch mal, was ist mit den beiden los? Bone schielte zwischen ihnen hin und her, doch er kam nicht dahinter, was sie im Schilde führten. Da bemerkte er den Ausdruck in Squods Augen. Die nackte Angst loderte darin. Plötzlich kam ihm der Gedanke, dass Squod die Waffe auf ihn selbst richten und abdrücken könnte. High, stoned und verrückt genug dazu war er zweifelsohne. Bones Köper spannte sich, die Handflächen legten sich auf die Unterseite der Tischplatte, die Muskeln seiner Oberarme traten hervor, bereit, den Tisch beim geringsten Anzeichen hochzureißen und Squod damit vom Stuhl zu rammen. Mit einem Fausthieb hätte er Squod die Decipher aus der Hand geschlagen und ihm mit der Handkante die Gurgel zerschmettert. Dann wäre es vorbei gewesen.

Squod griff mit hasserfüllt funkelnden Augen nach der Decipher, legte den Lauf an die Stirn, spannte den Hahn und drückte den Abzug … Sluuurp … Ein ohrenbetäubender Krach hallte durch das Lokal. Wie ein wildgewordenes Tier fuhr das Bioplasma aus dem Lauf und sprengte Squod den Kopf von den Schultern. Der Rückschlag riss seine Hand zur Seite.

Ein Aufschrei raste wie eine Welle durch das Lokal. Der Leichnam kippte vornüber und schlug mit dem Rumpf an die Tischkante. Gläser hüpften hoch, die Waffe polterte auf den Boden, Blut ergoss sich über die Tischplatte.

Bone sprang hoch, sein Stuhl kippte nach hinten. Mit zittrigen Händen raffte er die besudelten zwanzigtausend Dudok zusammen, stopfte sie in die Hüfttasche und drängte sich zur Theke hindurch. Murmeln und ungläubiges Raunen begleiteten ihn. Einige Kerle strömten enttäuscht zum Ausgang, andere standen nur kreidebleich da, den Blick gesenkt, zu betroffen, als dass sie einen Mucks von sich gaben. War es ihre erste Leiche, die sie gesehen hatten? Oder lag es einfach nur daran, dass es Squod war?

»Vierunddreißig Kämpfe lang war Squod ungeschlagen«, nuschelte ein Mann.

Bone ignorierte ihn und schob sich weiter. Vito glotzte ihn blass an.

»Sie müssen sich nach einem neuen Spieler umsehen!«, stellte Bone fest und starrte auf den Zwerg, dessen Unterkiefer schlaff hinunter hing. Schweiß stand ihm auf der Stirn, seine Augenlider zuckten.

»Möchten *Sie* für mich arbeiten?«, ächzte Vito heiser.

Bone schüttelte den Kopf. »Ich arbeite für niemanden mehr.«

»Überlegen Sie es sich!«

»Danke, aber ich verlasse Hermetun, so rasch es geht.«

»Sie könnten hier eine Menge Geld verdienen.«

»So wie Squod?« Bone deutete mit einem Kopfnicken auf den Tisch hinter sich.

»Sie haben das Zeug für einen neuen Matador.«

Bone schüttelte den Kopf. »Das ist vorüber. Dort wo ich hingehe, gibt es diesen Abschaum nicht.«

Vito nickte, als hätte er verstanden. Neben ihm räkelte sich die blonde Frau. Sie betrachtete Bone mit zusammengekniffenen Augen und strich sich eine Haarsträhne hinters Ohr.

Ihre Lippen verzogen sich zu einem Schmollmund. »Ein cooler Typ.«

Bone zwinkerte ihr zu. »Schon gut, Zylla. Können wir gehen?«

»Natürlich, mein Großer.« Zylla raffte den Ledermantel zusammen, senkte den Kopf, hauchte Vito ein »Nett, Sie kennen gelernt zu haben« ins Ohr und strich ihm zum Abschied mit dem Finger über den Nasenrücken.

Vito starrte sie an und wollte sich dann Bone zuwenden. Doch der drängte sich bereits an der Bar vorbei. Einige schlugen ihm auf die Schulter, andere verfluchten ihn. Zylla folgte ihm mit klappernden Schritten. Bevor er durch die Tür nach draußen verschwand, drehte er sich noch einmal in die von Rauch vernebelte Atmosphäre des Lokals um.

Nein, diesen Ort würde er nicht vermissen.

5.

Arm in Arm gingen sie die Straße hinunter, vorbei an Spielhöllen, Fabrikgebäuden, Containern, Wohnbunkern und ausgebrannten Lagerhallen.

»Wie geht es dir, mein Schatz?«, fragte Zylla.

Erleichtert füllte Bone seine Lunge mit der schwefelgesäuerten Luft Hermetuns. »Einen Augenblick war mir ziemlich elend zumute«, gab er zu. »Ich dachte schon, der Gnom hätte die Decipher manipuliert und einen Magnetempfänger implantiert.« Er schüttelte den Kopf.

»Mein kleiner Held.« Zylla lächelte. Ihr Finger strich über Bones Wange, kratzte über die Stoppeln seines Dreitagebarts und wanderte an seinen Lippen entlang. »Die Waffe *hat* einen implantierten Empfänger«, bemerkte sie nebenbei.

»Deine Scherze waren auch schon mal besser«, stellte Bone fest.

»Irrtum!« Sie schüttelte den Kopf.

»Woher willst du das wissen?«

»Rate mal«, forderte sie ihn auf, aber er zuckte nur mit den Achseln. »Dein Freund, der alte Lucius, hat es mir verraten. Oder hast du etwa geglaubt, seine Decipher-Wettkämpfe seien *nicht* manipuliert? So läuft das Geschäft auf Hermetun nun mal!«

Bone räusperte sich, seine Kehle war wie ausgetrocknet. »Aber weshalb ging die Decipher nicht beim fünften Mal los, als ich sie an *meine* Schläfe gesetzt habe?«

Zylla zog eine Augenbraue hoch. »Vielleicht, weil ich Vito eine Pistole in die Rippen gebohrt habe?«

»Du hast eine Waffe in das Mintauer geschmuggelt?«, entfuhr es ihm. »Woher hattest du das Ding?«

»Der gute alte Lucius hat mir deine Waffe gegeben – mitsamt eines 36er-Magazins – und mich damit ins Mintauer geschickt.« Sie schlüpfte aus Bones Arm und fuhr mit der Hand unter ihren Mantel. Mit einem schnellen Griff zog sie eine metallicgraue, faustgroße Waffe mit kurzem, rohrgroßen Lauf und automatischem Suchsensor hervor.

Bone erkannte seine Waffe. »Mein Baby!«

»Ich empfahl Vito, er solle den Sender ausschalten und erst bei Squod wieder aktivieren, sonst würde ich ihm ein Projektil in den Unterleib blasen. Wer will schon gern von einem integrierten Projektil innerlich zerfetzt werden?«

»Wow! Du bist der Teufel in Person.«

Zylla lächelte. »Yessir, das bin ich!«

»Und das alles hat dir Lucius einfach so verraten?«, fragte er plötzlich misstrauisch.

Zylla lachte auf. »Denkst du, er ließe es zu, dass die Kerle im Mintauer meinen Liebling abknallen?«

»Dein Vater ist ein Schlitzohr!«

Zylla nickte. »Aber seine Tochter auch!« Sie zwinkerte Bone zu.

»Du Biest!« Bone grinste. Mit einer flinken Bewegung ließ er seine Waffe ins Hüftholster gleiten, sodass der mechanische Verschluss einschnappte.

Ruckartig blieb Zylla stehen und blickte sich um. »Wohin gehst du eigentlich?«

»Wohin wohl?«

»Zum Raumhafen geht es da entlang.« Sie deutete in die entgegengesetzte Richtung.

Er blieb ebenfalls stehen. »Was soll ich dort? Mit leeren Taschen um ein Ticket nach Tooheran betteln?«

»Du hast doch deine Prämie.«

»Klar.« Er lachte auf. »Zuerst muss ich damit meine Schulden bei deinem Vater bezahlen, danach kann ich … warum grinst du so hinterhältig?«

»Hätte ich fast vergessen«, schnurrte sie. »Vater lässt dir ausrichten, dass – falls es dir gelingt, den Deal zu erfüllen und du Vitos Matador ausschaltest – dich seine Ragoon-Droiden am Leben lassen …«

»Donnerwetter! Wie großzügig vom ihm!«, murrte er.

»... und deine Prämie darfst du auch behalten«, fügte sie hinzu.

»Hätte ich nicht gedacht! Dein alter Herr kann ja richtig nett sein.«

»Schließlich haben wir gerade seinem mächtigsten Konkurrenten das Geschäft verpatzt!«

Bone trommelte mit den Fingern auf die prall gefüllte Hüfttasche, worin die Dudok klimperten. »Lucius lässt dich also tatsächlich mit mir von Hermetun abziehen?«

»Du weißt, wie stur ich sein kann. Außerdem hat Vater mir noch nie einen Wunsch abschlagen können. Ich habe ihm gesagt, dass du der beste Typ im Universum bist – und wenn ich ein Kind will, dann nur von dir. Und es soll auf Tooheran groß werden.«

Ein Baby gemeinsam mit Zylla? Bone lächelte verschmitzt. An diesen Gedanken könnte er sich gewöhnen.

»Und jetzt sag schon ...« Sie hakte sich wieder in Bones Arm unter. »Wie hoch ist dein Gewinn?«

»*Unser* Gewinn«, korrigierte er. »Zwanzigtausend.«

»Wahnsinn!« Sie umarmte Bone und gab ihm einen Kuss auf die Nasenspitze. »Worauf warten wir noch? Rasch, wir kaufen uns eine neue Kabine für die Rochus III, bevor es sich mein Vater anders überlegt.«

Sie packte Bone an der Hand, und gemeinsam liefen sie zum Raumhafen.

EX LIBRIS:
ACHTZEHNTAUSEND GIGABYTE

Es gab eine Zeit, da habe ich massenweise Dystopien verschlungen. Natürlich habe ich mit den Klassikern wie 1984, Fahrenheit 451 *und* Schöne Neue Welt *begonnen, aber schon bald auch* Wir *von Jewgenij Samjatin gelesen,* Metropolis *von Thea von Harbou,* Tuzub 37 *von Paul Gurk oder* THX 1138 *von Ben Bova.*

Auch in der von mir sehr geschätzten SF-Jugendbuch-Serie Mark Brandis *gibt es einige schöne Dystopien wie die Bände* Salomon 76 *oder* Planetaktion Z.

Schließlich gibt es auch noch faszinierende Film-Dystopien wie Equilibrium, Brazil *oder* Twelve Monkeys. *Was mich so sehr daran reizt ist dieses sinn- und ausweglose Aufbegehren gegen ein übermächtiges System.*

Nach den WikiLeaks-Veröffentlichungen durch Julian Assange und den NSA-Aufdeckungen durch Edward Snowden wissen wir, dass wir 1984 längst erreicht und technisch weit übertroffen haben. Und durch die Terroranschläge, die mittlerweile auch Europa erreicht haben, ist es nur noch eine Frage der Zeit, bis die ganze Welt zu einem riesigen Polizei- und Überwachungsstaat mutieren wird. Bei all diesen schrecklichen Entwicklungen, die nicht zu verhindern sind, wird eine Sache hoffentlich nie passieren: Dass das Buch von der Bildfläche verschwindet.

Deshalb geht mir von allen Dystopien jene von Fahrenheit 451, *in der Bücher verboten und verbrannt werden, am meisten an die Nieren. Aus dieser beängstigenden und zugleich verzweifelten Ohnmacht heraus ist* Ex Libris: Achtzehntausend Gigabyte *entstanden.*

Ach ja, noch ein Wort zum Storytitel: Bedenken Sie bitte, dass ich diese Geschichte vor knapp zwanzig Jahren geschrieben und für diese Neuauflage nur stilistisch überarbeitet, aber technisch nicht angepasst habe. Andernfalls hätte ich auch den Storytitel ändern müssen, was ich aber nicht wollte, weil er mir so gut gefällt.

Als der Winter für weitere sechs Monate hereinbrach, wurde es kalt, bitterkalt, sodass die Tränenflüssigkeit unter seinen Lidern gefror und der Atem vor seinem Gesicht zu einer Eiswolke erstarrte. Er musste sich ohne Pause bewegen, damit sich sein Blut in den Adern nicht zu einem dunkelroten Strang verhärtete.

Sein Weg führte ihn an den Ruinen der Menschenfabriken vorbei. Dort hatten sie vor Jahrzehnten den genetischen Schlüssel des Menschen geknackt, die Struktur des Gehirns verändert, auf ein biologisch-maschinelles Niveau gehoben, genial, brillant, zukunftsweisend – der Evolution eine neue Richtung gegeben, ohne Gott gefragt zu haben. Man sprach nicht mehr länger von einer bloßen Nutzung des Gehirns von fünf Prozent, wie damals, im alten Jahrtausend, sondern nur noch von einer ungenutzten Reserve, die weniger als drei Prozent betrug. Mit dem Implantat einer komprimierten Speichererweiterung konnten die *Datenträger* sogar ihre Kapazität vertausendfachen. Die Menschenfabriken waren überflüssig geworden. Mittlerweile gab es rationellere Verfahren. Seitdem war der Mensch zum Übermenschen mutiert, zum Sklaven der Rationalität geworden, entmenschlicht, entgeistigt, emotional tot, wie eine Nulllinie am EEG, die in der Dunkelheit verschwand.

Ausgetretene, viel zu große Soldatenstiefel trugen seinen knabenhaften Körper über schwarzen Schnee, von den Maschinen an den Straßenrand gepresst, zu Klumpen gefroren und gefärbt von den Pestiziden in der Luft. Sein schmaler Schatten bewegte sich ruhelos durch die Schluchten, zwischen den Ruinen ausgebrannter Skelette hindurch, immer in Bewegung. Noch war er kein Datenträger, noch lagen fünfundneunzig Prozent seines Gehirns brach, doch arbeitete es daran, wartete wie ein Schwamm darauf, sich zu füllen, Informationen aufzusaugen und sich mit einem Hypersprung auf eine neue, zweckmäßigere Stufe der Evolution zu katapultieren.

Der Nebel verdichtete sich zu einer Wand, waberte durch den Luftzug seiner Bewegung auseinander und schloss sich hinter ihm, als hätte ihn der bleifarbene Dunst verschluckt.

… seltsam, im Nebel zu wandern, Leben ist einsam sein …

Da waren sie! Blitzlichter, Gedankensplitter, Momentaufnahmen, allesamt Vorboten des Programms. Es begann zu wirken, der Datenhändler hatte nicht gelogen, die Synapsen und Eiweißzellen verschmolzen mit den Bits und Bytes der Siliziumleitungen, wie ein Milliarden-Teile-Puzzle, das sich durch Versuch und Irrtum langsam zusammensetzte. Als würde sein Gehirn neu formatiert, schossen ihm vage Ahnungen durch den Kopf, *déjà-vus* einer gekauften Realität.

Zwar wusste er, dass es keine Erinnerung sein konnte, dennoch erweckte das Programm diesen Eindruck. Dankbar wollte er daran glauben und sie festhalten. Tränen liefen ihm übers Gesicht, erstarrten auf den Wangen zu einem Gitternetz aus Eis. Er jubelte, lachte auf, hörte das Echo im Nebel versinken und Sekunden später jenseits des Himmels an den Spitzen der Ruinen widerhallen. Er dachte an die Kälte, die Böen und den beißenden Wind, der vor Kurzem noch an seinem Overall gezerrt und wie mit messerscharfen Eisklingen sein Gesicht zerschnitten hatte.

… verbraucht alle Kohle; leer der Kübel; sinnlos die Schaufel; Kälte atmend der Ofen; das Zimmer vollgeblasen von Frost …

Er atmete auf. Der Nebel schützte ihn vor seinen Verfolgern. So weit draußen würden sie ihn nicht finden. Jetzt fühlte er sich frei, von den Zwängen des Lebens gelöst. Kein Lager, keine Labors und Aufseher, keine Implantate und Injektionen mehr.

... ich wollte tief leben, alles Mark des Lebens aussaugen, so hart und spartanisch leben, dass alles, was nicht Leben war, in die Flucht geschlagen wurde ...

Endlich war es soweit: Er war wie alle anderen Klone seiner Generation zu einem Datenträger geworden, jedoch völlig anders. Außergewöhnlich, einzigartig ... und da erinnerte er sich an die Zeit, bevor er den Datenhändler getroffen hatte.

Dreizehn Jahre Ausbildung im Konditionierungslager hatten ausgereicht, ihn erkennen zu lassen, dass er seinen Jungenkopf, in dem so gut wie keine Kindheitserinnerungen steckten, nicht mit den astrophysikalischen Daten des Universums zupflastern wollte. Genauso wenig wollte er Biotechniker, Fusionselektroniker, Gendesigner, Mikrobiologe, Satellitenprogrammierer, Virenlayouter oder chemischer Netzwerkspezialist werden.

Doch welchen *Sinn* hätte die freie Kapazität in seinem Gehirn? Es war an der Zeit, sich für einen Beruf konditionieren zu lassen. Er musste eine Entscheidung treffen, das System würde ihn andernfalls aus dem Verkehr ziehen, so wie Antibiotika Bakterien beseitigten, um den Körper zu heilen.

Seine Zweifel ließen ihn aus dem Lager ausbrechen. Von den Spähwagen verfolgt, stolperte er ohnmächtig durch die Altstadt, lief an den Häuserreihen vorbei und taumelte schließlich vor der klirrenden Kälte fliehend in einen Laden. *Antiquitäten* stand auf einem Schild. Plötzlich fand er sich in einer Nische wieder und spähte an Dutzenden, bis zum Bersten vollgestopften Regalen zur Decke empor. Trotz seiner gefrorenen Nase roch er das fleckige, ausgetrocknete, pergamentene Papier. Er starrte an sich hinunter zur Pfütze, die sich um seine schneeverklebten Stiefel gebildet hatte, und bemerkte das Buch in seinen blaugefrorenen Händen. Ein großes, kartoniertes, mit vergilbten Seiten und staubigem Einband. Mit steifen, gefühllosen Fingern blätterte er das Kinderbuch an einer beliebigen Stelle auf und betrachtete die Tuschezeichnung. Wenige Wochen später konnte er sich nicht mehr an das Bild, sondern nur noch an den Text erinnern, den er holprig und bruchstückhaft entziffert hatte.

… als er den Saum des Waldes erreicht hatte, war der Bach erwachsen geworden, sodass er schon fast ein Fluss war …

Seitdem hatte er sich innerhalb der Zone auf die Suche gemacht. Besessen von einer Vision, übernachtete er in verrotteten Baracken, spritzte sich regelmäßig *Barbitol-G* in den Körper und fand schließlich in den stillgelegten Schächten jenen Datenhändler, der bereit war, ihm das gewünschte Material in das Implantat seines Kopfes zu laden. Der Händler verlangte nach seinem Namen, doch er schwieg, worauf ihn der Mann einfach Klon nannte.

Der Datenhändler verstand Klon, begriff seinen tiefen Wunsch, dennoch riet er ihm vor der Fülle an Informationen ab, der er hilflos preisgegeben sein würde, weil er sie niemals sichten und beherrschen könnte. Klon wusste es – nach dem Eingriff wäre kein Platz mehr für weitere Implantate, und seine Zukunft als Facharbeiter, als nützlicher Teil des Systems, wäre unmöglich geworden. Der Datenhändler hatte Klon gewarnt, er kannte das Risiko, und doch wollte er es so.

Und die Bezahlung? Die wurde im Hinterzimmer rasch erledigt. Wer brauchte schon zwei Nieren und zwei Lungenflügel für das, was er vorhatte?

Klon bekam ein Narkotikum, bezahlte und erhielt zwei Nähte, einen Verband und ein Mittel gegen die Schmerzen. Im Gegenzug benötigte der Händler eine Woche, um die Daten aus dem Archiv zu laden, abzugleichen und zu komprimieren. Im Morgengrauen des achten Tages begann der Download. Klons Wunden waren verheilt, die Kontakte der Maschine dagegen rostig, die Kanülen brüchig. Doch auch mit dem üblichen biseriellen Downloader wäre es gefährlich gewesen; immerhin würde der Siliziumspeicher beinahe Klons gesamte Hirnkapazität auslasten – und das ohne Narkose diesmal, denn dafür war das Mittel letzte Woche ausgegangen.

Da war es wieder! So klar vor seinen Augen, als hielt er das Kinderbuch wieder in Händen, aufgeschlagen an derselben Stelle, sodass er den Satz zu Ende denken konnte.

… und weil er erwachsen war, lief und sprang und funkelte er nicht mehr so dahin wie in seiner Jugend, sondern bewegte sich langsamer …

Der Nebel war verschwunden, die Nacht hereingebrochen. Klon bewegte sich nicht. Er lag auf dem Rücken im Schnee und starrte in den Himmel. Hier war er hingefallen, einen halben Tagesmarsch jenseits der Zonengrenze. Weiter kam er nicht, der Hunger hatte ihn überwältigt. Beharrlich kroch der Frost durch die imprägnierte Schicht des Overalls und den vor Blut erstarkten Verband, durchtränkte seinen Körper, seine Muskeln, seine Knochen und seine Seele. Bis auf den Glanz der Sterne fiel kein Licht vom Himmel und seine Umrisse verschmolzen mit der Schwärze des Schnees.

… am ersten Abend bin ich also im Sande eingeschlafen, tausend Meilen von jeder bewohnten Gegend entfernt, ich war viel verlassener als ein Schiffbrüchiger auf einem Floß mitten im Ozean …

Klon spürte die Kälte schon lange nicht mehr, dafür war er viel zu erregt. Er harrte gespannt dem Aufschwingen einer Pforte, die sich bisher nur einen Spaltbreit geöffnet hatte, wartete darauf, dass sie vollends aufgestoßen wurde, von der Wucht des Implantats zersplitterte, explodierte, um ihn mit Worten, Satzgebilden und Textpassagen zu überschwemmen, ihn fortzureißen und auf eine neue Ebene zu katapultieren.

Klon lächelte.

Eine unermessliche Bibliothek, jedes je von Hand zu Papier gebrachte Stück Literatur, digitalisiert, kompiliert, gezippt und auf einen Datenträger zu achtzehntausend Gigabyte komprimiert, heruntergeladen und darauf wartend, entpackt zu werden und mit seinem Nervensystem zu verschmelzen.

Schlagartig und gewaltig, wie der Knall beim Durchbrechen der Schallmauer, mit einem Gefühl, als würde er mit einem Vielfachen von *g* in den Orbit geschleudert, explodierten Farben, Klänge, Bilder und Düfte in seinem Kopf. Seine Pupillen verschwanden in den Augenhöhlen, sein Körper zuckte wie unter Stromstößen, und Herz, Lunge und Magen rebellierten gegen die Fliehkraft. Kausalität existierte nicht mehr, Zeit hatte aufgehört zu bestehen. Er las die Texte nicht nacheinander – er las sie überhaupt nicht – er sah sie vor sich, *erschaute, fühlte* und *atmete* sie. Wurde zu ihnen. Nahm alle Informationen *gleichzeitig* in sich auf, synchronisiert, in der digitalen Simultanität eines einzigen Augenblicks.

Buchstaben verbanden sich zu Silben – wuchsen und verschmolzen miteinander – montierten sich zu einer Konstruktion aus Sätzen, fügten sich ineinander und schossen in alle nur denkbaren Richtungen. Wie reich die Sprache doch war an Gedanken, die längst nicht mehr gedacht werden konnten, weil die Worte dafür in Vergessenheit geraten waren. An Gefühlen, die längst nicht mehr empfunden werden konnten, weil sie sich nicht mehr ausdrücken ließen.

... ich stehe still, gelassen und wunschlos, wie ein Neugeborenes, das noch nicht lächelt, wie ein Heimatloser, den nichts mehr hält ...

Absätze voll berauschender Geistesfunken türmten sich zu einem Gebilde aus Kapiteln und reihten sich zu einem Bauwerk, das alles Wissen und jeden jemals formulierten Aphorismus in sich vereinte. Das Davor war vergessen, das Danach würde niemals geschehen ... nicht für ihn. In diesem Augenblick lebte er, atmete, liebte und fühlte er, wälzte sich im Schnee, allein und doch nicht einsam, umgeben von Gedanken, die nicht aufhörten, sich zu überschlagen, Tränen auf den Wangen und ein glückseliges Lächeln auf dem Gesicht. In diesem einzigartigen Moment war er im Geiste mit schier unendlich vielen Literaten verbunden und tauchte ein in ihre vielen Gedanken- und Gefühlswelten.

Als wollte Klon diese Empfindung um jeden Preis festhalten, ballten sich seine Hände zu Fäusten und bohrten sich tiefer in den Schnee. Die Fingernägel gruben sich in die Handballen. Dieser Moment dürfte niemals aufhören zu existieren, er war der Einzige, der zählte, alle anderen waren gleichgültig geworden! Sein Körper war bereits unterkühlt, doch nahm er es nicht wahr, zu sehr war er bereits Geist, modifiziertes Ich, eine Symbiose aus Buchstabe und Speicherchip. Er war zum Datenträger geworden, transformiert zu einer Bibliothek aus Fleisch und Blut, durchzogen mit Siliziumspeichern, die Verkörperung des digitalisierten Worts, die lebendig gewordene technisierte Sprache.

Klon kauerte im Schnee, eingerollt, die Knie zum Kinn gezogen, wie ein Fötus, die Augen geschlossen, sein Herzschlag nur noch ein schwaches Klopfen …

… am Schluss ist das Leben nur eine Summe aus wenigen Stunden, auf die man zulebte, alles andere ist nur ein langes Warten gewesen …

… und auf seinem gefrorenen Gesicht ein letztes Lächeln.

Anmerkung: Die verwendeten Textpassagen stammen von Hermann Hesse, Franz Kafka, Henry David Thoreau, A. A. Milne, Antoine de Saint-Exupéry, Lao-Tse und Erhart Kästner.

DAS MOTEL

Diese Story ist eine meiner frühesten Science-Fiction-Geschichten. Damals hatte ich noch nichts veröffentlicht, und ich schickte diesen Text an die Redaktionen einer Handvoll Magazine. Natürlich erntete ich nur freundliche Absagen.

Den Grund dafür erklärte mir ein Jahr später eine reizende, ältere Dame aus Mödling in Niederösterreich, eine Autorin, bei der ich einen Schreib-Workshop besucht hatte.

Schreib-Workshop?

Ja, ich war verzweifelt und wollte unbedingt das Handwerk des Schreibens erlernen.

»Dein Text ist voller Adjektive«, erklärte sie mir. »Das erstickt die Fantasie der Leser, weil du ihnen alles servierst und keinen Raum für eigene Vorstellungen und Spekulationen lässt.«

Natürlich glaubte ich ihr kein Wort. Jahre später kürzte ich den Text aber trotzdem um gefühlte hundert Eigenschaftswörter pro Seite und reichte den deutlich abgespeckten Text bei der Ausschreibung einer SF-Anthologie eines Kleinverlags ein, wo er prompt veröffentlicht wurde. Anscheinend hatte diese ältere Dame aus Mödling doch eine Ahnung, wovon sie sprach. Die meisten Autoren, die Workshops anbieten, haben eine. Darum besuche ich sie so gern. Immer noch!

Beim Schreiben dieser Story habe ich übrigens ein seit damals nur selten wiederholtes Experiment gestartet. Wenn es zur Atmosphäre der Story passt, spiele ich während des Schreibens in meinem Arbeitszimmer einen passenden Song in einer Endlosschleife. Zum Ärgernis meiner Frau meist sehr laut. In diesem Fall ist es Hotel California *von den Eagles gewesen.*

Warum?

Lesen Sie selbst.

Das Autoradio knackte. »Die für den Frühling ungewöhnlich heftigen Regenfälle halten nach wie vor in ganz Österreich an, besonders im südlichen Niederösterreich und in der Steiermark. Aquaplaning hat auf der A2 bei Laßnitzhöhe bereits zu mehreren Auffahrunfällen geführt. Fahren Sie in beiden Richtungen langsam und achten Sie auf Ihren Sicherheitsabstand.«

Der Radiosprecher verstummte und die Kennmelodie des Verkehrsfunks ertönte. Erik sah in den Rückspiegel. *Welche Fahrer?* Auf der Straße war so gut wie kein Verkehr. Sein Wagen donnerte als einziger über den nassen Asphalt. So schlimm waren die Regenfälle außerdem gar nicht. Zudem musste er in dieser Nacht dringend nach Wien, und das Fernlicht schoss wie eine Leuchtrakete über die Bodenmarkierung.

Erik blickte auf die digitale Anzeige im Armaturenbrett, die im Dunkeln leuchtete: 23.06 Uhr. Er hoffte, er würde es in knapp zwei Stunden bis nach Wien geschafft haben.

Auf der Rückbank klapperten die Stative der Fotoausrüstung in einem monotonen Rhythmus, begleitet vom Rascheln der leeren McDonald's Tüten. Es roch noch immer nach Burger, Ketchup und Zwiebeln. Einschläfernd prasselte der Regen auf das Autodach, und die Wischblätter ratterten über die Scheibe ... *Fuck!* Erik schreckte hoch. Gerade waren ihm wieder die Augen zugefallen. Diesmal hatte der Sekundenschlaf länger als sonst gedauert. Rasch kurbelte er das Fenster einen Spaltbreit hinunter und atmete tief durch. Der Fahrtwind kühlte seine Stirn. Erik griff zur Mittelkonsole nach dem Plastikbecher mit dem Strohhalm. Die Cola schmeckte mittlerweile fahl, die Kohlensäure hatte sich längst verflüchtigt. Angespannt trommelte er mit den Fingern auf das Lenkrad; irgendwie musste er sich wach halten.

Mit einem Mal fiel das Radio aus, nur noch Rauschen und Knistern drangen aus den Lautsprechern. Während er auf die Taste der automatischen Sendersuche drückte, hörte er nur nervtötendes Knacken. Da blockierten die Räder des Opels. Erik wurde in den Sicherheitsgurt geworfen. *Verdammt!* Fast hätte er das Lenkrad verrissen und den Wagen auf dem Asphalt zum Schleudern gebracht. Das Fahrbahnwasser spritzte an den Seitenscheiben hoch. *Fuck!* Der Adrenalinschock ließ ihn nun steif wie ein Brett im Wagen sitzen. Schlagartig war er hellwach. Seine Schläfen pochten wild. Er brachte den Opel unter Kontrolle, doch das Stottern des Motors hielt an.

Der nächste Schock kribbelte ihm über die Wirbelsäule bis zu den Haarwurzeln, als sein Blick auf die Tankanzeige fiel: die Nadel zitterte nicht einmal mehr, sie klebte regungslos am Ende der Skala; dort, wo sich kein Tropfen Benzin mehr befand. *Wie kann das sein?* Der Wagen müsste noch Sprit für mindestens zweihundertfünfzig Kilometer haben.

Wie nicht anders zu erwarten verlor der Opel rasch an Geschwindigkeit. Instinktiv setzte Erik den Blinker und wechselte auf die rechte Spur. Durch das Auf und Ab der Scheibenwischer, die die Wassermassen hektisch beiseite schaufelten, erkannte er einen schwachen Schein, der sich zu einer Beleuchtung formte. Er trat das Gaspedal bis zum Anschlag durch, der Motor heulte auf und erstarb mit einem Husten. Knapp 80 km/h zeigte die Tachonadel an. Das Radio rauschte noch immer, dann schaltete er es aus.

Erik lenkte den Wagen über den Pannenstreifen zur Autobahnabfahrt, die plötzlich ohne Ankündigung da war und einen Hügel hinunter führte. Dort unten schälte sich eine Leuchtreklame aus der Dunkelheit. Der Wagen rollte auf das Neonschild zu, und unter der Werbetafel erkannte er die Umrisse eines bungalowartigen Motels, das zu beiden Seiten von hohen Nadelbäumen umrahmt wurde. Davor zeichneten sich die Zapfsäulen einer Tankstelle ab, daneben eine Waschstraße und ein Parkplatz. *Was für ein unfassbares Glück!* Aber Erik kannte diese Strecke gut genug, um zu wissen, dass es auf der A2 nach der Laßnitzhöhe keine derartige Raststätte gab. *Die muss neu sein.*

Als der Motor mit einem Blubbern erstarb, drückte Erik die Schaltung in den Leerlauf, bevor der Wagen einen bockigen Satz machen konnte. Er lenkte den Opel über den Parkplatz und wie von allein kam das Auto vor der ersten Zapfsäule zum Stehen.

Der Wind drückte so fest gegen die Seitenwand des Opels, dass Erik sich gegen die Tür stemmen musste. Kaum war er ausgestiegen, riss ihm der Wind auch schon die Tür aus der Hand und warf sie mit einem Krachen ins Schloss. Der Regen trommelte auf das freihängende Dach über den Zapfsäulen und schwoll binnen Sekunden zu einem ohrenbetäubenden Crescendo an. Die Windböen peitschten den Regen sogar unter den Dachgiebel zu Erik herüber. Er stellte den Kragen der Lederjacke auf und blickte sich auf der Tankstelle um. Weit und breit war niemand zu sehen. Nur Zweige wurden vom Wind über den Asphalt gefegt.

»Na, so spät noch unterwegs?«

Erik zuckte zusammen und fuhr herum. Er sah sich einem Tankwart gegenüber, der sich an die Mütze tippte und zur Motorhaube des Opels schlurfte. Erik wollte sich dem Mann in den Weg stellen, doch bevor er etwas sagen konnte, hatte der Alte die Motorhaube geöffnet und den Kopf hineingesteckt.

»Bist wohl neu hier, was Junge?«, krächzte der Alte mit dem Gesicht zwischen Kabeln und Zündkerzen.

»Eigentlich nicht«, rief Erik. Die Böen zerrten unablässig an seiner Jacke und trieben ihm Regenschauer ins Gesicht.

»Ein zweiundsiebziger Opel Kadett! Hast 'n Leck in 'ner Benzinleitung, Junge!«

»Woher wissen ...?«

»'Scheinlich 'n Marderbiss, Junge!«

»Während der Fahrt?«, fragte Erik.

»Die Biester sin' überall!«

»Wo bin ich hier überhaupt?«

Der Mann sah von der Motorhaube auf und deutete knapp zum flackernden Blau der Neonreklame, als genügte dies als Antwort.

Stirnrunzelnd starrte Erik zum Motel. Es lag zur Hälfte im Wald, die Tannen bogen sich im Wind, sodass die Äste die Leuchtreklame des Flachdachs liebkosten. Die Neonröhren fügten sich zu den vagen Umrissen von fünf Buchstaben. Erik blinzelte. *Mo el* stand dort ohne weiteren Kommentar zu lesen. Das *t* in der Mitte flackerte unruhig. Erik spürte das elektrisierende Vibrieren bis zur Tankstelle.

»Wird 'scheinlich 'ne halbe Stunde dauern, Junge!«

Eine halbe Stunde! Scheiße! Erik sah auf die Uhr.

»Is' nicht schneller möglich«, fügte der Tankwart hinzu und hantierte mit ölverschmierten Fingern an den Kabeln herum.

»Schön«, murmelte Erik, öffnete die Hintertür und schnappte sich den Ledergriff der Fototasche, die er sich über die Schulter hängte. Er hatte keine Lust darauf, dass ihm der Alte vielleicht etwas von seinem Equipment klaute – und dann stünde er in Wien ohne Kamera da. »Ich gehe inzwischen auf einen Kaffee.«

»Wenn du meinst.« Der Tankwart sah kurz vom Motor auf und grinste zahnlos.

Erik rannte über den Parkplatz und kam vor der Holzfassade des Motels zum Stehen. Bis auf seinen Wagen stand hier kein weiteres Fahrzeug.

Während er darüber nachdachte, ob die Raststätte um diese Zeit überhaupt noch geöffnet hatte, schwang die Tür vor ihm auf. Erik schob sich die Umhängetasche auf den Rücken und spähte hinein. Der schmale Vorraum war mit einem roten Teppich ausgelegt. An den Holzwänden hingen Gemälde und elektrische Kerzenleuchter, die anscheinend das Gefühl eines Hotelaufenthaltes vermitteln sollten. Erik ging durch den Korridor bis zu einem weiteren Eingang. Die Holztür glitt vor ihm auf, noch bevor er die Hand auf die Klinke legen konnte. Grinsend trat er über die Türschwelle. Welcher Witzbold hatte sich diesen Empfang einfallen lassen? Hinter ihm schlug die Tür zu, und da blieb ihm das Lachen im Hals stecken.

Er stand in einer schmuddeligen Bar mit angrenzendem Restaurant. Wie in Zeitlupe ging er an dem nahezu endlosen Tresen vorbei, entlang an zahllosen Barhockern und einer Unzahl von Kerzenständern, die allesamt leuchteten. Er ließ den Blick über die Besucher schweifen, die jedoch keine Notiz von ihm nahmen. *Wo verdammt bin ich hier?* Bei den Gästen handelte es sich um keine Desperados der Landstraße, wie das Motel von außen vermuten ließ, genauso wenig wie hier Biker, Tramper, Anhalter oder LKW-Fahrer saßen. Die Besucher trugen entweder graue Kittel oder schmuddelige Anzüge mit locker sitzender Krawatte. Es wirkte wie der letzte Tag eines Wissenschaftskongresses, der aus Mangel an Alternativen in einer schummrigen Bar tagen musste.

Die Lampen hingen tief, die Luft war vom Rauch vernebelt. *Rauch?* Ja, es stank tatsächlich wie in einer schmierigen

Spelunke, in der man offenbar noch ungestraft rauchen durfte. Das Wispern und Zischen hallte über den Dielenboden, brach sich an den Ecken, Nischen und Wänden und vermischte sich mit den dumpfen Bässen der Jukebox, die das *Hotel California* von den Eagles spielte.

»Großartig!« Hier war er also gelandet, und seine Karre hatte eine Panne.

Hinter dem Tresen hantierte der Barkeeper mit den Gläsern aus dem Geschirrspüler und kehrte Erik dabei den Rücken zu.

»Einen Kaffee, schwarz, mit Zucker.« Erik strich sich die Haarsträhnen aus der Stirn und rieb sich die Handflächen am Stoff der Jeans trocken. Dann rutschte er auf einen Hocker. Die Seite an die Bar gelehnt und den Ellenbogen am Tresen, hatte er einen guten Überblick, selbst wenn einige Tische zur Hälfte im Schatten der Nischen lagen.

Er trommelte mit den Fingern auf seine Fototasche, beobachtete die Gäste und hörte sogar einige Wortfetzen aus ihrem Gemurmel heraus. Indessen klimperten hinter seinem Rücken Eiswürfel. Es war beinahe, als schüttelte der Barmann einen Cocktail zum Takt der Musik, die dumpf aus der Jukebox drang. Durch den Zigarettenqualm und die abgestandene Luft klang der Song wie durch ein Wattekissen.

Sollte eigentlich nicht vielmehr die Kaffeemaschine surren? Erik wollte sich bereits umdrehen und zu einem wiederholten »Einen Kaffee, bitte!« ansetzen, als ihm eine murrende Stimme hinter ihm zuvor kam.

»Bitte sehr, Ihr Tequila Sunrise.«

Erik fuhr auf dem Barhocker herum, sah den Barkeeper aber schon wieder davonschleichen. Wie ein obskures Gebilde türmte sich ein Cocktail vor ihm auf.

»Aber ich …«

»Auf Kosten des Hauses«, murrte der Mann, der ihm am Ende des Tresens den Rücken zukehrte.

Von mir aus!

»Cheers.« Der Alkohol lief Erik wie eine brennende Ölspur die Kehle hinunter und ließ seinen Gaumen auf die Größe einer Mandel zusammenschrumpfen.

»*Boooh* …« Röchelnd verzog er das Gesicht. Er griff in die Lederjacke, kramte eine Zigarette aus der Packung und entzündete die Marlboro am Feuer einer niedergebrannten Kerze, die zwischen den Getränkekarten auf dem Tresen stand. Die Jukebox spielte ihren Song dazu.

»Woher kommen Sie?«, murmelte eine Stimme neben ihm.

Erik fuhr herum. Der Barkeeper mit dem Gesicht aller Barkeeper dieser Welt, der soeben noch meilenweit entfernt schien, musterte ihn belanglos. Erik stieß den Rauch durch die Nase und deutete mit einer flüchtigen Handbewegung in Richtung Süden. Eine blaue Rauchwolke zog an den Zapfhähnen der Bourbon-, Baileys und Barcadiflaschen vorbei und verlor sich alsbald unter der gespiegelten Decke.

»Aus Klagenfurt.«

»Woher?«

Erik starrte den Barkeeper verwirrt an. *War der Kerl nicht ganz richtig im Kopf?* »Aus Klagenfurt, Kärnten. Sagt Ihnen wohl nicht viel, oder?« Erik zuckte mit den Achseln. »Mein Wagen hatte eine Panne, und …«

»Mhm.« Der Alte lächelte, als hätte er soeben *alles* erfahren, was es herauszufinden gab. »Von der Erde also … Sie haben es noch rechtzeitig geschafft, richtig?« Der Barkeeper schlich davon.

»Was?« Erik sah ihm nach.

Der Alte wandte sich um und starrte ihn mit einem bis auf die Seele durchdringenden Blick an. Ein kaum wahrnehmbares Lächeln zuckte wie das Aufflackern eines kaputten Fernsehgeräts über das Gesicht des Barkeepers, als er den Kopf neigte und wortlos davonschritt.

Eriks Mund verzog sich ebenfalls zu einem müden Lächeln. »Komischer Kauz!« Er schüttelte den Kopf. Bei diesen Gästen wunderte ihn das gar nicht, hier musste jeder verrückt werden.

Da erstarrte seine Miene. Sein Blick war auf das Zifferblatt der Armbanduhr gefallen. *Eine halbe Stunde,* hatte der Tankwart gesagt, aber die Zeiger seiner Uhr waren stehengeblieben. Er schnippte mit dem Fingernagel gegen das Glas, doch der Sekundenzeiger verharrte auf der Stelle. Die Anzeige des Datums steckte ebenfalls fest und hing an der Kippe, als könnte sie sich nicht entscheiden, auf den nächsten oder auf den vorherigen Tag zurückzuspringen.

In den letzten Minuten hatte Erik die Gedanken an die bevorstehende Reportage verdrängen können, doch der Blick auf das Datum rief sie in sein Bewusstsein zurück. Es war verdammt spät geworden. Noch in dieser Nacht musste er Wien erreichen und mit seiner Fotoausrüstung an der richtigen Stelle vor Ort sein. Wenn die Wettervorhersage stimmte, würden um zwei Uhr nachts nie dagewesene Tornados über die Stadt fegen. Sogar Gewitter- und Tornadojäger aus dem Ausland waren angereist, um das Ereignis zu studieren – und Erik würde mitten drin sein.

Spätestens Samstagmittag musste sein Artikel von eintausend Wörtern dann samt färbigem Bildmaterial der Redaktion des *Kärntner Kuriers* für die bunte Wochenendbeilage vorliegen, andernfalls konnte er seinen Schreibtisch räumen. Sein Chef würde ihm keine weitere Chance mehr geben, denn er hatte so darum gebettelt, diesen Bericht machen zu dürfen. Aber nun lag noch eine Fahrt von gut zwei Stunden vor ihm, und er saß in diesem Schuppen fest und musste sich einen Song von den Eagles anhören, während sich das Gewitter über Wien bereits schrecklich schön zusammenbraute!

Seufzend starrte er in die Fenstergalerie des Motels. Durch die Scheibe konnte er weder erkennen, ob der Wolkenbruch anhielt, noch ob irgendwelche Lichter an der Tankstelle vorbeiglitten. Das Glas spiegelte lediglich den Anblick der Gäste wider: Ein düsteres Stillleben im Kerzenschein. Er betrachtete die verzerrten Spiegelbilder, sah die Männer an den einfach gefertigten Holztischen beisammensitzen, Pfeife rauchend, die Köpfe zusammengesteckt, hörte sie flüstern und auf ihren Stühlen über den Dielenboden rücken. Wie seltsam, es war keine einzige Frau darunter. Erik ließ den Blick über die Türen an den Wänden gleiten und sah sich am Ende selbst an der Theke sitzen: mit einem Cocktail in der Hand und einer Zigarettenkippe im Mundwinkel, in seine eigenen Gesichtszüge starrend. Mittlerweile war sein Haar getrocknet und hing ihm vom Regen verklebt in die Stirn.

Mirrors on the ceiling, the pink champagne on ice … hörte er den Song, während er die Zigarette ausdrückte und die Eiswürfel klimpernd im Glas kreisen ließ. Müde schob er sich vom Barhocker, kehrte dem Tresen den Rücken zu und ging mit dem Cocktailglas in der Hand durch das Lokal. Ein wenig die Beine vertreten. Bei jedem Schritt knarrte der speckige Dielenboden. Seine Lederjacke knirschte, das dumpfe Pochen seiner Absätze begleitete ihn.

Eine der Türen öffnete sich, ein Mann kam herein und schritt zu einem der Tische, an dem sich mehrere Männer unterhielten.

Wohin diese Tür wohl führt? Nach draußen? Kaum! Der Mann trug nichts weiter als einen grauen Kittel, und seine Haut wirkte so trocken wie Pergament.

Wie ein ungebetener Gast stand Erik zwischen den Tischen. Er hatte kaum Gelegenheit, die Szenen genauer zu betrachten. Das Rascheln von Papier ließ ihn herumfahren. Männer in verschlissenen Arbeitsmänteln steckten flüsternd die Köpfe in zerknitterte, bis zur Unkenntlichkeit bekritzelte Bögen Papier, verschoben Lineale, stachen mit Zirkelspitzen in Blätter und hatten weder ein Ohr, noch einen Blick für die Beschäftigung ihrer Tischnachbarn.

Zeitversetzt, wie in einem Fiebertraum, ließ Erik den Blick von Tisch zu Tisch wandern. Er hörte das Klappern von Bleistiften und Linealen, während sich seine Stirn in Falten legte. Manche Gäste tippten sogar mit Taschenrechnern und kritzelten die Ergebnisse hastig auf Servietten. Pochende Kopfschmerzen kündigten sich hinter Eriks Schläfen an. Er schloss die Augen und kühlte die Stirn an dem Cocktailglas. *Konnte die verdammte Jukebox keinen anderen Song spielen?*

»Wir müssen das Problem der lichthellen Kreuzungen lösen. Es dauert zu lange von einem Punkt zum anderen.« Der Mann sprach eindringlich auf seine Tischnachbarn ein, die sich rund um einen Bogen Papier versammelt hatten und heftig miteinander diskutierten.

Erik starrte sie verwirrt an. Sein Unterbewusstsein wollte ihm etwas mitteilen: ein kleines Detail, das er nicht bemerkt hatte und ihm wie ein Puzzlestein zum großen Bild fehlte. *Was ist es verdammt noch mal?* Er schloss die Augen und schüttelte den Kopf. *Egal!* Umgeben von lauter werdendem Gemurmel entschied er, dass er von hier verschwinden musste. *Raus aus diesem Lokal, fort von dem Motel, weg von der Tankstelle und runter von dieser merkwürdigen Abfahrt, die dich hierher gebracht hat.* Von jetzt an würde er den Opel unerbittlich über die Autobahn nach Wien jagen. In wenigen Stunden würde dort der Spuk vorüber sein, und er musste die Fotos im Kasten haben und einen erstklassigen Bericht zusammenstellen. Er war Fotograf aus Leidenschaft, der sogar halbwegs schreiben konnte. Die Reportage musste einfach großartig werden, eine Verspätung konnte er sich nicht erlauben.

Ein älterer, gebückter Herr rempelte ihn mit der Schulter am Arm an, Eriks Glas schwappte über, und er schüttete sich den Inhalt auf das Ripp-Shirt und seitlich über die Tasche.

»*Verzeihen-Sie-bitte-junger-Mann*«, krächzte der Alte in einem Atemzug.

Merkwürdiger Akzent!

Wenig begeistert blickte Erik auf. »Schon gut.« Er winkte ab. Das Shirt klebte wie ein nasser Fetzen an seiner Haut. Rasch wischte er die Flüssigkeit von der Fototasche. Zum Glück war nichts passiert.

»*Wo-arbeiten-Sie-eigentlich?*«, nuschelte der Greis ohne die Lippen zu bewegen. Dabei hielt er den Kopf vornüber gebeugt und guckte mit neugierigem Blick über den Rand der Brille.

»Beim *Kurier*«, antwortete Erik unwillkürlich. Er war über die Selbstverständlichkeit, mit der die Frage gestellt worden war, dermaßen verblüfft, dass er den Kommentar des Alten gar nicht registrierte.

»Wie bitte?«

»*Die-bauen-auch-Welten?*«, wiederholte der Alte. »*Das-wusste-ich-gar-nicht! Was-machen-Sie-dort?*«

»Ich schieße Fotos für Reportagen und schrei…«

»*Aha.*« Eine kurze Pause. »*Wahrscheinlich-Baupläne-und-Entwicklungsentwürfe.*«

»Nein, nur Reportagen«, unterbrach Erik ihn. Er blickte kurz zur Seite. *Will mich der Alte veräppeln?* Noch bevor Erik etwas hinzufügen konnte, wandte sich der Mann mit einem Kopfschütteln ab.

»Nett mit Ihnen geplaudert zu haben!«, rief Erik ihm nach. *Zeit zu gehen!* Der Tankwart würde ohnehin schon auf ihn warten.

Erik kehrte den Gästen den Rücken zu, ging zur Theke und griff in die Gesäßtasche nach seiner Brieftasche. Im Schein der Kerzen legte er eine Zehn-Euro-Note auf den Tresen. Den Drink würde er bezahlen. Er brauchte nichts geschenkt, nicht in diesem merkwürdigen Motel. Dann steuerte er zur Holztür, durch die er die Bar betreten hatte – zumindest dorthin, wo sie vor einer halben Stunde noch gewesen war. Doch an dieser Stelle lag jetzt eine Nische, deren angrenzende Treppe in ein oberes Stockwerk führte. Eriks Blick folgte den steilen Stufen, die sich wie eine Spirale nach oben schraubten und hinter einer Biegung verschwanden. Woher kam der zweite Stock plötzlich? Und wohin führte er? Der Zubau war von der Tankstelle aus nicht zu erkennen gewesen. In der Nische befanden sich drei Türen nebeneinander. Neugierig legte Erik die Hand auf den ersten Griff.

»Welche führt wohl nach draußen?«, murmelte der Barmann hinter ihm. »Hier führen *alle* Türen nach draußen, mein Herr«, beantwortete er dann seine eigene Frage und zog eine Augenbraue hoch.

Erik nickte und drückte die Tür auf. Ein frostklirrender Wind schnitt ihm ins Gesicht, der Boden drohte ihm unter den Füßen davon zu schwimmen. Panisch klammerte er sich an die Türklinke und blickte in die Weiten, die sich jenseits des Rahmens auftaten. Kein Boden zu sehen! Im selben Moment wusste er, was es gewesen war. *Der Puzzlestein!* Er hatte sich vorhin verhört. Sie hatten nicht von lichthellen, sondern von *lichtschnellen* Kreuzungen gesprochen. Lichtschnelle Kreuzungen! Was immer das bedeutete, zweifellos hatte es mit dieser Tür zu tun.

»Sie erlauben, junger Mann?«, flüsterte eine brüchige Stimme hinter ihm. Ein großer Mann im grauen Kittel mit Brille und Schnauzer schob sich an ihm vorbei und trat auf die Türschwelle.

»Sind Sie der Architekt für die Brutstätte?« Der Grauhaarige raffte dutzende Rollen Packpapier zu einem Ballen, den er sich unter den Arm klemmte. Der Wind zerrte an ihm.

Erik schnappte nach Luft. Jenseits des Türrahmens war im diffusen Nebel ein schimmerndes Gebilde zu erkennen, das in einer kaum in Lichtjahren zu messenden Entfernung inmitten des Nachthimmels schwebte. Aus dem Augenwinkel starrte Erik auf ein Panorama aus Farbfächern, deren Fäden und Schweife wie Wirbelstürme ins All peitschten. Sie verzweigten sich wie Krebsgeschwüre in allen Farben und bildeten Ringe, Schleier und Strahlenkränze. Manche entwickelten sich zu düsteren Trichtern und sich windenden Serpentinen. Inmitten des Spektakels leuchtete das Herzstück in grellen Farben und schlug Blasen wie eine brodelnde Masse.

»Na?« Der Alte scharrte ungeduldig mit dem Schuh auf dem Boden.

Erik schüttelte den Kopf.

»Schade.« Der Greis verzog das Gesicht, dann nickte er in den Raum. »Der Emissionsnebel aus Hochtemperaturgas lädt die Atome nicht schnell genug auf. Schlau gemacht, hä? Wir müssen die Einstrahlung des UV-Lichts erhöhen, sonst wird es mit der Fotoverdampfung in den Wolken nie etwas. Wissen Sie übrigens, wo ich ihn finden kann?«

»Wen?«, krächzte Erik und klammerte sich an den Türrahmen.

»Den Architekten natürlich! Wen sonst? Oder wollen *Sie* etwa die Brutstätte in Gang bringen?«

Die Brutstätte?

Ohne eine Antwort abzuwarten verschwand der Mann jenseits der Türschwelle. Erik ließ den Rahmen noch rechtzeitig los, bevor die Tür ins Schloss krachte. Benommen wie nach einer Achterbahnfahrt taumelte er quer durch den Raum. Die Wortfetzen der um ihn geführten Gespräche gruben sich wie Baggerschaufeln in sein Hirn.

»Wir müssen die Gravitationsfelder komprimieren ...«

Das Kratzen der Bleistifte und das Reißen von Papier schnitten wie eine Guillotine in sein Bewusstsein.

»Die Gravitation ist zu groß, das Objekt kollabiert ...«

Der Rauch der Pfeifen und niedergebrannten Kerzen betäubte seine Sinne.

»Das soll eine Biosphäre sein? Sieht eher nach einer Wolke aus molekularem Wasserstoff aus. Die Außenhülle kühlt zu rasch ab, wir verlieren das Objekt ...«

Hatte ihn der Alkohol benebelt? Was hatte ihm der Barkeeper in den Cocktail gemixt?

Papier raschelte, er zuckte herum.

»Die Emission der Schwefelatome zerstört die Einzeller ...«

Verdammt, die Jukebox spielt immer noch denselben Song! Erik hielt sich die Ohren zu.

»Die stellare Materie wird bereits ausgeschieden, sehen Sie? Wir brauchen mehr Energie ...«

Er rempelte die Fremden an, stolperte zwischen Tischen hindurch, stieß Stühle um, kippte Gläser über Papierbögen und brachte heisere Entschuldigungen hervor. Ein vertrautes Bild erschien in seinem Unterbewusstsein. Er wandte sich um und starrte auf einige grauhaarige Herren in Anzügen, die in einer Nische dicht gedrängt um einen Globus standen. Mit Stiften steckten sie die feinen Erhebungen einer Weltkugel ab.

»Der Erdkern bricht auseinander, wir bekommen die Eruptionen nicht mehr unter Kontrolle. Die Plattentektonik ist das reinste Chaos. Sehen Sie – hier, hier und hier!« Der Mann spannte die Hände wie einen Ring um den Globus. »Aus den kontinentalen Bruchstellen steigt Magma aus dem Ozeanboden. Wir müssen die Vibrationen stabilisieren.«

»Das kann warten, zuerst sollten wir ...«

»Nein! Sonst verlieren wir die Erde. Der Elektronenstrahl windet sich bereits in die Stratosphäre. Wie lange wollen wir noch warten?« Ein Murmeln ging durch die Gruppe.

»Haben Sie die Lichtschranke zur Erde eigentlich schon geschlossen? Wir dürfen uns keinen weiteren technischen Fehler erlauben.«

Ein technischer Fehler? Lichtschranke? Bin ich etwa deshalb hier? Gerade noch mal so durchgerutscht? Irgendwie klang es danach.

Erinnerungen stiegen in Erik hoch. Bilder von Bäumen, Flüssen und satten Wiesen. Der Anblick von Meeresstränden und majestätischen Gebirgsketten ... und er schien so weit davon entfernt zu sein. *Wo verdammt bist du hier?*

Er wandte sich um, stolperte weiter. Vor der nächsten Tür blieb er stehen, die, kaum hatte er die Hand auf den Griff gelegt, von innen aufgerissen wurde. Eine Frau trat auf ihn zu.

Also gab es in diesem Motel doch Frauen, und hübsche noch dazu. Erik atmete erleichtert auf und machte einen Schritt zur Seite. Zwar war sie gut doppelt so alt wie er, doch unbestreitbar attraktiv. Würde sie die Lesebrille abnehmen, den Haarknoten öffnen und statt Mantel und Turnschuhen ein Cocktailkleid mit Stöckelschuhen tragen, würden sich alle Männer nach ihr den Hals verdrehen. Er würde die Lady fragen, wo er sich befand. Er wusste, sie würde ihm helfen können, denn bei älteren Damen hatte sein Charme noch nie versagt.

Erik lächelte. »Guten Abend, ich …«

Als sie ihn betrachtete verengten sich ihre Augenbrauen. »Weshalb kommen Sie so spät?« Die Frau funkelte ihn an. »Die atmosphärische Luft muss im Trockenzustand gehalten werden«, fügte sie hinzu. »Das Gemisch aus Stickstoff, Sauerstoff, Argon und Kohlendioxyd ist ein derartiger Schrott, dass sogar die Einzeller die Füße von sich strecken und um ihr Leben röcheln. Da können die doch gleich Spülmittel saufen!«

Erik starrte sie wortlos an.

»Was ist? Sie stehen da und glotzen, als könnten Sie nicht bis drei zählen! Warum haben Sie überhaupt diese große Tasche mit?« Sie schnippte mit den Fingern. »Die Zeit läuft uns davon! Haben Sie schon die Rotationsdauer reduziert? Eben! Überprüfen Sie auch gleich Bahngeschwindigkeit, Achsenneigung und den atmosphärischen Druck. Na, worauf warten Sie?« Sie klatschte in die Hände.

Erik rührte sich nicht von der Stelle. Er schnappte nach Luft. »Ich …«

»Um Himmels Willen, sind Sie schwer von Begriff!« Sie schüttelte den Kopf. »Wollen Sie etwa warten, bis die geladenen Teilchen des Sonnenwindes im Magnetfeld mit den Luftmolekülen zusammenprallen? Fein! Dann hat uns die Katastrophe am Arsch, und dann passiert das gleiche wie auf der guten alten Erde: Die Evolution knipst dem Planeten das Licht aus.« Sie schnippte erneut mit den Fingern. »Und dann sind alle tot. Das wollen wir doch nicht, oder?«

»Nein«, krächzte Erik. »Das wollen wir nicht.«

»Eben! Sie haben's kapiert!«

Sind jetzt alle tot, die ich jemals gekannt habe? In seinem Bauch breitete sich ein Gefühl aus, als würde jemand seinen Magen mit einer Kralle zerreißen. Sein Inneres verbrannte wie das der Erde. Brechreiz keimte in der Speiseröhre hoch.

»Geht es Ihnen nicht gut?« Sie stemmte die Hände ins Kreuz, reckte den Busen nach vorn und rollte den Kopf, sodass die Halswirbel knackten.

Erik verzog bei dem Geräusch das Gesicht.

»Tagelang nicht geschlafen«, erklärte sie. »Und jetzt machen Sie, dass Sie weiter kommen! Ich brauche einen starken Kaffee.« Sie zwinkerte ihm zu und verschwand dorthin, woher sie gekommen war.

Einen Kaffee wirst du hier nicht bekommen, dachte Erik. *Die haben hier nur Tequila Sunrise – auf Kosten des Hauses.*

Bevor die Tür ins Schloss fiel, bemerkte er die gigantische Nebelwolke die schwerelos im All hing. Blitze zuckten im Inneren und erhellten die grauen Schlieren wie elektrische Wattekissen.

Er wankte zurück, stützte sich an der Holzwand ab und schob sich an Dutzenden Türen vorbei. Seine Hand hatte sich schon auf einige Klinken gelegt, doch zuckte er immer zurück, ohne auch nur eine der Türen einen Spaltbreit zu öffnen. Er wollte kein weiteres Weltraumspektakel sehen. Jedoch musste sich hinter einer der Türen sein Opel befinden, der in einer Regennacht mit einer lecken Benzinleitung auf ihn wartete. Aber wie sollte er unter all den Türen die Richtige finden? Er konnte keinen klaren Gedanken fassen. Sobald er die Augen schloss, sah er seinen Opel, dem das Benzin aus Tausenden aufgeplatzten Schläuchen spritzte, als würde der Wagen von einem gigantischen Malstrom in einen Schlund gerissen.

Schließlich kam er vor einer Tür zum Stehen, über deren Ende sich ein blinkendes Schild an der Wand befand. Das Neonlicht blendete ihn. Blinzelnd starrte er auf die Lettern der Tafel. Die Synapsen seines Gehirns klickten wie winzige mechanische Zahnräder, als er endlich den hinterhältigen Treppenwitz begriff, der an der Tafel zu lesen war: *Multikulturelle Organisation Transgalaktisch Evolutionären Lebens.*

»MOTEL«, murmelte er und lachte wie jemand, der soeben erkannte, dass er selbst das Glas getrunken hatte, mit dem er jemand anderen vergiften wollte. So war das also. Er befand sich in keinem x-beliebigen Motel sondern in *dem* Motel!

Er brauchte seinen Wagen, um diesem Albtraum zu entfliehen. Unentschlossen blickte er auf die vielen Türen, die ihm zur Auswahl standen. Mit irgendeiner musste er beginnen.

Er strich sich die verklebten Haarsträhnen aus der Stirn, stopfte das von Tequila getränkte Ripp-Shirt in die Jeans und griff in die Lederjacke nach der zerknüllten Packung. Er schnippte sich die letzte Marlboro in den Mund. Anschließend folgte der unwillkürliche Blick auf die Armbanduhr: 00.03 Uhr. *Schau an!* Das Datum war umgesprungen, und das mechanische Gehäuse tickte wieder, als wollte die Zeit nach einer kurzen Verschnaufpause weiterlaufen.

You can check out any time you like, but you can never leave … hörte er den Butler im *Hotel California* singen. Die von einem

Gitarrensolo begleitete letzte Strophe verklang. Er hörte das Öffnen einer Tür. War das Geräusch Teil des Songs oder Teil des Motels? Vielleicht gab es da auch gar keinen Unterschied. Er hörte Schritte hinter sich, als schlurfte jemand auf ihn zu. Ein Zischen! Im Flackern des Streichholzes sah er ein bekanntes Gesicht. Der Tankwart hielt ihm das Streichholz hin, tippte sich an die Mütze und grinste zahnlos.

»Danke«, sagte Erik.

Der Tankwart ließ das Streichholz zwischen den Fingern zu Ende brennen, bis es verschwand. »'s ist zu spät, leider nichts mehr zu machen gewesen, Junge!«

»Was? Mein Wagen?«

»Mhm … der auch. Aber die Erde, Junge! Die Erde!«

»Aber …«

»Hattest vorhin bloß Glück, Junge. Wärst ansonsten genauso verschwunden.« Der Alte nickte zu den Türen. »Hast woanders vielleicht mehr Erfolg.«

»Woanders?«, wiederholte Erik.

Der Tankwart hob die Schultern. »'s ist ein ständiges Werden und Vergehen.«

Okay, dann war es das also!

Erik würde es genauso machen wie die Frau oder der Alte mit den Papierrollen im Arm. Er öffnete die Fototasche und nahm die Kamera heraus. Automatische Brennweite, Schärfentiefe, Belichtung, voller Akku – alles passte! Dann drückte er den erstbesten Türgriff nieder und tat den ersten Schritt auf seiner Reise durch ein Sammelsurium fremder Welten, die ihre Tore öffneten, um ihn wie einen Pionier aufzunehmen.

Er würde jeden Moment festhalten und die größte Foto-Reportage aller Zeiten machen.

RENDEZVOUS

Ich wollte einmal eine richtige Science-Fiction-Story schreiben, mit Raumschiffen im Weltraum, stieß aber auf das Problem, dass ich nicht wusste, womit ein Raumschiff angetrieben und wie es eigentlich manövriert wurde.

Klar, mit Warp-Antrieb wie bei Raumschiff Enterprise.

Aber in echt?

Mit Kaltgas und Düsen, okay.

Doch zu dem Zeitpunkt als ich diese Geschichte geschrieben habe, gab es noch kein Internet, kein Wikipedia und keine Foren, in denen man die Antwort leicht googeln hätte können. Also nahm ich Kontakt zu einem Wiener Astronomie-Verein auf, dessen Mitglieder mich an einen Physiker und Raketenwissenschaftler weiterleiteten, der geduldig meine Fragen beantwortete.

Rausgekommen dabei ist Rendezvous. *Bei all den technischen Details, die in dieser Story vorkommen, ist sie letztendlich aber doch eine Liebesgeschichte.*

Zwischen wem?

Das ist nicht so einfach zu beantworten.

Lassen Sie sich überraschen …

D MINUS 12: RIPSHA CROW

»Verdammt, ich komme nicht ran!« Myra zwängte die Finger zwischen den Chips, Kabeln und Dioden hindurch. »Es ist zwecklos. Hier unten gibt es sowieso keine einzige durchgeschmorte Leitung, und es riecht auch *nicht* nach Kabelbrand!«

Ingenieurin Myra Fielding hing kopfüber im Elektronikschacht des Steuermoduls. In der künstlichen Schwerkraft der Raumfähre fielen ihr die blonden Haare über den Kopf hinaus. Der Kragen des Bordanzugs kitzelte ihren Nacken. Schweißperlen liefen ihr bei jeder Bewegung seitlich in die Augen, sie zwinkerte, aber sie hatte keine Möglichkeit, sich mit der Hand über das Gesicht zu wischen. Ihre Hände steckten tief im Kabelsalat fest.

»Wirf einen Blick auf die Elektronik«, ertönte Commander Philipp Beers brummige Stimme in ihrem Ohrmikro. »Irgendetwas *muss* defekt sein!«

»Hier ist *nichts* defekt!«, erwiderte sie scharf und warf einen Blick auf die Anzeige der Kontrollbox, die sie an die Drähte angeschlossen hatte. »Die Kontakte sind gekoppelt, der Laser-Info-Kanal fließt ohne Unterbrechung von der Zentrale über den Navi-Com und das Steuermodul bis zu den Düsen!«

»Ja, ich dachte nur, dass vielleicht …« Der Commander ließ den Rest des Satzes unausgesprochen. Statisches Knistern überlagerte die Verbindung.

Warum musste er nur ständig ihre Kompetenz anzweifeln? Konnte er sie nicht in Ruhe ihren Job erledigen lassen?

»Aber vielleicht ist etwas mit der Biotronik nicht in Ordnung«, rätselte Philipp Beer. »Wenn *die* beginnt verrückt zu spielen, können wir uns gratulieren!«

Myra stieß zischend die Luft aus. »Die Biotronik kann nicht defekt sein!« Fassungslos über seine Einfälle schüttelte sie den Kopf. Zum Glück konnte er nicht sehen, wie sie die Augen verdrehte. Wurde er auf seine alten Tage noch merkwürdig? »Aber wenn du dir Sorgen über den Antrieb machst, dann nimm doch Kontakt zur Raumstation auf«, schlug sie vor. »Die sollen die Raumfähre scannen und unsere biotronischen Daten prüfen.«

Sie hörte Philipps ablehnendes Murren. *Typisch!* In Gedanken sah sie ihn die Stirn runzeln.

»Nein«, brummte er. »Weshalb schlafende Hunde wecken? Wir kontrollieren erst einmal alles und lösen das Problem selbst.«

Wir, dachte Myra zynisch. Das war Philipp, wie sie ihn kannte! Bevor er jemand anderes um Hilfe bat, hetzte er sie in das Steuermodul hinunter, bei 37 Grad Innentemperatur.

Vorsichtig zog sie die Hände aus den Leitungen heraus und wälzte sich mühsam auf die andere Seite. Vor ihr lag die Doma-Larranga-Biotronik, das Herzstück der *RF Ripsha Crow*. Die Raumfähre war vor acht Monaten als erster militärischer Prototyp mit dem neuen biotronischen Antrieb ausgerüstet worden. Für ein im Grunde genommen mickriges Zweimann-Schiff hatte es eine der teuersten technologischen Ausrüstungen an Bord. Da konnte man schon mal kopfüber in einem klaustrophobisch engen Schacht hängen und wie ein Affe schwitzen.

Myra ließ den Infoscan über ihre linke Gesichtshälfte gleiten. Sie atmete heftig, sofort beschlug das Visier. Sie kniff ein Auge zu und inspizierte das graue Durcheinander vor ihr.

»Die Biochips arbeiten«, erläuterte sie, als der Infoscan vollständig grün unterlegte Daten lieferte.

»Was?«, knarrte Philipps Stimme.

Mit einem ungelenken Handgriff justierte sie das Mikro am Kehlkopf. »Besser?«, fragte sie und wiederholte die Aussage.

Philipp brummte nur zur Antwort. Sie zwängte einen Arm an der Metallblende vorbei, stieß sich den Ellenbogen, schaffte es schließlich und fingerte aus der Brusttasche den elektronischen Taster. Damit berührte sie die milchig grauen schwammartigen Gebilde, die pulsierend an der Decke über ihrem Kopf klebten. Mit der Spitze der Apparatur glitt sie über die Oberfläche der Biokonstrukte. Über den Infoscan beobachtete sie deren Reaktion.

»Keine Fäulnis auf den Synapsen. Die Eiweißkontakte arbeiten. Der Strom zirkuliert.«

Dann wandte sie sich den faserartigen Bündeln zu, die vom Motherboard ausgingen und in den Schaltern an der Wand verschwanden. »Die Nervenkontakte der Siliziumleiter sind auch in Ordnung.«

Sie knipste den Taster aus und ließ den Infoscan zurückgleiten. »Hier unten ist kein Fehler!« Sie wischte sich den Schweiß aus den Augen.

»Scheiße!«, fluchte Philipp und fiel daraufhin in tiefes Schweigen.

»Philipp«, begann sie in ruhigem Ton. »Weshalb sollte das Robotgehirn plötzlich nicht mehr funktionieren? Es arbeitet auf biologischer Basis, wie ein Mensch, nur besser – es repariert und heilt sich selbst.«

Philipp schwieg noch immer.

»Wie sieht der Treibstoffverbrauch aus?«, fragte Myra.

Philipp seufzte. »Das ist es ja. Solange wir in der Umlaufbahn hängen, sollten wir eigentlich ohne Treibstoff auskommen. Aber der Verbrauch steigt und steigt.«

»Haben wir ein Leck?«

»Blödsinn!«, fuhr er sie an. »Da würden die Bordkontrollen schon längst verrücktspielen.«

»Bist du sicher? Könnte auch bloß ein Defekt an der Treibstoffanzeige sein.« Langsam wurde es ihr hier unten zu eng, und sie begann die Geduld mit Philipp und seinen paranoiden Vorsichtsmaßnahmen zu verlieren.

»Dachte ich zuerst auch, aber diese Anzeige *ist* korrekt! Nein, es sind die Messdaten, die mich stutzig machen. Sie stimmen mit den Plandaten des Programms nicht überein: Ared scheint plötzlich näher als er sollte. Ich habe manuell nachgemessen. Der Kursfehler *ist* bestätigt! Wir driften ab.«

»Wie rasch?«

»In zwei Stunden nimmt die Distanz zum Planeten um siebenhundert Meter ab. Zurzeit hängen wir in einer Umlaufbahn von zweihundertsiebenundvierzig Komma neun Kilometer Höhe.« Er machte eine Pause. »Zweihundertfünfzig sollten es sein.«

Myra rechnete rasch nach. »Das heißt, dass wir in rund einem Monat Areds zerklüftetes Granitgebirge küssen«, versuchte sie zu scherzen.

»Witzig!«, murrte Philipp, ohne darauf einzugehen. »Oder es hat sich ein Computervirus in das System geschlichen?«

»Das habe ich bereits überprüft«, antwortete sie gereizt. »Woher sollte das auch kommen?«

»Möglicherweise war es schon vor unserem Start an Bord und hat sich erst jetzt entpackt.«

»Unwahrscheinlich!«

»Trotzdem! Check es noch einmal, vielleicht hast du etwas übersehen!«

Myra stöhnte auf. *Männer,* dachte sie geringschätzig. Während ihrer Ausbildung zum ziviltechnischen Ingenieur hatte sie sich mit Rekruten, Lieutenants, Offizieren und den voreingenommenen Veteranen der alten Schule herumschlagen müssen, die sie nicht als ebenbürtig betrachtet hatten, sondern ihr bloß an die Wäsche wollten. Philipp war zwar nicht der Schlimmste von ihnen, dennoch sah er in ihr nicht die gleichwertige Kollegin, sondern die Frau, die er begehrte – nach wie vor ... doch *diese* Zeiten waren vorüber, zumindest für sie.

Sie wischte sich den Schweiß von der Stirn. Ihr Blut pochte hinter den Schläfen, leichte Kopfschmerzen machten sich bemerkbar. Missmutig kapselte sie den Virenscanner an die Biotronik. Die biomechanischen Drohnen durchliefen alle Systeme des Schiffs. Im Sekundentakt trafen die Statusberichte auf Myras Schirm ein.

»Wir sind sauber«, bestätigte sie.

Philipp seufzte.

»Kann ich raus?«

»Warte noch einen Augenblick!«

Verdammt! Mittlerweile war es hier unten zu heiß, um normal zu atmen. Philipp hatte gut reden; er hockte bequem in seinem Schalensitz im Cockpit, die Beine hochgelagert, und starrte durch die Glasblenden hinaus ins All.

»Ich führe eine Kurskorrektur durch«, beschloss er kurzerhand. Wahrscheinlich tippte er am Touchscreen herum und programmierte die Düsen via Hologramm-Display mit kurzen Triebwerkszündungen für sekundenlange Schubstöße. »Ich leite den Aufstieg ein und korrigiere unsere Bahn.«

»Die Transferbahn auf zweihundertfünfundsiebzig Kilometer für die Manövertests wäre aber erst in drei Tagen an der Reihe«, mahnte Myra ihn, die alle Daten ihrer Mission auswendig kannte. Bis es soweit war, standen ihnen noch zahlreiche Schleusentests und komplizierte Andockmanöver bevor.

»So hoch wollen wir gar nicht hinauf ... ich korrigiere unseren Kurs nur auf zweihundertfünfzig, nicht mehr, nicht weniger ...«

Myra blickte sich um. Die Biotronik schlummerte tief und fest.

»Und?«, fragte sie, als nichts geschah.

»Die Fähre lässt sich nicht manövrieren«, schnaubte Philipp. »Verflucht, was ist da los?«, murmelte er, als spräche er mit sich selbst. »Komm schon ... Verrückt! Die Systeme sind tot, die Triebwerke reagieren nicht, und die verdammten Düsen lassen sich nicht mehr steuern.«

»Ich glaube kaum, dass unser Antrieb spinnt, sondern *du*«, keuchte Myra, zwängte sich in der Röhre herum und packte Infoscan, Taster und Virenscanner zusammen. So rasch wie möglich ins Cockpit und sich selbst überzeugen! Mit einem Handgriff aktivierte sie die Schiene, die sie an den Beinen nach oben aus dem Steuermodul zog. Als sie sich aufsetzte, bemerkte sie ein Schwindelgefühl und spürte einen unangenehmen Druck in ihrem Kopf. Mit kreisrunden Bewegungen begann sie, die Schläfen zu massieren.

»Myra, komm sofort raus!«, brüllte Philipp plötzlich, doch sie hatte das Modul bereits stolpernd verlassen.

Unter ihr schlug ein greller Funke durch den Kabelsalat, das Motherboard schnurrte, die Synapsen begannen zu rattern und zu klicken.

»Was ist passiert?« Sie starrte in den Elektronikschacht. Kabelbrand waberte durch die Röhre zu ihr empor.

»Die Düsen des Schiffs haben sich soeben aktiviert – die Raumfähre schlägt einen völlig neuen Kurs ein.«

D MINUS 11: MARSCHRICHTUNG

Commander Philipp Beer aktivierte mit hastigen Handgriffen alle Holo-Displays für eine Statusmeldung. Zum Glück war Myra noch nicht hier und musste sich erst vom Steuermodul bis zum Cockpit durcharbeiten, vorbei an den Treibstofftanks, durch den Trakt mit der Bordküche, der Toilette und den Kabinen. Er hatte im Moment keine Lust, sich mit ihr auf eine Diskussion einzulassen.

Wenn die Fähre plötzlich mit unkoordinierten Schubstößen im All trudelte, wäre es mehr als wahrscheinlich, dass Myra den Navi-Computer augenblicklich herunterfahren wollte. In ihrer ungestümen Art hätte sie sofort alle Alarmglocken schrillen lassen, Kontakt mit Branston aufgenommen und ein Technik-Team an Bord beordert. Das konnte warten. Für Hektik und Panik war später immer noch Zeit.

Da für die unmotivierten Schiffsbewegungen weder Kurs noch Destination vorlagen, musste er sich auf das Notwendigste beschränken. Mit einem Systemcheck überprüfte er die Navigationskarten. War eine der Datenbanken abgestürzt und brachte den Navi-Computer durcheinander? Negativ! Die Karten stimmten mit den Sicherheitskopien überein.

»So weit, so gut.« Er wälzte sich behäbig in der Sitzschale herum und fuhr damit auf die andere Seite des Cockpits. Der Touchscreen des Radars rollte aus den Deckenarmaturen und schwebte vor ihm wie eine nach innen gewölbte Schale. Mit flinken Fingern sondierte er die Umgebung nach Satelliten, Blechtrümmern, ausgebrannten Wrackteilen, einem eventuellen Bombardement durch Mikro-Meteoriden, die den Planeten wie ein Gesteinsschwarm umkreisten. In einem Radius von zwanzig

Kilometern bestand keine Kollisionsgefahr für ihren Flug. Der nächste Fremdkontakt würde erst in neun Minuten erfolgen. Ein Eisen-Nickel-Brocken, als MG271 katalogisiert, umkreiste Ared in einer Umlaufbahn von 248 Kilometern Höhe und raste mit seinen achtzig Tonnen auf sie zu. Bis dahin waren sie außer Gefahr.

Mittlerweile trafen die Statusmeldungen der Holo-Displays in Form von bunten Quadern ein. Philipp warf einen Blick auf die wichtigsten Informationen:

GESCHWINDIGKEIT:	0,2 KM/S
BESCHLEUNIGUNG:	60 M/S2
TRIEBWERKSZÜNDUNG:	SCHUBSTÖSSE DER HECK- UND STEUERBORDDÜSEN IM ZWÖLF-SEKUNDEN-TAKT, TENDENZ STEIGEND
TREIBSTOFFVERBRAUCH:	UNREGELMÄSSIGE VERBRENNUNG, FÜNF LITER HYDRAZIN-TETROXID-GEMISCH/S.

Außerdem wurden die kleinen Düsen zur Lageänderung der *Ripsha Crow* ebenfalls aktiviert, wodurch unter Druck stehendes Kaltgas in kurzen Schubstößen ins All gelangte. Philipp konnte zusehen, wie der Heliumverbrauch permanent anstieg.

»Verfluchter Dreck!« Mit einem Fingerdruck ließ er die Displays verschwinden. Woher nahm das Schiff die Befehle dafür? Grübelnd und tief in der Sitzschale versunken, dachte er über mögliche Ursachen nach. Da alle Systeme an Bord einwandfrei arbeiteten, konnte es letztendlich nur *eine* plausible Erklärung geben: Störung der Navigation von außen. Eventuell durch elektromagnetische Felder? Oder Sabotage?

Ohne sich viel davon zu versprechen, lud er einen aktuellen Report des Sonnensystems auf den Schirm, der vor siebzehn

Minuten von einem der Satelliten übermittelt worden war. Mit dem Finger tippte er in den Brennpunkt der Ellipse, wo der gelbe Feuerball so groß wie eine Münze loderte. Eine Tabelle öffnete sich. Philipp überprüfte Gilgadon Sieben auf erhöhte Sonnenaktivität, doch der Satellit hatte weder Sonnenstürme noch Flares feststellen können, wodurch eine große Menge geladener Teilchen ausgeschleudert worden wäre. Solch eine Teilchenstrahlung hätte die Elektronik der *RF Ripsha Crow* durcheinanderbringen können. Doch selbst wenn es so gewesen wäre, überlegte Philipp, war Ared als äußerster Planet zu weit von Gilgadon Sieben entfernt. Er konnte es drehen und wenden, wie er wollte …

»Verdammt!« Er krempelte die Ärmel des Bordanzugs über seine Unterarme, fuhr sich durch das kurzgeschorene ergraute Haar und massierte sein Gesicht. Jenseits der Luke hörte er das Klappern auf der Aluminiumleiter, die ins Cockpit führte. Jeden Augenblick würde Myra ihren Blondschopf durch die Luke stecken. Er ahnte, was gleich passieren würde und konnte im Geiste jedes ihrer Argumente vorweg nehmen.

Vorweg nehmen?

Er zog die Augenbrauen hoch. *Simulation,* schoss es ihm durch den Kopf. *Das ist es!* Er riss das Keyboard für den Navi-Computer zu sich heran und beugte sich über das Manual. Ohne auf den Bildschirm zu blinzeln, tippte er auf der Tastatur. Aus dem Augenwinkel erkannte er Myras Gestalt, die durch die Luke kletterte und durchs Cockpit stapfte.

»Ich habe durch die Blenden im Kabinentrakt die Sternkonstellation beobachtet.« Myra baute sich vor ihm auf und stemmte die Fäuste in die Hüften. »Wir trudeln wie ein betrunkener Matrose durchs All.«

»Und?«, lautete Philipps einziger Kommentar. Er wusste, was sie jeden Augenblick sagen würde.

»Ich fahre den Navi-Com runter«, entschied sie. »Ich informiere Branston über die Störung und hole das Technik-Team an Bord. *Die* sollen sich darum kümmern! In der Zwischenzeit lassen wir die Finger von der Biotronik!«

Philipp beachtete sie mit keiner Regung, sondern klapperte, vertieft in seine Arbeit, mit den Fingern auf der Tastatur. Schließlich schüttelte er den Kopf.

»Nein?«, fuhr sie ihn ungläubig an und redete ohne Atem zu holen weiter. »Auch wenn ich kein Militär bin und nur in ziviler Funktion an Bord arbeite, bin ich immerhin als technischer Ingenieur für die Biotronik verantwortlich.« Ihre Faust knallte laut in die offene Hand. »Und ich halte den Zustand der Raumfähre für kritisch – im Schacht des Steuermoduls hätte mich um ein Haar ein Stromschlag gegrillt!«, sprudelte es aus ihr heraus. »Hallo! Hörst du mir überhaupt zu?«

»Natürlich.« Ohne aufzusehen, arbeitete Philipp weiter. Über seinem Kopf setzte der Holoschirm Stück für Stück ein Bild zusammen.

»Redest du nicht mehr mit mir?«, fuhr Myra ihn an. »Bist du jetzt genauso verrückt geworden wie das Schiff?«

»Ich komme jeden Moment dahinter.« Noch überhörte er geflissentlich ihren unangemessenen Ton.

»Dann spuck es endlich aus!«, fauchte sie ihn an.

»Nur weil wir früher miteinander gebumst haben, Lady«, sagte er scharf und beendete das Klappern auf der Tastatur, »gibt dir das noch lange nicht das Recht, in *diesem* Ton mit mir zu reden.« Er schwang mit der Sitzschale herum, stützte sich auf den Knien ab und fixierte sie mit strengem Blick.

Myra starrte ihn mit offenem Mund und weit aufgerissenen Augen an. Er kannte diesen Gesichtsausdruck. Zu oft hatte er ihn schon gesehen. Sie kochte vor Wut, das wusste er. Trotz des gehässigen Blicks und der wirren blonden Strähnen, die ihr ins Gesicht hingen, hatte sie ein hübsches Gesicht.

Er legte die Stirn in Falten und musterte sie mit väterlichen Augen. Das kam immer gut an, wie er sich noch von früher erinnerte. Mit ihren achtunddreißig Jahren und der kleinen kompakten Figur war Ingenieurin Myra Fielding eine der bezauberndsten und intelligentesten Frauen, welche die zivile Raumfahrt zu bieten hatte. Selbst in dem grauen Bordanzug mit den gelben Längsstreifen sah sie hinreißend aus. Von jeher bewunderte er ihr Selbstbewusstsein und die Schlagfertigkeit, mit der sie so manchen hochrangigen Offizier auf Camp Sampson zur Verzweiflung getrieben hatte. Ihm selbst war es damals nicht anders ergangen. Zivilrekruten wurden ohnehin nur notgedrungen im Camp geduldet, und Myra war noch dazu die Aufmüpfigste von allen gewesen.

Ein Piepen riss ihn aus den Gedanken. Der Holoschirm über seinem Kopf simulierte eine elliptische Flugbahn, die sich wie ein Band durch einige Raumsektoren bog. Er lehnte sich zurück und verschränkte die Arme hinter dem Kopf.

»Wir waren auf dem falschen Dampfer! Es ist überhaupt kein verrückter Kurs, den die Raumfähre einschlägt.« Er nickte zum Holoschirm.

Verwundert betrachtete Myra das dreidimensionale Geflecht. »Sondern?«

»Ich habe die Flugbahn des betrunkenen Matrosen auf eine Trendlinie projiziert. Sie ergibt einen Sinn ...« Philipp versuchte zu lächeln. »... es ist ein bewusst gesetzter intelligenter Kurs!«

D MINUS 10: NAVIGATION

»Das Schiff schlägt *bewusst* einen bestimmten Kurs ein?«, wiederholte Myra ungläubig, während ihr Blick der elliptischen Bahn um den Planeten folgte. »Ein Grund mehr, Branston zu informieren«, fügte sie hinzu.

Philipp winkte mit der Hand ab. »Nur nichts überstürzen.«

Wie er wusste, wirkte diese Aussage auf Myra, als hätte er Öl ins Feuer gegossen.

»Nicht nur, dass Gilgadon Sieben sich am Rande der von uns erforschten Galaxis befindet!« Myra explodierte wie erwartet. »Ared ist auch noch der äußerste Planet dieses Sonnensystems. Wir sind hier am Arsch der Welt, in einem militärischen Sperrgebiet, zu dem die zivile Raumfahrt keine Durchflugsberechtigung hat, sind manövrierunfähig und haben Probleme mit einem Prototyp in der Testphase«, zählte sie ihre Probleme an den Fingern auf. »Und *du* willst tatenlos dasitzen? Und wie lange noch?«

Mit vor Zorn funkelnden Augen starrte Myra ihn an, doch er verschränkte seine Arme vor der Brust, atmete tief durch und wartete schweigend ab, bis sie sich wieder beruhigt hatte.

»Die einzige Hilfe, die wir hier erwarten können, kommt von einer halbfertigen, schrottreifen Dreimann-Raumstation, die auf der anderen Seite von Ared vor sich hin rostet.« Myra warf die Arme in die Luft. »Du gefährdest das Schiff – und uns!« Wütend starrte sie ihn an. »Wir haben keine Ahnung, worauf wir uns hier einlassen. Wir können abstürzen, verglühen oder von einem Meteoroid durchlöchert werden, der uns vielleicht sogar die ganze Außenbordhülle aufschlitzt.«

Philipp hob abwehrend die Arme. »Das habe ich bereits gecheckt.«

»Großartig!«, rief sie.

»Außerdem ist Branston nicht schrottreif«, seufzte Philipp. Langsam kamen ihm Zweifel, ob er richtig gehandelt hatte, als er sich für Myra als seine Ingenieurin entschieden hatte. Der Ausschuss des Flottenkommandos war strikt gegen eine Zivilistin an Bord gewesen, doch er hatte seine Entscheidung durchgeboxt. Wäre eine Technikerin von der Militärakademie besser gewesen?

»Du hast keinen Einblick in die militärischen Dossiers«, begann er langsam, darum bemüht, es nicht nach einem Vorwurf klingen zu lassen. »Ich will es dir erklären: Die Station wurde vor zwei Jahren mit *abgezweigten* Steuergeldern, die dem Kongress nie zur Zustimmung vorgelegt worden waren, mit modernstem Hightech aufgerüstet.«

Myra starrte ihn erstaunt an. »Mit abgezweigten Steuergeldern?«

»Es war nie vorgesehen, dass du darüber informiert werden solltest, also behalte es um Himmels willen für dich, und ich möchte kein Wort mehr darüber hören!«

Myra nickte. »Gut, wir haben also zwei Möglichkeiten.« Sie hielt Zeige- und Mittelfinger in die Höhe. »Entweder ein Andockmanöver an Branston oder eine Landung auf Ared.«

»Wie stellst du dir eine Landung vor?«, fragte er. »Der Abstieg zum Eintritt in die Atmosphäre müsste exakt berechnet werden. Falls nicht, verglühen wir oder prallen wie ein Querschläger von der Luftschicht ab. Wie soll ich die Zündung der Düsen präzise auslösen? Wir haben doch keine Kontrolle über …«

»Manuell nicht«, unterbrach sie ihn. »Aber mit Anleitung über Funk durch die Raumstation. Wenn Branston so modern ausgerüstet ist, sollen sie uns mit deren Leitstrahl einfangen.

Wir schalten unsere Biotronik aus, und *sie* berechnen die Werte mit *ihrem* Navi-Com.«

Philipp schüttelte den Kopf. »Wenn da was schiefgeht …«

»Dann fliegen wir eben ein Andockmanöver an die Station!«

»Wenn beim Andocken etwas schiefgeht, sind weitere drei Menschenleben gefährdet und Hightech im Wert von zwölf Milliarden Dollar im Arsch!«

»Aber etwas müssen wir unternehmen!«, rief sie.

Philipp wiegte unschlüssig den Kopf. »Also bitte, wenn es dich glücklich macht …« Er gab sich geschlagen. »… dann nehmen wir verflucht noch einmal Kontakt zur Raumstation auf.«

Myras Gesichtszüge entspannten sich.

Er stellte über den Satelliten den Kontakt zu Branston her, der Kanal blieb aber tot. Ratlos blickte er auf.

»Wahrscheinlich liegen wir im toten Winkel zum Satelliten«, vermutete Myra. »Versuch es noch einmal.« Sie strich sich eine Haarsträhne hinters Ohr. Ihre Wut auf Philipp war offenbar verflogen.

Er schüttelte den Kopf. »Es hat nichts mit dem Satelliten zu tun. Es ist so, dass *wir* kein Signal rausschicken können. Wir sind stumm – und wie es im Moment aussieht, auch taub …«

Plötzlich jagte ihm ein Schauer über den Rücken. Auch Myra war es aufgefallen. Die Anzeigen der Holo-Displays spielten verrückt: Dutzende Zahlenkolonnen rasten im Eiltempo über die Schirme. Ein Ruckeln ging durch das Schiff. Myra stürzte zu ihrer Sitzschale, fuhr die Armaturen aus, rief die Systeme auf und tippte abwechselnd mit den Fingern auf der Tastatur und dem Touch-Screen.

»Die Steuerung und das Navigationssystem machen sich selbständig«, keuchte sie.

»Verflucht!« Philipp drückte immer wieder auf die gleichen Sensoren. »Die Handsteuerung reagiert nicht! Ich kann das Schiff nicht einmal drehen. Geschwindigkeit, Triebwerkszündung und Treibstoffverbrauch nehmen zu!«

»Es gibt nur eine Erklärung«, stellte Myra fest. »Der KI-Bio-Chip muss sich neu formatiert haben – eine Art Evolutionssprung.«

»Das ist doch verrückt«, rief Philipp, ohne sich nach Myra umzusehen.

»Hier ist alles verrückt«, antwortete sie. »Ich vertraue auf nichts mehr. Hat etwa die Biotronik selbst den Funkkontakt unterbrochen?«

Philipp riss die Augen auf. Dieser Gedanke war zu absurd. Selbst ein KI-Chip konnte nur *das* machen, wofür er programmiert worden war.

Myra schwang mit ihrem Sitz herum, erhob sich und deutete auf die simulierte Flugbahn, die der Holoschirm frei schwebend im Cockpit abbildete. Philipp blickte auf. Jede Sekunde flimmerte ein neues Update über den Schirm.

»Wonach sieht das aus?«, flüsterte sie. Doch Philipp schwieg, er starrte auf die elliptische Kurve. »Die Fähre bewegt sich in einer Parabelbahn um Ared«, fuhr sie fort und deutete auf eine Stelle in der Umlaufbahn. »Wenn die Fähre nicht abbremst, schwenken wir *hier* in eine Parkbahn um …«

Philipp sprang aus dem Sitz, lief durch das Hologramm und betrachtete es von der anderen Seite.

»… von wo vermutlich ein Weiterflug vorgenommen wird«, vollendete er Myras Gedanken.

Myra lief wieder zu ihrem Platz und hämmerte eilig in die Tastatur. »In wenigen Minuten erreichen wir neun Komma acht Kilometer pro Sekunde … Fluchtgeschwindigkeit!«

»Das verdammte Schiff trifft Vorbereitungen für das Verlassen der Umlaufbahn«, platzte es aus Philipp heraus.

Schweigend starrten sie sich einen Moment lang an.

»Nützt es etwas, wenn ich in den Elektronikschacht klettere und die Biotronik rausreiße?«

Philipp schüttelte den Kopf. »Keine Zeit mehr.«

»Was dann?«, drängte Myra.

Stumm blickte er auf die Simulationskurve und verfolgte den blinkenden, roten Punkt, der die Position der *Ripsha Crow* kennzeichnete. Plötzlich verstummte das Schiff. Philipp legte den Zeigefinger auf die Lippen. Die kleinen Düsen für die Lageänderung und die großen für das Anheben und Absenken der Flugbahn stellten ihre Tätigkeit ein. Sowohl der Helium- als auch der Hydrazin-Tetroxid-Verbrauch sanken schlagartig auf Null.

»Was ist …?«, flüsterte Myra.

»Anschnallen!« Philipp lief zu seinem Sitz und ließ die Gurte einschnappen.

Ohne zu überlegen, klinkte auch Myra ihren Hartschalengurt über Schultern und Hüften ein.

Im selben Augenblick begann das Dröhnen der Haupttriebwerke, das wie ein mächtiges Vibrieren durch die Verbände der Fähre donnerte.

»Das Schiff beschleunigt!« Philipp umklammerte die Armlehnen der Sitzschale. Sie wurden in die Stühle gepresst.

Der Photonenantrieb heulte auf und katapultierte die *Ripsha Crow* mit einem Getöse elektromagnetischer Wellen aus Areds Umlaufbahn ins All.

D MINUS 9: HETZJAGD

Einige Atemzüge später hatte die *Ripsha Crow* das Sonnensystem verlassen, raste in die Leere des Weltraums und erreichte Maximalgeschwindigkeit. Commander Philipp Beers Augen ruhten fasziniert auf den Anzeigen der Konsolen. Der Photonenantrieb gab her, was er konnte, und hatte das Schiff auf über ein Drittel Lichtgeschwindigkeit beschleunigt. Mehr war aus physikalischen Gründen nicht möglich, da sich die Masse sonst mit jeder weiteren Beschleunigung verdoppeln würde.

Einen derartigen Alarmstart hatte Philipp noch nicht erlebt. Jede Sekunde entfernten sie sich um weitere 110.000 Kilometer von dem letzten Außenposten der Menschheit. In knapp fünfzehn Minuten würden sie aus Branstons Radarbereich verschwunden sein und in weiteren fünf Minuten die letzten Satelliten passieren, die am Rand des von Menschen erforschten Weltraums patrouillierten.

Selbst wenn sie sich augenblicklich mit dem Dingi von der Raumfähre abkoppelten, würden immerhin fünf Minuten verstreichen, was bereits ausreichte, um den Rückweg nach Ared nicht mehr zu schaffen. Die Sauerstoffreserven des Beibootes reichten nur für knapp drei Tage, und ohne Unterstützung durch das Flottenkommando hatte Branston nicht die Möglichkeit, sie in einer derartigen Entfernung im All aufzulesen. Ihnen blieb nur eine einzige Möglichkeit: An Bord zu bleiben.

»Das Schiff muss gestoppt werden«, entschied Philipp, ohne Myras Zustimmung abzuwarten.

Er klickte den Magnetschlüssel von der Kette, die um seinen Hals baumelte und öffnete die faustgroße, gläserne Kuppel, die wie ein Fremdkörper in den Armaturen eingelassen war. Das

Glas der Kanzel fuhr zischend auseinander. Vor ihm lag ein roter Kippschalter – der Not-Aus-Schalter, der die Triebwerke abstellte, die Bremsraketen zündete, anschließend alle Programme an Bord herunterfuhr und den Navi-Computer lahmlegte. Anschließend war das Schiff tot und sendete ein automatisches SOS-Signal im Minutentakt.

»Worauf wartest du?«, drängte Myra, als Philipps Daumen über dem Schalter schwebte. In seiner nunmehr fünfunddreißigjährigen Laufbahn als Kadett, Kampfpilot, danach militärischer Commander, später Ausbilder auf Camp Sampson und zuletzt mit 52 Jahren als Testpilot für Prototypen, hatte er *diesen* Schalter noch nie auf irgendeinem Schiff betätigen müssen. Bisher kannte er die entsprechende Reaktion der Schiffe nur aus dem Simulator. Das würde sich jeden Moment ändern.

Er presste den Daumen gegen die gerippte Oberfläche und kippte den Schalter. Das Schiff reagierte nicht. Er hielt den Kopf schief und lauschte. Die Bremsraketen zündeten nicht, das Display der Geschwindigkeitsanzeige verharrte auf exakt 109.987,12 km/s.

»Was bedeutet das?« Myra starrte auf den Not-Aus-Schalter. »Versuch es noch einmal.«

»Der Schalter ist bereits *aus!*«, brüllte Philipp. Er fuhr sich durch das ergraute Haar. »Myra«, sagte er im sanften Ton und schwang mit der Sitzschale herum. »Du gehst im Raumanzug raus und …!«

»Nein!«, fuhr sie sofort dazwischen.

Vermutlich ahnte sie, was er vorhatte, doch darauf konnte er keine Rücksicht nehmen. »Von der …«, begann er.

»Ich habe von außen keinen Zugang zum Haupttriebwerk«, unterbrach sie ihn. »Ich müsste die Verkleidung für den Wiedereintritt runterreißen, und eine Wiedermontage im All ist nicht möglich. Außerdem habe ich da draußen keine Möglichkeit, den Gurt einzuklinken«, zählte sie hastig auf.

»Ich weiß«, sagte er ruhig. »Aber von der Ladebucht gibt es eine Zugangsmöglichkeit.«

»Die Triebwerke würden mich grillen und die elektromagnetischen Wellen in tausend Stücke zerfetzen!«

»Solange wir mit maximalem Schub durchs All rasen, zünden die Triebwerke nicht noch einmal. Bloß die Düsen korrigieren den Kurs.«

»Und wenn du dich irrst …?« Myra ließ den Rest des Satzes unausgesprochen.

»Und wenn ich mich *nicht* irre?«, entgegnete Philipp.

D MINUS 8: VERTEIDIGUNG

Minuten später sah er Myra im Raumanzug durch die Druckschleuse steigen und aus der Ladebucht klettern. Die Magnetstiefel hielten sie auf den Paneelen fest, im Licht der Außenbordspots glänzte ihr Raumanzug silbern. Der Monitor übertrug ein klares Bild von den Vorgängen außerhalb des Schiffs. Von Myras Hüfte schwebte der Verbindungsgurt durchs All, den sie im Inneren der Ladebucht an die Schleuse geklinkt hatte.

»Ich stehe über dem Haupttriebwerk«, hörte er Myras Worte in seinem Ohrmikro. Ihre Stimme klang unnatürlich weit entfernt und wurde von statischem Knacken überlagert.

»Nimm dir zuerst die Tanks vor und unterbrich die Verbindung zu den Düsen«, überlegte Philipp laut, sein Kehlkopfmikro hüpfte auf und ab. In seinem Magen breitete sich ein flaues Gefühl aus. Um zu den Treibstofftanks zu gelangen, musste Myra unter den Triebwerken hindurch tauchen, zur Unterseite des Schiffs.

»Danach schaltest du den Atomreaktor des Haupttriebwerks aus und legst die Stromversorgung für den Navi-Com lahm.«

»Und danach?«, keuchte Myra.

Philipp bemerkte, wie ihr Helm von innen beschlug. »Dann zünden wir die Bremsraketen per Hand und killen die Biotronik!«

»Großartiger Plan«, murmelte Myra zynisch. Philipp starrte auf den Monitor und sah, wie sie mit den klobigen Handschuhen am Griff der Werkzeugbox fingerte, die sie mit sich führte. Myra ging in die Hocke und bereitete sich darauf vor, sich von der Ladebucht abzustoßen und mit dem Verbindungsseil unter das Schiff zu tauchen.

Plötzlich erschien eine Statusmeldung auf dem Holoschirm. Philipp blickte flüchtig hin und zuckte zusammen.

»Unidentifizierter Fremdkörper an der Ladebucht geortet«, prangte in grellen Lettern auf dem Display.

Die Doma-Larranga-Biotronik arbeitet auf biologischer Basis, wie ein Mensch, sie repariert und heilt sich selbst, schossen ihm Myras Worte durch den Kopf. Würde sich die Biotronik auch gegen Fremdkörper verteidigen?

Myra sprang und schwebte auf die Triebwerke zu.

»Stop!«, brüllte Philipp. Sein Herzschlag setzte aus, als die Triebwerke zündeten.

Myra bekam den Gurt zu fassen, klammerte sich daran fest und knallte mit dem Oberkörper gegen die Kante der Ladebucht.

Unter ihr glühten die Photonentriebwerke auf, ein Impuls elektromagnetischer Wellen wurde ins All gestoßen. Ihre Werkzeugbox schwebte frei im All, driftete ab, wurde von der Welle erfasst und zerfetzt.

»Scheiße«, fluchte sie. »Das war haarscharf.«

Philipp stieß die Luft geräuschvoll aus der Lunge. Erschöpft sank er in der Sitzschale zusammen.

»Woher wusstest du das?«, keuchte Myra und zog sich in die Ladebucht.

Philipps Blick wanderte zum Holo-Display. »Die Steuerung ist eine künstliche Intelligenz, eine Computer-Neuronen-Fusion«, murmelte er und wischte sich über die Stirn. Seine Finger zitterten. »Sie handelt und entscheidet selbstständig. Wir wollten sie ausschalten – also sind wir ihre Feinde.«

»Da kommst du aber ziemlich spät dahinter.«

»Rechtzeitig genug!«, entgegnete Philipp. »Komm wieder an Bord«, fügte er leise hinzu.

»Wir können doch nicht tatenlos zusehen, wie wir Sekunde für Sekunde weiter ins All rasen …«

»Das hat doch alles einen Sinn, was hier vorgeht«, unterbrach er sie. »Wir müssen bloß herausfinden, welchen.«

Wohin ging die Reise überhaupt?

Was wollte das Schiff? Während Myra wieder aus ihrem Raumanzug kletterte, würde er die Destination der *Ripsha Crow* simulieren.

D MINUS 7: DESTINATION ...?

Philipp schwenkte mit der Sitzschale quer durch das Cockpit in eine Nische. Dort rastete die Magnetschiene des Sitzes mit einem Schnappen ein. Automatisch schnellte ein Helm aus der Konsole, welcher mit Dioden bestückt und über Drähte und dicke Datenstränge mit den Armaturen verbunden war. Philipp hob den Helm aus der Verankerung, entwirrte den Kabelsalat, nahm seinen Mikrostöpsel aus dem Ohr und zog sich die wuchtige Schale über den Kopf.

Vor seinem Gesicht klappte der Datenschirm hinunter. Augenblicklich färbte sich seine Umgebung in ein dunkles Blau, und er hatte kilometerweiten Ausblick in sämtliche Richtungen, als befände er sich mitten im All und drehte sich um seine Achse. In allen Schattierungen funkelten Sterne – von blau über mattrot bis diamantweiß. Er hatte das Gefühl, als könnte er quer durch den Raum greifen und die Himmelskörper wie Murmeln zwischen Daumen und Zeigefinger drehen.

»Zugangscode überprüfen«, befahl er der Maschine.

Der Datenschirm scannte seine Iris, öffnete die Datenbanken und bildete im rechten oberen Bereich des Schirms eine gelbe Zahlenkolonne ab. Philipp überflog die Sterndaten: Alter, Masse, Durchmesser, Gravitation, Hydrostatik, Konvektion, Temperatur, sowie Molekularwerte und Spektralanalyse – unwichtige Details, die ihn im Augenblick nicht interessierten.

»Gegenwärtige Flugbahn der *Ripsha Crow* einblenden«, befahl er. Im virtuellen Simulator entstand eine rote Linie, die sich durch den Raum zog und ständig um ein Stück vorrückte.

Ein Schiff wie die *Ripsha Crow* bestand aus mehr als einem Dutzend verschiedener Systeme, die über Schnittstellen miteinander verbunden waren. Auch wenn die Biotronik im Moment verrücktspielte, funktionierte wenigstens der Simulator einigermaßen, dachte Philipp missmutig. Schließlich konnte nicht alles gleichzeitig ausfallen.

»Kurs berechnen!«

Die Zahlenkolonnen veränderten sich, rasten wie beschleunigte Bilder über den Schirm, bis sie sich schließlich einpendelten und erstarrten. Nur geringfügig wurden die Ziffern der Nachkommastellen revidiert. Mit jeder Sekunde, in der die *Ripsha Crow* das All um weitere 110.000 Kilometer durchmaß, wurde der Kurs neu berechnet. In drei Komma fünf Sekunden von der Erde zum Mond, überlegte Philipp. Wohin würde dieses Tempo sie führen?

»Destination projizieren … Zielkoordinaten in fünfzehn Minuten!«

Der virtuelle Simulator öffnete seine Datenbanken und berechnete den Kurs unter Berücksichtigung der Schwerkraftverhältnisse von Gilgadon Sieben, seinen zwölf Planeten, Hunderten Asteroiden und Tausenden Meteoriden. Lautlos rasten schier unendlich viele Daten über den Schirm. Einen Atemzug später verlängerte sich die rote Linie und wuchs zu einer gestrichelten Flugbahn, die tiefer in den Raum vordrang. Nachdem der Simulator die 99 Millionen Kilometer entfernte Destination berechnet hatte, lud die Maschine das Ergebnis auf den Schirm. Um Philipp herum veränderte sich die Konstellation der Sterne. Damit konnte er aber nicht viel anfangen. Er ließ einen Check über die Koordinaten laufen, erhielt jedoch nur belanglose Informationen. Der Raum war so leer und uninteressant, wie ein öder Teil der Galaxis nur sein konnte.

Empty as empty can be, hätte sein Ausbilder gesagt.

»Zielkoordinaten in dreißig Minuten!«

Die Prozedur wiederholte sich, der virtuelle Simulator checkte die neuen Koordinaten automatisch nach wichtigen Hinweisen. Allerdings war nichts darunter, was Philipp beeindruckt hätte.

»Zielkoordinaten in fünfzig Minuten!«

Je weiter sich die Projektion ausdehnte, desto unschärfer wurde das Ergebnis. Zu viele Faktoren beeinflussten eine exakte Berechnung. In 330 Millionen Kilometer Entfernung von Ared war alles nur noch Vermutung. Bei solch einer Distanz, die einem Flug von der Erde zur Sonne und wieder retour entsprach, hätte eine geringfügige Korrektur durch eine Düse – bloß ein sekundenlanger Schubstoß – ausgereicht, um jede konkrete Aussage zunichte zu machen. Doch befand sich die *Ripsha Crow* seit Minuten auf konstantem Kurs – das verlieh Philipp eine gewisse Sicherheit. Die Prognose war vielleicht stabiler, als er dachte.

»Zielkoordinaten in fünfundsiebzig Minuten!« Er versuchte es ein letztes Mal.

Der virtuelle Simulator blendete die neue Destination auf dem Schirm ein, und Philipp befand sich inmitten eines neuen Raumquadranten, der die Koordinaten T-O/N trug. Philipp zuckte zusammen. 500 Millionen Kilometer von Ared entfernt hatte sich die Konstellation der Gestirne geringfügig verändert, der Raum war aber immer noch trostlos leeres Vakuum. Jenseits von Gilgadon Siebens äußerstem Planeten existierten nichts weiter als Gase, Staubpartikel, geladene Teilchen und Dunkle Materie, dennoch lud der Systemcheck über diesen Quadranten einige Informationen aus der Datenbank.

»Raumquadrant T-O/N«, murmelte Philipp mit ausgetrocknetem Mund. Das war unerforschtes Niemandsland jenseits des militärischen Sperrgebiets. Trotzdem kannte er die Koordinaten. Ein Blick in die Datenbank bestätigte seine Vermutung und jagte ihm einen Schauer über den Rücken. Vor zwei Jahren war dort die Geschichte mit dem Schweren Kreuzer *SK Siram Hayn* passiert. Hatte das etwas mit dem Verrücktspielen der Biotronik zu tun? War *das* der Schlüssel?

Philipp klappte den Datenschirm hinauf und zog den Helm vom Kopf. Wie jedes Mal beim Verlassen des Simulators schwindelte ihn, wenn er in die Realität des Cockpits zurückkehrte. Schweiß klebte ihm auf der Stirn. Er blinzelte und massierte seine Augen, die von der grellen Beleuchtung tränten. Mit ungelenker Bewegung verankerte er den Datenhelm und ließ ihn wieder in der Konsole verschwinden. Automatisch löste sich die Magnetschiene des Sitzes mit einem Schnappen. Philipp tastete nach seinem Mikro, steckte sich den Stöpsel wieder ins Ohr und erhob sich träge aus der Sitzschale.

»Warum meldest du dich nicht?«, rief Myra, die plötzlich vor ihm stand und sich prüfend im Cockpit umsah.

»Ich war im Simulator«, antwortete Philipp müde.

»Und?«

»In etwas mehr als einer Stunde erreichen wir den Raumquadrant T-O/N.« Aus dem Augenwinkel beobachtete er Myras Reaktion.

»Aha.« Sie zuckte mit den Achseln. Sie hatte wieder den grauen Bordanzug angelegt, die Ärmel bis zu den Ellenbogen hochgekrempelt und wirkte ein wenig nervös und gestresst.

»Kannst du etwas damit anfangen?«

Sie schüttelte den Kopf.

»Sagt dir der *SK Siram Hayn* etwas?«

»Ist das ein Rätselspiel?«, erwiderte sie.

»Sehe ich so aus, als wollte ich Rätselraten spielen?«

Seufzend sog sie die Luft ein, schielte zur Decke und dachte nach. »Soweit ich mich erinnere, ist der *SK Siram Hayn* mit einem Asteroiden oder Meteoriden kollidiert und danach explodiert. Die Wrackteile wurden nie geborgen.«

Philipp nickte bedächtig. »Es war ein Asteroid.«

»Und?« Gleichgültig zog Myra die Schultern hoch. »Was hat das mit uns zu tun?«

»Ein Eisenbrocken mit zwanzig Metern Durchmesser schlug mitten durch den Kreuzer. *Das* war zumindest die offizielle Version.«

»Und wie lautete die inoffizielle?«

»Der *SK Siram Hayn* war ein Kampfkoloss, ein militärisches Schlachtschiff der Danton-Klasse. Wenn du *solch* ein Schiff verlierst, brauchst du schon einen verdammt guten Grund dafür. Die Geschichte mit dem Asteroid war eine Falschmeldung des Flottenkommandos an die Medien und den Kongress. In Wahrheit ist der Kreuzer vor zwei Jahren im Quadrant T-O/N spurlos verschwunden.«

»Was denn – einfach weg?« Sie betrachtete ihn ungläubig. »Ein Schwerer Kreuzer der Danton-Klasse verschwindet doch nicht einfach so im All?«

Philipp verzog den Mund. »Sollte man annehmen! Eigentlich hätte der Kreuzer in diesem Quadranten nichts zu suchen gehabt. Wie und warum er dorthin kam, weiß ich nicht, doch plötzlich war er von seiner Position verschwunden.« Er schnippte mit den Fingern.

»So wie wir«, hauchte Myra.

Sie starrten sich an. Schließlich brach Myra die Stille, in der nur das Dröhnen des Photonenantriebs zu hören war. »Hast du eine Ahnung, was damals genau passiert ist?«

Philipp schüttelte den Kopf. »Aber das lässt sich herausfinden. Gehen wir in meine Kabine, dort habe ich Zugang zu den Militärcodes. Lass uns in den Archiven stöbern.«

D MINUS 6: SIRAM HAYN

Hintereinander stapften sie durch den Trakt zu den Kabinen, ihre Raumstiefel hallten trostlos durch die Korridore des Schiffs. Die Luke zu Philipps Kabine stand offen. Wie alle anderen Räume auf Militärfähren war auch dieser spartanisch eingerichtet, ohne Bullauge, und bestand nur aus einem Schrank, einer Schlafkoje, einer Waschnische und einem Pult mit Touch-Screen und ausklappbarem Stuhl.

Während sich Myra im Schneidersitz auf die ungemachte Koje setzte und mit dem Rücken an die Wand rutschte, musterte Philipp sie. Blonde Strähnen hingen ihr wieder ins Gesicht. Erschöpft lehnte sie den Kopf zurück, nur eine dünne Blechwand trennte sie vom All. Sie sah unerhört attraktiv aus, und doch strolchte sie in einer Blechdose Lichtjahre entfernt von zu Hause durchs All. Warum nur? Sein Blick wanderte zum Pult. Über dem Keyboard klebte ein Bild von Myra und ihm. Keine Holoaufnahme, nur ein gewöhnliches Foto. Es stammte von Camp Sampson und zeigte sie eng umschlungen vor der Terrasse zur Kantine. Am liebsten hätte er jetzt hinter ihrem Rücken das Bild vom Pult verschwinden lassen.

Myra bemerkte seinen Blick. »Du hast es also aufgehoben.«

Philipp nickte nur. Dann schüttelte er die Gedanken ab und ließ sich ächzend in den Stuhl fallen.

Mit einer Tastenkombination am Keyboard öffnete er das Holo-Archiv. Vorsichtig schielte er zu Myra.

»Du darfst eigentlich nicht hier sein, wenn ich den Militärcode verwende«, brummte er und hielt inne. Dann schrieb er weiter auf der Tastatur und wanderte mit den Händen zum Touch-Screen. »Besser, du vergisst anschließend wieder alles, was du jetzt hören und sehen wirst.«

»Versprochen, nur mach jetzt weiter!«, drängte Myra.

»Ja, ja.« Einen Augenblick später öffnete sich ein bunter Würfel vor ihnen, mit unendlich vielen Karteireitern in der Menüleiste. Mithilfe des Touch-Screens dirigierte Philipp den holografischen Würfel herum, faltete ihn auseinander und vergrößerte einen speziellen Teil daraus. Innerhalb des militärischen Projektarchivs blätterte er fünf Jahre zurück, ins Jahr 2186.

»Das Projekt lief damals unter dem Namen *HMB*«, erklärte er.

Myra nickte stumm, offensichtlich hatte sie keine Ahnung, wovon er sprach. Aber bald würde sie es begreifen. Philipp öffnete ein Dossier. Vor ihnen entstand die dreidimensionale Abbildung eines Schweren Kreuzers der Danton-Klasse. Das Modell drehte sich um die eigene Achse. Deutlich waren die Triebwerkblöcke und wuchtigen Treibstofftanks zu erkennen. An der Stirnfläche des Kreuzers saßen drei Andockports, daneben die Steuerdüsen und das Lebenserhaltungssystem der Mannschaft. In der Mitte des Kreuzers hingen die Module des Wohnbereichs wie Waben aneinander, danach folgten die Verbindungsknoten zu den Akkumulatoren. Das letzte Drittel des *SK Siram Hayn* bestand nur noch aus zylindrischen Racks und zahlreichen Segmenten, mit denen selbst Philipp nichts anzufangen wusste. Wahrscheinlich beherbergten sie die Steuer-, Antriebs- und Navi-Konsolen, die Waffensysteme und die berüchtigten Militär-Dingis. Trotz der zahlreichen eigenständigen Waben wirkte der schwarzglänzende *Siram Hayn* kompakt und voluminös, ein furchteinflößender Käfer im Chitinpanzer, der träge durchs All schwebte.

»Die Crew bestand aus einundachtzig Soldaten, die auf Geländeerkundung neuer Planetenoberflächen spezialisiert waren«, erinnerte sich Philipp, als er das Dossier überflog. »Der Commander des *SK Siram Hayn* war Kevin Rowland, seine ersten Offiziere Barks, Chimney und Reesfield. Das sind Namen, die dir nichts sagen werden, aber ...«

»O doch.« Myra verdrehte die Augen. »Das ist so ziemlich der harte Kern, der aus den Erodan-Mond-Kriegen übrig geblieben ist.«

Philipp nickte. Er dachte an die Raumschlacht von 2183. Eine Handvoll Partisanen wollte entgegen des Beschlusses des Flottenkommandos auf Erodan eine unabhängige Kolonie errichten. Es ging um die Besitzansprüche auf zahlreiche Rohstoffminen. Zu diesem Zeitpunkt war er bereits zu alt für einen aktiven Militäreinsatz und bildete auf der Akademie Piloten aus. Einige seiner Studenten kehrten nie mehr aus der Schlacht zurück.

Myra betrachtete aufmerksam das Modell des *Siram Hayn*. Selbst Philipp ließ der Anblick des schwarzglänzenden Titanpanzers der wabengleichen Blöcke, Module und Tanks erschaudern. Um wie viel mehr musste Myra diese Demonstration militärischer Stärke verabscheuen.

»Der Kreuzer patrouillierte in den äußeren Regionen des Gilgadon Sieben Sonnensystems.«

»Landung und Erforschung von Ared?«, vermutete Myra.

Philipp schüttelte den Kopf. »Dieser Punkt hätte später auf dem Missionsplan gestanden. Zunächst einmal sollte die Manövrierfähigkeit des Antriebs im militärischen Sperrgebiet getestet werden.«

»*Welcher* Antrieb?«, fragte Myra verdutzt, als ahnte sie bereits, worauf Philipp hinaus wollte.

»Der Projektname *HMB* stand für Hector-Mendoza-Biotronik.«

Myra spitzte die Ohren, Philipp fuhr unverzüglich fort. »Der *Siram Hayn* war als erster Schwerer Kreuzer mit dem neuen biotronischen Steuer- und Antriebssystem ausgerüstet worden – ein Pilotversuch des Militärs.«

»Du weißt erstaunlich viel darüber«, sagte Myra vorsichtig. Skeptisch kniff sie die Augen zusammen.

»Ich hätte den Kreuzer kommandieren sollen, habe jedoch abgelehnt.«

»Weise Entscheidung«, kommentierte Myra.

»Rowland stand als Nächster auf der Liste. Vor zwei Jahren durchflog er mit seiner Crew den Quadrant T-O/N, wo sie spurlos verschwanden.«

»Und was ist dort passiert?«

Philipp zuckte mit den Achseln und öffnete die letzte übermittelte Bordbucheintragung des Kreuzers vom Februar 2189. Myra rutschte an die Kante der Koje. Gemeinsam überflogen sie die Daten aus dem Archiv. Commander Rowland funkte Gilga III an, ein Vorläufermodell der Raumstation Branston, das in einer Umlaufbahn um den dritten Planeten kreiste und sich gerade in der Konstruktion befand. Von Gilga III konnte keinerlei Hilfe erwartet werden, doch war es die nächste Station, wohin ein Funkspruch gesendet werden konnte, auch wenn die Übertragung dorthin mehrere Tage dauerte. Rowland informierte das Flottenkommando über eine Fehlfunktion der Hector-Mendoza-Biotronik.

»Das Schiff ist manövrierunfähig«, las Myra laut vor. *»Die Steuerdüsen aktivieren sich in unmotivierten Intervallen, der Kreuzer tru-*

delt, schlägt einen nicht nachvollziehbaren Kurs ein. Offizier Reesfield versuchte den Antrieb des Kreuzers lahmzulegen und ist dabei zu Tode gekommen. Derzeitige Position …«

Damit riss der Kontakt am 25. Februar um 17.42 Uhr Bordzeit ab, als wäre er mit einem sauberen Schnitt unterbrochen worden. Letzten Radaraufzeichnungen zufolge musste sich der Kreuzer weit jenseits von Areds Umlaufbahn befunden haben. Das Satelliten-Radar konnte den Funkspruch bis zum Quadrant T-O/N zurückverfolgen. Die Presse wurde mit einer Falschmeldung abgespeist: Ein Asteroid hätte die Außenbordhülle der Waffensysteme durchschlagen, der Reaktor detonierte, der *Siram Hayn* trieb als zerfetztes Wrack durchs All. Keine Überlebenden. Keine Bergung.

»Aber die Bilder von der Katastrophe!«, rief Myra entsetzt.

»Ein Fake«, antwortete Philipp. »Tatsächlich wussten wir nie, was mit dem *Siram Hayn* passiert ist.« Er blätterte weiter.

Ein Dokument des Flottenkommandos bestätigte, dass die militärische Suchexpedition nach dem vermissten Kreuzer gar nicht erst abgebrochen werden musste, da sie nie zustande gekommen war. Von Beginn an stand fest, dass die Suche zu viel Geld verschlingen würde. Der Kongress hätte es niemals bewilligt.

»Feine Freunde hast du beim Militär!«, sagte Myra. »Vielleicht leben sie ja noch, aber für euch zählt ein Menschenleben so viel wie ein …«

Mit einer Handbewegung brachte Philipp sie zum Schweigen. »Kevin Rowland war einer meiner besten Studenten auf der Akademie. Er hatte eine Frau und zwei Kinder. Ich erklärte Kara damals …« Er verstummte und wischte sich über die Augen.

»Es tut mir leid«, entschuldigte Myra sich.

»Es gibt generell Probleme mit dem biotronischen Antrieb«, seufzte Philipp plötzlich, als wollte er sich seinen Kummer von der Seele reden. »Die Technologie ist unausgegoren. Zu viele Faktoren beeinflussen einen hundertprozentig sicheren und einwandfreien Einsatz.« Philipp holte tief Luft und fuhr leise fort: »Deshalb wurde die *Ripsha Crow* auch in das militärische Sperrgebiet um Ared geschickt, um den verbesserten Doma-Larranga-Antrieb mit Probeflügen und Experimenten auf Herz und Nieren zu testen, mehrere Situation durchzuspielen und ...«

»Nicht ausgegoren!«, wiederholte Myra laut. »Und ich habe von alledem *nichts* gewusst!« Sie warf die Arme in die Luft. »Wir rasen mit einem Photonenantrieb durchs All und können das Schiff nicht einmal steuern! Solange wir die Zusammenhänge nicht begreifen und die Konsequenzen nicht im Griff haben, sollten wir, zum Teufel noch mal, die Finger von Neuronen-Computern lassen.«

»Das Militär gibt neue Technologien nicht auf. Wenn die Biotronik einmal funktioniert, revolutioniert sie die Raumfahrt mit Schiffen, die selbständig denken und handeln können.«

»Bravo!«, grollte Myra und verschränkte die Arme vor der Brust. »Weshalb hast du ausgerechnet *mich* an Bord genommen?«

»Weil du am meisten davon verstehst.«

»Blödsinn!«

Philipp zuckte zusammen. Ja, es war Blödsinn. »Weil du ...« Er zögerte.

»Weil du dachtest, du könntest nach einem Jahr Pause unsere Beziehung wieder kitten?«, schlug sie vor.

Zuerst schüttelte er den Kopf, dann nickte er langsam. »Auch deshalb, aber das allein ...«

»Ich sag dir etwas, Philipp.« Sie rückte näher an ihn heran und hob den Zeigefinger. »Die Raumfahrt ist mein Leben. Heimat, Kinder und Familie sind nichts für mich, da bin ich vollkommen anders als deine Exfrau. Niemals hätte *ich* mich von dir scheiden lassen, weil du dich von der Flotte als Kampfpilot hast verheizen lassen und selten für die Familie da warst. Ich hätte deine Karriere verstanden, hätte sie sogar unterstützt, denn im Gegensatz zu Ina interessiere auch ich mich für die Raumfahrt, und wir hätten uns nicht auseinander gelebt. Ich weiß …«, rief sie und hob abwehrend die Hände, »… wir sind manchmal unterschiedlicher Auffassung, aber wir würden gegenseitig unsere Raumflüge akzeptieren, auch wenn wir dadurch monatelang getrennt wären … schließlich ist das unser Beruf.« Sie machte eine Pause. »Vielleicht liebst du mich ja nur deshalb, Philipp«, flüsterte sie.

Philipp wollte etwas sagen, um Myras Aufmerksamkeit wieder auf das Archiv zu lenken, doch verstummte er, als sie den Kopf schüttelte.

»Auch kann ich damit leben, dass deine Tochter mich als Schlampe bezeichnet und deine Exfrau gegen mich aufwiegelt, weil sie beide nicht verstehen, wie du mit einer vierzehn Jahre jüngeren Frau zusammen sein kannst.« Ihre Stimme kippte und versagte endgültig. »Aber …«, brachte sie stockend hervor, »… wenn *du* dich nicht entscheiden kannst zwischen einer Beziehung, zu der du stehst, und deiner Tochter, die du nicht verlieren möchtest …« Sie blickte auf. »… das ist zu viel für mich.«

Sie wischte sich mit dem Handrücken über die Wange.

»Auf Camp Sampson und unseren gemeinsamen Raumflügen warst du ein zärtlicher und verständnisvoller Partner, vielleicht der beste, den ich je hatte, aber kaum waren wir zu Hause, warst du wie ausgewechselt. Deine Gefühlsschwankungen – heute liebevoll, morgen abweisend – reiben mich auf, bringen mich zur Verzweiflung. Dieses ständige Hin und Her stehe ich nicht durch … nicht noch einmal.«

Philipp nickte müde. Schon längst wollte er mit Myra darüber reden – darüber, dass er sich endgültig für sie entschieden hatte, aber musste es ausgerechnet in einer Situation wie *dieser* sein?

Myra berührte ihn an der Schulter. »Es ist vorbei.« Sie schluckte. »Machen wir das Beste daraus und versuchen eine freundschaftliche Beziehung aufrecht zu erhalten … zumindest für die Dauer des Flugs. Schließlich sitzen wir gemeinsam in diesem Schlamassel.«

Philipp starrte zu Boden. Plötzlich schrillte die Alarmglocke los. Myra versteifte sich und blickte zum Infoschirm.

»Ein Objekt ist auf dem Radarschirm!«, rief sie. Ihre Trauer war wie weggefegt, Panik loderte in ihren Augen.

»In diesem Quadranten gibt es keine Himmelskörper.« Philipp starrte ungläubig auf die Anzeige.

»Dann muss es ein künstliches Objekt sein.«

Ohne eine Sekunde zu verlieren, loggte sich Philipp in den Navi-Computer ein und überprüfte die Daten.

»Wir sind auf Kollisionskurs!«, rief er.

D MINUS 5: KOLLISION

Wieder im Cockpit der *Ripsha Crow* stürzte Philipp zu den Armaturen und aktivierte noch einmal den Not-Aus-Schalter unter der gläsernen Kuppel, wieder ohne Erfolg. Das Schiff reagierte nicht, als handelte es sich bei dem roten Kippschalter um eine Attrappe.

Philipp überlegte kurz, Myra kopfüber in den Elektronikschacht des Steuermoduls zu schicken, um die Biotronik mit dem Schraubenschlüssel zu zertrümmern. Aber das Zerstören der Biotronik hätte wenig Sinn, das Schiff würde sich verteidigen, um eine Zündung der Bremsraketen endgültig zu verhindern … dann hätten sie als einziges erreicht, weiterhin mit unverminderter Geschwindigkeit durchs All zu rasen. Sie konnten sich nur auf die Biotronik verlassen und hoffen, dass die Steuerung der *Ripsha Crow* wusste, was sie tat. Beruhigend wirkte dieser Gedanke nicht, doch er hatte keine bessere Idee.

Myra saß neben ihm und hantierte an den Waffensystemen.

»Was hast du vor?«, fragte Philipp scharf, als er Myra dabei beobachtete, wie sie den Zündmechanismus der *Tornado-BII*-Geschosse zu aktivieren versuchte. »Willst du das Objekt vor uns zerstören?«

»Die verfluchten Systeme lassen sich ohnehin nicht starten«, schimpfte sie und schlug auf die Konsolen.

Philipp schüttelte den Kopf. »Selbst wenn dir das gelingen sollte, würden uns die Trümmer möglicherweise wie ein Meteoritenhagel durchsieben.«

Eifrig tippte er in die Tastatur des Navi-Computers. »Kollision in vierzig Sekunden«, brummte er. Für diese simple Berechnung benötigte er keinen Virtuellen Simulator.

Myra erhob sich. »Lass uns ins Dingi klettern – wir sprengen uns von Bord!«

»Nein! Keine Zeit!«, fuhr er dazwischen. »Setz dich wieder hin und leg den Gurt an!«

»Aber wir werden sterben …«

»Setz dich hin! Das ist ein Befehl!«, brüllte er. »Ein eigenständig denkendes Schiff zerstört sich nicht selbst.«

»Woher willst du das wissen?«

»In den Synapsen und Neuronen-Schaltkreisen der künstlichen Intelligenz steckt ein Teil der menschlichen DNS, und der heißt: Überleben um jeden Preis!«

»Aber wenn das Robotergehirn *nicht* überleben will? Wenn es gestört ist?«

Philipp blickte auf, schüttelte den Kopf. »Dann hätte sich das Schiff schon längst zerstört – wir haben ausreichend Waffensysteme mit scharfer Munition für mehr als einen Overkill an Bord.«

»Und wenn du dich irrst, sind wir in zwanzig Sekunden tot!«, rief Myra.

Jenseits des Cockpitfensters lag der Weltraum in tiefem Schwarz. Bei ihrer Geschwindigkeit würde das fremde Objekt wie ein Blitz aus dem Nichts auftauchen und im selben Atemzug mit der *Ripsha Crow* zu einem nur wenige Millisekunden andauernden atomaren Feuerball verschmelzen. Mit einem derartigen Tempo würden sie das andere Gebilde nicht einmal wahrnehmen, einzig das Kollidieren der beiden Punkte im Radar würde zu erkennen sein. Trotzdem stand sie wie angewurzelt vor dem Cockpitfenster und starrte durch die Scheibe.

»Setz dich hin!«, rief er zornig.

Widerwillig hockte sich Myra in ihren Sitz und legte mit zittrigen Händen die Gurte an. »Noch zehn Sekunden«, hauchte sie.

Philipp hielt den Atem an, seine Finger versteiften sich auf dem Armaturenbrett. Auf dem Holoschirm bemerkte er, dass das Schiff von selbst die Steuerdüsen aktiviert hatte.

»Acht Sekunden.«

Plötzlich zündeten die Bremsraketen, der Hydrazin-Tetroxid-Verbrauch schnellte in die Höhe. Philipp wurde in den

Hartschalengurt geworfen, Schultern und Hüften brannten wie Feuer. Wie vom Schlag einer Faust wurde ihm die Luft aus der Lunge gepresst. Sein Genick schmerzte, sein Puls raste und ihm schwindelte, als würde sein Kreislauf kollabieren. Er kannte das Phänomen, wenn eine Raumfähre aus der Übergeschwindigkeit in Normaltempo zurückfiel: die Schiffsverbände knarrten, als würde der Rumpf zusammengeschoben; ihm selbst erging es nicht anders.

Mit tränenden Augen starrte er auf das Holo-Display des Navi-Computers. Die Steuerdüsen korrigierten den Kurs, neigten die *Ripsha Crow* in eine Schräglage und ließen die Raumfähre mit verminderten 15.000 km/s auf ihr Ziel zurasen. Sekunde um Sekunde verringerte sich die Entfernung zum Kollisionspunkt. Die Geschwindigkeit wurde auf 980 km/s gedrosselt. Im Radar wirkte das Rendezvousmanöver der beiden Objekte wie der Tanz zweier roter Punkte. Der Radarschirm passte sich automatisch an die geringer werdende Distanz an und justierte die Anzeige um weitere Raumsegmente nach. Es sah aus, als klickte eine Vergrößerungslinse um die andere über das Display des Radars.

Philipp atmete befreit auf und blickte zu Myra. »Wie geht es dir?«

»Heliumverbrauch nimmt zu«, bemerkte sie stattdessen. Ihre Stimme klang trocken.

Philipp nickte kommentarlos. Die Photonentriebwerke erstarben, die Bremsraketen glommen ein letztes Mal auf, die Kontrolle des Schiffs wurde von den Steuerdüsen übernommen. Dazu mischten sich die Schubstöße der kleinen Düsen zur Lageänderung.

»Wie es scheint, bereitet die *Ripsha Crow* alles für ein Kopplungsmanöver vor«, sagte Philipp. Erst jetzt bemerkte er seine schweißnassen Handflächen. Er blickte sich um, der Raum jenseits des Cockpitfensters blieb jedoch leer.

»Hier muss doch irgendwo dieses andere Objekt sein«, murmelte Myra, blickte auf das Radar, dann wieder durch die Scheibe des Cockpits.

»Aber hier gibt es keine verzeichneten Meteoriden. Was könnte es sein?«

»Ein anderes Schiff?«, vermutete Myra.

»Wir sind jedenfalls in unmittelbarer Nähe«, bestätigte Philipp und legte die Radaranzeige mit maximaler Auflösung auf den großen Holoschirm. Deutlich waren die beiden roten Punkte zu erkennen, die dicht nebeneinander lagen.

»Wir tauchen wahrscheinlich gerade unter dieses Ding ...«

Vor das Cockpitfenster senkte sich die wabenartige Außenbordhülle eines monströsen Schlachtschiffs. Philipp hielt den Atem an. Aus einer Entfernung von wenigen hundert Metern waren deutlich die Frachttanks, die Antennen der Radarstation und die Luken der Kanonenrohre zu sehen. Wie in Zeitlupe schob sich der Schwere Kreuzer von oben in den Ausschnitt des Cockpitfensters. In Wahrheit jedoch war es die *Ripsha Crow*, die unter dem Giganten hindurch glitt und plötzlich zum Stehen kam.

Myra hielt ebenfalls den Atem an und starrte auf das Bild, das sich vor ihnen im All offenbarte. »Ich habe es geahnt«, flüsterte sie.

Auf der zernarbten Hülle des Schlachtschiffs prangten in breiten Lettern die Worte: *SK Siram Hayn.*

D MINUS 4: NOTRUF

Vorsichtig schob sich die *Ripsha Crow* näher an das Schlachtschiff heran, als wagte sie sich nicht, zu weit zum Riesenkreuzer vorzudringen. Nur einen Steinwurf vor den Frachttanks des Giganten entfernt, stabilisierten die Steuerdüsen der *Ripsha Crow* die Position der Raumfähre. Sie lag wie ein Miniaturmodell längsseits des *SK Siram Hayn*.

»Was wird das? Eine Kriegserklärung?«, brummte Philipp.

»Keine Ahnung.« Myra befreite sich aus ihrem Gurt, stolperte zum Cockpitfenster und blickte fasziniert durch das Glas.

Auch Philipp betrachtete das gigantische Schlachtschiff, das finster im All lag und die gesamte Aussicht des Cockpits verdeckte. Nicht einmal die Peilsender der Notsysteme blinkten, als triebe vor ihnen ein ausgebranntes Wrack.

»Schicken wir das Biosonar raus«, schlug Myra vor.

»Eines nach dem anderen.« Philipp öffnete mit müden Bewegungen die Gurte an seinem Sitz.

»Worauf willst du warten?« Myra pochte gegen das Glas. »Dort draußen …«

»Eines nach dem anderen!«, wiederholte Philipp, diesmal schärfer. »Niemand weiß, dass wir hier sind.« Gemächlich lud er den aktuellen Statusbericht aus dem Navi-Computer, woraus ihre derzeitige Position exakt abzulesen war. Automatisch speicherte er die Daten in das Bordbuch.

»*Das* ist unsere Position«, sagte er und deutete am Holoschirm auf einen Punkt inmitten des simulierten Raums. »Irgendwo weit draußen, fünfhundert Millionen Kilometer von Ared entfernt, mehr als dreimal die Distanz Erde-Sonne«, murmelte er mehr zu sich selbst als zu Myra.

»Was nützt uns das jetzt?«

»Wir versuchen, eine Funkmeldung an Branston abzusetzen«, antwortete Philipp, als wäre er die Ruhe in Person. Tatsächlich aber schossen ihm beim Anblick des gigantischen Schlachtschiffs die absurdesten Gedanken durch den Kopf. Aus welchem Grund verdammt noch mal waren sie überhaupt hier? Und weshalb dümpelte der *Siram Hayn* wie ein Geisterschiff jenseits des militärischen Sperrgebiets durch das All? War überhaupt noch Leben an Bord?

»Die Funkanlage!«, schreckte Myra ihn aus den Gedanken. »Wir sind stumm wie ein Fisch und können nicht einmal einen *Piep* rausschicken!«

»Ich weiß ...«, antwortete Philipp, »... aber die Solarboje!«

»Du willst *das* Ding verwenden?«, entfuhr es ihr.

»Warum nicht?«, fragte er. »Vielleicht haben wir Zugriff darauf.« Er lud eine Kopie des Bordbuchs in den Zwischenspeicher der Boje. Eigentlich führten sie die büchsengroße Kapsel zur Messung der Sonnenaktivität an Bord, doch Myra schien Philipps Plan zu begreifen. Sie zog eine Augenbraue hoch, ließ sich augenblicklich auf ihren Sitz nieder und programmierte den Heimatkurs der Boje.

»Reichen zweihundert Kilometer Höhe für die Umlaufbahn um Ared aus?«, fragte sie.

Philipp nickte stumm und Myra hämmerte weiter auf der Tastatur. Sofern die Boje in der Umlaufbahn um Ared an keinem Eisen-Nickel-Brocken zerschellte, würde sie binnen vierundzwanzig Stunden von den Satelliten geortet und von Branston eingefangen werden. Danach war das Flottenkommando zumindest über ihre derzeitige Position informiert. Allerdings müsste die Solarboje etwas über eine Woche durch den Weltraum rasen, um ihre Destination zu erreichen, dachte Philipp bitter.

Zugleich mit Myra beendete er das Geklapper auf der Tastatur, gemeinsam lehnten sie sich in den Sitzen zurück und starrten sich an.

»Bereit?«, fragte Philipp.

Myra nickte.

»Dann los!« Er betätigte die Zündung der Boje. Eigentlich hatte er damit gerechnet, dass die Biotronik auch das Steuersystem der Boje lahmgelegt hatte und den Start verhindern würde. Doch bemerkte er auf dem Monitor der Außenbordkamera, wie sich die Frachtklappe des Labortanks öffnete und ein faustgroßer Gegenstand mit knapp 800 km/s aus dem Inneren der *Ripsha Crow* ins All geschossen wurde.

»Na bitte!«, rief er überrascht. Einiges an Bord schien doch noch zu funktionieren.

Nach wenigen Sekunden klappten die Antennen der Boje wie die Fühler eines Insekts auseinander, und während sie Ared ansteuerte, begann der mit Daten randvoll gefüllte Zwischenspeicher im Sekundentakt zu blinken.

»Gute Reise«, flüsterte Myra und verfolgte den Weg der Boje im Radar.

Philipp knirschte mit den Zähnen.

Eine Woche!

Wer weiß, ob wir dann noch am Leben sind.

D MINUS 3: RENDEZVOUS

Philipp atmete tief durch und ließ die angespannten Schultern sinken. »Okay, schicken wir das Biosonar raus!« Er blinzelte durch das Cockpitfenster.

»Yessir!«, bestätigte Myra übermütig. Mit einem Mal war sie Feuer und Flamme. Mit gezielten, schnellen Handbewegungen aktivierte sie das Biosonar und programmierte den Kurs der Sonde, die den *SK Siram Hayn* in einer engen Spirale umrunden würde.

Zischend öffnete sich die Bordluke, das Biosonar klinkte sich aus dem Lab-Modul und schoss ins All. Einen Augenblick später nahm die Sonde ihren programmierten Kurs auf und begann mit ihrer Aufgabe. Mit dem implantierten Tiefensonar scannte sie die Oberfläche des Kreuzers.

Die Informationen wurden an das Labor der *Ripsha Crow* übermittelt. Bald würden sie mehr wissen. Philipp kramte die Datenbrille aus einer der unteren Boxen der Wandverkleidung und klemmte sich den schmalen Apparat auf die Nase.

»Gib mir das Bild auf die Brille«, befahl er, da er im Moment nur schwarz vor Augen sah.

Myra korrigierte den Kurs der Sonde, verlangsamte die Geschwindigkeit und übertrug das Bild des Biosonars ins Innere des Cockpits. Augenblicklich flackerte vor Philipp ein chaotisches Durcheinander aus braunen und dunkelgrünen Farbkompositionen auf. Langsam begann er sich zu orientieren, bis er schließlich einzelne Daten auf dem Raster des Biosonars erkannte.

»Wo befinde ich mich gerade?«, murmelte er und starrte in den Schirm der Brille.

»Einen Moment noch«, hörte er Myra neben sich.

Philipp vernahm ihr Klicken auf der Tastatur. Wahrscheinlich lud sie gerade die Daten aus dem Militärarchiv, das in Philipps Kabine noch immer geöffnet war und den Querschnitt des *Siram Hayn* zeigte, auf den Holoschirm des Cockpits.

»Das Biosonar müsste gerade die Treibstofftanks und Steuermodule der Haupttriebwerke scannen ... was siehst du?«

»Gar nichts.« Philipp zuckte mit den Achseln. »Die Systeme sind tot, da rührt sich nichts an Bord – kein Mucks –, als hätte der Reaktor den Geist aufgegeben.«

»Ich steuere das Sonar zu den Kabinen der Mannschaft«, schlug Myra vor. Er hörte sie an den Hebeln hantieren. Das Bild in Philipps Brille veränderte sich, das Sonar steuerte im Zick-Zack-Kurs entlang der Außenbordhülle des Kreuzers und schwankte unruhig im All.

»Halt still!«, befahl Philipp.

Myra stieß einen Seufzer aus, dann verharrte die Sonde auf der Stelle. Vor Philipps Augen kristallisierte sich aus dem grün-braunen Wirrwarr ein Bild von mehreren wabenartigen Kabinen heraus. Im rechten Augenwinkel schoss eine Analyse aus Zahlenkolonnen über den Schirm.

»Was siehst du?«, drängte Myra.

»Ein Teil der Mannschaft ist an Bord.« Philipp räusperte sich. »Im Moment sehe ich an die dreißig Crewmitglieder ... wahrscheinlich Soldaten.«

»Und?«

»Kein Sauerstoff! Die Temperatur an Bord liegt bei minus zweihundertvierundsechzig Grad, die Mannschaft ist längst tot.«

Philipp hielt inne und schluckte. Er dachte an Kevin Rowland und die restlichen Crew-Mitglieder, von denen er einige gekannt hatte. »Zum Zeitpunkt ihres Todes erreichte die Blutzufuhr zum

Gehirn fünfundsechzig Prozent der Normalwerte, die Körpertemperatur nahm auf achtunddreißig Grad zu, es traten Herz- und Kreislaufstörungen auf, danach folgte Atemstillstand … mehr kann ich durch das Biosonar nicht erkennen.«

Philipp hörte Myra im Sitz herumrutschen.

»Lenk das Sonar zum Cockpit«, befahl Philipp. Augenblicke später veränderte sich das Bild wieder.

»Waffensysteme, Nukleid-Projektile, zylindrische Racks und Verbindungsknoten zu den Akkumulatoren«, beschrieb Myra den Weg der Sonde. »Danach die Steuer- und Antriebssegmente, Navi-Konsolen und die Schleusen der Militär-Dingis.«

»Alle Systeme tot«, erläuterte Philipp. »Der gesamte Kasten liegt ohne Saft im All – treibt als totes Monstrum durch den Weltraum.«

»Das Cockpit«, bestätigte Myra. Das Biosonar stoppte.

Philipp zuckte zusammen. »Die Crew ist tot …«

»War nicht anders zu erwarten«, fügte Myra trocken hinzu.

»So wie *das* allerdings aussieht …« Philipp deutete durch den Raum. »… sind die Männer weder verhungert, noch verdurstet, erstickt oder erfroren. Sie sind durch einen Stromstoß gegrillt worden!«

»Durch einen *Stromstoß?*«, wiederholte Myra ungläubig.

Philipp nickte und runzelte die Stirn.

»Aber *wie?*«

»Einen Moment … eine Analyse läuft noch.« Philipp wartete ab, bis sich die herumspringenden Zahlenkolonnen in der Ansicht der Datenbrille beruhigt hatten und zu einem Ergebnis kamen.

»Die Mannschaft ist *verkohlt!*«, ächzte er. »Die Körper, die ich vor mir sehe, sind von einer kritischen UV-Strahlenmenge regelrecht geröstet worden.«

»Irrst du dich auch nicht?«

Philipp nahm die Datenbrille ab und reichte Myra den Apparat, den sie sich ungelenk auf die Nase klemmte. Unzufrieden stöhnte sie auf. »Wie kannst du in *diesem* Durcheinander nur etwas erkennen?«

»Siehst du die Daten am rechten Schirmrand?«

Myra nickte.

»Die Nekrose und Gewebeschädigung ist so tiefgehend«, fuhr Philipp fort, »dass sogar Knochen, Muskeln und Fettgewebe zerstört wurden.«

»Hätte ein Unfall im Reaktor des Photonentriebwerks diese Katastrophe verursachen können?«

Philipp dachte nach und schüttelte schließlich den Kopf, bis ihm einfiel, dass Myra ihn nicht sehen konnte. »Nein, in diesem Fall hätten sich alle Luken automatisch verriegelt«, sagte er. »So etwas hätte nicht passieren dürfen, nicht an Bord eines Militärkreuzers.«

»Wie lange ist das schon her?«, flüsterte Myra.

»Ich gehe mal davon aus, dass unmittelbar nach der Katastrophe die Energiezufuhr des Kreuzers zusammengebrochen und die Temperatur an Bord unter den Gefrierpunkt abgesackt ist. Wenn du dir das Blutbild und die Frostschäden an den Gefäßen der Leichen ansiehst, würde ich sagen, das ist vor knapp zwei Jahren passierte.«

»Hätte ein derartiger Unfall nicht …?«

»Du sprichst immer von einem *Unfall!*«, unterbrach Philipp.

»Wovon sonst?«

»Vielleicht war es keiner?«, vermutete er.

»Sondern?«

»Ein …«

Plötzlich schrie Myra auf und riss die Hände abwehrend vor das Gesicht.

»Was ist?« Philipp griff nach der Datenbrille.

»Die Farben!«, rief Myra. »Die Farben verändern sich!«

Philipp setzte die Brille auf und starrte durch die Linsen. Die dunklen Braun- und Grünschattierungen veränderten sich in grelle Orange- und Rottöne. »Die Systeme des *Siram Hayn* booten hoch«, keuchte er. Sein Blick irrte umher, er wusste nicht, wohin er zuerst schauen sollte. »Die Brennstoffzellen erhitzen sich, die Turbinen springen an, die Magnetspulen laden sich auf, der Reaktor fährt hoch! Die Ventile der Tanks öffnen sich – sie pumpen Biokörper in die Revitoren, das Plasma dehnt sich aus!«

»Du sagtest doch, das Schiff sei ohne Saft …«, unterbrach sie ihn.

»Die Lageregelungstriebwerke arbeiten, die Parabolspiegel bewegen sich … Myra, das Schiff lebt!«

Plötzlich legte sich ihm eine Hand auf die Schulter. »Schau doch mal.«

Philipp nahm die Datenbrille ab und folgte Myras Blick. Sie starrten durch das Cockpitfenster auf den *Siram Hayn* und beobachteten, wie sich an der Unterseite des Kreuzers die Schleusen der Labortanks öffneten. Aus der Versenkung des Raumschiffs schlängelten sich mechanische Drohnen ins All, die über hauchdünne Fiberglaskabel mit dem Mutterschiff verbunden waren. Zielstrebig schossen die Drohnen auf die *Ripsha Crow* zu und verschwanden aus dem Blickwinkel des Cockpitfensters.

»Scheiße, Scheiße, Scheiße«, fluchte Myra. »Was wollen die von uns?« Sie sprang hoch, hetzte zur Glasscheibe und presste das Gesicht gegen das Fenster.

Philipp hielt den Atem an. Bewegungslos hockte er in seinem Sitz und lauschte. Als er das metallene Schlagen an der Außenbordwand der *Ripsha Crow* hörte, zuckte er zusammen. Es pochte, als suchten die Drohnen vergeblich nach einem Eingang.

Mit einem Mal gingen tausende Lichter an der Außenbordwand des *Siram Hayn* an. Geblendet schloss Philipp die Augen. Mit einem Schnappen verankerten sich die Drohnen in den Schleusen der *Ripsha Crow*. Die Kabel hingen wie ein silberglänzendes Spinnennetz im All, das wie in Zeitlupe im Wind auf und ab schwebte.

»Wir sollten …«, begann Myra, da wurde sie durch das Rattern der Bordarmaturen und Computerkonsolen unterbrochen.

Nun fuhren auch die restlichen Systeme der *Ripsha Crow* hoch, booteten lautstark, wie bei einem gleichzeitigen Control-Check aller Programme. Dutzende Zahlenkolonnen flimmerten über die Holo-Displays.

»Die beiden Schiffe tauschen Daten miteinander aus!«, stellte Myra überrascht fest. »Als ob die Schiffe sich unterhalten.«

»Deine Fantasie ist beneidenswert!«

»Denk an das Biosonar!«, erinnerte sie ihn. »Wenn es kein Unfall war, wie du vermutest, dann hat das Schiff seine Besatzung getötet! Jetzt ist es zum Leben erwacht und spricht mit der *Ripsha Crow*.«

»Verdammt, das glaube ich nicht!«, entfuhr es Philipp, doch er klang nicht sehr überzeugt.

Myra ignorierte Philipps Einwand und deutete auf den Schirm, wo eine endlos lange Kolonne an Schiffsdaten übertragen wurde: Grundriss, Baupläne, Schaltkreise, Energieversorgung, Generatorenleistung, Zusammensetzung des Treibstoffgemischs, die Verzweigung des E-Leitungsnetzes und die Knotenpunkte der Synapsen.

»Siehst du, die Navigationscomputer kommunizieren miteinander.«

»Wie können zwei Schiffe automatisch miteinander in Kontakt treten?«, fragte Philipp.

»Die Biotronik«, antwortete Myra knapp. »Der *Siram Hayn* ist mit der Hector-Mendoza-Biotronik ausgerüstet, wir mit der biotronischen Doma-Larranga-Steuerung.«

Mit hochgezogenen Augenbrauen starrte er seine ziviltechnische Ingenieurin an. »Also gut, du bist die Spezialistin ... was könnte da passieren?«

»Du meinst ...«, entgegnete Myra und dachte nach, »... wenn die Biotroniken zu *einem* Gebilde verschmelzen?«

D MINUS 2: BIOTRONIK

Myra verharrte regungslos und beobachtete durch das Cockpitfenster das Geflecht aus Kabeln und dicken Strängen, das zwischen den Schiffen trieb.

»Ich weiß nicht, was das für uns bedeutet«, gab sie schließlich zu.

»Ich fürchte, wir werden es bald herausfinden.« Philipp blickte zum Holoschirm auf. Wie er vermutet hatte, waren die Daten des Militär-Archivs von Myra auf den großen Schirm ins Cockpit übertragen worden. Die Militärcodes waren noch im System gespeichert, jetzt hatten sie vom Cockpit aus Zugang zu den Archiven. Über den Touch-Screen dirigierte Philipp den bunten Hologramm-Würfel herum und faltete die Karteireiter der Menüleiste auseinander. Danach vergrößerte er einen speziellen Teil daraus.

»Wonach suchst du?«

»Nach Gemeinsamkeiten«, murmelte Philipp, als redete er mit sich selbst. »*Was* haben die beiden Schiffe gemeinsam?«

»Die Biotronik!«, antwortete Myra prompt.

»Die Biotronik ist nicht die *gleiche!*«, widersprach Philipp.

»Aber sie hat einen ähnlichen Aufbau!«, beharrte Myra.

Plötzlich zuckte sie mit dem Kopf herum und sah auf die Displays der Bordarmaturen. Soeben wurden Tonnen von Daten vom *Siram Hayn* in das Rechengehirn der *Ripsha Crow* übertragen. Die Informationen waren verschlüsselt, als sprächen die beiden Schiffe in einer eigens entwickelten Sprache, deren Bestandteile an immer komplexer werdende DNS-Bausteine erinnerten: NH, OH_2, CH_3, H_2C, H_2N, CH_2OR … Nukleinsäuren, die in immer kürzeren Intervallen über die Displays huschten.

»Wonach immer du suchst«, drängte Myra. »Beeil dich! Mir gefällt nicht, was hier vorgeht!«

Philipp blickte auf. »Mir auch nicht.« Er bemerkte die Gänsehaut auf ihren Unterarmen.

Als hätte sie seine Gedanken erraten, rollte sie die aufgekrempelten Ärmel ihres Bordanzugs bis zu den Handgelenken. Sie schüttelte sich, als fröstelte sie.

Philipp blickte zu den Bordanzeigen an der Wand. »Achtzehn Grad!«, stellte er fest. »Wir verlieren an Temperatur.«

Myra öffnete eine Box in der Wandverkleidung und kramte zwei graue Jacken mit gelben Längsstreifen daraus hervor. Eine reichte sie Philipp, in die andere schlüpfte sie selbst. Auch Philipp zog sich die Jacke über, rieb seine erkalteten Handflächen aneinander und arbeitete weiter.

»Schau mal!« Er rollte mit dem Sitz auf der Bodenschiene unter dem Hologramm hindurch. Der Holoschirm bildete untereinander die Baupläne der beiden biotronischen Steuerungen ab.

Die Technologie des *SK Siram Hayn* war bereits drei Jahre alt, die der RF *Ripsha Crow* erst acht Monate und stellte im Vergleich zu ihrem Vorgängermodell eine verbesserte Variante dar. Dahinter öffnete das Archiv eine weitere Datei.

»Auf Cameron, dem dritten Planeten des Gilgadon Sieben-Systems, betreibt das Flottenkommando seit zwölf Jahren eine Forschungsabteilung, die Prototypen militärischer Antriebssysteme entwickelt«, fasste Philipp die Daten zusammen, die sich ihnen offenbarten. Mit einem Blick streifte er Myra. »Einige dieser Prototypen habe ich damals selbst getestet.« Er widmete sich wieder dem Archiv.

»Vor fünf Jahren leitete das Flottenkommando die biotronische Epoche ein. Es war wie ein Quantensprung in der Evolution. Vor allem war ein spanisches Wissenschaftler-Team an der Entwicklung der neuen Steuerungstechnologie für militärische Raumschiffe beteiligt. Mendoza entwickelte damals die nach ihm benannte Hector-Mendoza-Biotronik. Die Steuerung wurde 2189 am *SK Siram Hayn* getestet, Rowland war der Commander … was danach geschah, wissen wir bereits.«

»Hier wird´s interessant.« Myra deutete auf einen Protokollauszug des Militärgerichts. Philipp öffnete die Datei über den Touch-Screen.

»Mendoza wurde wegen des spurlosen Verschwindens des Kreuzers vor ein inoffizielles Militärgericht gestellt.« Überrascht zog Philipp die Brauen hoch. Persönlich war er dem Spanier nie begegnet, doch er kannte die Medienfotos des hoch gewachsenen Wissenschaftlers, 39 Jahre alt, mit schwarzen Haaren und wachen, unergründlich dunkel funkelnden Augen.

»Acht Jahre Haft!«, entfuhr es Myra. »Wegen vorsätzlicher Sabotage!«

»Und *das* nach fünfzehn Jahren im Dienst der militärischen Forschung!« Philipp schüttelte den Kopf.

»Deine feinen Freunde vom Militär!«, schnaubte Myra, als hätte sich ihr Vorwurf gegen das Flottenkommando bestätigt.

Philipp ignorierte den Seitenhieb. »Die Schiffskatastrophe wurde vertuscht – offiziell krachte ein Asteroid in den *Siram Hayn*, Navigationsversagen. Anscheinend wollte Mendoza aber vor der Presse auspacken, seinen Ruf als Wissenschaftler retten, jedoch fiel das Desaster wie üblich unter die militärische Nachrichtensperre. Kurzerhand wurde er mit der nächsten Passage auf die Erde überstellt, und das Flottenkommando ließ ihn im *Metronom* verschwinden, wo er in einer Einzelzelle landete«, entnahm er dem Protokoll. »Warst du schon mal dort?«

Myra schüttelte den Kopf.

»Ein Militärgefängnis. Du bist in einen dunklen Raum gepfercht, die Kälte kriecht dir in die Knochen, und du hörst ständig das Surren der Aggregate und das Pumpen der Belüftungsanlage. Irgendwann gewöhnst du dich daran, dass sie deinen Körper an Dutzende Kabel angeschlossen haben, die deine Funktionen überwachen. Die Haft ist nichts anderes als ein langsamer schrecklicher Tod.«

»Wie grässlich.« Myra lief ein Schauer über den Rücken.

»Dort starb er, letztes Jahr, im Winter 2190«, schloss Philipp den Bericht. Er hauchte in seine Faust, die Temperatur nahm weiterhin ab.

»… und Doma Larranga entwickelte im Auftrag des Militärs aus Mendozas Unterlagen eine verbesserte Biotronik-Steuerung, deren Prototyp nach ihr benannt und in unsere *Ripsha Crow* eingebaut wurde«, setzte Myra die Geschichte fort. Sie öffnete das biografische Datenarchiv des Forschungsteams, das nach Mendozas Inhaftierung auf Cameron stationiert worden war.

»Sie war hübsch, findest du nicht auch?« Myra deutete auf die Abbildung der Biotechnikerin.

Philipp betrachtete die kaum Dreißigjährige. Mit ihrem dunklen Teint, dem ernsten Gesichtsausdruck, den schwarzen Augen und dem kantigen Gesicht wirkte Doma Larranga auf Philipp wie eine puerto-ricanische Tänzerin in einem Nachtklub. Ihre schulterlangen, rabenschwarzen Locken ergossen sich über ein cremefarbenes Top, das ihr bis zum Nabel reichte.

»Merkwürdig«, murmelte er. »So ein junges Ding und schon die geistige Mutter einer komplexen Steuerung, mit der wir durch das All rasen … irgendwie haben wir das alles *ihr* zu verdanken.«

»Hier steht, dass sie zwar verheiratet war, aber keine Kinder hatte«, bemerkte Myra aufgeregt.

»Na und?«

»Sie hat Mendoza zu Beginn seiner Haftzeit mehrere Male in seiner Zelle besucht.«

»Wahrscheinlich, um ihn über seine Arbeit zu befragen«, vermutete Philipp.

»Nein, verstehst du nicht? Sie waren verheiratet!«, entfuhr es ihr. »Doma Larranga und Hector Mendoza waren schon seit drei Jahren ein Paar, als er ins *Metronom* überstellt wurde.«

»Ach du Scheiße!«

»Während *er* in dem feuchten Kellerloch zu Tode gemartert wurde«, unterbrach Myra ihn und deutete auf Larrangas Bild, »… saß *sie* auf Cameron fest und durfte für das Flottenkommando die Entwürfe ihres Mannes weiter überarbeiten!«

»Das hat man sie lassen? Die stellte doch bestimmt ein Sicherheitsrisiko dar.«

»Anscheinend hat man sie dazu gezwungen – andernfalls wäre ihr vermutlich dasselbe passiert wie ihrem Mann«, überlegte Myra. »Wie würdest *du* dich dabei fühlen?«

»Beschissen!«, gab Philipp zu und überflog das Dossier. »Aber was hat das mit der biotronischen Steuerung zu tun?«, brummte er.

»Wenn sie nun in die Biotronik etwas eingebaut hat?«

»Sabotage?« Philipp schüttelte den Kopf. »Ich weiß nicht … aber möglich wäre es.«

Myra zog die Schultern hoch, ratlos betrachtete sie ihn. Vor ihrem Gesicht waberte eine milchige Wolke aus kondensiertem Atem. Ihre Lippen bibberten und waren bereits blau angelaufen.

»Es wird scheißkalt«, fluchte sie und schlug den Kragen der Jacke hoch.

»Das Schiff benötigt die gesamte Energie für den Datentransfer«, vermutete Philipp und schielte zur Bordanzeige. »Neun Grad! Wir sollten uns auf eine kalte Nacht vorbereiten. Ich hole den E-Kocher aus der Bordküche.«

Mühsam erhob er sich aus dem Sitz, seine Zähne schlugen aneinander, und er rieb seine Hände, um sich zu wärmen. Plötzlich erstarrte er, als die roten Lampen der Waffensysteme aufflackerten. Da fuhr auch Myra wie vom Blitz getroffen aus ihrem Sitz.

»Unsere *Tornado-BII*-Geschosse!«, entfuhr es ihr. »Der Zündmechanismus wurde aktiviert!«

Philipp stockte der Atem. Gehetzt blickte er sich um. Die beiden Schiffe hatten ihren Datentransfer beendet. Die Displays schimmerten leer und bewegungslos, als warteten sie …

»Nicht nur *unsere* Tornados«, brüllte er. »Die Waffensysteme *beider* Schiffe sind scharf! Sie bringen sich gegenseitig um!«

D MINUS 1: COUNTDOWN

Myras Gesichtsfarbe wich einem fahlen Grau. »Der Reaktor …« Sie deutete auf eine Anzeige des Holo-Displays. Rot glimmende Digitalziffern zählten im Sekundentakt herunter.

297 … 296 … 295 …

Fünf Minuten!

»Ins Dingi! Rasch!«, drängte Philipp und schob Myra zum Ausgang des Cockpits.

»Aber wir sind zu weit von Ared entfernt, im Dingi schaffen wir es niemals zurück …«

»Der Countdown für die Detonation des Reaktors läuft! Wir haben nur *eine* Chance!«, donnerte Philipps Stimme. Er deutete zur Luke, die aus dem Cockpit führte. »Hol mit der Antigrav-Palette die Wasservorräte aus dem Frachttank und schaff sie in den Stauraum des Dingis!«

»Das schaffe ich nie! Das dauert …«

»Fang an!«, brüllte er.

Myra machte auf dem Absatz kehrt und lief zur Luke.

»Und vergiss die Sauerstofftanks nicht!«, rief er ihr hinterher, doch hörte er nur noch das Klappern ihrer Stiefel auf der Aluminiumleiter, die vom Cockpit in den Korridor zu den Kabinen führte.

Philipp starrte auf die Countdown-Anzeige und überschlug im Kopf die Zeit, die ihnen noch bis zum Absprengen des Dingis blieb. Knapp viereinhalb Minuten.

268 … 267 … 266 …

Myra würde er nicht helfen können, im Frachttank war ohnehin nur Platz für eine Person. Im Stehen aktivierte er die Systeme des Dingis und bereitete alles für einen Start in dreieinhalb

Minuten vor. Wenn ihnen die Biotronik des Schiffs keinen Strich durch die Rechnung machte, würden bis dahin die Systeme des Dingis booten und alle Control-Checks automatisch durchlaufen. Seine einzige Hoffnung bestand darin, dass das Dingi nicht mit der biotronischen Steuerung ausgerüstet war, sondern wie die Solarboje noch mit einem alten, binären Computersystem funktionierte.

Philipp schwang sich in seinen Sitz und raste damit an das andere Ende des Cockpits. Er hauchte in die Faust, die Haut spannte bereits vor Kälte. Mit gefühllosen Fingern fuhr er über den Touch-Screen. Über seinem Kopf knisterte die Luft, der Hologramm-Würfel drehte sich um seine Achse. Die beiden Schiffe würden in wenigen Minuten wie eine Supernova im All detonieren, das stand außer Frage. Er würde die Selbstzerstörung beider Reaktoren nicht verhindern können und wollte auch gar keine Zeit damit verschwenden, es zu versuchen. Aber er wollte verdammt sein, wenn er nicht noch probierte, eine *einzige* Sache herauszufinden.

Aus den Dateireitern öffneten sich die Details von Doma Larrangas Lebenslauf. Mit fliegenden Fingern hastete Philipp über den Screen. Sein Blick zuckte von den Informationen des Archivs zu den Verzweigungen anderer Dossiers und wieder zurück zur Anzeige des Countdowns. Blitzschnell öffnete er weitere Dateien und überflog deren Inhalte.

»Da ist es!«, rief er aufgeregt. Mendozas Nachrichten an seine Frau waren nie weitergeleitet, sondern im Archiv aufbewahrt worden. Am Ende ihrer Arbeit wurde Larranga nur noch ein einziger Besuch im *Metronom* gewährt. Zu diesem Zeitpunkt war die Konstruktionsphase der *Ripsha Crow* bereits abgeschlossen, und die Raumfähre befand sich in der Schiffswerft im Bau.

Philipp grub tiefer in den Archiven, bis er, stocksteif aufgerichtet, fand, wonach er gesucht hatte. Vor ihm faltete sich ein Plan der Schaltkreise und biotronischen Synapsen auseinander.

»Scheiße!« Sein Blick war starr auf die Abbildung gerichtet. Eine Gänsehaut schoss ihm über den Rücken und kribbelte bis zum Haaransatz. *Das war es also!* Er riss sich von dem Bericht los und streifte die Anzeige des Countdowns.

205 … 204 … 203 …

Augenblicklich sprang er auf, ließ alles liegen und stehen und hetzte aus dem Cockpit. Erst jetzt bemerkte er, wie steifgefroren seine Glieder waren. Keuchend stolperte er über die Leiter in den unteren Schiffskorridor. Im Geist zählte er den Countdown mit.

197 Sekunden noch!

Er raste durch den Trakt, an den Kabinen vorbei, blieb plötzlich stehen und lief zurück. Mit einem Satz stürmte er in seine Kabine, riss Myras Foto von der Wand, faltete es zusammen und ließ es in der Brusttasche verschwinden.

Du verfluchter Idiot! Hätte er von Beginn an auf Myra gehört, wäre ihnen vieles erspart geblieben. So konnte er nur hoffen, sie noch rechtzeitig lebend aus diesem Schlamassel zu bringen. Er verließ die Kabine und hetzte weiter, vorbei an der Bordküche, den Treibstofftanks und dem Steuermodul. Er musste rechtzeitig das Dingi erreichen. Er hatte Myra noch so vieles zu sagen.

Zwei Knotenpunkte später erreichte er den Zugangstunnel zur Andockschleuse des Dingis.

»Wo warst du so lange?« Myras wütende Stimme kam aus dem hinteren Teil des Stauraums. Wie war er froh, ihre Stimme zu hören, auch wenn sie ihn in diesem Moment den größten Idioten des Flottenkommandos geschimpft hätte. Ihr Kopf zuckte hinter einer Batterie Düsen empor. Die Haare hingen ihr wirr in die Stirn. Von der Antigrav-Palette wuchtete sie gerade einen Sauerstofftank herunter und rollte den Behälter in die Ecke des Stauraums zu den anderen Tanks.

»Wie weit bist du?« Philipp stieg über die Laderampe und sprang in das Dingi.

»Hundertsechzig Liter Wasser, Reinigungstabletten, einen Feuerlöscher, die Medizin-, Not- und Reserveboxen mit den Vitamin-Surrogaten und fünfzehntausend Liter Druckluft.« Sie schlug mit der flachen Hand auf den Tank mit dem Nitrox-Gemisch. Ihre Lippen waren dunkel angelaufen, kalter Hauch stieg vor ihrem Gesicht auf. »Ich bin fertig! Wo warst du?«

Mit einem hohlen Pochen verankerte Philipp die Luke hinter sich und stürzte quer durch den vollgefüllten Stauraum.

»Du hattest recht, wir hätten die Biotronik gleich zu Beginn rausreißen sollen!«, keuchte er. »Beide Steuerungen sind künstliche Intelligenzen. Die Computer-Neuronen-Fusionen funktionieren auf biologischer Basis, handeln und entscheiden selbstständig. Sie enthalten Teile menschlicher Gehirn- und DNS-Struktur.«

»Weiß ich ja! Aber du sagtest doch, dass sich die Schiffe nicht selbst zerstören würden!«, keuchte Myra und stolperte hinter ihm her, nach vorn, zur Personenkapsel des Dingis.

»Hab ich mich eben geirrt!«, brüllte er, ohne sich umzublicken.

»Großartig! Und jetzt werden wir *sterben!*«

»Werden wir nicht!«

»Wir haben nicht mehr genügend Zeit, die Systeme des Dingis zu booten und die Control-Checks durchlaufen zu lassen!«

Vor ihnen glitt die Luke zur Kapsel auf. Ein mickriger fensterloser Raum offenbarte sich ihnen, erfüllt von leuchtenden und blinkenden Anzeigen.

»Das habe ich bereits vom Cockpit aus per Automatik erledigt«, antwortete Philipp laut, um das Dröhnen der Ventile, Pumpen und Ventilatoren zu übertönen.

Hintereinander zwängten sie sich in die Kapsel und ließen sich in die Sitze fallen. Automatisch schnappten die Gurte um ihre Taillen. Myra legte eine Reihe Schalter über ihrem Kopf um. Mit gefühllosen, steifgefrorenen Fingern tippte Philipp einen Code in die Armaturen. Augenblicklich blinkte auf einem Display die Anzeige des Countdowns, der per Funk vom Reaktor übertragen wurde.

119 … 118 … 117 …

»Hast du noch etwas herausgefunden?«, fragte Myra, während sie das Dingi von den Versorgungskanälen des Mutterschiffs abkoppelte. Mit einem Zischen löste sich die Verankerung des Dingis, die Ventile klappten zu, die Pumpen begannen zu stampfen. Philipp und Myra wurden durchgerüttelt. Abgekoppelt von der *Ripsha Crow*, hingen sie, nur noch über die Luftschleuse befestigt, im Tunnel des Andock-Moduls.

»Druckausgleich!«, bestätigte Myra und verriegelte die Luftschleuse.

Augenblicklich nahm der Druck auf Philipps Ohren zu.

95 … 94 … 93 …

»Die DNS für die Computer-Synapsen wurde aus Mendozas und Larrangas Blut entnommen«, presste Philipp hervor und riss den Mund auf, um den Druck in den Ohren zu lösen. »Dadurch gelangte ihr Bewusstsein in die Maschine.«

»Aber was bewirkt dieses *Bewusstsein?*«, rief Myra abfällig. »Hector Mendoza ist doch während seiner Haft gestorben!«

»Doma Larranga auch.«

»Was?«, kreischte Myra. »Wann?«

»Sie starb letztes Jahr, im Winter 2190!«

Myra hielt für einen Augenblick inne, ließ von den Kontrollen ab und starrte Philipp verdutzt an.

»Weiter!«, hetzte Philipp und deutete auf die Konsolen. »Mit einem Passierschein besuchte sie Mendoza in seiner Zelle im *Metronom*«, erklärte er ihr. »Sie hatte zwei Stunden Besuchszeit. Ich weiß nicht, was dort passiert ist, doch begingen die beiden in Mendozas Zelle Selbstmord.«

»Selbstmord!« Myra starrte auf den Countdown.

53 … 52 … 51 …

Sie zündete die Triebwerke. Die Maschinen rüttelten das Dingi durch.

»Sobald wir draußen sind, übernimmst du mit Handsteuerung! Du gehst auf volle Beschleunigung! Hundertfünfundzwanzig Kilometer pro Sekunde Maximum!«, befahl Philipp und legte einen Finger auf den Kippschalter, der das Dingi aus der Andockstelle katapultieren würde.

34 … 33 … 32 …

»Gott stehe uns bei!«, brüllte er gegen den Lärm der Triebwerke an und legte den Schalter um.

D MINUS 0: DETONATION

»D Minus Null – Detonation ausgelöst!«, bellte die mechanische Stimme der Biotronik durch die menschenleeren Korridore der *Ripsha Crow*.

Danach herrschte Stille – doch nur für einen Augenblick. Wie eine Supernova zuckte im Quadrant T-O/N ein greller Blitz auf, der so rasch wieder erstarb, wie er mitten im All aufgeflammt war. Sogleich erkalteten die pulverisierten, glühenden Teile und Splitter der beiden Schiffe.

D PLUS 1: EINSAMKEIT

Vor der Welle der in allen Richtungen durchs All davonrasenden einsamen Wrackteile rauschte ein Dingi durch den Raum. In sechsundvierzig Tagen würde es Ared erreicht haben, doch blieben der Besatzung nur noch Sauerstoffreserven für siebenundzwanzig Tage, danach würde sie einen einsamen Tod im All sterben. Ihre einzige Hoffnung bestand aus einem Rettungsteam, das ihnen von der Raumstation Branston möglicherweise entgegenkommen würde.

Mit einem Vorsprung von 5,8 Millionen Kilometer jagte die Solarboje vor ihnen durchs All. Im Sekundentakt blinkte der Zwischenspeicher, in den sie das Bordbuch der *Ripsha Crow* kopiert hatten. Sieben Tage später würde die Boje von Branston aufgefangen werden … falls sie nicht beim Eintritt in Areds Umlaufbahn an einem Eisen-Nickel-Brocken zerschellte.

Philipp drehte den Kopf und blickte zu Myra.

Nun hatten sie Zeit genug. Mehr als ihnen lieb war.

»Myra …« Er räusperte sich. »Das ist etwas, das ich dir schon seit langem sagen wollte …«

ZEITREISE INC.

– WIR KORRIGIEREN ALLES –

Alle zwei Jahre machen meine Frau und ich einen zweiwöchigen Urlaub in der Toskana. Jedes Mal in einer anderen Region. Dort mieten wir uns dann ein Selbstversorgerhaus mit großer Küche, kühlen Schlafräumen, Wohnzimmer mit hoher Decke, einem Grillplatz, einem kleinen Pool, vielen Treppen und Terrassen.

Von dort aus machen wir Ausflüge in die Cinque Terre oder nach La Spezia, Pisa, Florenz, Siena, Lucca oder Montepulciano. Und wenn wir keine Ausflüge unternehmen, bleiben wir einfach im Haus und sitzen die Sommergewitter aus, wenn Regenschauer über die Hügel ziehen, die Blitze den Horizont erhellen, das Krachen des Donners das Geschirr in der Glasvitrine zum Klirren bringt, der Regen an die Scheiben und aufs bemooste Dach prasselt und wir Kerzen bereithalten, weil der Strom jeden Moment ausfallen könnte.

In dem Haus, das wir zuletzt gemietet hatten, befand sich unter anderem eine große, gut ausgestattete Bibliothek mit vielen englischen Titeln. Und Bibliotheken sind so eine Sache. Sie laden mich zum stundenlangen Schmökern ein, ganz nach dem Motto: Zeig mir deine Bücher, und ich sage dir, wer du bist.

In diesem Haus in Massarosa gab es unter anderem eine sechsbändige Ausgabe von The Second World War *von Winston S. Churchill. Ich habe über mehrere Tage hindurch immer wieder während nächtlicher Gewitter darin geblättert und manche Passagen gelesen. Es war interessant, Churchills Ausführungen zu folgen.*

Dadurch kamen in diesem Urlaub viele Erinnerungen hoch. Erinnerungen an den Spielfilm Brennt Paris? *und den TV-Vierteiler* Holocaust – Die Geschichte der Familie Weiss, *die ich als Kind im TV gesehen hatte, an Kinofilme wie* Schindlers Liste *von Steven Spielberg oder Oliver Hirschbiegels* Der Untergang *mit Bruno Ganz.*

Während jenes Urlaubs hatte ich schließlich die Idee zu dieser Science-Fiction-Geschichte. Schlagartig wurde mir klar, dass die Story vor dem Hintergrund des drohenden zweiten Weltkriegs spielen musste – und da ich mein Notebook im Urlaub sicherheitshalber immer dabei habe, begann ich Zeitreise Inc. *zu schreiben. Auf der Terrasse zwischen Zypressen und Olivenbäumen, mit Ausblick auf die grünen Hügel der Toskana.*

Eine schöne Atmosphäre – im Gegensatz zu jener in dieser Story. Aber manchmal braucht es Gegensätze, um etwas Kreatives hervorzubringen.

Anselm von Richthofen nippte am Tee und faltete die Zeitung zusammen. Es war die Berliner Ausgabe des Völkischen Beobachters vom Freitag, den 1. September 1939. In dem Blatt stand die übliche Propaganda – und diesmal lautete die Schlagzeile: *Der unerhörte Bandenüberfall auf den Sender Gleiwitz.* Polnische Freischärler hatten am Vortag den auf der deutschen Grenze stehenden Sender Gleiwitz überfallen, einen Deutschen getötet und den Sender für ihre Propaganda benutzt.

Wenn es so weiterging, würde Hitler tatsächlich ohne vorherige Kriegserklärung in Polen einmarschieren, und es würde ein Krieg folgen. Das Deutsche Reich bereitete sich schon seit Jahren darauf vor, und egal, mit wem Anselm sprach: Jeder wusste, dass es keine rosigen Zeiten geben würde. Für niemanden!

Viele hatten das Land bereits verlassen: Gödel, Einstein, Freud, Fromm, Adorno, Brecht, Mann oder Tucholsky. Eigentlich hätte er sein Vermögen auch längst zu Bargeld machen wollen, um mit seiner Frau und seiner Tochter in die Schweiz oder nach England zu gehen. *Eigentlich!* Wenn nicht diese verdammte Fehlentscheidung gewesen wäre. Er hatte seine Aktien an der Börse zu einem ungünstigen Zeitpunkt verkauft, aber den geringeren Erlös, den er erhalten hatte, in Kauf genommen, weil er das Geld dringend gebraucht hatte. Mit dem Kauf anderer Aktien hätte er einen ungleich größeren Gewinn erwirtschaften wollen. Aber es waren leider die falschen Wertpapiere gewesen. Nun waren die Verluste horrend. Sein Vermögen war auf ein Fünftel geschrumpft, und jeden Tag verlor er mehr Geld.

Mit zwiespältigen Gefühlen betrachtete Anselm das Flugblatt, das in der Zeitung gelegen hatte und von dieser Firma mit dem merkwürdigen Namen *Zeitreise Inc.* stammte. Neben den Text hatte er mit einem Füllfederhalter ein großes Ausrufezeichen gemalt. Gedankenverloren pochte er nun mit dem Stift auf das Flugblatt.

Eigentlich müsste er Deutschland ja gar nicht verlassen. Sein Name – von Richthofen – barg für Qualität. *Eigentlich!* Denn tatsächlich war sein Adelstitel nur gekauft, sein Name falsch und die Ahnentafel, sein Nachweis arischer Abstammung, ebenfalls gefälscht. Einer oberflächlichen Überprüfung hielten die Dokumente stand, doch Anselm hatte gehört, dass die Zeiten oberflächlicher Überprüfungen vorbei wären. Die Reichsstelle für Sippenforschung grub schon seit Monaten tiefer und würde seine echte Identität bald herausfinden, und auch entdecken, dass seine Frau gar nicht Franziska, sondern in Wahrheit Sarah hieß. Sarah Blum. Ebenso wie sein wahrer Name Samuel Blum lautete. *Was für schöne Namen!* Aber leider unvorteilhaft in Zeiten wie diesen.

Daher hatte er den deutschen Vornamen *Anselm* bewusst für sich ausgewählt, dessen germanische Silben etwa so viel bedeuteten wie *unter dem Schutz der Götter stehend*. Und diesen Schutz hatte er dringend nötig. Denn er hatte gehört, dass die Juden nachts sowohl von der SS als auch von der Gestapo aus ihren Häusern gezerrt und in lange Züge mit endlos vielen Wagons verfrachtet wurden. Dort wurden sie wie Vieh zusammengepfercht und nach Dachau, Buchenwald oder Mauthausen gebracht, wo man ihnen ihr weniges Hab und Gut, das sie mitgebracht hatten, auch noch wegnahm und sie in neu errichteten Lagern zur Arbeit zwang.

Eines Nachts würden sie auch an seine Haustür klopfen, erneut seine Dokumente verlangen und immer mehr unangenehme Fragen stellen. Sarah und seine Tochter konnten wenigstens schneidern, nähen und Löcher in Kleidern stopfen. Aber er? Wer interessierte sich schon für einen Buchhalter, noch dazu einen fürchterlich miserablen, der sein hart erspartes Vermögen an der Börse verspekuliert hatte. Ein Vermögen, das sie zur Flucht bitter nötig gehabt hätten.

Doch möglicherweise gab es eine Lösung für sein Problem. Wiederum starrte er auf den Text dieser dubiosen Firma, von der er noch nie zuvor gehört hatte.

Zeitreise Inc.
Wir korrigieren alles!
Besuchen Sie uns noch heute, mit all Ihren Dokumenten.
Wir lösen Ihre Probleme und können
alles rückgängig machen.
Freitag von 9 bis 11 Uhr

Mit all Ihren Dokumenten! Anselm hatte bereits ein dickes Bündel Papiere in seiner Sakkotasche verstaut. Die Adresse am unteren Rand des Flugblatts lag in Berlin – nicht weit von seiner Wohnung entfernt, am Kurfürstendamm. Einen Versuch war es wert. Was hatte er schon zu verlieren?

Er schlüpfte in sein Sakko, griff nach Stock und Hut und steckte das Flugblatt in die Tasche.

»Wo gehst du hin, mein Schatz?«, rief Sarah aus der Küche. »Wir essen in zwei Stunden.«

Anselm blickte auf die Uhr. Es war halb elf Uhr vormittags, und aus der Küche roch es nach gedünstetem Gemüse.

»Ich treffe mich mit einem Freund.«

»Kommt er auch zum Essen?«

»Ich fürchte nicht.«

Die Hausnummer, die in dem Flugblatt genannt wurde, lag etwas abseits vom Kurfürstendamm, in einer schmalen Seitengasse. Vor dem fünftstöckigen Wohnhaus patrouillierten einige Soldaten, und drei Männer von der Gestapo schoben soeben eine Familie in einen Lastwagen. Das Mädchen erinnerte Anselm an seine Tochter, als sie noch fünf Jahre alt gewesen war. Es trug ein rotes Kleid und hielt einen struppigen Teddybär in der Hand, mit zerzaustem Fell und abstehenden Ohren. Je abgegriffener die Spielsachen waren, desto lieber hatten die Kinder sie – eine Beobachtung, die er seit Jahren machte, die sich immer wieder bestätigte und noch vor zehn Jahren auf seine eigene Tochter zugetroffen hatte.

Anselm versuchte, die Befehle der Gestapo-Männer und das Weinen der Frau zu ignorieren, und ging mit wild pochendem Herzen auf das Haustor zu. Er schob die wuchtige Tür auf und stieg in das vierte Stockwerk. Dort gab es drei Türen. Auf einer hing ein Blatt Papier.

Zeitreise Inc. – Wir korrigieren alles.

Soeben öffnete sich die Tür, ein kleiner Mann mit drahtiger Figur trat ins Treppenhaus und nahm das Papier mit dem Klebeband von der Tür.

Rasch griff Anselm in die Sakkotasche, fischte seine Taschenuhr hervor und ließ den Deckel aufschnappen. Es war fünf vor elf.

»Schließen Sie schon?«, fragte er.

Der kleine Mann sah ihn neugierig an. »Ja, bitte?«

»Ich bin wegen Ihres Flugblatts im Völkischen Beobachter hier.«

Der Mann faltete das Papier zusammen und stecke es in die Hosentasche seiner zerschlissenen Leinenhose. Darüber trug er einen Rollkragenpullover. »Zeigen Sie mir das Flugblatt«, verlangte er mit einem Akzent, den Anselm nur schwer einordnen konnte.

»Ja, sofort.« Anselm kramte das Blatt heraus und wollte es dem Mann reichen, doch der wehrte ab.

»In Ordnung.« Der Mann gab Anselm die Hand und senkte die Stimme. »Mein Name ist Harvey Speckman. Wir müssen vorsichtig sein. Die Gestapo ist vor dem Haus. Kommen Sie schnell rein.«

Anselm trat etwas verunsichert in die Wohnung, woraufhin Speckman noch einmal den Kopf zur Tür hinausstreckte und einen Blick ins Treppenhaus warf. Er lauschte, schloss anschließend die Tür und legte zwei Sicherheitsketten vor.

»Ich habe es mir doch anders überlegt ...«, stammelte Anselm.

»Keine Sorge, es ist alles gut«, sagte Speckman rasch.

Die Sicherheitsmaßnahmen waren bestimmt übertrieben, doch Anselm sagte nichts weiter.

»Kommen Sie!«

Anselm wollte bereits aus den Schuhen schlüpfen, doch Speckman wehrte ab.

»Lassen Sie die Schuhe getrost an, mein Herr, diese Räumlichkeit ist nur gemietet. In zwei Wochen müssen wir ohnehin wieder in ein anderes Büro übersiedeln.« Speckman sprach ein klares, verständliches Deutsch, dennoch schwang ein leichter – wie Anselm jetzt feststellte – englischer Akzent mit, den Speckman zu überdecken versuchte, indem er schneller als gewöhnlich und betont akzentuiert sprach. Außerdem war Harvey Speckman kein üblicher Name für einen Berliner.

Anselm sah ihn fragend an. »Übersiedeln?«

»Wir …«, setzte Speckman zu einer Erklärung an, wurde jedoch von einem zweiten Mann unterbrochen, der plötzlich am Ende des dunklen Flurs stand.

»Darf ich Ihren Namen erfahren?«, fragte der andere Mann. Er war hochgewachsen und trug Anzug und Krawatte.

»Natürlich«, murmelte Anselm. »Mein Name ist Anselm von Richthofen. Ich habe …«

»Richthofen?«, wiederholte der Mann. »Sind *Sie* von der Gestapo?«

»Nein!«, rief Anselm entrüstet. »Ich bin … *war* Buchhalter.«

»Und Sie wollen, dass wir Ihre Entlassung rückgängig machen und Sie diesen Job wieder erhalten?«, vermutete Speckman.

»Nein, durchaus nicht. Ich möchte eine bestimmte finanzielle Transaktion rückgängig machen, die ich getätigt habe.«

»Einen Verkauf?«

»Ja, ein Börsengeschäft«, erklärte Anselm und merkte im selben Moment, wie lächerlich sein Wunsch klang. Wie sollte das auch funktionieren?

Speckman führte Anselm durch den Flur in ein schmales Wohnzimmer mit nur einem Fenster, dessen Einrichtung aus einem Tisch und drei Stühlen bestand. Der Vorhang war geschlossen, darum wirkte das Zimmer so düster. Doch es war hell genug, sodass Anselm durch einen Türspalt, der in einen Nebenraum führte, eine Wand mit blinkenden technischen Geräten, Magnetspulen und armdicken Schläuchen auf dem Boden erkennen konnte.

Nun sah er auch Speckmans Geschäftspartner aus der Nähe. Der Mann war hager, etwa sechzig Jahre alt und hatte ein kantiges, ausgemergeltes Gesicht mit grauen Bartstoppeln. Irgendwie wirkte der Mann wie ein misstrauisch gewordener Wissenschaftler, der die Zeit seiner Loyalität zum Dritten Reich schon lange hinter sich hatte.

»Nehmen Sie Platz«, sagte Speckman und ließ eine Handvoll Unterlagen in der Schublade des Tisches verschwinden. Für einen Augenblick hatte Anselm den Stempel des britischen Außenministeriums auf einem Briefkopf erkennen können.

Speckman schloss das Fach. »Zeigen Sie mir zunächst einmal Ihren Personalausweis, wenn ich bitten darf«, forderte er Anselm auf.

»Und Geburtsurkunde, Ahnentafel und Heiratsurkunde der Eltern auch, falls Sie das alles dabei haben. Wir machen uns gern ein vollständiges Bild über unsere eventuellen Kunden«, ergänzte der andere Mann.

»Natürlich.« Während Anselm sich Speckman gegenüber an den Tisch setzte, blieb der Kompagnon stehen, wanderte durchs Zimmer und warf durch den Spalt im Vorhang einen Blick auf die Straße.

Anselm griff in die Innentasche seines Sakkos und schob Speckman mit einem mulmigen Gefühl im Bauch die Dokumente über den Tisch.

»Sehr gut.« Speckman nahm die Papiere, betrachtete sie eingehend und sah dann einen Moment zu seinem Kompagnon herüber. »Erzählen Sie mir mehr über Ihr Anliegen, Herr von Richthofen«, forderte Speckman Anselm auf. »Mit allen Details, wenn ich bitten darf.«

»Ich ...«, begann Anselm, räusperte sich und kam sich plötzlich ziemlich blöd vor. »Ich habe am ersten August mein gesamtes Aktienpaket in Höhe von fünfzehntausend Reichsmark von den Nibelungenwerken, einem Panzer-Montagewerk, verkauft.«

Speckman zog die Augenbrauen hoch. »Habe ich richtig gehört? *Verkauft?* Warum um Himmels willen?«

»Stimmt, ich habe es mit Verlust verkauft«, seufzte Anselm. »Aber ich brauchte das Geld so dringend, um Aktien der *Grzejnik Gazowy* zu kaufen.«

»Diese Firma sagt mir nichts.«

»Eine polnische Gas-Heizofen-Firma, die angeblich im Aufschwung war.«

»Angeblich? *War?*«, wiederholte Speckman.

»Ein todsicherer Ratschlag eines Mannes aus gut informierten Kreisen.«

»Todsicher ist heutzutage nur eines«, murmelte Speckman mit einem bedauernden Lächeln, »dass Hitler einen Krieg anzetteln wird, um große Teile Europas in Schutt und Asche zu legen. Alles andere ist ungewiss.«

»Mittlerweile weiß ich das auch«, seufzte Anselm. »Denn als Hitler ankündigte, in Polen einzumarschieren, fielen die Aktien der *Grzejnik Gazowy* ins Bodenlose. Und ich kann sie nicht abstoßen, weil es eine einjährige Veräußerungsverbotsklausel gibt. Bis dahin werde ich mein gesamtes Vermögen verloren haben.«

»Als Buchhalter sollten Sie wissen, dass man kein weiteres Risiko eingeht, um den Verlust eines vorherigen Geschäfts wett zu machen.«

Ehemaliger Buchhalter, dachte Anselm. Nachdem er seine Bitte um Gehaltsvorschuss seinem Vorgesetzten gegenüber mehrmals wiederholt hatte, und auch versucht hatte, etwas Geld aus der Bargeldkasse zu entwenden, dabei aber von einer Sekretärin erwischt worden war, hatte man ihn fristlos entlassen. Allerdings wusste seine Frau noch nichts davon, und deshalb hatte er die letzten Tage grübelnd und zeitungslesend in einem

Kaffeehaus verbracht, wo er auf dieses Flugblatt gestoßen war. »Auch das weiß ich mittlerweile«, sagte Anselm bitter. »Können Sie mir helfen?«

»Natürlich.« Speckman knackte mit den Fingerknöcheln. »Genau für solche Fälle sind wir da.«

»*Wie* werden Sie mir helfen?«

»Ganz einfach, Sie müssen den Kauf der *Grzejnik Gazo…*« Speckman verhaspelte sich bei diesem Wort. »Eben dieser polnischen Aktien rückgängig machen.«

»Ja schon …« Anselm lächelte. »Aber wie?«

»Lassen Sie das vorerst einmal unsere Sorge sein. Außerdem dürfen Sie Ihr Aktienpaket von den Nibelungenwerken nicht verkaufen.«

»Zumindest nicht am ersten August. Würde ich es heute verkaufen, einen Monat später, wäre es um ein Drittel mehr wert, da die Kurse in den letzten Wochen rapide gestiegen sind.«

»Genau.« Speckman nickte.

»Aber wie soll ich das anstellen? Ich sitze auf einem Haufen wertloser Papiere, die Tag für Tag mein restliches Vermögen aufzehren.«

»Mit einem kleinen Eingriff in die Zeit.«

»In die Zeit?«, wiederholte Anselm. »Das *Zeitreise* in Ihrem Firmennamen steht doch nicht tatsächlich für … *echte* Reisen durch die Zeit, oder?«, fügte Anselm unsicher hinzu.

»Doch, wir …«

»Ähem!«, räusperte sich Speckmans Kompagnon und löste sich vom Fenster. »Kein weiteres Wort mehr darüber!«, warnte er.

»Ich glaube, wir können ihm vertrauen«, meinte Speckman.

»Und wie kommst du darauf? Weil er so schöne braune Augen hat?«

Speckman beugte sich zu Anselm und flüsterte ihm zu: »Von Richthofen ist nicht Ihr wahrer Name, habe ich recht?«

»Was erlauben Sie sich?« Anselm setzte sich aufrecht hin. Dann fügte er etwas leiser hinzu: »Wie kommen Sie darauf?«

»Ich erkenne gefälschte Dokumente, und ganz ehrlich, Sie sehen nicht aus wie ein waschechter blaublütiger Deutscher.«

Anselm wurde rot im Gesicht. »Wie sieht ein waschechter Deutscher aus?«

»Jedenfalls nicht so wie Sie.«

Anselm räusperte sich. »Ich brauche das Geld, um mit meiner Familie aus Deutschland auszureisen.«

»Ein guter Plan.« Speckman nickte. Dann warf er seinem Kollegen einen Blick zu. »Siehst du.«

»Nur weil ein Jude mit gefälschten Dokumenten Deutschland verlassen will, heißt das noch lange nicht, dass wir ihm vertrauen dürfen.«

Die beiden warfen sich einen vielsagenden Blick zu. Schließlich drehte Speckman sich wieder zu Anselm. »Wer hat Ihren Ausweis gefälscht?«

»Ich bin nicht sicher, ob ich …«, drückte Anselm herum.

»Wir müssen Sie überprüfen, und darauf bestehe ich«, sagte der Kollege.

Anselm atmete tief durch. »Jossi Goldstein«, sagte er schweren Herzens.

»Gut, einen Moment.« Der Kollege drehte sich um und verschwand im Nebenraum.

Anselm hörte, wie er mit einem Telefon wählte, danach folgte ein kurzes Gespräch, von dem er aber nichts verstand. Anselm wartete, blickte auf seine manikürten Fingernägel und danach zum Fenster.

Speckman saß ihm indessen nicht minder angespannt gegenüber und sagte auch kein Wort.

Schließlich kam der Kollege wieder aus dem Nebenzimmer herein. »Er scheint tatsächlich in Ordnung zu sein.«

»Gut.« Speckman lächelte.

Anselm atmete erleichtert auf. »Ich nehme an, *Zeitreise Incorporated* ist eine englische Firma«, vermutete er. »Demnach sind Sie Engländer, nicht wahr? Als Engländer werden Sie mein Anliegen verstehen. Und wenn Sie gefälschte Dokumente erkennen, arbeiten Sie vielleicht sogar für die …« Anselm dachte an den Briefkopf der Schriftstücke in der Schublade. »… britische Regierung?«

»Gut kombiniert. Ja, möglicherweise tun wir das.«

»Harvey!«, ermahnte ihn der Kompagnon.

»Sie müssen das Misstrauen meines Partners entschuldigen«, sagte Speckman. »Er ist nur vorsichtig.«

»Wir *müssen* vorsichtig sein«, sagte der Mann.

»Ja, das müssen wir«, pflichtete Speckman ihm bei, »aber ich denke, wir können dem Mann vertrauen. Außerdem hast du ihn gerade überprüft.«

»Ja«, knurrte der Kompagnon und starrte wieder aus dem Fenster.

»Wie funktioniert Ihre Zeitmaschine?«, fragte Anselm, um das Thema zu wechseln. »Und vor allem, woher stammt diese Technik?«

»Also …« Speckman beugte sich wieder zu Anselm und senkte die Stimme, als befürchtete er, abgehört zu werden. »Hitlers Physiker arbeiten schon seit vielen Jahren an einer Technik, um mit gigantischen Magnetspulen ein Feld zu erzeugen, das sie den *Blitz* nennen. Ein Feld, das insgesamt vier elektromagnetische Ebenen übereinander aufbaut und Atome spaltet. Dadurch soll der Blitz einen Schutzschild erschaffen.«

»Und funktioniert er?«, fragte Anselm.

Speckman schüttelte den Kopf. »Hitlers bedeutendste Wissenschaftler arbeiten bereits seit den späten 20er Jahren an dem Projekt – Paul Harteck, Otto Hahn oder Werner Heisenberg, um nur einige zu nennen. Bis jetzt hat es nicht geklappt, aber durch ihre Forschung an diesem geheimen Uranprojekt zur Erschaffung des Feldes haben sie zufällig eine unbeabsichtigte Entdeckung gemacht. Dieses Feld verändert die Zeit.« Speckman machte eine bedeutende Pause. »Es ist ihnen gelungen, Ereignisse der Vergangenheit zu verändern. Darum ist Hitler 1933 auch so rasch an die Macht gekommen.«

»O Gott!«, entfuhr es Anselm verblüfft. Dann blickte er Speckman skeptisch an. »Aber warum haben Sie …?«

»Warum *wir* diese Technologie besitzen? Die britische Regierung arbeitet an einem ähnlichen Projekt. Dank einer gezielten Werkspionage sind wir den Nazis um einige Entwicklungsstufen voraus.«

»Nun ist es genug!«, unterbrach ihn der Kompagnon.

Doch Speckman tat den Einwand mit einer unbedeutenden Geste ab. »Die Technologie ist noch nicht hundertprozentig ausgereift – weder bei den Nazis noch bei uns –, aber ich kann …«

»Harvey!«

»Aber ich kann Ihnen versichern, *dass* sie funktioniert!«, vollendete Speckman den Satz.

»Das klingt nicht sehr überzeugend«, murmelte Anselm. »Und ich wundere mich, warum Sie diese Technologie überhaupt schon anbieten, wenn sie …?« Er verstummte.

»Das müssen wir«, seufzte Speckman.

»Wir *müssen* damit Geld verdienen. Mit diesen kleinen Aufträgen, die wir anbieten, finanzieren wir die Forschung.«

Anselm hob entschuldigend die Arme. »Ich fürchte, dass ich Sie mit keinem hohen Betrag unterstützen kann.«

Speckman wehrte mit einer besänftigenden Handbewegung ab. »Ähnliche Flugblätter finden Sie auch in Tageszeitungen in München, Stuttgart, Hamburg, Dresden und Wien. In den dortigen Büros bieten wir ebenfalls diesen Service an. Und jetzt werden Sie sicherlich verstehen, dass wir uns zuvor versichern mussten, dass Sie nicht von der Gestapo sind und uns denunzieren würden.«

Anselm schüttelte perplex den Kopf.

Speckmans Kompagnon setzte sich nun auch zu ihnen an den Tisch. »Aus diesem Grund stellen wir unsere Dienste nur Feinden des Nazi-Regimes zur Verfügung«, ergänzte er. »Es ist unsere subtile Form des Widerstandes. Wir versuchen, Hitlers Regime zu schwächen, indem wir seinen Gegnern helfen. Und gleichzeitig unterstützen wir mit dem eingenommenen Geld die britische Forschung.«

»Zwei Fliegen mit einer Klappe, sozusagen«, fügte Speckman hinzu.

Erleichtert ließ Anselm die Schultern sinken. Anscheinend hatte er mit diesem Flugblatt einen Glückstreffer gelandet. Es war eine Win-Win-Situation, wie jene Engländer stets behaupteten, die er bei seinen Börsengeschäften kennengelernt hatte. Und es war die Chance, seine Verluste wieder wettzumachen, um das Land zu verlassen. Er stand wahrlich *unter dem Schutz der Götter*. »Wann beginnen wir?«

»Nicht so hastig.« Lächelnd griff Speckman in die Schublade und holte einige Papiere hervor. »Sobald Sie dieses Formular unterzeichnet und uns das Honorar bezahlt haben.«

Anselm schluckte. »Darüber haben wir noch gar nicht gesprochen. Wie hoch ist es?«

»Sie müssen verstehen, dass wir einen Service wie den unseren zu keinem günstigen Preis anbieten können«, erklärte der Kompagnon.

»Wie hoch ist es?«, hakte Anselm nach.

»Und Sie müssen bedenken, dass wir Ihnen dadurch enorme Gewinne ermöglichen.«

»Wie hoch?«

»Dreitausend Reichsmark.«

Anselm schnaufte. *Dreitausend Reichsmark!* Andererseits würde die Technik auch nichts taugen, wäre sie günstig zu haben gewesen. »Kann ich das Honorar eventuell *nach* dem geglückten Eingriff zahlen?«, schlug er vor. »Denn dann verfüge ich wieder über mein komplettes Vermögen, und es würde mir …«

»Nein«, unterbrach ihn der Kompagnon.

»Nein?«, wiederholte Anselm. »Aber danach hätte ich …«

»Schauen Sie«, sagte Speckman mit ruhiger Stimme. »Wir *müssen* das Honorar im Voraus verlangen.«

»Aber warum? Ich würde …«

»Wenn die Vergangenheit einmal geändert wurde und Sie reich sind, kämen Sie ja nicht mehr auf die Idee, unsere Agentur zu besuchen«, unterbrach Speckman ihn. »Aus diesem Grund kommt es manchmal vor, dass man sich nicht mehr an den alten Zeitstrang erinnert.«

»Ich glaube, ich verstehe nicht ganz«, murmelte Anselm.

»Wenn dann eine Rechnung von uns kommt, würden Sie diese natürlich nicht bezahlen, weil Sie sich gar nicht mehr daran erinnern können, jemals bei uns gewesen zu sein und eine Zeitveränderung in Auftrag gegeben zu haben.«

»Ich werde mich also nicht daran erinnern können?«, murmelte Anselm.

»Sie werden sich nur an die neue Zeitlinie erinnern können, andernfalls würde Ihr Verstand völlig durchdrehen, wenn Sie gleichzeitig mehrere Erinnerungen an verschiedene Zeitabläufe hätten. Es ist eine Schutzfunktion der eigenen Psyche.«

So funktioniert das also. »Ich verstehe ...« Anselm nickte. »Aber woher soll ich bloß so viel Bargeld nehmen?«

»Wir nehmen auch Aktien, Schuldverschreibungen und materielle Güter.«

»Ich verstehe. Gut, wann erledigen wir das?«

Speckman blickte auf die Uhr. »Jetzt ist es schon spät. Eigentlich haben wir bereits geschlossen. Kommen Sie nächsten Freitag wieder.«

»Nächste Woche?«, rief Anselm lauter als beabsichtigt.

»Haben Sie es so eilig?«

»Nun ja ...«, stammelte Anselm und dachte an die häufiger werdenden Hausdurchsuchungen der Gestapo. »Geht es sofort?«

»Sofort?« Speckman warf seinem Partner einen Blick zu. Dieser nickte kaum merklich. »Gut, dann machen wir es gleich.«

»Danke.« Anselm gab Speckman die Nummer seines Schließfaches und die nötigen Informationen, um auf sein Bankkonto zugreifen zu können, während sein Kompagnon sich die Daten von Anselms Personalausweis notierte.

»Das dürften dann wohl dreitausend Reichsmark sein.« Anselm wurde flau im Magen, da er nun über keinerlei finanziellen Reserven mehr verfügte.

»Ich kann Ihnen versichern, Sie haben sich richtig entschieden«, beruhigte Speckman ihn, erhob sich und ging in den Nebenraum, um kurz darauf mit einem Glas Wasser und einer Tablette wiederzukommen. »Trinken Sie das.«

Anselm starrte misstrauisch auf das Glas. »Was ist das?«

»Ein Glas Wasser«, sagte der Kompagnon trocken.

»Ich meinte die Tablette.«

»Die hier?« Speckman drehte die Pille zwischen den Fingern. »Das ist ein Mittel, das Ihre Gehirnaktivität kurzfristig ruhigstellt, damit Sie den Sprung durch das Zeitfeld besser überstehen.«

»Besser überstehen?«, wiederholte Anselm.

»Sie werden Kopfschmerzen und einen trockenen Gaumen haben, und ein paar Minuten orientierungslos sein, das ist alles.«

Anselm starrte auf seine Taschenuhr. Es war kurz vor zwölf. Sarah wartete mit dem Mittagessen auf ihn. »Wie lange werde ich weg sein? Ich meine, wird meine Frau überhaupt bemerken, dass ich ...?«

Speckman schüttelte den Kopf. »Für Ihre Angehörigen findet der Zeitsprung nicht statt. Nur für Sie. Allerdings werden wegen der Zeitdilatation etwa dreißig Minuten vergehen. Mehr nicht.«

»Aha, und was muss ich tun?«

»Sie müssen sich nur eine Sache merken: Sie dürfen Ihr Aktienpaket nicht verkaufen, sondern müssen es behalten! Das ist alles.«

Anselm nickte, griff zur Pille und schob sie sich in den Mund. Sie schmeckte bitter. Rasch trank er das Wasser aus dem Glas hinterher.

»Folgen Sie mir nun.« Speckman half ihm vom Stuhl hoch und führte ihn in den Nebenraum.

Dort war es dunkel, nur ein paar Lichter blinkten, eine Maschine surrte und in den dicken Schläuchen tickte und pulsierte etwas, das immer lauter wurde und in Anselms Bewusstsein dumpf nachhallte.

»Setzen Sie sich hier hin.« Speckman drückte ihn in einen Stuhl.

Während Anselm kraftlos die Arme fallen ließ und den Kopf an eine Stütze lehnte, spürte er, wie Speckman ihm Ledergurte um die Hand- und Fußgelenke legte. Indessen steckte ihm Speckmans Partner einen Holzstab zwischen die Zähne und klebte Elektroden mit nassen Saugnäpfen an seine Stirn.

»Wird … wird es …?«, stammelte Anselm.

»Nein, es tut nicht weh.«

Anselm nickte, konnte jedoch nicht weitersprechen. Seine Zunge klebte trocken an seinem Gaumen.

»Gleich wird es auf der Haut kribbeln. Bleiben Sie völlig ruhig. Ihnen kann nichts passieren.«

»Und keine Sorge wenn es grell wird«, sagte der Kompagnon. »Das ist nur der Blitz, der das Feld öffnet.«

»Werde ich …?«, murmelte Anselm, doch im nächsten Moment zog ihn etwas aus dem Stuhl.

Während er darüber nachdachte, woher eigentlich die Energie für das Betreiben der Maschine stammte, empfing ihn ein gähnendes schwarzes Loch, in das er fiel und auf ein immer größer werdendes stroboskopartiges Blitzen zustürzte.

Eine ganze Woche verging. Harvey Speckman trat in das Treppenhaus und nahm das Blatt Papier von der Tür. Es war elf Uhr, und an diesem Tag war kein Klient gekommen.

Als er seine Unterlagen zusammenpacken wollte, klopfte es an der Tür. Zuerst blickte er durch den Spion, dann nahm er die Ketten ab und öffnete die Tür.

Im Treppenhaus stand Anselm von Richthofen. Er sah etwas mitgenommen und auch etwas derangiert aus, ganz anders als bei seinem Besuch vor einer Woche. Unrasiert, mit dunklen Ringen unter den Augen, locker sitzendem Krawattenknoten und nervös abgekauten Fingernägeln, wie Speckman feststellte.

»So kommen Sie doch herein«, bat Speckman ihn in die Wohnung. »Wie geht es Ihnen?«

Kaum hatten sie Platz genommen, sprudelte es aus Anselm auch schon hervor. »Nach dem Besuch bei Ihnen, bin ich in einem Kaffeehaus erwacht. Weder ich noch der Kellner wussten, wie ich dorthin gekommen bin.«

Speckman nickte verständnisvoll. »Ich sagte Ihnen ja, dass es zu einer gewissen Orientierungslosigkeit kommen würde.«

»Aber darum geht es doch gar nicht. Es hat nicht funktioniert! Diese Zeitveränderung hat nicht stattgefunden! Ich habe dieses wertlose Aktienpaket von der polnischen Firma immer noch.«

Speckman nickte. »Das ist richtig.«

»Das ist richtig?«, echote Anselm. »Aber ich habe Ihnen mein gesamtes restliches Vermögen überschrieben!« Wild fuhr er mit den Armen durch die Luft.

»Herr von Richthofen«, begann Speckman ruhig und faltete die Hände vor dem Gesicht. »Ich kann Ihnen versichern, es *hat* funktioniert! Sie hatten Ihre Aktien von den Nibelungenwerken nicht so, wie es ursprünglich passiert ist, verkauft, sondern behalten. Der Wert ist gestiegen und sie konnten Ihr Vermögen erhöhen.«

»Aber ich besitze es nicht!«, protestierte Anselm.

»Das liegt daran, dass Sie vor drei Tagen zu uns kamen, und uns baten, die Zeitänderung wieder rückgängig zu machen.«

Anselm fuhr vom Stuhl hoch. »Was habe ich?«

»Sie sind vor drei Tagen zu uns gekommen und haben – obwohl wir keine Öffnungszeiten hatten – Sturm geläutet. Mein Partner hat Ihnen die Tür geöffnet. Danach haben Sie auf *diesem* Stuhl gesessen und uns erzählt, dass Sie Ihr Vermögen zwar erhöhen konnten, aber die Gestapo alle Aktionäre der Nibelungenwerke überprüft habe. Dadurch ist Ihre falsche Identität aufgeflogen und die Gestapo hat Ihre Frau und Ihre Tochter zu einem Verhör abgeholt. Sie kamen völlig aufgebracht zu uns, und baten darum, die Zeitänderung wieder rückgängig zu machen.«

»Das soll ich gesagt haben?«

»Woher wüssten wir sonst davon?«

Anselm schnappte nach Luft. »Musste ich für diesen Eingriff noch einmal bezahlen?«

»Nein, das ist in der Gewährleistung enthalten«, beruhigte Speckman ihn.

»Aber warum habe ich das Aktienpaket nicht einfach sofort verkauft und das Bargeld behalten? Warum besitze ich die verfluchten Aktien dieser polnischen Firma immer noch?«

»Genau das Gleiche haben Sie vor drei Tagen auch gesagt – *diese verfluchten Aktien.* Darum haben wir das bei der neuerlichen Zeitänderung auch genauso berücksichtigt.«

»Aber ich habe das Geld nicht«, protestierte Anselm.

»Doch, Sie hatten es. Es *hat* funktioniert«, beruhigte Speckman ihn. »Aber gestern kamen Sie erneut zu uns.«

»Gestern?«, rief Anselm.

»Ja, dadurch, dass Sie nun eine Menge Bargeld zu Hause gehortet hatten, wurden Ihre Nachbarn darauf aufmerksam.«

»Das kann unmöglich sein.«

Speckman hob die Schultern. »Sie haben uns erzählt, dass Ihre Tochter großzügige Einkäufe gemacht hat, und das hat sich herumgesprochen. Sie erzählten uns von einem Einbruch bei Ihnen zu Hause. Sie konnten den Einbrecher zwar in die Flucht schlagen, aber dabei ist Ihre Tochter gestorben.«

»Was erzählen Sie da?«, rief Anselm.

»Ihre Tochter wurde irrtümlich mit zwei Kugeln aus einer Mauser C96 erschossen. Die SS kam in Ihre Wohnung, untersuchte Einbruch und Tathergang, und entdeckte dabei Ihre falsche Identität. Sie und Ihre Frau wurden von der Gestapo verhaftet, doch Sie konnten fliehen, sind in unser Büro gelaufen und haben uns gebeten, alles wieder so rückgängig zu machen, wie es ursprünglich gewesen ist.«

»O Gott!«, entfuhr es Anselm. »Aber warum kann ich mich an keinen dieser angeblichen Besuche bei Ihnen erinnern, ebenso wenig wie an diese Gespräche und diese Ereignisse?«

»Weil wir Sie jedes Mal wieder in der Zeit an den gleichen Punkt in das Kaffeehaus zurückgeschickt haben.« Speckman neigte den Kopf. »Es ist immer riskant, in Zeitabläufe einzugreifen. Man weiß nie, welche Veränderung welche Folgen verursacht – und oft kommt es zu einer Verkettung unglücklicher Zufälle.« Speckman machte eine Pause. »Wie geht es Ihrer Frau und Ihrer Tochter jetzt?«

»Sie sind am Leben.«

»Das ist gut.«

»Aber wir haben kein Geld für unsere Ausreise.«

Speckman hob den Finger. »*Aber* … Sie sind am Leben.«

Anselm nickte.

»Wünschen Sie eine weitere Korrektur?«, fragte Speckman. »Es wäre allerdings die Letzte. Denn wir können nur viermal in ein und denselben Zeitablauf eingreifen – es hat etwas mit den vier elektromagnetischen Ebenen zu tun, die die Maschine aufbaut.«

»Ich …« Anselm überlegte. »Und was dann passiert, wäre nicht mehr rückgängig zu machen?«

Speckman schüttelte den Kopf. »Das wäre dann endgültig.«

»O Gott!«, seufzte Anselm erneut.

»Bedenken Sie, dass Sie, Ihre Frau und Ihre Tochter jetzt am Leben sind. Wir können nicht vorhersagen, was als nächstes passieren wird.«

»Danke.« Anselm erhob sich mit hängenden Schultern. »Und mein Geld, das ich Ihnen für die Eingriffe bezahlt habe?«

»Bekommen Sie nicht wieder zurück«, sagte Speckman und holte ein unterschriebenes Formular aus der Schublade hervor. »Wir brauchen es, um unsere Forschung zu finanzieren.«

Anselm nickte verständnisvoll. »Danke, dass Sie alles wieder rückgängig gemacht haben.« Er reichte Speckman die Hand und verließ mit hängenden Schultern das Büro.

Speckman sah Anselm nach, wie er die Treppe hinunterging. Als er die Ketten vor die Tür gelegt und wieder den Wohnraum betreten hatte, öffnete sich die Tür zum Technikraum und Speckmans Partner kam in das Büro.

»Armer Teufel.«

»Ja, sie sind alle arme Teufel«, sagte Speckman. Plötzlich hatte er keinen englischen Akzent mehr. »Meinen Sie, dass ich es vor einer Woche mit meiner Erklärung von Hitlers geheimer Forschung übertrieben habe?«

»Keineswegs«, antwortete Speckmans Kompagnon. »Sie waren wie immer brillant, Truppführer Hofer.«

»Danke, Herr Obersturmbannführer Götz. Das freut mich zu hören«, antwortete Speckman und schlug die Hacken zusammen.

»Sollen wir ihn und seine Familie der Gestapo melden?«

Obersturmbannführer Götz überlegte, schließlich schüttelte er den Kopf. »Die sind arm genug dran. Solange er nicht noch einmal auftaucht, weil er den Trick durchschaut hat oder damit droht, den kleinen Nebenverdienst unserer Gruppe an Generaloberst Göring zu verraten, was er wohl kaum wagen wird, werden wir keine Schritte gegen ihn unternehmen.«

»Sie haben recht, Herr Obersturmbannführer.« Es war besser, sich dieses As im Ärmel noch etwas länger aufzuheben, dachte Hofer.

Denn es gab immer wieder jemanden, der dahinterkam, dass es gar keinen Harvey Speckman, keine *Zeitreise Inc.* und in Wahrheit auch keine Zeitreisen gab – sondern nur einfache Flugblätter in den Tageszeitungen verschiedener Städte.

Anselm stand mit hängenden Schultern vor dem Wohnhaus.

»Samuel Blum?«, fragte ein Mann mit wispernder Stimme, der aus einer dunklen Häusernische hervortrat.

Sogleich straffte sich Anselms Haltung. Er sah sich um. »Ja?«

»Wie ist es gelaufen?«, flüsterte der Mann. Er hatte einen englischen Akzent – und diesmal war der Akzent zweifelsohne echt.

»Sie hatten recht«, antwortete Anselm. »Die spielen ein raffiniertes abgekartetes Spiel, um an die Gelder heranzukommen.«

»Wir werden uns um die beiden kümmern.«

»Werden sie es überleben?«, fragte Anselm verängstigt.

»Kommt darauf an, wie gesprächig und kooperationsbereit sie sind.«

Anselm nickte zufrieden. Soviel er gehört hatte, ging der britische Geheimdienst nicht gerade zimperlich mit Nazis um. »Jedenfalls war es eine gute Idee von Ihnen, dass ich diese Bande in einem lädierten und heruntergekommenen Zustand aufgesucht habe.«

»Danke. Bereuen Sie es, dass Sie sich entschieden haben, mit uns zusammenzuarbeiten?«

»Nein«, sagte Anselm. Allerdings wäre er von allein nie auf die Idee gekommen, den britischen Geheimdienst zu kontaktieren, wenn diese Männer ihn nicht angesprochen hätten. »Haben Sie alles dabei?«

»Ja.« Der Mann griff in die Tasche seines Mantels und holte ein Bündel Dokumente hervor, das er Anselm reichte. »Hier sind die Ausreisepapiere für Sie und Ihre Familie. Zuerst nach Paris. Dort erwarten Sie unsere Männer, die Sie weiter nach London bringen.«

»Danke.« Anselm ließ die Dokumente in seiner Tasche verschwinden. »Wann ist es soweit?«

»Noch heute Nacht. Je eher, desto besser. Wir wollen Sie und Ihre Familie aus Deutschland draußen haben, wenn wir gleichzeitig in München, Berlin, Stuttgart, Hamburg, Dresden und Wien zuschlagen, die gesamte Gruppe um Obersturmbannführer Götz in unsere Verhörräume schleppen, deren Gelder an uns nehmen und danach selbst aus Deutschland verschwinden.«

Anselm nickte. Es würde verdammt knapp werden, aber vielleicht klappte es.

Falls du tatsächlich unter dem Schutz der Götter stehst.

Dann beeilte er sich, rasch nach Hause zu seiner Frau und zu seiner Tochter zu kommen.

DR. STEIN

Der Titel Dr. Stein *ist eine Anspielung. Worauf? Sie werden es erraten, wenn Sie diese Geschichte lesen. Ich möchte es hier nicht vorwegnehmen.*

Jedenfalls hat es mir tierischen Spaß gemacht, diesen Text zu schreiben. Warum? Weil die Geschichte ein Schreibexperiment ist. Einfach deshalb, weil es sich um mehrere Interviews, sogenannte Hologrammprotokolle handelt, aber bevor ich Sie zu sehr abschrecke, lesen Sie sich bitte selbst ein und begeben Sie sich mit dem Interviewer auf die Suche nach dem mysteriösen Dr. Stein …

DNAJ:	HOLOGRAMMPROTOKOLL V-17
ZEIT:	08.50 UHR
LÄNGE:	509 MB
SUBJEKT:	ID-NR.: 1236-2365-A (MÄNNLICH)
ORT:	BIOPLASTEC – LIEFERSERVICE & INBETRIEBNAHME
SEKTOR:	XI, NÖRDLICHER AUSSENBEZIRK RING 884

Dr. Stein? Ja, den kenne ich, der war vor etwa sechs Monaten hier. Ja, tatsächlich, ich sage Ihnen: Er stand leibhaftig vor mir, hier in meinem Büro! Gleich dort, wo Sie jetzt sitzen.

Sie haben recht, grundsätzlich bekomme ich meine Kunden nicht zu Gesicht. Kaum jemand macht sich die Mühe, mit der Monorail hierher überzusetzen, zumal ich meine Geschäfte über die Audioleitung abwickle. Aber er war hier, stand direkt vor mir, im schwarzen Anzug, mit Krawatte, zugeknöpfter Weste und sauber gebügeltem Hemd; wo sieht man das heute noch?

Wie er aussah? Was weiß ich? Ziemlich hochgewachsen, würde ich sagen, etwa *so* groß, hagere Figur, schmächtige Schultern. Die Hose schlackerte um seine dürren Beine. Er musterte mich mit misstrauisch zusammengekniffenen Augen. Ja, *das* ist er! Genauso sah er aus, wie auf diesem Hologramm, nur trug er kürzeres Haar, ergraut und schütter, vor allem an den Schläfen, und sein Gesicht wirkte kantiger, die Nase spitzer. Woher haben Sie diese Aufnahme eigentlich? Aha, gut! Verstehe! Nein, Details möchte ich gar keine erfahren, in Regierungskram mische ich mich nicht ein, keine Sorge!

Wie auch immer … allein dafür, dass ihn mein Androide nicht aus dem Büro warf und ich ihm fünf Minuten zuhören sollte, legte er vor meiner Nase einen Lederbeutel mit zwanzig Silicium-Discs auf den Tisch. Sollte ich da etwa *Nein* sagen und nach meinem Androiden pfeifen? Ich bot ihm einen Platz in der Sitzschale an, doch er blieb stehen und kramte einen Chip aus seinem Anzug. Während ich die Daten über das Interface lud, lief er durch mein Büro, klapperte mit den Schuhen auf und ab und blickte ständig auf die Uhr. Auf dem Chip fand ich seine Wünsche gespeichert; im Grunde genommen belanglose Dinge, die nicht unter das Lieferverbot fallen, wie Bioplasma, Gewebepartikel, Nährflüssigkeit und solchen Mist.

Ob ich ihm das Zeug – nein, natürlich sagte er nicht Zeug, *Utensilien* nannte er es –, ob ich es ihm besorgen könnte, am besten so rasch wie möglich, noch besser am gleichen Nachmittag, und wieder starrte er auf die Uhr. Kein Problem, antwortete ich gelassen, alles eine Frage der Bezahlung, und als ich ihm den Betrag nannte, zuckte er nicht einmal mit der Augenbraue. Ich Idiot hätte mehr verlangen sollen! Er bezahlte alles im Voraus, noch in derselben Minute, mit Silicium-Discs bar auf die Hand. An welche Adresse ich die Ware zustellen sollte, wollte ich wissen. Kein Problem, brummte er, lächelte und schob vom Korridor einen hüfthohen Schrank in die Ecke des Raumes, gleich hierhin, wo Sie jetzt sitzen, neben den Schreibtisch. Ich sollte die Utensilien einfach in den Schrank packen und anschließend auf den grünen Knopf drücken. Das Ding würde die Artikel schon an den richtigen Ort liefern. Ja, und das tat ich dann auch, lud den Kram hinein, presste den Daumen auf den grünen Knopf, wartete, bis das Zeug weg war … *Flupp!* … und drückte danach den roten Knopf, wie er es mir aufgetragen hatte. *Flupp!* … danach verschwand sogar der merkwürdige Schrank … einfach so!

Ja, wie gesagt, das war vor ungefähr einem halben Jahr, seitdem habe ich ihn weder in meinem Büro gesehen noch über die Audioleitung quatschen hören.

DNAJ:	HOLOGRAMMPROTOKOLL V-18
ZEIT:	10.20 UHR
LÄNGE:	563 MB
SUBJEKT:	ID-NR.: 4965-7532-D (MÄNNLICH)
ORT:	LAGERHALLE DER ELEKTROPLAN TRUST AG
SEKTOR:	III, WESTLICHER AUSSENBEZIRK RING 119

Guten Morgen! Ah, Sie sind von der DNAJ … hat die Regierung mal wieder was zu vertuschen, hä? Nein … äh … 'tschuldigung, war nur ein Scherz. Okay, kein besonders guter, Sie haben recht! Ja, danke.

Was wollen Sie? Aha! Also, wie üblich kommt die Bestellung über die Audioleitung herein, wird von unserem Zentralrechner vom Lagerbestand abgebucht und von den Robotpaletten zur Monorailstation gebracht. Das dauert gewöhnlich zehn, fünfzehn Minuten, je nachdem wie viele Robotpaletten mal wieder mit durchgeschmorten Leitungen umgefallen sind, diese rostigen Schrottmühlen! Liegen dann tagelang zerschmettert auf dem Boden herum. Die Bezahlung? Ja, die erfolgt normalerweise über die Standleitung direkt an die Büros der Chefetage. Das Geld sehe ich aber nie, damit habe ich nichts zu tun. Ich arbeite hier bloß im Lager und repariere die verdammten Kabel der Robotpaletten. Die müssten mal ausgetauscht werden, diese Schrotthaufen! Ich sage Ihnen, wenn ich die Ware auf meinen Schultern vom Lager zur Monorailstation schleppe, bin ich schneller als diese automatischen Bastarde mit ihren blinkenden Glotzaugen und schwingenden Antigravzangen.

Der alte Knacker, den Sie mir auf dem Hologramm gezeigt haben? Ja, der war hier. Seinen Namen? Keine Ahnung, wie der hieß oder woher der kam. So wie *der* aussah, hätte er einer von den feinen Pinkel aus der Chefetage sein können, mit Weste, Hemd, Krawatte und so. Jedenfalls wedelte er mit einer Bestätigung von der Firmenleitung herum, meinte, dass er die Ware bereits im Voraus bezahlt hätte, und wollte sie gleich selbst abholen. *He, Mann,* schlug ich ihm vor, *die beiden Schrotthaufen dort drüben bringen dir die Ware zur Station, von dort werden sie von der Monorail überall hin zugestellt. Das geht ziemlich rasch.* Aber nein, bitte! Er wollte alles gleich selbst mitnehmen, der Snob im dunklen Anzug! *Dauert sonst zu lange!,* murrte er und blickte ständig über seine Schulter. Und stellen Sie sich vor! Der hatte nur einen kleinen, etwa *so* hohen Schrank bei sich. Die Robots packten da alles hinein: Elektroden, Kabeltrommeln, Siliziumplatten, Überbrücker, sogar einen 322-Gigabyte-schnellen Cufast-Laserchirurg … Nein! Wo denken Sie hin! Von diesen Dingen fällt nichts unter das Lieferverbot, da bekämen wir ja Schwierigkeiten mit der Behörde. Mit Ausnahme vielleicht von den Digitalmatrizen mit Hochauflösung, aber davon nahm er nur fünf Stück mit, außerdem hatte er doch diesen Wisch, seine Sonderbewilligung von der Firmenleitung. Pah! Was sollte ich dagegen schon Großartiges unternehmen? Bin doch bloß ein einfacher Lagerarbeiter!

Tja, und während die Robots nacheinander alles in den Schrank packten, drückte er mehrmals auf einen grünen Knopf, woraufhin sich der Apparat leerte, als wäre nie etwas in das Ding gestopft worden. *He, Mann,* rief ich und packte ihn an der Schulter, *du willst mich wohl verarschen, was? Lässt die Waren einfach so vor meinen Augen verschwinden, und dann behauptest du, sie nie bekommen zu haben! So läuft das nicht, Bursche!* Aber er lächelte nur, schob mit seinen Spinnenfingern vorsichtig meine Hand von der Schulter und bedeutete den Robots mit einem Kopfnicken, die Werkzeuge weiterhin in dem Schrank zu verstauen.

Schließlich drückte er auf einen roten Knopf, die Luft um uns begann zu flimmern, und die Kiste löste sich in Luft auf. Einfach so! *Peng!* Zurück blieben nur ein schwarzer Rand auf dem Boden und der Geruch verschmorter Kabel. Der Gestank stammte jedoch nicht von seinem Schrank, sondern von einer Robotpalette, diesem Mistding, die vor Schreck wie ein Brett umgekippt und in ihre rostigen Teile zerfallen war.

DNAJ:	HOLOGRAMMPROTOKOLL V-19
ZEIT:	11.30 UHR
LÄNGE:	446 MB
SUBJEKT:	ID-NR.: 2498-9326-F (WEIBLICH)
ORT:	SONDEN-ZENTRALRECHENAMT
SEKTOR:	I, INNENBEZIRK RING 001

Nein, den Ausweis brauchen Sie mir nicht zu zeigen, Ihr Gesicht kenne ich aus den DNAJ-Akten! Kommen Sie her und setzen Sie sich an meine Seite, dann können Sie mir über die Schulter sehen. Das da? Das ist unser *Baby*, die Sondenempfangs-Datenmaschine. So, nur noch das Passwort, den Iris-Test und die Speichelprobe, dann sind wir im Zentralrechner. Sehen Sie! Geht ruck-zuck! Hätten Sie vielleicht ein Taschentuch? Vielen Dank.

Grundsätzlich können wir Ihnen über jeden Bürger sagen, wo er sich zur Zeit gerade befindet, was er zum Mittagessen verspeist hat, über wie viel Geld er noch verfügt, wann er zuletzt auf der Toilette war, ob er Husten oder Schnupfen hat, wie hoch seine Pulsfrequenz und seine Strahlenwerte sind und an welchen Krankheiten er leidet beziehungsweise in den nächsten Tagen leiden wird. Aber über Dr. Stein … das wird nicht leicht werden. Sehen Sie, das hängt damit zusammen, dass jedem menschlichen Embryo, noch bevor es zur Welt kommt, bei der gesetzlich vorgeschriebenen Fruchtwasseruntersuchung eine winzige Sonde in den Nacken implantiert wird. Diese Sonde sendet Daten an unseren Zentralrechner, und somit haben wir alles unter Kontrolle. Genial – und doch so einfach, nicht wahr? Die werdenden Mütter? Wo denken Sie hin! Die wissen natürlich nichts davon. Da könnten wir ja gleich offiziell den Polizei- und Überwachungsstaat ausrufen und die Massenhysterie ins Rollen bringen.

Noch vor einem halben Jahr wussten wir über jeden von Dr. Steins Schritten Bescheid, doch plötzlich brach die Verbindung ab. Nein, die Sonden gehen nicht kaputt, da können Sie mit einem Polizeitank drüber rattern. Er muss sich das Implantat entfernt haben, wahrscheinlich mit einem Laserchirurg oder einem ähnlichen Apparat. Einem 322-GB-Cutfast? Ja, das ist zwar gefährlich, doch theoretisch möglich. Würde aber eine hässliche Narbe im Nacken hinterlassen.

Nichts unternommen? Ich bitte Sie! Als wir das Signal seiner Sonde verloren hatten, jagten wir sofort ein Bataillon Polizeitanks zu seinem Haus. Noch bevor *Sie* einmal mit den Augen rollen können, hatten die Jungs das Haus umstellt … doch sie fanden nur noch leer stehende Räume vor, einen verwahrlosten Keller, einen verwilderten Garten. Sogar in der Garage, im Luftschutzbunker, in den Werkstätten und Arbeitsräumen war alles demontiert worden. Seitdem ist er untergetaucht. Peinliche Sache, wem sagen Sie das!

Wie bitte? Falls wir ihn finden? Pech für ihn! Dann käme er in eines der Arbeitslager, wahrscheinlich ganz unten, in den Sektor XII … was meinen Sie? Natürlich für immer, was denken Sie denn? Da kommt keiner mehr raus! Doch ohne Sonde … wie soll ich sagen? Ohne Sonde stehen seine Chancen gut, unentdeckt zu bleiben. Was er vorhat? Das wüssten wir selbst gern.

Über seine Vergangenheit? Da muss ich Sie enttäuschen und an unser Datenarchiv verweisen. Jetzt haben sie gerade Mittagspause, doch in einer Stunde kann man Ihnen dort alles über Dr. Stein erzählen.

DNAJ:	HOLOGRAMMPROTOKOLL V-20
ZEIT:	13.10 UHR
LÄNGE:	836 MB
SUBJEKT:	ID-NR.: 6578-0129-C (WEIBLICH)
ORT:	DATENARCHIV-ZENTRALRECHENAMT
SEKTOR:	I, INNENBEZIRK RING 001

Einen Moment noch, das Archiv lädt gerade die Daten runter. Ah ja, da haben wir es schon … sehen Sie? So sah er als Baby aus. Niedlich, nicht wahr?

Sein Vater war Techniker, und Dr. Stein wuchs – ohne Mutter, die bei einem Giftgasunfall ums Leben kam – in den Werkstätten seines Vaters auf, wo er ihm beim Montieren und Reparieren der Androiden half. Eine unbeschwerte Kindheit kannte er nicht, stattdessen lernte er alles über Elektrotechnik, Hologramm-Design und bioplasmologische Mechanik, sodass er bereits als junger Mann eigenständig denkende Maschinen entwickeln konnte. Ob er hoch begabt war? Das lässt sich nicht beantworten, doch Talent hatte er mit Sicherheit. Das merkte man bereits bei seinem Studium, das er in kürzester Zeit absolvierte: Genscreening, Bioplasma-Layout, Neuronenvernetzung und KI-Robotprogrammierung in achtzehn Semestern. Vier Doktortitel! Ausnahmslos in Gebieten, die eine gewisse Genialität voraussetzen. Die Regierung interessierte sich für ihn, das können Sie sich wohl denken, doch er lehnte die Angebote allesamt ab und versuchte sein Glück in der Privatwirtschaft. Er war übrigens der Erste, der *das* gewagt hat. Sehen Sie, ein Angebot der Regierung lehnt man nicht ohne weiteres ab, da kann man sich gleich auf die Schwarze Liste der Jäger setzen lassen, aber das wissen gerade Sie ohnehin am besten. Doch Dr. Stein schien das nicht zu belasten.

Mit dreißig Jahren heiratete er eine ehemalige Studienkollegin, mit der er gemeinsam bei *Food-Design-Ltd.* als Gentechniker beschäftigt war. Kurze Zeit darauf wurde sie schwanger, und endlich schien sich sein Traum von einem Familienleben zu verwirklichen. Doch sie starb bei der Geburt seines Sohnes. Warum? Lassen Sie mich nachsehen, Moment mal, ah … da ist es ja. Oh, ich erinnere mich, das war eine peinliche Sache! Während der Geburt in der Klinik übertrug sich von der Gebärmaschine ein Computervirus auf die Sonde in ihrem Nacken. Das Virus erzeugte einen biologischen Klon, verbreitete sich über die Nervenbahnen, setzte sich an den Lungenflügeln fest und brachte ihre Atmung zum Stillstand. Nein, wo denken Sie hin! Solch ein Missgeschick passiert unter zehn Millionen Fällen höchstens einmal … falls überhaupt! Natürlich war in den Medien nichts darüber zu sehen, schließlich existieren die implantierten Sonden offiziell gar nicht, und der Unfall wurde vertuscht. Herzstillstand der Patientin, Akte geschlossen … und Ende!

Der Tod seiner Frau brach ihm wahrscheinlich das Herz, denn er kündigte bei *Food-Design-Ltd.*, verließ seine Wohnung und zog mit seinem neugeborenen Sohn, dem kleinen Gideon, in ein

Haus mit Luftschutzbunker, Arbeitsräumen und Werkstätten, die wir vor knapp einem halben Jahr bei einer Polizeitank-Aktion … aha, das wissen Sie bereits. Gut! Jedenfalls lebte er dort die letzten zwanzig Jahre, von der Gesellschaft bitter enttäuscht, einsam und zurückgezogen. Selten, dass er sein Haus verließ, genauso wie sein Sohn, der sein Ein-und-Alles war. Er zog den Kleinen allein auf, unterrichtete ihn selbst, und gemeinsam führten sie das Leben zweier Einsiedler. Gideon dürfte das Talent seines Vaters geerbt haben, geschickt und technisch versiert. Als wollte sich die Geschichte wiederholen, half Gideon seinem Vater bereits als junger Bursche in den Werkstätten. Sie verkauften die Patentrechte einer Reihe nützlicher Erfindungen an Konzerne, womit sie sich finanziell über Wasser hielten. Bitte? Natürlich kann man *davon* leben! Wussten Sie eigentlich, dass die Partikeldusche von den beiden stammte, ebenso der Zellstrom-Regulator, die Hirnrinden-Turbine, der Zeitdeklinations-Expander und die Mob-, Kehr- und Saugmaschine?

Sehen Sie, so sah der Junge aus. Hochgewachsen, wie sein Vater, blondes, dichtes Haar, wache, intelligente Augen, ebenso introvertiert und menschenscheu, aber nicht so hager, sondern kräftig wie ein Hüne.

Wie es *dann* weiterging? Moment noch, die Daten laden sich gerade runter … sehen Sie? Sein Sohn wurde vor einem Jahr vom Internen Computernetz ausgewählt und zum Militärdienst einberufen.

Das Übliche: Ausbildung in Giftgasprogrammierung, Infiltrieren feindlicher Lager und Platzieren intelligenter Viren im Netzwerk gegnerischer Lebensmittelsysteme. Ein halbes Jahr darauf wurde er beerdigt. Einen Augenblick, lassen Sie mich nachsehen. Ah ja, da ist es! Nein, er fiel bei keinem Einsatz hinter feindlichen Linien. Bloß bei einer Übung! Pech! Eines der Kampfviren setzte sich an seiner Sonde im Genick fest und brachte die Cholesterin- und Zuckerwerte seines Körpers binnen Sekunden zum Explodieren. *Wumm!* Peinliche Sache, noch dazu, weil es eines unserer eigenen Viren war, aber in Kriegszeiten kommt das manchmal vor!

Verlust in den eigenen Reihen, sogar bei Übungen. Doch bekanntlich ist jeder Soldat ersetzbar! Nicht wahr? Zumindest für die Regierung!

Wie üblich erhielt Dr. Stein, als einziger Verwandter, den Beileidsgruß, eine Standardmitteilung über die Audioleitung, und die Soldatenrente seines Sohnes, doch ist dieser Betrag kaum der Rede wert.

Ziemlich pietätlos, wenn Sie mich fragen, doch das System sieht das nun einmal so vor. Schicksal? *Das* nennen Sie Schicksal? Zuerst seine Mutter, danach seine Frau und schließlich sein Sohn! Also, mich wundert es nicht, wenn er begonnen hat, das System und die Regierung hassen zu lernen. Sehen Sie mich nicht so an … ich habe ja nichts gesagt, stecken Sie das Ding wieder weg. Meine Güte!

Wie bitte? Ja, das geschah vor ungefähr einem halben Jahr, seitdem ist es ruhig um Dr. Stein geworden. Zuletzt orteten wir ihn über seine Nackensonde im Büro eines Bioplasmalieferanten, dem Auslieferungslager eines Elektronikherstellers und im Konferenzraum eines Softwareprogrammierers, danach riss die Verbindung ab … seitdem steht sein Haus leer, und uns fehlt jede Spur. Ja klar, die Adresse des Softwareherstellers kann ich Ihnen geben … einen Moment bitte.

DNAJ:	HOLOGRAMMPROTOKOLL V-21
ZEIT:	15.40 UHR
LÄNGE:	496 MB
SUBJEKT:	ID-NR.: 2398-4009-C (MÄNNLICH)
ORT:	SOFTWARE-UNION PICK & PLACE
SEKTOR:	IV, ÖSTLICHER AUSSENBEZIRK RING 819

Ja, wir programmieren Spezialsoftwares für Konzerne, das Militär und die Regierung. Dr. Stein war hier in unserem Konferenzraum, er saß da, wo Sie jetzt sitzen. Ja, ich habe mit ihm gesprochen, als Marketing- und Serviceagent ist das schließlich meine Aufgabe. Für gewöhnlich wickle ich meine Geschäfte über die Audioleitung ab, doch Dr. Stein bestand darauf, persönlich vorzusprechen. Mhm, eigentlich schon, das muss so ungefähr ein halbes Jahr her sein, denke ich. Er war ein angenehmer Gesprächspartner, liebenswürdig, gebildet, von vornehmer Erscheinung, ein Mann, den ich mir gut als Lebensgefährten für meine Tante vorstellen könnte. Nur wirkte er ein wenig unkonzentriert, ständig trommelte er mit den Fingern auf der Tischplatte.

Zwei spezielle Wünsche trug er mir vor. Zum einen wollte er die komplette Genomstruktur der menschlichen Nukleinsäuren auf einer digitalen Hologramm-CD-Rom, zerleg- und bearbeitbar nach dem Baukasten-Steckverfahren. Letzteres durfte ich ihm natürlich *nicht* beschaffen; das Baukasten-Steckverfahren fällt unter das Lieferverbot, wie Sie sich denken können! Er war äußerst verständnisvoll, ein distinguierter Gentleman eben, und gab sich mit der schreibgeschützten Hologrammversion auf CD-Rom zufrieden. *Hauptsache, es geht schnell!*, seufzte er und zuckte mit den Achseln. Doch musste ich ihn darauf vertrösten, dass wir nicht sofort, sondern erst in einer Woche liefern könnten. Enttäuscht nahm er es zur Kenntnis. Was sollte er auch anderes tun?

Zum anderen bestellte er eine Software für die Rekombination artverwandter DNS-Strukturen. Das war kein Problem. Als ehemaliger Mitarbeiter von *Food-Design-Ltd.* war er mit Molekulargenetik und derartigen Programmen vertraut, und ich gab ihm eine veraltete Version, die bereits elf Jahre *out of business* war ... wenn Sie verstehen, was ich meine? Natürlich fällt ein derartiges Programm ebenfalls unter das Lieferverbot, wie Sie sich vorstellen können, doch konnte ich ihm diese vorsintflutliche Software bedenkenlos zur Verfügung stellen, da die Wartungsverträge bereits vor neun Jahren ausgelaufen waren. Seit damals gibt es kein Update mehr und diese Version ist heute nirgendwo mehr im Einsatz, das können Sie mir glauben! Sie wurde am Ende der schweren Wirtschaftspleite von einer hyperbeschleunigten Cyberspace-Version vom Markt verdrängt, die heute mit jeder Konzernhardware kompatibel ist. Sie sehen, es besteht also keine Gefahr!

Einen hüfthohen Schrank mit grünen und roten Knöpfen? Nein, so einen hatte er nicht dabei. Was sollte das sein? Ein *Hyperraum*-Transmitter? So etwas gibt es? Aha, nicht legal, verstehe.

Nein, nochmals besuchte er uns nicht. Übermittelt? Ganz einfach! Eine Woche später schickte ich ihm die gewünschten Daten über die Audioleitung an eine Adresse, die er mir zukommen ließ. Ja, die habe ich wahrscheinlich noch irgendwo gespeichert. Er wollte zwar, dass ich seine Anschrift unmittelbar nach der Lieferung lösche, doch habe ich es – ehrlich gesagt – vergessen. Sehen Sie, ich wickle täglich Hunderte Geschäfte über die Audioleitung ab, und das System übernimmt die Verwaltung der Adressdatei selbst; ich kann mich nicht um alles kümmern.

Moment noch, ich muss im System erst danach suchen … hier ist die Adresse: Dr. Stein, in der zwölften Etage, Am Neuen Graben 248b, Südring 449, im Sektor VII.

DNAJ:	HOLOGRAMMPROTOKOLL V-22
ZEIT:	18.50 UHR
LÄNGE:	1.487 MB
SUBJEKT:	ID-NR.: 0984-8993-U (WEIBLICH)
ORT:	WOHNTANK ISN-99998
SEKTOR:	VII, SÜDLICHER AUSSENBEZIRK RING 449

Ja, da sind Sie bei mir richtig, Am Neuen Graben 248b! Möchten Sie ein Apartment mieten? Ich habe noch zwei Etagen frei, zehn und elf, die Etage darüber hatte zwar den schönsten Ausblick, doch die wird gerade renoviert. Durch eine Explosion ist leider das gesamte Stockwerk ausgebrannt, aber zum Glück waren wir versichert.

Ach, Sie möchten gar kein Apartment mieten? Sie sind von einer amtlichen Regierungsbehörde? Aha, so etwas gibt es? Was heißt denn *DNAJ*? Was? Zeigen Sie mal her! Ist der Ausweis echt? DNA-Jäger! Was es nicht alles gibt. Was möchten Sie denn wissen?

Aha, über den Doktor, diesen Lump! Ja, der wohnte hier. Ja, *wohnte!* Eben in jener zwölften Etage, ungefähr ein halbes Jahr lang. Ich hätte auf meinen Mann hören und den Doktor nicht in die Etage einziehen lassen sollen … der Schuft jagte mir das oberste Stockwerk samt Dachstuhl in die Luft. Aber was, nicht mein Mann – der *Doktor!* Nun, das ist erst eine Woche her. Dort oben, wo Sie den verkohlten Rest einer Wand und die zerfetzten Eisentraversen sehen, saß früher ein komplettes Stockwerk mit Spitzdach und einer Batterie Sonnenkollektoren darauf, können Sie sich *das* vorstellen? Es dauerte zwei Tage, bis wir ein Notstromaggregat von der Behörde zur Verfügung gestellt bekamen. Einige Bewohner zogen sofort kommentarlos aus, andere wollten sich die Miete rückerstatten lassen … oh je, ich darf gar nicht daran denken. Haben Sie ein Taschentuch? Vielen Dank!

Wie bitte? Die Etage bestand aus einer Küche, einem Bad, einem Wohn- und Schlafraum, einem Arbeitszimmer mit Loggia und drei Werkräumen … ja *drei!* Der Doktor, dieser Strolch, besichtigte die Etage, meinte, sie wäre ideal für sein Vorhaben, wollte gar nicht über den Preis verhandeln, sondern bezahlte die Miete mit einer Handvoll Silicium-Discs für ein Jahr im Voraus und zog noch am selben Tag ein. Er besaß nichts weiter als einen hüfthohen, leeren Schrank, können Sie sich *das* vorstellen? Es war direkt unheimlich, er trug weder einen Koffer bei sich, oder zumindest eine Reisebox für ein paar Kleidungsstücke, noch schleppte er Bilder, Vasen, Teppiche oder Tischtücher in die Wohnung, und nicht einmal eine Zahnbürste steckte in der Tasche seines Anzugs … so ist er eingezogen! Lediglich ein dickes Pflaster klebte in seinem Nacken, da hat er sich immerzu gekratzt. Ja genau, da saß das Pflaster, an *dieser* Stelle. Es sah aus wie ein weißer Schwamm und roch nach Desinfektionsmittel. Sonst gibt es nicht viel über ihn zu berichten. Er ging selten fort, aß offenbar wenig, magerte bis auf Haut und Knochen ab, außerdem sprach er kaum mit den anderen Mietern. Er ging ihnen aus dem Weg … und wie! Um die Witwe Kopetz machte er einen weiten Bogen. Die hatte nämlich ein Auge auf ihn geworfen, doch der Doktor war blind für solche Dinge ... eigentlich unvorstellbar, denn so schlecht sieht sie gar nicht aus.

Aber wissen Sie, was *wirklich* unheimlich war? Vor ungefähr einem Monat reinigte ich wie jeden Freitag mit der Mob-, Kehr- und Saugmaschine die Stufen, Wände und das Geländer des Treppenhauses. In diesem Moment verließ der Doktor seine Wohnung, und ich sah für einen Augenblick durch den Türspalt in sein Apartment. Nicht ein einziges Mal hat er auch nur einen Gegenstand in sein Apartment getragen, und doch war die Wohnung bis zur Zimmerdecke vollgestopft. Der Vorraum wirkte wie die Kulisse eines dieser alten Gruselfilme: angefüllt mit Kabeln, Dioden, Trögen, Radiatoren, Schläuchen, Generatoren und Reagenzgläsern mit blubbernden Flüssigkeiten, woraus schillernde, bunte Blasen aufstiegen, träge durch den Raum schwebten und mit einem Schmatzen an der Decke zerplatzten. Schrecklich!

In der Luft lag ein elektrisches Knistern, Blitze schnellten durch den Raum, Hologramme schwebten durch das Zimmer und drehten sich um die eigene Achse. So einen Saustall habe ich noch nie gesehen, das können Sie mir glauben! Dieses Durcheinander hätte dringend die Hand einer Frau nötig gehabt. Die Witwe Kopetz fragte mich öfters über den Doktor aus. *Sie* wäre die Richtige für ihn gewesen. Bitte, es geht mich ja nichts an, was meine Mieter in ihren Räumen so treiben, sofern sie pünktlich zahlen, und ich bin auch nicht neugierig, das können Sie mir glauben, aber dieser Anblick ließ mir die Haare zu Berge stehen.

Wahrscheinlich stand ich wie angewurzelt da, klammerte mich an den Griff der Mob-, Kehr- und Saugmaschine und gaffte zu auffällig in das Zimmer, denn der Doktor räusperte sich und zog die Tür rasch hinter sich ins Schloss. Danach drängte er sich an mir vorbei und verschwand im Fahrstuhl, elegant, vornehm und schick gekleidet wie immer, das muss man ihm lassen, auch wenn er etwas zu dürr wirkte. Also wenn er kein solcher Gauner gewesen wäre, hätte man bei ihm als Frau schwach werden können, das sage ich Ihnen!

Noch bevor sich die Luke des Fahrstuhls verriegelte, betrachtete er meine Mob-, Kehr- und Saugmaschine, verzog den Mund, bekam einen beinahe melancholischen Blick und brummte etwas in der Art wie *das waren noch Zeiten!* Ich hätte auf meinen Mann hören und den Doktor rauswerfen sollen! Wahrscheinlich war er gar kein richtiger Doktor, sondern nur ein dahergelaufener Hochstapler, der sein erbeutetes Diebesgut mitten in der Nacht in mein Wohnhaus schaffte, um es dort zu verstecken.

Richtig schlimm wurde es aber erst in jener Nacht, als die Generatoren in seinem Apartment aufheulten und hinter den zugezogenen Gardinen blaue Blitze zuckten. Das gesamte Wohnhaus fing an zu vibrieren, dass die Teller in meiner Anrichte schepperten, die Gläser auf und ab hüpften, die Glasvitrinen klirrten und Messer, Gabel und Löffel aus den Schubladen schnellten, hochflogen und an der Zimmerdecke klebten. Sogar das Treppenhaus wurde von Magnetismus erfasst, Blitze sprangen über das Geländer, im Fahrstuhl platzte eine Neonröhre und meine Tiefkühltruhe erhitzte sich so stark, dass mein Schweinefleisch-Surrogat Blasen warf und zu einem Brikett verkohlte. Nicht einmal der Hund des Nachbarn wollte das Fleisch am nächsten Morgen fressen und hat sogar darauf gepisst. Nach Mitternacht war der Spuk allerdings vorbei.

Am nächsten Tag, gleich nach dem Frühstück, hätte ich den Schuft rauswerfen sollen, doch versprach er mir, dass sein Experiment ein Ende gefunden habe, zumal heute Morgen sein Sohn eingetroffen sei, der würde von nun an bei ihm wohnen. *Der und einen Sohn! Pah!*, dachte ich. *Wo ist denn die Mutter geblieben?* Ich war so perplex, dass ich sogar vergaß, die Miete zu erhöhen. Wie bitte? Beim Militär gefallen? Wir haben doch gar keinen Krieg. Ach so, während einer Übung. Nein, ich sagte Ihnen doch, der ist bei ihm eingezogen. Wie er hieß? Hm? Moment mal … *Ideon* oder so ähnlich. Ja, genau, Gideon, das war sein Name! Woher wissen *Sie* das eigentlich? Geheimsache … hm, verstehe!

Ja, ich habe ihn gesehen, bin ihm sogar einmal im Fahrstuhl begegnet. Langes, blondes Haar hing ihm wirr in die Stirn. Er war kräftig gebaut, von bulliger Statur, dem Doktor wie aus dem Gesicht geschnitten, nur waren Körper und Schädel ein wenig deformiert. Vielleicht eine Verletzung von dieser Übung, wer weiß? Bitte? Ja, wie man eben so aussieht, wenn man deformiert ist … ich weiß auch nicht, wie ich ihn beschreiben soll. Er zog das rechte Bein hinter sich her und ging gebückt, als wäre seine Schulter in die Mitte des Rückens gerutscht, und seine Knie saßen nicht an *der* Stelle, wo sie sich normalerweise befinden sollten. Genauer beschreiben? Das kann ich nicht! Bin bloß eine einfache Hausfrau. Jedenfalls sah der Junge schrecklich aus, eine bemitleidenswerte Kreatur eben.

Ich glaube, der Doktor verstand sich nicht so gut mit ihm. Woher ich das weiß? Bitte, ich bin nicht neugierig und lausche auch nicht, oder so, das können Sie mir glauben, aber die beiden führten tagsüber oft lautstarke Gespräche, bei denen sie sich anschrien, sodass man das Gurgeln und Gebrüll des Sohnes bis in die erste Etage des Hauses hinunter hören konnte, und das soll was heißen! *Sieh mich an, wie ich aussehe! Was soll das für ein Leben sein, Vater?* jammerte er, dass mir die Haare zu Berge standen. *Ich verdamme dich dafür!* Wofür? Das weiß *ich* doch nicht! Keine

Ahnung, schließlich mische ich mich nicht in die Privatangelegenheiten meiner Mieter, das können Sie mir glauben!

Als es vorherige Woche wieder einmal soweit war und sich die beiden lauthals zankten, polterte und rumorte es plötzlich durch die Etage. Wahrscheinlich war es sein Sohn, der in Wut geriet und die Einrichtung demolierte. Jedenfalls hörte es sich an, als würden die Tröge und Generatoren an die Wand geschmettert, die Reagenzgläser auf dem Boden zerplatzen und die Leitungen aus den Wänden gerissen werden. Der Geruch verschmorter Kabel waberte durch die Stockwerke des Hauses, und *dabei* musste es dann zu dieser Explosion gekommen sein, die das gesamte Stockwerk mit sich gerissen hat.

Sein Sohn wurde aus den Trümmern geborgen. Mausetot! Alles war noch an ihm dran – alles, bis auf den rechten Zeigefinger. Der war verschwunden. Angeblich mit einem sauberen Schnitt von der Hand abgetrennt. Auch von dem Doktor fehlte jede Spur, soviel hat mir der Einsatzleiter des Polizeitanks verraten.

Ich kann es nicht beschwören, doch bilde ich mir ein, den Doktor noch in derselben Nacht, in der das Unglück geschehen ist, gesehen zu haben … er stand mit einem zerrissenen Anzug auf der gegenüberliegenden Straßenseite und starrte, die Hand über die Augen gelegt, zum brennenden Haus empor. Dann lief er davon, in Richtung Norden.

DAS PLANSPIEL

Diese Story ist mit Abstand die kürzeste in dieser Sammlung, was vor allem daran liegt, dass sie einer der ältesten Texte ist, die ich zu Beginn meines Autorendaseins geschrieben habe und ich damals noch nicht zu ausufernden Novellen geneigt habe.

Die Geschichte wurde im Jahr 1999 in einer SF-Anthologie der österreichischen Edition DUM namens Die großen Prophezeiungen *veröffentlicht und gewann im gleichen Jahr den 1. Platz beim Literaturwettbewerb des Niederösterreichischen Donaufestivals. Mein erster Literaturpreis, und ich war mächtig stolz darauf.*

Und sie war auch meine erste Geschichte, die in eine Fremdsprache übersetzt wurde, nämlich unter dem Namen Projekti *für das finnische SF-Magazin Kosmoskynä Nr. 4.*

Und sie war auch mein erstes, immerhin 10-minütiges vertontes Hörspiel in der Reihe Solar-X Tonspur *des SF-Magazins* Solar-X.

Aber lassen Sie sich von alldem nicht täuschen: Das Planspiel *ist und bleibt immer noch ein kleiner und unscheinbarer Text. Aber ich mag ihn trotzdem. Er ist mir ans Herz gewachsen, darum habe ich ihn in diese Sammlung aufgenommen.*

Viel Vergnügen damit.

Peter Rombusch warf die Autotür ins Schloss und blickte sich auf der einsamen, weiten Landstraße um, als müsste er von hier aus zu Fuß weiterlaufen.

Schweiß lief ihm übers Gesicht. Er blinzelte kurz in die Morgensonne und zog sich den ohnehin schon schlampig gebundenen Krawattenknoten noch weiter auf. Dann ging er auf den Imbissstand zu, der wie eine Fata Morgana neben dem schier endlosen Asphalt flimmerte.

Von weitem bemerkte Peter den im grauen Mantel an der Theke stehenden Penner, der ihm den Rücken zukehrte. Die Sonne war kaum über den Horizont gestiegen, und der Mann lehnte bereits wie ein Betrunkener an der Theke, wo er sich gewiss schon einige Flaschen Bier in den Rachen gekippt hatte ... zum Frühstück sozusagen.

Peter vermied jeden Blickkontakt und stellte sich ans andere Thekenende. Er betrachtete die winzigen Augen des Dicken, der hinter dem Tresen den Mikrowellenherd bediente. Der Imbissbudenbesitzer wäre schon allein wegen seiner Körperfülle bei jedem Wrestlingwettbewerb der Publikumsliebling gewesen.

Peter räusperte sich. »Guten Morgen, könnten Sie mir vielleicht sagen, wie ich ...?«

»Immer die Straße entlang, bis zur Ampel, dann rechts in den Ort«, murmelte der Penner ohne aufzublicken.

»Aha«, bemerkte Peter sarkastisch und wandte sich wieder dem Mann hinter dem Tresen zu. »Ich suche das ...«

»Anschließend gleich die erste Gasse links rein und dann so lange den Bahndamm entlang, bis Sie direkt vor dem Konferenzzentrum zum Stehen kommen«, murmelte der Penner. »Sie sollten sich aber beeilen, der idiotische Veranstalter hat Ihren Vortrag um zwei Stunden vorverlegt.«

Der Mikrowellenherd klingelte, worauf der Wrestler ein knisterndes Croissant auf einen Teller warf, den er über den Holztresen dem Penner vor die Nase schob.

Peter stützte sich mit dem Ellenbogen am Tresen ab, betrachtete das Croissant und blickte an dem Penner hoch. Er hatte bereits angesetzt, um irgendetwas in der Art zu sagen, wie: *Woher wissen Sie, wohin ich möchte?*, oder: *Woher wissen Sie von meinem Vortrag?*, doch ihm blieb die Luft im Hals stecken, als er den Landstreicher mit dem verfilzten Dreitagebart das Croissant in eine Tasse Tee tauchen und davon abbeißen sah. Danach beugte sich der Mann wieder über den Tresen, sodass ihm das ergraute, strähnige Haar in die Augen fiel. Dabei hielt er das angebissene Croissant hoch, als wollte er über wichtige Dinge nachdenken und tippte anschließend mit den Fingern der anderen Hand auf der Tastatur des Notebooks, das summend vor ihm stand.

»Die Benzinleitung Ihres Wagens leckt übrigens, und außerdem sollten Sie keine Spiegeleier mehr zum Frühstück essen«, murmelte der Penner mit vollem Mund. »Sie haben überhöhte Cholesterinwerte, wissen Sie? Was soll's, Sie haben sowieso nur noch einen Tag Zeit.« Er hob nicht einmal für einen Moment den Blick, sondern starrte ständig in den Bildschirm des Notebooks, während seine Finger über die Tastatur klapperten. »Oh, verflucht!« Er kratzte sich am Hinterkopf als wollte er dort einige Läuse vertreiben.

Peter starrte ihn wortlos an. Dann blickte er zu dem Besitzer der Imbissbude, hob die Augenbrauen und deutete mit dem Daumen zum anderen Tresenende. Der Dicke zuckte nur mit den Achseln und schüttelte den Kopf, woraufhin seine Hamsterbacken wie Pudding wackelten. Mit gurgelnder Stimme, die

Peter an den Sportkommentator einer Wrestlingmeisterschaft erinnerte, fragte er: »Was kann ich für Sie tun?«

»Eigentlich wollte ich mich nur nach dem Weg erkundigen, aber könnten Sie mir eine Tasse starken Kaffee machen?«

»Sicher.«

Peter rückte näher an den Penner heran. »Woher wissen Sie von der Konferenz?«, flüsterte er. »Das sind streng geheime Informationen, die Sie da ausplaudern.«

»Streng geheim?« Der Penner blickte zum ersten Mal auf und fixierte Peters Augen. Die Sonne war in der Zwischenzeit vollends über den Horizont geklettert und spiegelte sich im silbergrauen Haar des Mannes. Seine klaren Augen übten auf Peter die überlegene Weisheit eines Schulmeisters aus, dessen Blick er nur wenige Sekunden standhalten konnte. Dann hörte er den Verschluss des Notebooks klicken. Als er wieder aufsah, trommelte der Penner mit seinen gelben Fingernägeln auf der Plastikhülle des Geräts und lächelte Peter herausfordernd an. Peter blickte blinzelnd die leere Straße rauf und runter. Er fühlte sich wie in einem inszenierten Theaterstück, das sich zum Ziel gesetzt hatte, ihn kräftig auf die Schaufel zu nehmen.

»Sie sind keineswegs bei *Versteckter Kamera* oder *Verstehen Sie Spaß*.« Der Alte grinste. Peters Herzschlag beschleunigte sich.

»Es steht alles hier drinnen.« Der Grauhaarige trommelte noch immer auf das Computergehäuse. Indessen stellte der Imbissbudenbesitzer eine Schale dampfenden Kaffee vor Peter auf die Theke.

»Da drin?« Peter rührte gedankenverloren mit dem Löffel in der Tasse.

»18 Tausend Terabyte, 264 Cycrome Chips mit jeweils fünf Gigabyte Arbeitsspeicher und ...«

»Sie meinen wohl 18 Terabyte?«, unterbrach Peter ihn.

Der Landstreicher schmunzelte. »18 Tausend, mein Freund! Und außerdem hat mein kleiner Kamerad hier eine Taktfrequenz, die jede Großrechneranlage Ihrer IBM wie ein Spielzeugmodell aussehen lässt.«

Ihrer IBM, wiederholte Peter in Gedanken. Er nippte an dem Gebräu und betrachtete die Plastikhülle des Computers. Mit Ausnahme einiger merkwürdiger Symbole, bei denen selbst ein Japaner verwundert den Kopf geschüttelt hätte, konnte Peter keinen Herstellernamen auf dem Notebook erkennen.

»Um noch einmal auf die Konferenz zurückzukommen ...«

»Ja, genau. Um noch einmal auf die Konferenz zurückzukommen«, wiederholte der Alte. »Es gibt keine Geheimnisse auf dieser Welt. Zumindest nicht für uns!«

»Aha.« Verdutzt ließ Peter die Schultern hängen.

»Uns ist natürlich bekannt, dass sich Ihre Konferenz mit der Frage auseinandersetzt, weshalb sich die horizontale magnetische Feldstärke am geomagnetischen Äquator in den letzten drei Monaten um 3-8 Tesla verschoben hat und sich die Deklination der elektrischen Ströme der Feldlinien ... aber warum erzähle ich Ihnen das überhaupt? Das haben Sie ja bereits selbst alles herausgefunden. Übrigens können Sie dieses einmalige Phänomen in jeder der großen Prophezeiungen der Weltgeschichte nachlesen.«

»Ich weiß.« Peters Mund war plötzlich trocken.

»Sie wissen schon, im Gilgameschepos, in der Bibel, bei den Maya, den Inka oder Hopi-Indianern ... natürlich mit anderen Worten.«

»Natürlich!« Peter schnappte nach Luft. Woher zum Teufel wusste der Alte davon? Der Penner machte auf ihn alles andere als den Eindruck eines Astrophysikers. Außerdem kannte Peter alle Mitglieder des Teams, und dieser Mann war nicht dabei ... konnte gar nicht dabei sein. Die Sicherheitsvorkehrungen waren zu perfekt. Der Geheimdienst hätte ihn längst aus dem Verkehr gezogen, damit kein Wort zu den Medien durchsickerte, die binnen Stunden eine weltweite Panik unter der Bevölkerung ausgelöst hätten.

»Glauben Sie eigentlich an den Zufall, Doktor Rombusch?«

»Woher kennen Sie meinen Namen?«, entfuhr es Peter.

Der Landstreicher schmunzelte erneut, als wollte er sich über Peter lustig machen. Rasch öffnete er den Bildschirm seines Notebooks, und klickte sich in Windeseile piepend durch mehrere Datenbanken. Sekunden später schob er das Notebook auf dem Holztresen herum. Peter starrte auf die perfekte Qualität des dreidimensionalen Bildschirms. Als er die ersten Zeilen las, beschleunigte sein Puls auf gefühlte zweihundertachtzig. Ihm fielen beinahe die Augen aus dem Kopf. »Das sind ja *meine* persönlichen Lebensdaten!«

»Ihre und die von siebeneinhalb Milliarden anderen aktiven Menschen.«

»Aktiven?«

»Natürlich Aktiven! Die Daten der Verstorbenen sind selbstverständlich in einem Archiv abgelegt. Die beeinflussen schließlich den Lauf der Geschichte nicht mehr.«

»Den Lauf der Geschichte?«

»Sie wiederholen sich schon wieder«, seufzte der Alte. »Aber trotz aller Mängel muss ich gestehen, dass mir die Menschen während meiner Zeit hier richtig ans Herz gewachsen sind. Auch Sie sind mir übrigens auf Anhieb sympathisch gewesen, Doktor Rombusch. Darf ich Sie Peter nennen? Nein? Na gut, lieber doch nicht. Jedenfalls glaube ich, mich sogar daran erinnern zu können, an Ihrer Gehirnmatrix mitgearbeitet zu haben.« Kichernd ließ er den Rest des Croissants im Mund verschwinden.

»Gehirnmatrix«, stammelte Peter.

»Ja, Gehirnmatrix«, murmelte der Penner mit vollem Mund. Er wedelte mit den Armen, als handelte es sich dabei um eine Nebensächlichkeit. »Die Menschheit ...«, sagte er kauend, während er näher zu Peter rutschte, »ist vor fünfzehn Millionen Jahren im Miozän, wie Sie es nennen, als genetisches Experiment von uns entworfen worden.« Er schluckte. »Daraus entwickelte sich vor vier Millionen Jahren der Australopithecus. Erstaunlich, nicht wahr?«

»Aber ...«, krächzte Peter.

Der Alte winkte erneut mit der Hand, um Peter zum Schweigen zu bringen. »Wir beobachteten unser Experiment und lenkten es in die von uns gewünschten Bahnen – Sie kennen doch sicherlich die Versuche mit Laborratten, oder?«

Peter schüttelte den Kopf, doch der Alte schenkte der Geste keinerlei Bedeutung.

»Wir überließen nichts dem Zufall. Alles wurde von unserer Simulationsanlage exakt vorherbestimmt – übrigens auch Ihre überhöhten Cholesterinwerte. Die DNS des Menschen ist, wenn Sie so wollen, unser Programm, das in unserem Laborversuch abläuft.«

»Aber ...«, unterbrach Peter, doch der Alte legte den Zeigefinger auf seine Lippen.

»Gestern sind unsere Datenbanken voll geworden. Jetzt beginnen die Auswertungen. Aber keine Sorge, wir haben noch fünf weitere Experimente in anderen Teilen der Galaxie laufen.«

»Sie sind verrückt!« Peter überlegte ernsthaft, ob er einen Krankenwagen mit einem Notarzt für den Landstreicher holen sollte.

»Wir haben unser Experiment beendet, aber morgen Früh hätten wir dieses Labor ohnehin geschlossen.« Mit einer weiten Armbewegung umfasste er die umliegende Gegend. »Schade um diesen schönen Planeten.« Er klappte das Notebook zu, leerte die Teetasse, legte einen Hunderteuroschein auf den Tresen, murmelte etwas in der Art wie: »Mein letztes Geld«, zwinkerte Peter zu und ging in Richtung Sonnenaufgang davon.

Peter stand noch lange an der Imbissbude und dachte an den Irren, während er wortlos mit dem Löffel in der Tasse rührte, bis der Tee kalt wurde.

Natürlich kam Peter zu spät zu seinem Vortrag. Darüber hinaus hatte der idiotische Veranstalter seinen Termin sowieso um zwei Stunden vorverlegt. Übrigens leckte die Benzinleitung an seinem Wagen tatsächlich, und als er am nächsten Morgen auf der Hotelterrasse beim Frühstück saß und von seinem Spiegelei aufblickte, sah er Tausende flache Scheiben, die mit atemberaubender Geschwindigkeit über den Horizont zogen, den Himmel verdunkelten und ihr Planspiel beendeten.

JOYCE

Joyce *ist eine von zwei Liebesgeschichten, die ich geschrieben habe. Die andere ist ebenfalls in einer Sammlung mit Science-Fiction-Storys enthalten, nämlich in* Apocalypse Marseille. *Diese Geschichte hier spielt in den Sommerferien in Niederösterreich und trägt zum Teil autobiografische Züge.*

Jedes Mal, wenn das Gespräch auf diese Erzählung kommt, behauptet meine Frau, das sei in Wahrheit ihre Geschichte. Und zwar deshalb, weil sie Joyce *als Testleserin mehrmals lesen musste. Jedes Mal hatte sie daran etwas auszusetzen. Ich stellte die Handlung um, korrigierte die Motivation des Erzählers und feilte so lange am Text, bis meine Frau damit zufrieden war.*

Natürlich würde ich nie etwas gegen meine Überzeugung schreiben oder etwas erfinden, was meinem Naturell widerspricht, nur weil Testleser das so wollen. Auf der anderen Seite muss man als Autor aber ein offenes Ohr für die Kritik der Leser haben und abwägen, wann sie recht haben.

In diesem Fall hatte meine Frau recht.

Deshalb ist das ihre Geschichte.

Viel Spaß damit.

Der alte Mann in der Badehose schwang seinen Stock. »Pass auf, wo du hinfährst, Bursche!«

Edgar ignorierte ihn und radelte weiter. Die Uni war vorüber, und in den Sommerferien trieb es ihn auf seinem Fahrrad an den vierzig Minuten von Wiener Neustadt entfernten Neufeldersee. Um fünf Uhr abends war das Häuschen des Portiers stets geschlossen, und er radelte, ohne Eintritt zu bezahlen, an der Kasse vorbei. Zu dieser Zeit schlenderten ihm bereits die ersten Badegäste in Shorts, Bikinis und Sandalen entgegen, die, mit leeren Picknick-Körben, Tiefkühltaschen, Campingliegen und Luftmatratzen unter dem Arm, den See verließen.

Weiter hinten, nach der Surf- und Tauchschule, wo die Sonne bereits tief über den Bergen hing, war die Wiese nahezu leer, nur Popcorntüten, Eis-Packungen, leere Coladosen und zerknülltes Langos-Papier ließen erahnen, was sich noch vor wenigen Stunden hier abgespielt haben musste.

Edgar warf das Klapprad in die Wiese. Er packte seine Ferienlektüre aus dem Rucksack, sowie Bleistift und Notizbuch, klemmte sich die Sonnenbrille auf die Nase, zog den Reißverschluss seiner Gitarrentasche auf und hockte sich im Schneidersitz auf das niedergetretene Gras.

Es roch nach Sonnenöl und dem Frittierfett der Pommesbude neben dem Strandcafé. Der Wind zerzauste Edgars Haar, sein Blick schweifte über die gekräuselte Oberfläche des Sees. Nur noch vereinzelt tummelten sich dort Tretboote und die Motorkähne der Tauchschule, die mitten am See zwischen den orangefarbenen Bojen ankerten. Von Zeit zu Zeit sprudelten Luftblasen an die Oberfläche, und aus den Sauerstoffflaschen an Bord der Tuckerkähne zischte die verdichtete Druckluft. Die warmen Strahlen der Abendsonne ließen das Holz der Gitarre knacken.

Edgar spielte einige Akkorde und *Mrs. Robinson* war ansatzweise zu erkennen. Den Schatten auf der Wiese bemerkte er nicht, weil er nur da saß, den Blick gesenkt, die Finger auf den Saiten und den Oberkörper nach vorn gebeugt. Als ein Windhauch seine Stirn streifte, sah er auf und bemerkte aus dem Augenwinkel etwas Blaues. Neugierig wandte er den Kopf und starrte auf eine Frau im Abendkleid. *Seltsam!* Wer kam schon im Abendkleid an den See? Automatisch spielte er weiter, während er seine Zuhörerin amüsiert betrachtete. Plötzlich verkrampften sich seine Finger, die Gitarre gab ein Quäken von sich.

Die Frau kam mit einigen Schritten näher. »Spiel weiter«, forderte sie ihn auf.

Edgar nahm die Brille von der Nase, steckte sie sich ins Haar und blinzelte gegen die Sonne. »Was möchten Sie denn hören?«

»Kommst du öfter an den See?«, wollte sie stattdessen wissen.

Er nickte. »Abends, wenn es nicht so heiß ist … dann ist auch nicht mehr so viel los.«

Die Frau lächelte. »Ich habe *so etwas* noch nie gehört«, sagte sie schließlich und deutete mit einer Kopfbewegung auf Edgars Gitarre. »Spiel einfach, was dir am besten gefällt.«

Edgar legte die Finger auf die Saiten und begann *Mrs. Robinson* von neuem. Diesmal bemühte er sich, es perfekt zu machen, doch sein Spiel klang nicht mehr wie vorher.

Die Frau lächelte höflich. »Das war schön. Vielen Dank.«

Als Edgar wieder aufsah, war sie verschwunden. An diesem Abend saß er noch lange am See und kritzelte mit dem Bleistift Gedichte in sein Notizbuch.

Am Tag darauf hätte sich Edgar eigentlich mit Renate zu einem Bummel in der Wiener Neustädter Fußgängerzone verabreden sollen, weil sie im Gastgarten einer Cafeteria einen Bananensplit schlemmen wollte. Stattdessen radelte er an den See. Dort hockte er sich wieder auf die Wiese, genau an *der* Stelle, wo er am Tag zuvor gesessen hatte, und versuchte in seinem Buch zu lesen.

Mitten im Satz blickte er auf. Hinter einem knorrigen Baum verschwand die Spitze eines blauen Stoffes. Er klappte das schmale Buch zu, schirmte mit der Hand die Augen ab und blinzelte zum Seeufer, bis er sie erkannte. Sie schlenderte mit geschlossenen Augen den Kiesweg entlang und reckte den Kopf der Sonne entgegen. Der Wind ließ ihre brünette Mähne hinter dem Rücken auf und ab tanzen. Wie gestern trug sie ein blaues Abendkleid, die Enden des um den Hals geschlungenen Seidenschals flatterten wie lange Bänder hinter ihr her.

Augenblicklich legte Edgar das Buch beiseite und beobachtete sie. Die Frau war etwa vierzig Jahre alt und hätte gut seine Mutter sein können. Sie wanderte am Seeufer entlang, entfernte sich von ihm, und sein Herz machte einen Satz, als sie den Weg verließ und die Wiese zu ihm hinauf stieg. Ihr Kleid zeigte ein tiefes Dekolleté und hing nur an dünnen Spaghettiträgern. Sie trug keinen BH, das konnte er von weitem erkennen, aber sie hatte auch gar keinen nötig – auch *das* konnte er erkennen. Erst als sie vor ihm stand, bemerkte er, dass sie barfuß war und um das Fußgelenk eine Kette mit Holzperlen trug. Ihr Kleid reichte bis zu den Knöcheln, hatte jedoch an einer Seite einen langen Schlitz bis zum Oberschenkel. Für einen Moment erhaschte er einen Blick auf ihre gebräunte Haut.

»Hallo«, grüßte sie knapp und warf ihre Mähne hinter die Schulter. Ihr dichtes Haar fiel in struppigen Wellen den Rücken hinunter und endete über der Taille in von der Sonne ausgebleichten Spitzen. Einige Strähnen strich sie mit den Fingern hinter das Ohr. Ihm fiel auf, dass sie keine Ohrringe trug. Sie hatte nicht einmal Löcher in den Ohrläppchen.

»Hallo«, brachte er mit trockener Kehle hervor.

Sie ließ sich neben ihm ins Gras sinken.

»Spielst du heute gar nichts?« Ihre Augen funkelten in einem ähnlichen Blau wie ihr Kleid. Mit ihrer Stupsnase und den langen, aufgebogenen Wimpern sah sie hinreißend aus. Sie lächelte und offenbarte eine Reihe weißer Zähne.

»Ich habe gelesen«, erklärte er ihr.

»Aha«, antwortete sie und warf einen Blick auf den Titel des Einbands. *»The old man and the sea«*, entzifferte sie. »Auf Englisch?«

»Hm ... ja«, antwortete er und zuckte bescheiden mit den Schultern.

»Ist das Buch noch nicht in deine Sprache übersetzt worden?«

»Was?« Er lachte laut auf. »Hemingway beherrschte sein Handwerk wie kein anderer. Von ihm kann man jede Menge lernen.«

Verständnislos zog sie die Augenbrauen zusammen, ihre Stirn runzelte sich.

»Auf Englisch ist er besser«, fügte er hinzu.

»Aha.« Sie nickte. »Mein Name ist Joyce.«

Ihre Stimme knisterte, der Klang ihres Namens prickelte auf seiner Haut. *»Tschoiß?«*, echote er.

»Joyce«, wiederholte sie und reichte ihm die Hand.

»Edgar«, sagte er. »Aber meine Freunde nennen mich Eddie.«

»Hallo Eddie.«

Ihr Händedruck war gefühlvoll und warm, alleine darüber hätte er seitenlang Gedichte in sein Buch kritzeln können. Ihre Finger waren schlank, von der Sonne gebräunt, die Fingernägel hübsch gebogen. Einzig die Falten an den Handrücken verrieten, dass sie älter war, als sie aussah. *Vielleicht fünfundvierzig?* Als sie die Hand zurückzog, rutschte ihr der blaue Schal über die Schulter und offenbarte einen nackten Hals.

»Woher haben Sie diese Narbe?«, entfuhr es ihm. Im gleichen Atemzug bereute er seine Frage. Schon wollte er das Thema wechseln, da lächelte sie ihn zu seiner Verwunderung an, in den Augenwinkeln kleine Fältchen.

»Eine Operation«, erklärte Joyce. Mit der Fingerkuppe tastete sie über den Kehlkopf. »Als Mädchen hatte ich Stelanthose, ich war kaum sechs Jahre alt.«

Manchmal kippte ihre Stimme und ertönte so rau und derb wie ein Reibeisen, um kurz darauf wieder heiser zu klingen, als müsste sie sich räuspern. Doch irgendwie passte der ungewöhnliche Tonfall zu dem herzhaften Lächeln, den Lachfalten und den klaren, funkelnden Augen, die so erfahren wirkten, als könnte ihnen nichts und niemand etwas anhaben.

Allerdings sprach sie einen merkwürdigen Akzent, als wäre sie nicht hier aufgewachsen, sondern irgendwo in Skandinavien. Und während er noch darüber nachdachte, ob sie vielleicht aus Dänemark oder den Niederlanden stammte, obwohl *Joyce* kein bisschen danach klang, rollte sie sich auf den Rücken und warf die Arme über den Kopf ins Gras. Ihre Achseln waren nicht rasiert, blonder Flaum glänzte im Sonnenlicht. Ein erfrischend natürlicher Anblick, wenn er an all die Mädchen und jungen Frauen dachte, die sich jedes Haar am Körper wegepilierten, als hätten sie eine hässliche Krankheit.

»Wo möchtest du einmal arbeiten?« Sie betrachtete die grellweißen Zirruswolken, die sich wie faserförmige Bänder über den Himmel bogen.

Edgar ließ seinen Blick tiefer gleiten, betrachtete ihren schlanken Körper, der sich bei jedem Atemzug hob und senkte. Mit einem Mal fuhr der Wind unter das Kleid, trug den Stoff beiseite und offenbarte einen gebräunten Oberschenkel. Die kühle Brise zog eine Gänsehaut über ihre Beine, sie rieb die Schenkel aneinander. Aus dem Augenwinkel schielte er auf ihren Körper, bis seine Shorts zu einem peinlichen Hügel anschwollen.

»Hallo!«, rief sie und riss ihn aus den Gedanken. »Wo möchtest du später einmal arbeiten?«

»Wer sagt, dass ich noch keinen Job habe?« Er rollte sich auf den Bauch und stützte das Kinn auf die Handflächen.

Sie lächelte. »Du wirkst wie ein Student.«

»Ich studiere Betriebswirtschaft«, erklärte er. »Wenn ich fertig bin, beginne ich wahrscheinlich im Finanz- und Rechnungswesen als ...«

Sie schmunzelte.

»Was ist? Habe ich etwas Komisches gesagt?«

»Hat das etwas mit Zahlen, Belegen, Steuern und Formularen zu tun?« Es klang geringschätzig.

»Ja, hat es«, murrte Edgar etwas beleidigt.

»Also ...« Sie hob den Kopf und warf einen Blick auf die Seiten des Notizbuchs, die der Wind aufgeblättert hatte. »Ich kenne dich noch nicht so lange, aber du verbringst den Sommer allein auf einer Wiese am See, liest diesen Hemingway und spielst auf einer Gitarre.« Sie nickte mit dem Kopf zu seinem Buch. »Und *das* sieht jedenfalls nicht nach Kalkulationen aus!«

»Es sind Gedichte.«

»Reimen sie sich?«

Er schüttelte den Kopf. »Lyrik«, antwortete er knapp, als ob dadurch alles erklärt wäre.

Sie drehte den Kopf herum und lächelte ihn an. »Ich denke mir nur, dass dieses Finanz- und Rechnungswesen nicht gerade deine große Leidenschaft ist, richtig?«

»Sie scheinen mich ganz gut zu kennen!« Plötzlich musste er grinsen.

»Was ist also dein großer Traum?« Sie drehte sich zur Seite und rückte näher an ihn heran. »Ich meine, dein richtig *großer* Traum.« Sie streckte die Arme aus. »Was würdest du später einmal gerne werden?«

»Schriftsteller!«, antwortete er prompt.

»Na bitte!«, rief Joyce. Sie blinzelte wieder zum Himmel. »Das klingt doch schon viel besser! Warum also noch länger deine Zeit an der Uni verschwenden?«

»Wenn das so einfach wäre!« Seufzend rollte er sich ebenfalls auf den Rücken und betrachtete die Zirruswolken. »Was ist *Ihr* großer Traum?«

»Ein Haus auf dem Land«, antwortete sie, ohne zu überlegen.

»So richtig weit vom nächsten Dorf entfernt?«, flüsterte er und schloss die Augen.

»Ja, so richtig einsam«, murmelte sie. »Dort würde ich Obstbäume setzen, Ziegen, Schafe und Hühner halten, lange Spaziergänge im Wald unternehmen, Wasser in Eimern vom Brunnen ins Haus tragen, am Nachmittag auf der Veranda im Korbstuhl sitzen und selbstgepressten Apfelsaft trinken. Außerdem hätte ich mehrere Katzen und einen Hund.«

»Ja, stimmt, ein Hund wäre toll.«

Sie lächelte.

»Und am Abend?«, wollte er wissen.

»Am Abend, Eddie, wenn es draußen kalt geworden ist, sitze ich in der Stube am Kamin, schneide selbstgebackenes Brot auf, braue eine Tasse heißen Kaffee und lese ein gutes Buch. Vielleicht sogar diesen Hemingway.«

»Und darf der Hund im Bett liegen?«

»Natürlich.«

»Klingt gut … und?«

»Na ja, wenn das so einfach wäre«, seufzte sie, und dann mussten sie beide lachen.

Zwei Tage hintereinander verbrachte Edgar die Abende allein am See, und als er am dritten Tag mit dem Klapprad den Kiesweg am Seeufer entlang radelte, die Gitarrentasche auf dem Rücken und ein von der Bibliothek ausgeliehenes Buch über Landhäuser auf dem Gepäckträger, sah er Joyce bereits von weitem auf der Wiese sitzen. Genau an *der* Stelle, wo sie sich zuletzt getroffen hatten, auf einer dicken Wolldecke, deren Fransen und Quasten vom Wind umgeschlagen wurden. Neben ihr stand ein Picknickkorb im Gras. Beinahe hätte er sie für jemand anderes gehalten; statt des blauen Kleides trug sie enge Jeans, Turnschuhe und einen aus Schurwolle gestrickten Rollkragenpullover mit Zopfmuster. Damit sah sie zwar nicht mehr so elegant aus wie in dem Kleid mit den Spaghettiträgern, doch wirkte sie um einige Jahre jünger.

Er kam mit dem Rad neben ihr zum Stehen. *Ihr Alter,* schoss es ihm plötzlich durch den Kopf … darüber hatte er sich noch nicht wirklich ernsthaft Gedanken gemacht. Vielleicht war sie verheiratet und hatte erwachsene Söhne in seinem Alter? Was würden die sagen, wenn sich ihre Mutter hier mit ihm traf? Sein Magen stülpte sich um, er spürte einen säuerlichen Geschmack im Mund.

»Hallo Eddie.«

»Hallo Joyce«, krächzte er. »Schön, Sie wiederzusehen.«

»Es ist schön, *dich* wiederzusehen.«

»Heiß heute, nicht?«

»Ja, es ist heiß.« Sie lächelte. Der Rollkragenpullover verdeckte die Narbe an ihrem Hals. »Ich habe mich heute wohl im Wetter geirrt.«

Geirrt? Er starrte sie perplex an. So wie sie vor ihm saß, war sie perfekt für einen Temperatursturz mit anschließendem Herbstgewitter ausgerüstet.

»Was ist los mit dir, Eddie?«

»Was soll los sein?«, wiederholte er und spähte an sich hinunter. Sein verschwitztes T-Shirt steckte im Bund der Shorts.

»Nichts«, antwortete Joyce und zuckte mit den Achseln. »Du bist nicht so gut gelaunt wie sonst ...« Sie verstummte, als sie seinen traurigen Blick bemerkte. »Hast du Hunger?«, wollte sie wissen und kramte eine Birne aus dem Korb.

Er schüttelte den Kopf und kniete sich vor ihr auf die Decke. »Gestern habe ich mit Renate Schluss gemacht«, sprudelte es unvermittelt aus ihm hervor.

»Deiner Freundin?«, fragte sie wie beiläufig. »Ist sie nett?«

Verblüfft zog er die Augenbrauen hoch. »Ja schon«, antwortete er, »aber eigentlich war sie gar nicht meine Freundin, wir ...«

»Eigentlich?«, unterbrach sie ihn.

Unsicher starrte er zu Boden. »Wir waren eher gute Bekannte, vielleicht etwas mehr als platonische Freunde, aber ich war nie wirklich in sie verliebt ... wissen Sie, was ich meine?«

Joyce nickte nur.

»Ich wollte Ihnen so vieles erzählen«, sagte er plötzlich, und es musste fürchterlich unbeholfen klingen. Dabei rang er die Hände, als lief ihm die Zeit davon.

»Ich habe heute ohnehin nichts anderes vor.« Sie rollte sich auf den Bauch und stützte das Kinn auf die Hände, sodass ihr die Mähne in die Stirn fiel. Erfolglos blies sie die Strähnen von der Nasenspitze und strich schließlich ihr Haar hinter das Ohr.

»Na?« Sie betrachtete ihn erwartungsvoll. Ihre blauen Augen strahlten neugierig, und in diesem Augenblick hatte er das Gefühl, mit ihr über alles sprechen zu können.

»Ich …«, stammelte er.

»Also los, raus damit.« Sie legte den Kopf schief. »Wie kann ich dir helfen?« Sie streichelte seine Wange und tippte ihm von unten aufmunternd ans Kinn.

Er schluckte. »Ich möchte, dass Sie heute Abend nicht gehen …«

»Das trifft sich gut«, antwortete sie prompt.

»Tatsächlich?«, fragte Edgar unsicher.

Joyce lächelte verschmitzt und deutete mit einer Kopfbewegung zum Picknickkorb, auf den die Strahlen der Abendsonne knallten. Mit der Spitze des Turnschuhs klappte sie den Deckel hoch. »Ich habe uns etwas zu Essen und Trinken mitgebracht. Stehst du auf Lachsbrötchen und mittlerweile leider warmen Rotwein?«

Stunden später lagen sie nackt auf der Decke, neben ihnen eine zu zwei Dritteln geleerte Flasche Wein im Gras. Über ihren Köpfen funkelten die Sterne, und vom See strich eine laue Brise über ihre Körper. Joyce fröstelte, ihre Brüste glänzten im Mondlicht, die Brustwarzen reckten sich steif gegen den Himmel. Edgars Hand lag auf ihrem flachen Bauch, er spürte, wie er vibrierte, sich bei jedem Atemzug hob und senkte. Als wollte er ihren Bauch massieren, wanderten seine Finger langsam hinunter, bis der Ansatz ihrer Scham seinen Handballen kitzelte.

»Was ist diese Krankheit, von der du mir erzählt hast?«

Joyce schwieg, als hätte sie ihn nicht gehört. »Stelanthose?«, fragte sie schließlich.

»Mhm!«

»Das ist ein grässlicher Nebeneffekt der radioaktiven Umweltverschmutzung. Deshalb bin ich so gern hier am Wasser. Die saubere Luft, das milde Klima und die hohe Luftfeuchtigkeit tun mir gut.«

Edgars Hand kroch langsam über ihren Bauch, wanderte über die Rippen und streifte die Brüste. Am Kehlkopf stoppte sie. Das Mondlicht ließ die Narbe silbern glänzen. Mit den Fingerkuppen betastete er die Einstiche der Naht. Joyce zuckte kein einziges Mal zusammen, ließ seine Berührung über sich ergehen.

»Damals musste man die Verätzung an den Stimmbändern noch operativ behandeln, verstehst du?« Wieder kippte ihre Stimme und bekam einen heiseren Tonfall, als müsste sie sich räuspern. »Heute genügt eine Hormonbehandlung.«

»Was ist eine …?«

Ein schrilles Piepen schreckte Edgar hoch. Im Gebüsch raschelte es, Wildenten flatterten vom Ufer hoch.

Joyce schmunzelte amüsiert. »Keine Angst, du Held«, flüsterte sie und legte ihm beruhigend die Hand auf die Schulter. Mit der anderen öffnete sie den Picknickkorb und kramte einen länglichen Gegenstand daraus hervor. Sie warf einen Blick auf das Ding, das in der Dunkelheit grün leuchtete und einer schweren Armbanduhr glich.

»Was ist *das?*«, entfuhr es ihm.

»Das da?« Sie schnippte mit dem Fingernagel gegen das Glas. »Das ist so etwas Ähnliches wie eine Uhr.« Sie legte das Gerät um ihr Handgelenk. Mit einem Klicken rastete der Verschluss ein.

»So etwas Ähnliches?«

»Ja.«

»Aha«, antwortete er nur, als hätte er verstanden. Weiterfragen wollte er nicht, denn sie hatte sich erhoben und schlüpfte in ihre Jeans.

»Es ist spät geworden. Ich muss gehen«, murmelte Joyce und steckte bereits mit einem Fuß im Turnschuh. Sie zog den Pullover über und kämpfte sich mit den Händen durch die Ärmel. Dann fischte sie mit einer energischen Handbewegung ihre Mähne aus dem Rollkragen, schüttelte ihr Haar und flocht es zu einem Zopf.

»Wohin?«

»Dorthin wo ich herkomme, mein Schatz.«

Er hasste blöde Antworten und verzog das Gesicht. »Bist du verheiratet?«

»Nicht mehr.«

»Aber du hast einen Freund!«, hakte er nach.

»Ja, dich!« Sie ging in die Hocke und schnürte die Turnschuhe zu.

Verzweifelt schüttelte er den Kopf. »Joyce, das meine ich ernst!«

»Ich auch!«, erwiderte sie. Plötzlich wurde auch sie ernst. »Aber ich lebe allein, falls du *das* meinst.« Sie schwiegen beide, dann fügte sie hinzu: »Die Zeit mit dir war schön, trotzdem muss ich wieder zurück.«

»Das klingt, als wolltest du mich nie wieder sehen.« Er setzte eine Trotzmiene auf.

»Es ist besser so, Eddie«, antwortete sie rasch.

Plötzlich fuhr er hoch. »Was ist besser so?«, rief er, wie vor den Kopf gestoßen. Mit einem Mal musste er an Renate denken, mit der er Schluss gemacht hatte.

»Es tut mir leid, aber du wirst zurückgehen müssen zu Renate«, sagte sie, als könnte sie Gedanken lesen.

Die Antwort schnürte ihm die Kehle zu. Er starrte sie entsetzt an. Wie konnte sie so etwas sagen? Nach *dieser* Nacht!

»Aber ich liebe *dich!*«

Schweigend starrte sie zu Boden.

»Ich liebe dich! Verstehst du nicht? Warum sagst du nichts?«

»Weißt du eigentlich, *was* du da redest?«, antwortete sie und stopfte eilig Flasche, Gläser, Folien und Servietten in den Korb.

»Natürlich weiß ich, was ich sage, schließlich bin ich kein dummer Junge mehr.« Wütend starrte er sie an. Das Mondlicht versilberte ihre Haarmähne, mit einem Mal sah sie älter aus.

»Es ist nicht so einfach, wie du glaubst. Denke an deine Eltern, deine Freunde ...« Ihre Stimme klang nicht mehr so jugendlich, leidenschaftlich und unbekümmert wie zuvor; ein erwachsener, nüchterner Tonfall hatte sich dazu gemischt, der ihn belehren wollte, als wäre er noch ein Junge von zwölf Jahren.

»Für mich zählt nur Eines«, zischte er und atmete tief durch. Dann sammelte er seinen gesamten Mut. »Ich möchte dich nicht verlieren, Joyce.«

»Das ist ...«, setzte sie an, dann versagte ihr die Stimme. Sie wandte den Kopf zur Seite und wischte sich mit dem Handrücken über die Wange. »... du darfst dein Leben nicht aufgeben, nicht für mich. Dafür ist es zu kostbar, Edgar.«

Was war in sie gefahren? Plötzlich nannte sie ihn *Edgar!* Wie seine Mutter!

»Denk an die anderen ...«

»Die anderen sind mir egal«, unterbrach er sie, ohne zu wissen, worauf sie hinaus wollte.

»Wir könnten damit leben, aber nicht die anderen«, fügte sie hinzu.

»Womit können *die* nicht leben?«, fauchte er.

»Damit, dass ich deine Mutter sein könnte.«

»Verdammt noch mal!« Er warf die Arme in die Höhe. »Ich wusste, dass dieser Quatsch jetzt kommen würde.«

»Das ist kein Quatsch«, sagte sie leise und strich ihm mit dem Handrücken über die Wange. Abrupt drehte er den Kopf weg. Beinahe hätte er ihre Hand zur Seite gestoßen.

»*Du* hast ein Problem damit! Nicht ich! Nicht die anderen! *Du* hast eines! Ich bin dir zu jung, nicht wahr?«, fuhr er sie an.

»Ja, das stimmt. Ich habe ein Problem damit«, gab sie zu, aber es klang nicht überzeugt, als hätte sie dieses Eingeständnis nur um des Friedens willen gemacht.

»Und welches unüberwindliche, ach so schreckliche Problem hast du?«, rief er zornig.

»Unsere Beziehung würde dich zermürben. Ich möchte dich nicht leiden sehen«, flüsterte sie, und ihre Stimme kippte wieder.

Er pochte mit dem Zeigefinger gegen seine Brust. »*Mich* zermürben?«

»Ja.« Sie wandte den Blick ab.

»Was *ja?*«, rief er.

»Du wirst laut«, flüsterte sie traurig.

»Ja verdammt, ich werde laut!«, rief er aufgebracht. »Gib mir eine Antwort! *Was* würde mich zermürben?«

»Es ist Sommer, wir gehen durch den Park und du hast deinen Arm um meine Taille gelegt«, flüsterte sie, das Gesicht noch immer abgewandt. »Manche Leute sagen nichts, einige tuscheln leise, andere wiederum lachen ordinär. Am Anfang würde dir das nichts ausmachen, doch später würdest du dich darüber ärgern, über die Dummheit der Leute. *Guck mal, ein Mann mit Zukunft – und eine Frau mit Vergangenheit. Die hält sich einen Toyboy. Die hat sicher Geld.* Aus Furcht, dass sie am Nebentisch eines Restaurants wieder hinter vorgehaltener Hand zu murmeln beginnen könnten, legst du deine Hand gar nicht erst auf meine. Wir wollen sie nicht provozieren, verhalten uns nur wie gute Freunde. Umarmen und küssen würden wir uns in Häusernischen, im Schatten kaputter Straßenlaternen oder hier nachts auf der Wiese, wo uns niemand sieht. Es ist, als wollten wir uns verstecken … es ist wie eine Flucht … wie ein nie enden wollendes Davonlaufen.«

»Du sagst das so, als hättest du das alles schon einmal erlebt?«, fragte er unsicher, beinahe klang es wie ein Vorwurf.

»Ja, vielleicht habe ich das«, wisperte sie, bevor ihre Stimme versagte. Ihre Augen glänzten.

Unentschlossen rang er die Hände. Sollte er aufstehen und sie in den Arm nehmen? Doch eigentlich war *er* es, der getröstet werden wollte!

»Verzeih mir bitte, ich muss jetzt gehen«, hauchte sie, blickte auf ihr Handgelenk und griff nach dem Picknickkorb. »Du musst zu Renate zurückkehren«, wiederholte sie. »Es ist besser so, vertraue mir!« Dann ging sie in die Hocke, gab ihm einen eiligen Kuss auf die Stirn und lief hinunter zum Strand.

Edgar blieb allein auf der Wolldecke sitzen, hüllte mit den Enden seinen nackten Körper ein und starrte ihr nach, wie sie mit dem Korb im Arm den Hügel abwärts lief und im Mondschein zwischen den Bäumen verschwand.

An diesem Abend hatte er sie zum letzten Mal gesehen, und zwei Monate darauf, im Spätsommer '92, offenbarte ihm Renate, dass sie von ihm schwanger war.

Fünfundzwanzig Jahre später hockte Edgar an der Bar des Hotels, das Kinn auf die Handfläche gestützt. Vor ihm lag ein dünnes Buch, eine Bildmonografie, auf die er mit den Fingern trommelte. Er ließ den Band zugeschlagen, hier konnte er sich ohnehin nicht konzentrieren, um darin zu lesen.

Im Hintergrund des Lokals klimperte der Entertainer des Hotels eine einschläfernde Melodie auf dem Piano, und regelmäßig fielen Edgar die Augen zu. Die Bar war nahezu leer, und von Zeit zu Zeit schreckte er durch das Klingeln des Fahrstuhls hoch. Von der Lounge, die zum Ausgang führte, drangen das Lachen der Hotelgäste und das Hupen der Autos von der Straße zu ihm.

Müde blickte Edgar sich um. In den Whisky-, Bacardi- und Bourbonflaschen spiegelte sich das Flackern der Kerzen. Neben ihm wirkte der lange Tresen wie eine blank polierte, endlose Fläche. Sein Glas war leer, nur die Eiswürfel stapelten sich übereinander und gaben winzige Tropfen Wasser ab. Sollte ihm das zu denken geben? Er konnte sich gar nicht mehr daran erinnern, dass er auch dieses Glas Bourbon schon ausgetrunken hatte.

Indessen stapfte der Barmann hinter der Theke geschäftig auf und ab, machte dabei aber nicht gerade den Eindruck, als überarbeitete er sich. Von Zeit zu Zeit senkte er den Blick und polierte den Tresen.

»Wie lange möchten Sie *noch* warten?«, murrte er, während er das leere Bourbonglas hoch nahm und mit einem Lappen über das Holz wischte.

»Keine Ahnung! Er wird schon noch kommen«, antwortete Edgar und drehte eine Visitenkarte zwischen den Fingern. *Clemens Wondraschek* stand in breiten kursiven Lettern auf der Karte, darunter *Rechtsanwalt* und eine Adresse, die sich in der Innenstadt befand, dort wo die teuren Juristen und Rechtsverdreher ihre Kanzleien hatten. Clemens war Edgars ehemaliger Studienkollege und seit vielen Jahren nunmehr sein Anwalt – an der Uni hatten sie ihn *Mr. Wonderful* genannt.

»Geben Sie mir noch einen Bourbon«, murmelte Edgar.

Das Lachen der Hotelgäste verklang, das Klappern ihrer Schritte verebbte in der Lounge. Edgar blickte auf, ließ die Karte in der Tasche des Sakkos verschwinden und betrachtete sich im Spiegel, der schräg über den Zapfhähnen hing. Die Zeit hatte ihre Spuren in seine Gesichtszüge gegraben. Und das nicht gerade sanft. Von der Unbeschwertheit des Studentenlebens war nichts mehr geblieben. Die Sitzstreiks gegen die Kürzung der Stipendien und die legendären Studentenfeten mit Cola-Rum und Speed-Tabletten waren Geschichte. An seiner faltigen Stirn, dem an der Seite grau gewordenem Haar, dem kantigen Gesicht und dem nachdenklichen Blick, den er längst nicht mehr verbergen konnte, erkannte selbst ein Blinder die Sorgen, die ihn das letzte Jahr begleitet hatten.

Dabei hatte alles sogar noch viel früher angefangen. Bereits vor Jahren hatten Renate und er damit begonnen, sich auseinander zu leben, zuerst schleichend, dann offensichtlich, bis sie sich nichts mehr zu sagen hatten. Zum Glück waren ihre beiden Kinder schon erwachsen und hatten nach dem Studium einen guten Job gefunden – Stefan mit seinen vierundzwanzig Jahren als Programmierer in einer Softwarefirma und Isabella mit einundzwanzig im Außendienst einer Pharmafirma. Renates ursprüngliche Zuneigung, ihre Fröhlichkeit und offene Art waren einer Zermürbung gewichen, die sich zu einer Hass-Beziehung entwickelt hatte. Am Höhepunkt ihrer Krise lernte sie einen um zehn Jahre älteren Zahnarzt kennen. Vielleicht war das ja sogar ein Glücksfall für alle Beteiligten gewesen.

»Ich will die Scheidung!«, konfrontierte sie ihn eines Sonntagabends mit ihrem Entschluss, als er mit dem Notebook auf der Loggia ihres gemeinsamen Apartments saß und wieder einmal schrieb.

Verblüfft sah er auf. »Was?«

So laut, dass alle Nachbarn es hören konnten, spie sie ihm alles ins Gesicht, was sich in den letzten Jahren in ihr aufgestaut hatte: seine nachdenkliche verschlossene Art, die sie zum Wahnsinn trieb, sein Desinteresse, im Büro Karriere machen oder sich zumindest nach einem höherwertigeren Job umsehen zu wollen, einen Geschäftsführerposten, wo er noch besser verdienen würde. Ja, das hätte ihr gefallen! Aber das interessierte ihn nicht. Seine Interessen lagen woanders. Und die störten Renate am meisten – nämlich die Zeit, die er mit seiner unnötigen Schreiberei in seinem Zimmer verbrachte und die ohnehin niemanden interessieren würde.

Drei Wochen nach dieser Auseinandersetzung verließ Renate die gemeinsame Penthousewohnung in der Wiener Innenstadt, die er mit seinem Gehalt als Chefcontroller einer Bank erst vor einem Jahr abbezahlt hatte. Der Arzt, ein vom Golfspielen braungebrannter Klugscheißer und Snob, bereits zweimal geschieden, besaß eine Villa mit Praxis in einer modernen Siedlung nördlich von Wien. Dort würde sie sich wohl fühlen und durch die Siedlung flanieren, dachte Edgar. Wie er Renate richtig einschätzte, engagierte sie den besten Scheidungsanwalt, woraufhin ihre Trennung alles andere als einvernehmlich verlief. Während die gerichtliche Streiterei um die Aufteilung des Vermögens ihren Anfang nahm, widmete sich Edgar wieder seiner Schreiberei. Nach Büroschluss begann er seine alten Manuskripte zu überarbeiten, teils aus Überzeugung, teils aus

Ablenkung und großteils zur Therapie. Und da biss sogar ein Verlag an.

Mit vierundvierzig Jahren war er schließlich soweit, sein Leben neu zu überdenken, denn von vorn beginnen musste er sowieso. Warum sich also nicht endlich seinen Jugendtraum erfüllen? Wenn schon alles zerbrach, dann sollte es zumindest gründlich geschehen.

Den Beginn machte er damit, dass er mit dem Joggen aufhörte – eine typische Managerkrankheit der von Burnout gefährdeten Männer in der Midlife-Crisis. Als nächstes besprach er mit dem Prokuristen Dr. Neidhammer seine Kündigung als Chefcontroller bei der *Areal-Oberlandkredit-Bankengruppe* und erwirkte gemeinsam mit dem Betriebsrat eine einvernehmliche Trennung.

Er verkaufte das Penthouse in Wien und erwarb mit diesem Erlös und der Jahresabfindung von seiner Firma ein altes Landhaus im südlichen Burgenland. Dort, auf der Steinterrasse, neben einem gemauerten Holzkohlengrill, mit Aussicht auf die Weinberge, verbrachte er die ersten Frühlingstage mit einer Kanne Kaffee, in eine Steppdecke gehüllt in seinem Korbstuhl, wo er weiter intensiv an seinen Manuskripten arbeitete, die er mittlerweile für einen Münchner Verlag redigierte.

Drei Monate später kam der Prozess mit Renate um das verfluchte Geld endlich zu einem Ende. Sie wollte die Hälfte vom Verkaufserlös der Penthousewohnung, die er allein mit seinem Gehalt finanziert hatte. *Von mir aus soll sie das Geld haben,* hatte er insgeheim beschlossen und ihrer Forderung nachgegeben.

Immerhin hatte er genug gespart, um sich die nächsten Jahre seines Lebens auch ohne Job gut über Wasser halten zu können. Schließlich war er genügsam und hatte sogar seinen Wagen verkauft. Mehr Bewegung zu Fuß, statt zu joggen. Außerdem fuhr er mit dem Fahrrad in den nächsten Ort, um einzukaufen oder den Bahnhof zu erreichen. In seinem Landhaus stand sogar noch ein altes schwarzes Telefon mit Hörer und Wählscheibe, das prima funktionierte. Smartphone und Tablet hatte er ebenfalls weggegeben. Bis auf sein Notebook und die Internetverbindung zu seinem Verlag war er Retro, führte ein völlig entschleunigtes Leben und wollte von dem ganzen Management-Kram, der seinen Körper und seine Seele vergiftet hatte, kein Wort mehr hören. Das einzige, was ihm jetzt noch fehlte, war ein Hund, mit dem er regelmäßige ausgedehnte Spaziergänge unternehmen konnte, die ihn zusätzlich auf Trab und in Bewegung hielten.

Indessen begann sein Sohn *das* Leben zu führen, das er früher selbst geführt hatte. Stefan machte Karriere, lebte mit seiner Freundin im Norden Wiens in einer modernen Wohnung, wo er mit einer Fernbedienung, die alles steuerte, smart living praktizierte, und kam jedes zweite Wochenende mit einem geleasten Maserati zu Besuch. Aber Edgar sah schon an Stefans gerümpfter Nase, dass er dem neuen Lebensstil seines Vaters nichts abgewinnen konnte. Im Gegensatz zu seinem Sohn kam Isabella öfter zu ihm. Zu seiner Tochter hatte er schon immer einen besseren Draht gehabt, und sie redete ihm auch zu, weiter seinen Traum zu leben und daran zu arbeiten, wenn es ihn glücklich machte. Und so schrieb er in der beruhigenden Einsamkeit der Vormittage und Nachmittage und in den langen Nächten in der Bauernstube seines Landhauses, weitab vom Trubel des nächsten Dorfes entfernt.

Er wartete nur noch auf den endgültigen Urteilsspruch nach der letzten Gerichtsverhandlung und auf Renates Unterschrift und hoffte jeden Tag auf den Anruf ihres Anwalts. Danach wäre die Vergangenheit für ihn endgültig abgeschlossen und er könnte einen Schlussstrich ziehen. Da die Zeit ohnehin nichts anderes tat, als zu vergehen, würde auch dieser Moment eines Tages kommen.

Wie rasch die Zeit verging, hatte er erst vor einigen Tagen beim Auspacken der letzten Umzugsschachtel bemerkt, die er damals mit einem ausgeliehenen Kleinlaster der *Areal-Oberlandkredit-Bankengruppe* von Wien in sein Landhaus transportiert hatte. Beim Öffnen des Kartons war ihm eine speckige Wolldecke mit Fransen und Quasten in die Hände gefallen. Er hatte die alte Decke auf der Steinterrasse ausgeschüttelt, und ein vergilbtes Notizbuch war daraus auf den Boden gefallen. Neugierig hatte er noch am gleichen Abend, im Korbstuhl auf der Veranda sitzend, die darin enthaltenen Gedichte gelesen. Sie erinnerten ihn an einen Jugendtraum, den er erst jetzt, so viele Jahre später und mit so vielen Kompromissen verwirklicht hatte.

Am nächsten Tag las er die Verse aus vergangenen Zeiten ein weiteres Mal, und diesmal mischten sich undeutliche Gedanken an eine Jugendliebe dazu. Sie erinnerten ihn an déjà-vus, die er ein Leben lang mit sich herumgetragen hatte, ohne zu wissen, woher sie stammten. In all der Zeit hatte er sich beobachtet gefühlt und immer wieder das beklemmende Gefühl erlebt, dass in seiner Umgebung regelmäßig etwas Vertrautes aufblitzte, wie ein Funke, der zum Greifen nahe war, um aber im nächsten Moment doch wieder zu verschwinden. Wäre dieses Gefühl nicht so absurd gewesen, hätte er längst mit jemandem darüber gesprochen. Doch er hatte geschwiegen und seine Hirngespinste für sich behalten.

Kopfschüttelnd hatte er das Notizbuch schließlich ein weiteres Mal durchgeblättert, lange auf seine Handschrift gestarrt, und mittlerweile begriffen, woher dieses Gefühl kam und woran es ihn erinnerte. *An Joyce.*

Beim Klingeln des Fahrstuhls verblasste die Erinnerung. Edgar nippte am letzten Rest des Bourbons und ließ die Eiswürfel klimpernd im Glas rotieren. *Verrückt,* dachte er. Erst heute Morgen war in den Nachrichten davon zu hören gewesen, dass Ärzte in Schweden eine neue Krankheit bei Neugeborenen entdeckt hatten, die auf erhöhte Strahlenwerte in der Luft zurückzuführen sei und die Stimmbänder angriff. 2,7 Millisievert Strahlenbelastung pro Jahr waren einfach zu viel für die Bevölkerung; speziell für Babys. Noch konnte die Krankheit nicht geheilt werden, doch schon in ein paar Jahren würde ein operativer Eingriff am Kehlkopf möglich werden, um die Mutation zu entfernen. Ein gewisser Doktor Stelen von der Uni Oldenburg arbeitete in Kooperation mit einem skandinavischen Team daran.

Merkwürdig! Der Name *Stelen* erinnerte Edgar an etwas. *Aber an was?* Er zuckte mit den Achseln, borgte sich das Handy des Barmanns aus und tippte die Nummer von Clemens' Visitenkarte ein.

»Kanzlei Doktor Wondraschek, guten Abend«, meldete sich eine weibliche Stimme nach langem Läuten.

»Sagen Sie«, murmelte er und stützte sein Kinn auf die Handfläche. »Ich habe eine Verabredung mit Ihrem Chef, und jetzt sitze ich schon seit einer Stunde hier, und er ist immer noch nicht aufgetaucht.«

Am anderen Ende wurde es still.

»Wie ist Ihr Name bitte?«

»Hein ... Edgar Hein.«

»Warten Sie bitte einen Augenblick.«

Er hörte das Knacken in der Leitung, danach tönte die Europahymne aus dem Hörer. Er verdrehte die Augen und trommelte mit den Fingern auf sein Buch, das verloren auf dem Tresen lag. Müde blickte er nach dem Barmann und deutete mit der freien Hand auf sein leeres Bourbonglas. Abrupt wurde die Musik unterbrochen.

»Tut mir leid, Herr Hein, aber Doktor Wondraschek hat für heute Abend keinen Termin mit Ihnen vereinbart.«

Das ist wohl ein Witz, dachte er grimmig. *Wo steckt Mr. Wonderful denn?* »Kann ich ihn bitte sprechen?«

»Tut mir wirklich leid! Herr Doktor Wondraschek ist auf einer Anwaltstagung in Brüssel und kommt erst nächste Woche wieder in sein Büro.«

»Brüssel?«

»Ja, tut mir leid.«

Allen tat immer alles so fürchterlich leid!

»Aber hören Sie, ich habe eine schriftliche Nachricht von ihm erhalten«, versuchte er es nochmal auf die sanfte Tour. »Ich sollte um 18 Uhr gegenüber seiner Kanzlei, im Hotel Imperial in der Humboldtstraße, an der Bar neben der Lounge auf ihn warten. Er …«

»Diesen Termin kenne ich nicht«, fertigte die Sekretärin ihn barsch ab. »Nächste Woche Freitag können Sie mit Herrn Doktor Wondraschek sprechen, da wird er gegen 15 Uhr im Büro sein.«

»*Er* wollte doch etwas von mir!«

»Es tut mir leid, ich wünsche Ihnen noch einen schönen Abend.«

Mir tut es auch leid, wollte er in das Handy rufen, doch vorher knackte es in der Leitung, die Verbindung war tot. *Frustrierte Sekretärin.* Diese Sorte kannte er, in der *Areal-Oberlandkredit-*

Bankengruppe gab es genügend davon, dachte er bitter und gab dem Barmann das Handy zurück. »Danke.«

»Alles in Ordnung?«

»Ja, sicher«, seufzte er, fischte das gefaltete Kuvert aus der Tasche seines Sakkos und überflog die mit Maschinenschriftlettern getippten Zeilen.

Muss dich dringend sprechen. Treffen wir uns am Freitag um sechs in der Humboldtstraße, an der Bar im Hotel Imperial. Ich versuche pünktlich zu sein.

Edgar starrte auf seine Uhr. Es war Freitag! Und er saß seit über einer Stunde hier. Es war ein Wunder, dass er um diese Zeit überhaupt jemanden in der Kanzlei erwischt hatte. Geirrt hatte er sich jedenfalls nicht, die Orts- und Zeitangaben waren eindeutig. Nur war die Nachricht von niemandem gegengezeichnet, fiel ihm jetzt auf. Auch wies das Papier weder Briefkopf noch Anwaltslogo auf. Irgendwie hatte er die Humboldtstraße mit Clemens' Kanzlei assoziiert. Hatte sich jemand einen Scherz mit ihm erlaubt? Clemens? Seine Ex-Frau vielleicht? Begann jetzt etwa der Psychokrieg?

»Doch keinen Drink mehr! Zahlen bitte«, rief er und erhob sich vom Barhocker. Seine Beine waren vom langen Sitzen steif geworden. Er blickte wieder auf die Uhr. Wenn er sich beeilte, würde er den nächsten Zug nach Oberwart erwischen und dann mit dem Rad vom Bahnhof heimfahren. Der Abend war vergeudet. Wäre er zu Hause geblieben, hätte er noch ein Kapitel schreiben können, stattdessen hatte er so viel Bourbon getrunken, dass er selbst für die Lektüre von Hemingways Biografie während der Zugfahrt zu müde war. Er steckte die zerfledderte Bildmonografie in die Innentasche des Sakkos, griff nach seiner Brieftasche und wandte sich nach dem Barkeeper um. »Zahlen bi…«

Hinter seinem Rücken klingelte der Fahrstuhl. Kam Clemens jetzt etwa doch noch? Edgar drehte sich um.

»Sie wollen zahlen?«, fragte der Barmann.

»Ja, ich hatte ...«, murmelte Edgar, doch der Rest des Satzes blieb ihm im Hals stecken. Er starrte durch den Ausgang der Bar in die Hotellounge. Die Fahrstuhltüren glitten auseinander. Zuerst sah er eine brünette Mähne. Der Rest war in der schwachen Beleuchtung nicht deutlich zu erkennen. Er hörte nur das Klappern von Stöckelschuhen. Danach bemerkte er Spaghettiträger und ein blaues Abendkleid. Das Gesicht der Frau lag im Schatten. Er sah nur ihre graziöse Bewegung, die schlanken Arme und die wuchtige Uhr an ihrem Handgelenk. *Diese Uhr!*

Während die Frau auf ihn zuschritt, streifte sie das Gerät ab und ließ es im Vorübergehen in den Mülleimer fallen, der sich in einer Nische des Lokals verbarg. Einen Atemzug später stand sie vor ihm, und das Licht der Deckenspots erhellte ihre feinen Gesichtszüge. Mit einem Mal wurde Edgar warm ums Herz. Joyce war um keinen Tag gealtert.

»Bitte verzeih mir. Es tut mir leid, dass ich zu spät komme«, sagte sie.

Plötzlich konnte er sich wieder an ihren Akzent erinnern und an den heiseren Tonfall, wenn ihre Stimme kippte.

»Du?«, stammelte er. »Was machst *du* hier?«

Sie lächelte ihn an, antwortete jedoch nicht.

»Ich bin Schriftsteller und habe ein Landhaus mit Steinterrasse im ...«

»Ich weiß!«, unterbrach sie ihn. »Ich habe es besucht, während du nicht da warst. Es gefällt mir!« Sie lächelte immer noch, und wie damals entstanden winzige Lachfältchen in ihren Augenwinkeln. »Aber du hast keinen Hund.«

»Stimmt, aber woher ...?«

Sie schmunzelte. »Ich war oft in deiner Nähe, ohne dass du es bemerkt hast – viel öfter, als du denkst.« Wahrscheinlich sah sie seinen verwirrten Gesichtsausdruck, denn rasch fügte sie hinzu: »Versuche nicht, es zu verstehen. Ich erkläre es dir ein andermal.«

Da hörte er auf dem Parkett das Klappern näherkommender Hundepfoten, und plötzlich stand ein ausgewachsener Setter neben ihr, mit weichem, goldfarben glänzendem Fell. Das Tier rieb seine Schnauze an Edgars Bein.

»Woher kommt der Hund?«, fragte er und kraulte das Tier automatisch hinter dem Ohr. »Ist das deiner?«

Sie nickte. »Er hat mir schon immer gehört. Es ist übrigens eine *Sie*, und ich glaube, sie mag dich.«

»Ich ...« Er betrachtete Joyce, starrte dann aber auf ihr nacktes Handgelenk. Plötzlich begriff er. Es konnte nur diese Erklärung geben. »Warum bist du damals eigentlich zum See gekommen?«

»Ich könnte dir jetzt vieles erzählen. Der See, das Schilf, die frische Luft, die untergehende Sonne oder dass es der Lieblingsplatz meiner Großmutter war.«

»Wie wäre es mit der Wahrheit?«, fragte er.

»Die Uhr hat mich in die falsche Zeit geschickt. Es war ein Zufall, dass ich an diesem Abend dort war und dich kennen gelernt habe.«

Er nickte, blickte erneut auf ihr Handgelenk, dann deutete er zum Abfalleimer. »Und warum hast du dieses Ding ...?«

»Weggeworfen?« Sie legte einen Finger auf seine Lippen.

Wie damals war die Berührung gefühlvoll und warm. Er erstarrte wie elektrisiert; allein darüber hätte er in seiner Jugend seitenlang Gedichte in das Buch kritzeln können.

Sie schüttelte den Kopf, ihre Mähne baumelte hinter dem Rücken. »Die Uhr brauche ich nicht mehr.«

Mit einer knappen Handbewegung strich sie sich eine Strähne hinters Ohr, schloss die Augen und gab ihm einen Kuss.

»Ich habe dir Zeit gelassen«, hauchte Joyce. »Jetzt bleibe ich hier.«

HEIMKEHR NACH ALGATA

Ich bin in meinem Leben schon öfters enttäuscht worden. Nicht von guten Freunden oder hinterhältigen Verwandten, sondern ich meine etwas anderes. Enttäuscht von der Gesellschaft, von Vorbildern oder einer Lebensanschauung.

Als ich mit neunzehn Jahren ziemlich naiv an der Wirtschaftsuniversität Wien studierte, glaubte ich daran, dass Manager und Banker mit ihren modernen Ansätzen den Konzernen und der Wirtschaft etwas Gutes täten. In Wahrheit kochen sie nur mit lauwarmem Wasser und wollen einfach nur wie alle anderen auch die Konkurrenz ruinieren und ihren eigenen Profit maximieren – wie gesagt, ich war jung und naiv.

Jahre später glaubte ich an das Konzept des New Age, das Anfang der 90er Jahre gerade modern wurde, bis ich erkannte, dass sämtliche neuen esoterischen Konzepte wie Meditation, Pendeln, Tarot, Chakren, Lichtarbeit und der ganze restliche Humbug einfach nur Altes in einer neuen Verpackung war. Und dahinter steckte eine unglaublich große Geschäftemacherei, die anderen gar nicht helfen, sondern einfach nur Geld scheffeln wollte. Gerade beim New Age war die Enttäuschung besonders groß, weil es doch da um den seelischen Frieden und nicht um die Gewinnmaximierung gehen sollte.

Dann wurde ich natürlich von Iron Maiden enttäuscht, als sie nach The Number of the Beast, Piece of Mind *und* Powerslave *ihr nächstes Album mit kommerziellem Synthie-Gitarren-Sound herausbrachten. Und Metallica, die mit den Alben* Load *und* Reload *plötzlich ihre Wurzeln verleugneten. Ridley Scott, der nach* Alien *und* Blade Runner *plötzlich keinen Science-Fiction-Film mehr drehte, oder Dennis Lehane, der nach fünf Romanen schlagartig damit aufhörte Hard-Boiled-Detective-Romane zugunsten historischer Romane zu schreiben.*

Mittlerweile sehe ich das bei Künstlern anders. Sie können nicht jahrzehntelang dasselbe machen. Sie müssen sich entwickeln, und mittlerweile gefallen mir auch die neuen Sachen von Iron Maiden, Metallica, Ridley Scott oder Dennis Lehane. Es ist gut so – das Leben ist vielfältig.

Warum erzähle ich Ihnen das alles?

Dem Held dieser Geschichte erging es ähnlich wie mir. Er wurde auch schon öfters im Leben enttäuscht. Aber wie sagte der Schweizer System- und Gesellschaftskritiker Hans A. Pestalozzi einst?

»Ent-Täuschung kann großartige Befreiung sein.«

Viel Spaß damit.

1

Die Nährsalzlösung reichte Bapu Baloo nur noch bis zum Bauchansatz. Sie war abgekühlt und hatte bereits eine ungesunde Farbe angenommen. Mittlerweile schillerte die Oberfläche so grün wie vergammelter Seetang. Bapu Baloo hantierte am Regler, doch nicht einmal das Live-Support-System des Schiffs konnte etwas daran ändern. Er würde die verfluchten Werte nicht mehr hinbekommen. Falls die Lösung kippte – und es sah verdammt danach aus – würde sein Körper wie eine Dattel zusammenschrumpeln.

Die Pads, die wie elektronische Saugnäpfe an seinem Körper klebten und über in der Wanne treibende Kabel an der Maschine steckten, engten seine Bewegungsfreiheit im Cockpit ein und störten ihn von Tag zu Tag mehr. Doch anders ging es nicht, und den Konstrukteuren auf Algata war bisher nichts Besseres eingefallen, um einen Sgorc ins All zu schießen. Für die Artgenossen seiner Rasse war es alles andere als einfach, in einem Raumschiff im Weltall zu überleben, doch wie alle anderen weltraumreisenden Sgorcs hatte auch er sich damit abgefunden, an die Pads angeschlossen im Nährsalztank zu hocken. Nur hatte er seine Ausdauer überschätzt. Er hätte vor dem Start eben doch das Weltraumtraining absolvieren sollen – aber nein, wie immer hatte er alles besser gewusst.

Mit den Flossen schlüpfte er aus der Lösung, griff über den Rand der Wanne und bediente die Armaturen. Seit Monaten raste die *Homer* mit unvermindertem, zehnfachem Dive durchs All, doch er wollte die Generatorenleistung nicht drosseln, selbst wenn ihm die überhitzten Bolzen um die Ohren flogen. Er konnte es sich nicht leisten, Zeit zu vertrödeln. Zu lange schon streifte er planlos durch die Galaxis, noch dazu war vor wenigen Tagen auch noch sein SOS-Funkmodul ausgefallen. Dieses Mistding war einfach durchgeschmort, und er bekam den ätzenden Brandgeruch nicht aus dem Cockpit. Schließlich riss er das zu einem Klumpen aus Kabeln, Displays und Mikrochips geschmolzene Modul aus den Armaturen und beförderte es über den Mülltank ins All. Sollte es sich doch einer der schmierigen Weltraumpiraten von Gogol unter den Nagel reißen.

Das kaputte SOS-Modul war aber nur ein Teil seiner endlosen Pechsträhne. Seit Monaten kreuzte er erfolglos von einem Sternensystem zum nächsten, ohne Meister Yorringhs verfluchten Planeten zu finden. Offensichtlich gab es diesen alten Knaben gar nicht, von dem die Legende seines Heimatvolkes erzählte. Vermutlich war die Geschichte um Meister Yorringh genauso schwachsinnig wie das Märchen vom sich ausdehnenden Universum oder die Story vom Urknall. *Pah!* Wie auch immer … nach dieser Pleite musste er nur noch rechtzeitig heimkommen, doch das schien leichter gesagt als getan.

Bapu Baloo schielte zum Display des Tanks. Die Lösung war nahezu aufgebraucht, die Pads versorgten seine Organe nur noch mit zwanzig Prozent Nährsalz, kaum genug, um die nächsten Tage zu überleben. Er patschte mit der Flosse gegen die Anzeige. Auch der Treibstoff ging zur Neige. In den Tanks schwappte nur noch eine Pfütze des Diotoxin-Gemischs. Für zehn oder zwölf Schubstöße und Kurskorrekturen durch die Düsen reichte es noch, danach würde er ungebremst bis in alle Ewigkeit durchs All rasen. Schon die Kollision mit einem etwas größeren Mikrometeoriten würde genügen, um der Außenbordhülle der *Homer* einen Haarriss zuzufügen. Bevor er *Piep* sagen konnte, würde der Druck ins All entweichen und er selbst wie eine faulige Melone von innen zerplatzen und ekelhaft tot an der Cockpitscheibe kleben. Aufgebrauchte Nährsalzlösung und leere Treibstofftanks wären *dann* sein geringstes Problem.

»Mist!« Bapu Baloo konnte es drehen und wenden, wie er wollte. Die zweihundertsiebenundachtzig Lichtjahre bis Algata schaffte er niemals, unmöglich – er hätte einige Wochen früher mit dem Heimflug beginnen sollen. Doch für Reue war es jetzt zu spät. Zum hundertsten Mal durchkämmte er die Datenbanken der Sternatlanten und aktualisierte das Display von neuem, auf der Suche nach einem Planeten, Mond oder Asteroiden, auf dem er notlanden konnte, einer Raumstation, an die er andocken konnte, oder wenigstens einem schrottreifen Wrack, das einsam durch die Galaxis kreiste ... doch nichts. Der Weltraumatlas bot nicht den geringsten Hinweis, wie er die nächsten Stunden überleben sollte. Der Raum vor ihm war so trostlos und leer wie seine Treibstofftanks.

Trübsinnig schlenkerte er mit der Flosse in der Wanne. Die Lösung schwappt über und lief über die Paneele des Cockpitbodens. Er sah den Tropfen nach, die auf dem Boden klebten und von der künstlichen Schwerkraft des Schiffs zusammengehalten wurden.

Er fand sich damit ab, seinen Heimatplaneten nie wieder zu sehen. Der Wasserplanet Algata würde auch ohne ihn weiterexistieren, keine Frage, und mit ihm alle anderen fünf Milliarden Wassersgorcs. Wen kümmerte es dort, ob seine Mission erfolgreich war oder nicht? In ihren Augen war er sowieso nur ein junger Sgorc, grün hinter den Ohren, der noch nicht mal ein Weltraumtraining absolviert und seine Lehrzeit beendet hatte.

Mittlerweile bereute er es, sich mit dem Schiff auf den Weg gemacht zu haben. *Wie idiotisch!* Er hätte auf Algata bleiben und sich dem Ritual der Degradierung unterziehen sollen, anstatt sich auf die Suche nach Meister Yorringh zu machen. Die Degradierung war zwar demütigend wie kaum ein anderes Ritual, doch immerhin besser, als dehydriert im Schiff zu sterben und so lange durchs All zu rasen, bis irgendeine Sonne seinen Kreuzer einfangen würde, um ihn wie ein Glühwürmchen verdampfen zu lassen. *Poff!* Er hätte auf seinen Stolz verzichten sollen – besser als degradierter Sgorc weiterleben, als zu einem stolzen Häuflein Asche zu verbrennen.

»Verfluchter Mist!« Er spritzte sich einen Schwall Nährsalz in die Kiemen. Die blinkenden Anzeigen auf den Armaturen spiegelten sich im Glas der Cockpitscheibe. Blass starrte Bapu Baloo auf sein Spiegelbild, dahinter funkelten die Sterne. Die Kiemen hingen ihm schlaff vom Gesicht, die Haut bereits so faltig, wie die seines altersschwachen Sgorc-Großvaters, der in einem Rentnerheim nur noch von Nährsalz-Infusionen am Leben erhalten wurde. Ausgemergelt hing er in der Wanne. Wenn ihn Bapu Bet, seine Schwester, so sehen könnte, würde sie die Flossen vor die Augen schlagen, lauthals loskreischen und davonschlenkern. Auch sein älterer Bruder, Bapu Ben, würde ihn entsetzt anstarren, doch seine Überlegungen waren ohnehin müßig … er würde sie sowieso nicht wieder sehen, genauso wenig wie Vater, Mutter oder den Rest der schlabbrigen Verwandtschaft.

Ein Piepen riss ihn aus den Gedanken. Er glotzte auf die Anzeige des Radars. Ihm stellten sich die Nackenborsten auf. Achtzehn Lichtminuten von seiner derzeitigen Position war ein unbekanntes Objekt auf dem Schirm aufgetaucht. Er konnte das Ding auf keiner Karte finden, dennoch blinkte es stecknadelkopfgroß auf dem Radar. Zwar lag es nicht auf Kollisionskurs, wie die Navigationskonsole der *Homer* errechnet hatte, doch würde seine eigene Route in unmittelbarer Nähe daran vorbeiführen. Er griff zum Scandetektor und visierte das Objekt an. Er würde verdammt sein, wenn er nicht herauszufinden versuchte, worum es sich dabei handelte.

Der Außenborddetektor fuhr aus dem Heck der *Homer*, Bapu Baloo justierte die Schüssel, um das Objekt zu scannen. Auf dem Display studierte er die dreidimensionale Abbildung einer ringförmigen Raumstation mit tankartigen Zubauten, verzweigten Modulen und einem gigantischen Sonnensegel. Das war wohl ein Witz? Das Gebilde trug den Namen: *Journey Inn*.

Verwundert schüttelte Bapu Baloo den Kopf. Das Datenarchiv reichte fünftausend Jahre in die Vergangenheit zurück, eigentlich müsste darauf jedes vorsintflutliche Gebilde verzeichnet sein. Also konnte es nur eine Station neueren Datums sein. Oder hatte man ihm in dem Softwareladen veraltete Sternkarten angedreht? Anders konnte er es sich nicht erklären. Zwar wurden ständig neue Stationen von irgendwelchen halbintelligenten Zivilisationen errichtet, die kein Sgorc brauchen konnte, aber ausgerechnet *hier*, am Arsch der Galaxis? Doch falls diese Station seine Rettung bedeutete, konnte es ihm nur recht sein.

Der Scandetektor lieferte weitere Daten über die Station. *Oha!* Bapu Baloo wischte sich mit der Flosse über die Augen. Wie er vom Display ablas, verfügte das *Journey Inn* über eine Garage, worin ein Rochen, ein Wazuli, eine ziemlich rostige Rakkanida und der schnittige Conga eines Knorreks parkten. Ein Platz in der Garage war noch frei, für seine *Homer* würde er allemal reichen. Er überflog die anderen Informationen auf dem Schirm: das *Journey Inn* hatte eine Bar, eine Lounge, einen Frühstücksraum, ein Billardzimmer, sowie Solarium, Sauna und Infrarotkabine. Brauchte er alles nicht. Über die Infodatei bezeichnete sich die Raumstation zwar selbst als Vier-Stern-Motel, doch sah sie von außen eher nach einer Zwei-Stern-Absteige aus. *Egal!* Vier Zimmer waren schon belegt, eines mit Dusche und Toilette noch frei. *Perfekt!* Freudig rieb sich Bapu Baloo die Flossen.

Mit einigen Schubstößen korrigierte er den Kurs, zündete die Bremsraketen und hielt auf die Raumstation zu. In wenigen Minuten würde er sie erreicht haben.

2

»Andockmanöver abgeschlossen!« Die Stimme der Navigationskonsole klang durch das Cockpit der *Homer*.

Die Schleusen schnappten ein. Der Computer berechnete den Druckausgleich, die Pumpen stampften auf Hochtouren, und es zischte in den Ventilen, sodass Bapu Baloo die Ohren zufielen. Erschöpft stemmte er sich aus der Wanne. Mit einem schmatzenden Geräusch lösten sich die Pads automatisch von seinem Körper.

Ihm zitterten die Knie, umständlich schlüpfte er in den schmuddeligen Raumanzug. Mit einigen Flossengriffen zog er die Reißverschlüsse zu und stellte den Thermostat auf dreißig Grad. Bis ins Innere der Station würde er es schaffen, dann brauchte er dringend frische Nährsalzlösung, vierundzwanzig Stunden Schlaf und ein kräftiges Frühstück. Anschließend würde es ihm besser gehen.

Er stützte sich an der Cockpitwand ab und schlenkerte zur Luke. Zischend sprang sie auf. Vor ihm lag ein achteckiger Korridor. Was für eine einfallslose, scheußliche Architektur! An der

Decke surrte eine Batterie nackter Hololeuchten, zwischen den Fugen der Paneele klebte noch eine frische Silikonschicht. Im Gang roch es nach Metall, Plastik und stinkender Dämmwolle, deren feiner Staub in den Kiemen kratzte – offenbar war die Station ziemlich neu. Aber warum verwendeten die keine Hartschaumplatten?

Ein Roboter rumpelte entlang einer Wandschiene auf ihn zu, bremste eine Nasenlänge vor ihm und starrte ihn mit einem blitzblauen Display an.

»Jeweils achtzigtausend Liter Diotoxin-Gemisch für zehnfachen Dive in die beiden Außenbordtanks.« Bapu Baloo deutete mit der Flosse zum Schiffshangar.

Der Roboter reagierte nicht.

»Habt ihr hier auch sgorc'sche Nährsalzlösung?«

Der Roboter wackelte mit der Antenne, was wohl ein *Ja* bedeuten sollte.

»Zweihundertfünfzig Liter in den Tank für die Cockpitwanne.«

Der Roboter schnurrte, blieb jedoch reglos an der Wand hängen.

»Was?« Bapu Baloo wurde ungeduldig.

Der Roboter wackelte mit der Antenne. Worauf wartete der Schrotthaufen?

Bapu Baloos Augenbrauen schossen in die Höhe. »Das hätte ich mir denken können!« Er griff mit der Flosse in den Raumanzug und reichte dem Automaten seine intergalaktische Credit-Card.

Der Roboter nahm sie mit dem Greifarm und scannte den Pin-Code. Eine rote Lampe blinkte auf, gleichzeitig zerriss er die Karte in winzige Schnipsel.

»Bist du irre!« Bapu Baloo fielen die Augen aus dem Kopf. »Du kannst doch nicht meine Credit-Card ruinieren!« Er schnappte nach Luft, ihm wurde schwarz vor Augen. Endlich hatte er ein verdammtes Motel gefunden, und dann passierte *das*! Ohne die Karte war er so mittellos wie ein herumstreunender Tramp, er hatte nicht einmal ausreichend Sprit, um die Station zu verlassen.

Der Roboter wackelte mit der Antenne und schnurrte gelangweilt.

Bapu Baloo rang verzweifelt die Flossen. Er hatte ohnehin nichts mehr zu verlieren. Da machte er einen Schritt auf die Maschine zu, fasste sie mit der Flosse am schwenkbaren Kopf, zog ihn näher zu sich heran und flüsterte in das Empfangsmodul des Geräts: »Du beginnst *sofort* mit der Arbeit, Freundchen, sonst schneide ich dir mit dem Laserchirurg ein Amplitudensieb nach dem anderen aus der Hirnplatte!«

Die Maschine zischte davon. Das hatte gewirkt! Hinter sich hörte er den Roboter einen Schlauch aus der Wand zerren, ein Ventil öffnen und mit dem Auftanken beginnen.

Erschöpft lehnte sich Bapu Baloo an die Wand und starrte auf die Überreste der Credit-Card. Danach schleppte er sich seufzend weiter durch den Gang.

Der Empfangsraum des *Journey Inn* erinnerte Bapu Baloo an die Bar aus einem schlechten Film. Hinter dem Tresen saß eine fette Bibotza. Der Kopf auf den Busen gesunken, schnarchte sie so erbärmlich laut, dass ihre Locken auf dem Kopf hüpften.

Bapu Baloo patschte mit der Flosse auf die Elektroklingel. Die Bibotza fuhr erschrocken aus dem Stuhl.

»Ja?« Sie blickte sich gehetzt um und kämmte sich mit den schwabbeligen Fingern durchs Haar, als sollte *das* ihre Frisur retten.

»Geben Sie sich keine Mühe«, sagte Bapu Baloo.

Mürrisch verzog sie das Gesicht, wahrscheinlich hatte er sie soeben um ihr Mittagsschläfchen gebracht.

»Ein Zimmer mit Frühstück für eine Nacht.« Bapu Baloo lehnte müde auf dem Tresen.

Die Bibotza glotzte auf die Uhr, dann robbte sie an die Kante des Stuhls und musterte Bapu Baloo von oben bis unten. Ihr Gesicht hellte sich auf, mit der Zunge strich sie sich über die Lippen.

»Ein Zimmer mit Frühstück für eine Nacht!«, drängte Bapu Baloo. Er kannte die rasche Auffassungsgabe der Bibotzas und wollte die Nacht nicht stehend vor dem Tresen verbringen. »Na!«

Die Bibotza warf keck ihr Haar über die Schulter, schwang mit dem Stuhl herum und suchte die rückwärtige Wand nach dem letzten Magnetschlüssel ab, der auf dem Board hing. Zögernd griff sie danach und legte ihn auf den Tresen.

Donnerwetter! Das ging ja zackig.

»Ein Platz in der Garage ist noch frei, junger Mann.« Sie lächelte. Ihre Worte glichen zwar einem Gurgeln, aber Bapu Baloo war heilfroh, dass sie seine Sprache beherrschte.

»Neben dem Conga«, fügte sie hinzu.

»Ich weiß, danke. Gibt es ein sgorc'sches Wasserbett im Zimmer?«

Die Bibotza kratzte sich unter dem Busen, als dachte sie nach. »Ja, ja«, antwortete sie schließlich, doch klang es nicht sehr überzeugend.

»Waschmaschine und Wäschetrockner für meinen Raumanzug?«

»Mhm.«

»Eine Hausbar mit Nährsalzlösung?«

»Mhm.«

Bapu Baloo nahm den Schlüssel an sich. »Prima. Ich nehme das Zimmer.« Eine andere Alternative wäre sowieso nicht infrage gekommen. Er deutete mit der Flosse über die Schulter. »Der Roboter hat den Pin-Code meiner Credit-Card.«

»Wir nehmen keine Credit-Cards. Nur Cash!« Die Bibotza leckte sich über die Lippen.

Bapu Baloos Gesicht wurde lang. Wer schipperte heute noch mit Bargeld durch die Galaxis? Ein paar Kids vielleicht, die ihr Taschengeld verjubeln wollten.

»Ich gebe Ihnen meine Waffe als Anzahlung«, schlug er vor. »Das neueste Modell: Medusaprojektile, Suchlaser, Wärmesensor, automatische Nachlader, biochemische Kammernauffüllung und ...«

»Keine Waffen!«

»Vielleicht aktuelle Jäff Metal Discs?«

»Wir bevorzugen folkloristische Musik!«

Mit der Bibotza war nicht zu verhandeln! Bapu Baloo überlegte. »Ich habe fünf neuwertige Hydraulikpumpen im Schiff, die könnte ich ...«

Die Bibotza schüttelte den Kopf.

»Wie wär's mit einem Laserchirurg, den könnten Sie ...«

Wieder schüttelte sie den Kopf. »Ich wüsste was ...« Sie musterte Bapu Baloo von oben bis unten, leckte sich erneut über die Lippen, während sie das Gesicht zu einer Grimasse verzog, die wohl ein Lächeln bedeuten sollte.

»Oh, nein! Nein, nein!« Er trat einen Schritt zurück und hob abwehrend die Flossen.

»Was denn? Bloß einmal, niemand würde es erfahren.« Sie blickte ihn mit einem verführerischen Augenaufschlag an.

»Meine Religion verbietet intergalaktischen Verkehr. Tut mir leid«, log er. Sein Herz pochte wild. Er hoffte, sie würde darauf hereinfallen.

»Schade.« Die Bibotza schnalzte mit der Zunge. »Ich nehme den Laserchirurg und die fünf Hydraulikpumpen.«

»Gut.« Erleichtert ließ er die Schultern sinken. »Der Roboter soll die Dinge im Cockpit ausbauen.«

»Hat er bestimmt schon!« Der Bibotza fielen die Augen zu. Im nächsten Augenblick schnarchte sie, dass der Tresen vibrierte.

Bapu Baloo patschte auf die Elektroklingel. Die Bibotza fuhr hoch, automatisch kramte sie einige Formulare und einen Laserstift aus der Schublade. Vorsintflutlich, dachte Bapu Baloo, zuckte mit den Flossen, unterzeichnete die Formulare jedoch kommentarlos.

Mit einer laxen Handbewegung streifte sie die Formulare ein. »Zehntausend Galactics als Kaution!«

»Ich habe kein Bargeld!«

»Ich nehme die Waffe und zehn Magazine von den Medusaprojektilen!«

»Ich dachte, Sie nehmen keine Waffen?«

»Ist dir etwas anderes lieber?« Sie lächelte unmissverständlich und raffte ihren Busen hoch.

»Äh … nein.«

Ihre Gesichtszüge sackten wieder hinunter. »Dann die Waffe mit der Munition.«

Wucher! Am Arsch der Galaxis war das Leben teuer, doch immer noch besser als mit der Bibotza Körpersäfte auszutauschen. Immerhin würde er die Kaution zurückbekommen, falls nichts zu Bruch ging … und das würde es nicht, denn er wollte nur eines: Schlafen, schlafen und schlafen … und zwar *allein!*

»Der Roboter soll sich die Waffe aus dem Cockpit holen.« Er tippte sich zum Gruß mit der Flosse an die Stirn, hoffte, dass die Bibotza diese Geste nicht missverstehen würde, und schleppte sich die Treppe hinauf zu den Zimmern.

»Frühstück ist um acht!«, grunzte die Bibotza, doch Bapu Baloo hörte es nicht mehr. Er war bereits um die Ecke geschlenkert, den Korridor entlang, bis er vor dem Zimmer stand mit der Aufschrift: *Fünf.*

Er hielt den Magnetschlüssel zum Scanner, die Tür sprang auf. Automatisch ging das Licht einer Stehlampe an. Es roch nach Eukalyptus. Das Zimmer war klein, doch geschmackvoll eingerichtet. Ein algengrünes Wasserbett stand in der Ecke, daneben eine Kommode mit einer Nachttischlampe und der Online-Ausgabe der intergalaktischen Bibel in fünfzigtausend Sprachen. An der Wand hing das Ölgemälde eines Asteroidengürtels und in der Zimmerdecke war eine Luke eingelassen, hinter der die Sterne im All funkelten. Nur die Tapete irritierte ihn. Das Saturnmuster war seit Jahrzehnten out, und er versuchte es zu ignorieren.

Bapu Baloo trat ein und zog die Tür hinter sich ins Schloss. Er dachte an die Bibotza. Vorsichtshalber verriegelte er die Tür. In der Nische entdeckte er eine Dusche und eine Waschmaschine. Träge schlüpfte er aus dem speckigen Raumanzug, rollte die Kleidung zusammen und stopfte sie in die Trommel. Nach einigen Fehlversuchen und Knöpfedrücken ratterte die Trommel monoton vor sich hin.

Bapu Baloo ließ sich erschöpft in das Wasserbett fallen. Unter ihm gluckste und schwappte die Nährsalzlösung. Wie auf Wellen trieb er auf der Oberfläche des Bettes herum.

»Oh ja.« Er reckte sich zufrieden und streckte die Flossen von sich. Er stellt die Temperatur des Reglers auf Maximum. Mit einem Rumpeln sprang die Heizung an. Er öffnete den Reißverschluss, glitt in das Innere des Wasserbetts und zog den Zipp bis zum Hals. Nur sein Kopf lugte aus dem Bett. Wohlig strampelte er in der Nährsalzlösung. *Was für ein Glück!* Gerade noch hatte er dem Tod ins Angesicht geblickt, und nun lag er hier, im Nährsalz-Wasserbett eines Astro-Motels. Gott sei Dank gab es noch Wunder in dieser Welt, und er selbst hatte soeben eines erlebt. Wie auch immer es zustande gekommen war, durch Zufall, Vorherbestimmung oder Schicksal – nach dieser Odyssee hatte er es redlich verdient.

Sein Körper entspannte sich. Automatisch wurde das Licht der Stehlampe gedimmt, bis es ausging. Er guckte durch die Dachluke auf die Sterne, Nebel und Galaxien. Auch wenn sie ihn zu Hause wegen seines Erbfehlers verurteilten, bald würde er seinen Heimatplaneten erreichen. Augenblicke später fielen ihm die Augen zu und er begann im Schlaf zu murmeln.

3

Trotz seiner Müdigkeit schlief Bapu Baloo unruhig, da ihn während der Nacht mehrmals ein Rumpeln aus dem Nebenzimmer hochschreckte. Es klang, als würden Möbel von einer Wand zur anderen gerückt. Ein Bett quietschte. Bapu Baloo hörte das Knarren und Knacken eines Knorreks. Um Himmels willen, dachte er. Der Boden vibrierte, die Wände wackelten. Deutlich hörte er das lüsterne Grunzen der Bibotza durch die Zwischenwand. Wie es schien, hatte sie ein anderes Opfer gefunden. Das konnte Stunden dauern. Der Knorrek war nicht zu beneiden.

Als Bapu Baloo am nächsten Morgen die Augen aufschlug, fühlte er sich so fit wie eine gedopte Sportskanone vor einem 400-Meter-Hürdenlauf. Für einen Augenblick hatte er befürchtet, seine Rettung im *Journey Inn* wäre nur ein Fiebertraum gewesen, und er hing nach wie vor erschöpft und halluzinierend in der Wanne des Cockpits. Doch als er durch die Dachluke in das All starrte und über sich das Ölgemälde des Asteroidengürtels erkannte, wusste er, das Motel und die fette Bibotza waren *echt,* und er befand sich in der Realität.

Als nächstes bemerkte er, dass er im Trockenen lag. Sein Körper hatte die gesamte Nährsalzlösung des Wasserbetts wie ein Schwamm aufgesogen. Er strampelte sich aus der Folie, öffnete die Wäschetrommel und schlüpfte in den frisch gewaschenen Raumanzug. Mit knurrendem Magen schlenkerte er die Treppe zum Frühstücksraum hinunter. Zum Glück war die Bibotza nirgends zu sehen. Wahrscheinlich hatte sie das Frühstück zubereitet und schlief jetzt selig hinter dem Empfangstisch. Die letzte Nacht war ja auch verdammt anstrengend für sie gewesen.

Im Treppenhaus roch es nach Kaffee, Eiern, Speck, Toast und Käse. Angewidert verzog er das Gesicht. Automatisch klappten seine Lamellen zu. Doch als er den Frühstücksraum betrat, hellten sich seine Gesichtszüge auf. Am Buffet erblickte er einen fast leeren Teller grüner Algen. Sie wirkten zwar wie seit Wochen eingedorrtes Gemüse, doch immerhin, es waren Algen. Mit etwas Glück schmeckten sie sogar salzig.

Ein Blick auf die Uhr bestätigte ihm, dass er lange geschlafen hatte – zu lange. Wie es schien, war er der letzte Gast, denn die Buffetschüsseln waren bis auf wenige magere Reste geplündert worden.

»Guten Morgen«, grüßte Bapu Baloo den einzigen Gast, der noch da war.

Der Knorrek hockte mit verschränkten Beinen auf einem Stuhl im hintersten Winkel des Zimmers, knabberte an einem Ast und las in der Zeitung. Vor ihm auf dem Tisch stand ein Teller mit den Überbleibseln zerkauter Baumrinde. Kurz blickte er auf, nuschelte ein knappes *Morgen* und steckte die Nase wieder in die Zeitung – die *Galactic Tribune* vom letzten Monat. Solche Blätter las Bapu Baloo prinzipiell nicht, er bevorzugte den *Interstellar Standard* oder die *Cosmic Chronics*, die hatten zumindest noch einen letzten Rest von Format, was man von einem Blatt wie der *Galactic Tribune* nicht behaupten konnte.

Bapu Baloo angelte sich einen Teller, auf den er die letzten zusammengekratzten Algen gab. In die andere Flosse klemmte er sich eine Schüssel, die er mit Muscheln füllte. Soße gab es keine mehr, zu blöd, denn die Muscheln schmeckten hart und eingetrocknet. Er hing die Nase in einen Bottich, in dem nur noch ein Schöpflöffel lag. *Zu spät!* Das Plankton war schon alle. Aber er zuckte nur mit den Flossen. Schließlich konnte man nicht alles haben.

Aus einem Getränkespender quetschte er die letzten Tropfen Nährsalz. Mit Schüssel, Teller und halbvollem Becher setzte er sich neben den Knorrek an einen Tisch und begann zu essen. Sein Großvater im Heim hätte diesen Fraß als eine Zumutung bezeichnet, doch Lichtjahre von zu Hause entfernt schmeckte er köstlich. Immerhin hatte er seit Monaten nichts Anständiges mehr hinter die Kiemen bekommen, da mundete eine staubtrockene Muschel wie ein erstklassiges Gourmetmenü. Gierig schüttete er sich den Inhalt des Bechers in den Rachen und wischte sich mit der Flosse über den Mund. Aus dem Radio drangen merkwürdige Klänge eines folkloristischen Senders, wahrscheinlich eines benachbarten Planeten, der nichts für modernen Jäff Metal übrig hatte. Er ignorierte das Geplänkel von Tuba, Horn, Harmonika und Saitenguerillos. Wieder auf der *Homer*, würde er sich eine Disc von *Keltonic Worchester* über die Anlage genehmigen.

Als er zum zweiten Mal vor dem Buffet auf und ab schlenkerte und lustlos in den beinahe leeren Schüsseln stocherte, stand plötzlich der Knorrek neben ihm.

»Spät dran, was?« Der Knorrek redete in akzentfreiem Sgorc.

Bapu Baloo zuckte mit den Achseln.

»Wie essen Sie eigentlich *dieses* Zeug?« Der Knorrek deutete mit einem fleckigen, dürren Arm auf die Muscheln.

»Ganz einfach!« Bapu Baloo schnippte sich eine Muschel in den Mund, knackte die Schale auf und schlürfte den Inhalt heraus, sofern man bei diesem staubtrockenen Inhalt überhaupt von *schlürfen* sprechen konnte. Anschließend zermalmte er die Schale mit den Zähnen, sodass es in seinem Mund ziemlich hässlich knackte.

»Versuchen Sie es mal!«, ermunterte er den Knorrek mit vollem Mund.

Dieser verzog das Gesicht. »Danke, ich bleibe lieber bei meinen Ästen.«

Der Knorrek bot ihm einen dicken, braunen Stamm an. Dankend schüttelte Bapu Baloo den Kopf.

»Vince Vernon«, stellte sich der Knorrek vor und reichte ihm den dürren Arm.

»Bapu Baloo.« Er reichte dem Knorrek die Flosse.

»Ist das Ihr Schiff da draußen, die *Homer*?« Vince Vernon deutete zum Hangar.

Bapu Baloo nickte. »Und der schnittige Conga ist wohl Ihrer?«

»Yessir«, rief der Knorrek stolz. »Wie schnell geht Ihre Kiste?«

»Zehnfacher Dive«, antwortete Bapu Baloo.

»Wie viele ÇĐûðãçs sind das?« Vince Vernon legte die Stirn in Falten.

Bapu Baloo rechnete die Geschwindigkeit um. »Achtzehntausend ungefähr«, antwortete er, wobei er es tunlichst vermied, die Tempoeinheit der Knorreks auszusprechen – ein Wort, das er kaum über die Lippen brachte.

Der Knorrek zog eine Augenbraue hoch. »Nicht schlecht. Meine Kiste macht zwölftausend ÇĐûðãçs, allerdings beginnt sie dann zu trudeln. Wie viel Sprit säuft Ihre Kiste auf Hundert Lichtjahre?«

»Fünfundzwanzigtausend Liter Diotoxin«, antwortete Bapu Baloo.

Der Knorrek stieß einen Pfiff aus. »Teurer Spaß.«

»Ich zahle mit Credit-Card … *normalerweise!*«, fügte Bapu Baloo hinzu. »Ich bekomme Rabatt, außerdem buchen die den Betrag erst zwei Monate später ab. *Hier* scheinbar nicht!«

»Hier nicht«, bestätigte der Knorrek und grinste. »Hier zahlt man mit Naturalien, wenn Sie wissen, was ich meine, *krrr … krrr.*« Sein aufdringliches Lachen hörte sich an wie das Knarren einer kaputten Tür.

Bapu Baloo lächelte höflich. Sie unterhielten sich noch eine Weile über ihre Schiffe, bis Vince Vernon das Thema wechselte. »Waren Sie schon in der Sauna?« Er deutete ein Stockwerk tiefer.

Bapu Baloo wehrte ab. »Das ist nichts für mich, zu trocken.«

»Verstehe. Die hier ist aber nicht schlecht. Wissen Sie, als Vertreter von Frühstücks-Zustelldiensten komme ich ganz schön rum. Ich habe schon viele lausige Drive-Ins gesehen, heruntergekommene Jugendherbergen und schäbige Motels. Das können Sie sich gar nicht vorstellen, *krrr ... krrr*. Das *Journey Inn* ist gar nicht so übel ... bis auf die Bibotza, wenn Sie wissen, was ich meine, *krrr ... krrr*.« Er stieß Bapu Baloo mit dem Ellenbogen in die Seite.

Bapu Baloo wollte gar nicht wissen, wie das nun wieder gemeint war. Rasch wechselte er das Thema. »Und wie geht das Geschäft?«

»Man schlägt sich durchs Leben, mal hier, mal dort.«

Sie setzten sich an den Tisch, wo Vince Vernon ihm eine Zigarre anbot. Rauchend saßen sie sich gegenüber. Bapu Baloo hustete, doch seine Höflichkeit verbat es, die Zigarre abzulehnen.

»Was treibt Sie eigentlich in diese gottverlassene Gegend?«, wollte Vince Vernon wissen.

»Ach«, seufzte Bapu Baloo. »Das ist eine lange Geschichte.«

»Ich habe Zeit.« Vince Vernon verschränkte die Arme hinter dem Kopf und wippte – lässig an der Zigarre kauend – mit dem Stuhl auf und ab.

Vertreter hatten im Allgemeinen viel Zeit, wie Bapu Baloo wusste. Er schob die Zigarre in den Mundwinkel zog daran. »Wir Sgorcs beherrschen die Fähigkeit des Neuromittierens«, begann er zu erzählen, wedelte dabei mit der Flosse, da er nach Worten suchte, um dem Knorrek die Situation zu erklären, ohne dabei überheblich zu wirken.

»Ich weiß«, half Vince Vernon ihm. »Ihr Volk ist in der Lage, Dinge aus dem Unterbewusstsein zu materialisieren.«

»So ähnlich«, bestätigte Bapu Baloo. »Jeder Sgorc kann das, manche schlechter, manche besser, danach richtet sich der gesellschaftliche Status jedes einzelnen.«

»Aha.« Der Knorrek paffte an der Zigarre.

»Manche Sgorcs werden als Genies geboren, andere besitzen bloß das Talent des normalen Neuromittierens, andere wiederum müssen es mühsam lernen, doch bei manchen ist Hopfen und Malz verloren.« Er seufzte. »Diese Sgorcs lernen es nie.«

Als ahnte der Knorrek, worauf Bapu Baloo hinaus wollte, fragte er: »Ist das schlimm?«

»Schlimm?« Bapu Baloo warf die Flossen über den Kopf. »Das ist ungefähr so, als käme ein Knorrek ohne Rinde zur Welt.«

»Oh!« Vince Vernon senkte den Blick. »Das tut mir leid.« Seine übermütige Stimmung war wie weggeblasen.

»Deshalb wurde ich von meinem Volk verstoßen … vor Ihnen sitzt also eine von Algatas Missgeburten. Meine genetische Anlage zur Fähigkeit des Neuromittierens ist so gut wie nicht vorhanden. Schicksal! Ich bin das Opfer einer seltenen Erbkrankheit, die bloß einmal in einer Million Fälle auftritt.«

»Und was machen Sie jetzt?«, flüsterte der Knorrek.

»Tja, es gibt zwei Möglichkeiten: Mich entweder dem Ritual der Degradierung zu unterwerfen, oder …«

»Dem *was?*«

»Ach, das ist eine schreckliche Prozedur. Besser, ich langweile Sie nicht mit den Details.«

Verständnisvoll nickte der Knorrek. »Oder?«

»Oder …«, fuhr Bapu Baloo fort, »mir gelingt es, Meister Yorringh zu finden.«

»Einen Verwandten?«

Bapu Baloo lachte auf. »Eher eine Legende unseres Volkes. Er ist der Religionsgründer des sgorc'schen Glaubens und der Urvater unserer Fähigkeit. Angeblich lebt er am Rande der Galaxis auf einem der ältesten Planeten, die es gibt. Hätte ich ihn gefunden und mich von ihm unterrichten lassen, könnte ich als rehabilitierter Sgorc nach Algata zurückkehren.«

»Warum dann so traurig? Sie sind noch jung und haben Zeit. Suchen Sie weiter!«

Entschieden schüttelte Bapu Baloo den Kopf. »Ich war dumm genug, auf das Märchen reinzufallen.«

»Heißt das, Sie geben auf?« Der Knorrek dämpfte die Zigarre auf dem Teller aus.

»Wenn ich dieses Motel nicht rechtzeitig gefunden hätte, wäre ich draufgegangen. Einmal knapp dem Tod entronnen reicht!« Er lachte gequält auf. »Ich kehre heim.«

»Werden Ihre Artgenossen Sie zu Hause denn wieder aufnehmen?«

»Einen Ausgestoßenen wieder aufnehmen? Sie machen mir Spaß!« Bapu Baloo schnippte die Zigarre in den Becher, es zischte. »Doch besser auf meinem Heimatplaneten zu sterben, als einsam im All, nicht wahr?« Er erhob sich und reichte dem Knorrek die Flosse. »Nett, Sie kennen gelernt zu haben«, verabschiedete er sich, »und danke für das Gespräch.«

»Keine Ursache! Leben Sie wohl und alles Gute!« Vince Vernon tippte sich an die Stirn. »Passen Sie auf, dass Sie der Bibotza nicht in die Arme laufen, *krrr … krrr*.«

Er nickte Vince Vernon zu, verließ den Frühstücksraum und schlich zum Empfangstisch. Die fette Bibotza hockte schnarchend im Stuhl. Er legte den Magnetschlüssel behutsam auf den Tresen.

Auf Flossenspitzen schlenkerte er zum Anlegeplatz, wo die *Homer* lag.

4

Bapu Baloo ließ die Flossen über die Sensoren tanzen. Er legte einen Hebel nach dem anderen um, sodass die Displays der Reihe nach aufflackerten. Das Diotoxin-Gemisch schnellte aus den Tanks und in Sekundenbruchteilen verbrannten Tausende Liter Treibstoff. Die Boliden erhitzten das Plasma im Schiffsheck. Die Generatoren heulten erbarmungslos auf. Es gab einen Riesenknall im Triebwerk … und die *Homer* war von der Bildfläche verschwunden.

Bapu Baloo beschleunigte das Schiff auf zehnfachen Dive und wurde wie ein Squashball in die frisch gefüllt Wanne gepresst.

»*Jippieeee!*«

Zweihundertsiebenundachtzig Lichtjahre lagen noch vor ihm. Der Treibstoff reichte locker aus, er benötigte noch knapp sieben Wochen, dann würde er die äußeren Planeten des algatischen Sonnensystems erreicht haben. Bis dahin könnte er gemütlich im frischen Nährsalz der Wanne planschen, denn jetzt war er ausgeschlafen, satt und fühlte sich rundum wohl.

Mit der Flosse fingerte er nach den Discs, zog ein Album von *Keltonic Worchester* aus dem Archiv. Das war jetzt genau das Richtige! Er würde die Anlage mit voller Lautstärke malträtieren und … *verdammt!* Die Waffe! Er hatte sie samt den als Kaution zurückgelassenen Magazinen im *Journey Inn* liegen lassen. Er schlug sich mit der Flosse an die Stirn. Wie konnte man so vergesslich sein? Er griff zur Steuerung, gab den Retourkurs ein und … *hoppla?* Was war das?

Sein Gesicht bekam eine käsebleiche Farbe. Er schnappte nach Luft, sein Körper verkrampfte sich. Ungläubig starrte er auf das Radar. Wo war das *Journey Inn?* Er scannte die umliegenden Raumsektoren. Wo gerade noch ein leuchtender Punkt geblinkt hatte, war nur noch gähnende Leere. So mysteriös wie die Raumstation aufgetaucht war, war sie auch wieder verschwunden. Wie konnte *das* sein?

Bapu Baloo patschte mit der Flosse gegen die Anzeige des Radars. *Mistding!* Hatte das Gerät den Geist aufgegeben, genauso wie das SOS-Funkmodul? Der Bildschirm blieb schwarz, als hätte jemand den blinkenden Punkt ausradiert.

»Bapu Baloo, ich gratuliere! Du hast deine erste Lektion gelernt!«

»Was?« Sein Rückgrat versteifte sich. Entsetzt blickte er sich im Cockpit um. Die Nährsalzlösung schwappte in allen Richtungen aus der Wanne. Woher zum Teufel war die Stimme gekommen?

»Woher wohl?« Ein Lachen hallte in Bapu Baloos Kopf. »In Zeiten der Verzweiflung und körperlichen Erschöpfung warst du ein guter und aufnahmefähiger Schüler«, sagte diese Stimme, als wäre sie die selbstverständlichste Sache der Galaxis.

»Was zum …?«

»Du hast gelernt, deinen Geist zu neuromittieren.«

»Wer ist da?«, kreischte er.

»Kein Grund, so zu schreien, ich höre dich auch so«, mahnte ihn die Stimme mit einem väterlichen Ton, der gut zu einem weisen Greis mit schlohweißem Haar gepasst hätte.

»Wer ist da?«, wiederholte Bapu Baloo, diesmal leiser.

»Der alte Knabe, den es gar nicht gibt.«

Bapu Baloo schluckte.

»Erkennst du mich nicht? Jene Legende, die so schwachsinnig ist, wie das Märchen vom sich ausdehnenden Universum.«

»Meister Yorringh?«, flüsterte Bapu Baloo kleinlaut. »Wo sind Sie?«

»Ich war stets in deiner Nähe, um dir ein wenig zu helfen.«

»Wobei?«

»Wobei wohl!« Meister Yorringh lachte. »Du hast dir deine Rettung selbst erschaffen.«

Bapu Baloo starrte auf den leeren Radarschirm.

»Du hast dir das *Journey Inn* aus dem Neuroraum des Unterbewusstseins erschaffen. Die Neuromittation war nicht perfekt, keine Sorge, doch du wirst lernen, es besser zu machen, und schon bald die Kunst deiner Artgenossen beherrschen.«

»Aber ich …«

»Fürs Erste bin ich zufrieden mit dir.« Meister Yorringhs Stimme wurde leiser. »Gute Reise, kleiner Sgorc.« Die letzten beiden Worte verhallten in der Ferne.

Bapu Baloo lauschte. Es war absolut still im Cockpit. Plötzlich hatte er keine Lust mehr, *Keltonic Worchester* zu hören. Er ließ die Flossen sinken, sein Gesichtsausdruck entspannte sich. Geräuschvoll stieß er die angehaltene Luft aus. Er dachte nach. Nur mal angenommen – überlegte er – wenn es ihm gelänge, die Kraft des Geistes so zu neuromittieren, dass er sich mit der *Homer* von einer Sekunde zur anderen nach Algata transferierte, dann würde er sich eine siebenwöchige Reise ersparen.

Wenn ihm das gelänge … nur mal angenommen … würde er schon bald wieder Vater, Mutter, Bapu Bet, Bapu Ben und seinen Großvater wiedersehen. Er schloss die Augen, verflachte den Atem und konzentrierte sich.

DIE LETZTE FAHRT DER ENORA TIME

Nun zur Titelgeschichte und damit zur längsten Story in diesem Band. Nach Rendezvous *die zweite klassische Raumschiff-Erzählung.*

Es ist eine Mini-Space-Opera, oder wie die Juroren des Deutschen Science-Fiction-Preises es formulierten, für den die Geschichte seinerzeit nominiert worden war, eine Space-Opera in der Nussschale.

Ich erinnere mich noch an die Präsentation der Geschichte, die ich seinerzeit beim Alien-Con 2002 in der Berliner Archenhold-Sternwarte dem Convention-Publikum vorgestellt habe.

Andreas Eschbach war bei diesem Con ebenfalls Gastredner gewesen und präsentierte den Beginn seiner SF-Mars-Jugendbuchreihe. Nach meiner Lesung standen wir im großen Hörsaal der Sternwarte, ich auf der Treppe, und er auf der gegenüberliegenden Seite, ebenfalls auf der Treppe – und er deutete mir mit abgespreiztem Daumen ein – heute würde man sagen – Gefällt mir!

Diese kleine Geste hat mich unheimlich motiviert. Ich bin ihm bis heute unendlich dankbar dafür. Sie hat mich dazu bewegt, weiter an meinen Geschichten und Büchern zu arbeiten.

Doch bevor ich zu sentimental werde – lassen Sie sich am Schluss noch einmal von mir in die Weiten des Alls entführen …

1.

»Bordbuch der *Enora Time*: Captain Clair K. Marlies. 11. August 2758, 07.24 Uhr Bordzeit.

Unsere Mission ist gescheitert. Wir kennen weder unsere derzeitige Position noch den Grund, weshalb so vieles schiefgelaufen ist. Der Krieg gegen die Dracon tobt weiterhin in der Galaxis. *Ohne uns!* In welchem Raumquadranten auch immer wir uns zurzeit befinden, in der Nähe des feindlichen Stützpunktes sind wir jedenfalls nicht. Ich versuche, die Ereignisse der letzten beiden Tage zu rekonstruieren. Vielleicht sehe ich danach die Zusammenhänge klarer.«

Captain Clair K. Marlies verstummte, automatisch stoppte die Aufzeichnung des Bordbuchs. Clair verschränkte die Arme hinter dem Kopf und lehnte sich zurück. Ihre Beine waren überkreuzt, ihre Stiefel ruhten auf der Konsole der Küchennische und auf ihrem Schoß lag eine Akte. Sie schloss die Augen und lauschte dem Klicken an ihrem Kehlkopf. Das Interface des Bordbuchs tickte, als hätte das altersschwache Gerät Schwierigkeiten, die Daten ins Netz zu laden. Clair wusste, dass bei der Ausrüstung für diese Mission an allen Ecken und Enden gespart worden war, weil die Kosten selbst die schlimmsten Befürchtungen übertroffen hatten. Doch jetzt war es zu spät für ihre Reue, schließlich hatte sie die Rahmenbedingungen dieser Mission von Anfang an gekannt.

Ihre Hände vibrierten, die Augenlider zuckten überanstrengt, ein kalter Schauer raste ihr durch die Glieder. Sie spürte den Schmerz in der Schulter und die Verspannung der Wirbelsäule. So ist das also, wenn man alt wird, dachte sie. Außerdem rächte sich der Schlafentzug der letzten Tage. Seufzend rieb sie sich die Augen – jetzt war ohnehin nicht an Schlaf zu denken, das Bordbuch würde sich nicht von selbst ergänzen. Sie musste die Ereignisse der letzten Tage rückwirkend und in der richtigen Reihenfolge aufzeichnen.

Beginn zwei Tage vorher ... mit dem Anfang!

»09. August 2758, 10.40 Uhr Bordzeit«, diktierte sie. »In der vierten Woche unserer Fahrt koppelte JOSEPH die Ice-Tanks der Crew vom Versorgungssystem ab und ließ anstelle des Routineprogramms die Alarmreanimation anlaufen. Wir erwachten aus unserer Tiefschlafphase, binnen Sekunden wurden unsere Körper auf 36,9 Grad Celsius erwärmt und mit Elektroschock reanimiert. Zu diesem Zeitpunkt kannte ich den Grund für die Alarmreanimation noch nicht und sah auch keinen Anlass dafür.

An dieser Stelle möchte ich festhalten, dass diese Art der Wiederbelebung ein hohes Risiko für das menschliche Herz- und Kreislaufsystem darstellt und entsprechend den Sicherheitsvorschriften der interstellaren Raumfahrt von 2649 nur bei einem Notfall der Kategorie Acht angewendet werden darf. Die Bilanz sieht dementsprechend aus: Clondayle liegt im Koma, Svensons linke Körperhälfte ist gelähmt, Reeves leidet unter psychogener Amnesie und zeigt die typischen Symptome eines postreanimalen Raumfiebers.

Wir mussten die drei Crewmitglieder sofort auf die Krankenstation bringen. Doc Travis konnte nichts anderes tun, als sie ruhigzustellen und ihre Lebensfunktionen durch die *Ambucam* überwachen zu lassen.

Das Zwölfte Bataillon wurde nicht reanimiert. Ich sah keinen Grund, die schlafenden Hunde des Krieges zu wecken. Die Soldaten liegen nach wie vor auf dem C-Deck, und der Gedanke beruhigt mich, dass sie in ihren Ice-Tanks bei minus 196 Grad Celsius in flüssigem Stickstoff tiefgefroren sind.

Der Rest der Crew fand sich nach der Gesundheitsuntersuchung auf der Brücke ein: Ecco, Nakamura, Doc Travis, Commander Bajt und Lieutenant Ferguson. Wir fuhren die Systeme hoch und ließen für alle Stationen die Checks der Klarschiffmeldung durchlaufen. Lieutenant Liv Ferguson bemerkte als Erste, dass die Sternenkonstellation nicht stimmen konnte. Ein Blick in das Bordbuch bestätigte ihren Verdacht. JOSEPH hat uns um acht Wochen zu früh aus den Ice-Tanks geholt! Den Grund kennen wir nicht!«

Clair dachte kurz nach, dann sprach sie weiter. »09. August 2758, 14.30 Uhr Bordzeit. Die *Enora Time* ist mittlerweile zu fünfundsiebzig Prozent einsatzfähig. Die Waffensysteme bleiben inaktiv, sie zu bedienen ist nicht meine Aufgabe. JOSEPH deaktivierte den Autopiloten, und ich übernahm das Kommando. Bisher habe ich den Clausewitz-Antrieb nur im Simulator kennen gelernt und bin von der Wendigkeit des Schiffs überrascht. Immerhin ist die *Enora Time* ein schwerer Kreuzer der Bismarck-Klasse. Das Schiff spricht gut an, es reagiert auf die manuelle Steuerung ohne das typische Trudeln. Nach einigen kurzen Testmanövern bin ich davon überzeugt, dass nach dem endgültigen Ausreifen des Prototyps die Time-Generation alle anderen Kampfschiffe ablösen wird. Wir müssen abwarten, ob uns diese Neuerung den entscheidenden Vorteil im Krieg gegen die Dracon bringen kann.

09. August 2758, 18.15 Uhr Bordzeit. Nachdem auch die Waffenchecks positiv beendet sind, übernimmt JOSEPH wieder die Steuerung. Lieutenant Ferguson bittet mich auf das Navigationsdeck, wo sie die automatischen Aufzeichnungen des Bord-

buchs bestätigt. Demnach haben wir erst ein Drittel der geplanten Distanz zurückgelegt, was nicht unplausibel erscheint, da wir acht Wochen zu früh aus den Ice-Tanks reanimiert wurden. Allerdings zeigt sie mir unsere derzeitige Position auf den Karten: von unseren Zielkoordinaten sind wir 137 Lichtjahre entfernt, viel weiter als *vor* unserem Start. Wir bewegen uns in die falsche Richtung, hinein in einen vollkommen fremden Raumsektor – warum hat JOSEPH keine Kursabweichung gemeldet? Nach seinen Angaben liegt die *Enora Time* bis auf eine Abweichung von zwei Raummeilen auf Kurs. Aber auf *welchem* Kurs?

Ich bitte Lieutenant Ferguson, das Gespräch als vertraulich einzustufen, denn solange wir unsere neue Destination nicht herausgefunden haben, möchte ich die Crew nicht darüber informieren. Eigentlich sollte unsere Mission in feindliches Kampfgebiet führen, an den Rand des Sternennebels der Sphinx. Ein Grund mehr, mich mit JOSEPH zu unterhalten.

Eine Stunde später informiere ich Commander Bajt beim Abendessen in der Messe über unsere Situation. Gemeinsam besuchen wir JOSEPH in der Kommandokapsel. Die Maschine verweigert uns jedoch den Zugriff auf die Datenbanken. Sie begründet ihre Entscheidung damit, dass sie darauf programmiert sei, Daten der Sicherheitsstufe Blau nur an Personen mit autorisiertem Zugriff weiterzuleiten. In den Bordfiles der Maschine sind Commander Bajt und ich jedoch nicht für Code Blau eingestuft. Dabei muss es sich um einen Irrtum handeln, denn unsere Mission ist öffentlich bekannt und vom Ausschuss der Galaktisch-Territorialen Streitkräfte autorisiert worden. Somit gibt es an Bord der *Enora Time* nur eine Person der Sicherheitsstufe Blau: Captain Vincent Harding, den Oberbefehlshaber des Zwölften Bataillons. Soviel ich weiß, wurde er für diese Mission aufgrund seiner zahlreichen Auszeichnungen im galaktischen Krieg vom Ausschuss ausgewählt. Doch er liegt noch tiefgefroren im Ice-Tank.

09. August 2758, 20.15 Uhr Bordzeit. Auf meinen Befehl hin lässt Doc Travis die verminderte Alarmreanimation für Captain Harding anlaufen. Bereits eine Stunde später trifft dieser auf der Brücke ein. Wir sind verblüfft, wie rasch und problemlos er die Reanimation überstanden hat.

Noch bevor wir mit ihm ein Gespräch führen können, erreicht uns über Bordfunk Lieutenant Fergusons Meldung auf der Brücke: Mit unverminderter Fahrt tritt die *Enora Time* soeben in die Planetenkonstellation des Senec-Doppelsternsystems ein. Allerdings weicht der Kurs geringfügig von den berechneten Plandaten ab, als brächte ein Kraftfeld die mathematischen Gesetze durcheinander. Lieutenant Ferguson treibt uns zur Eile; wir haben nicht mehr viel Zeit, das Problem zu lösen. Ein Programmfehler steht dabei nicht zur Diskussion, wie sie uns mitteilt. Sie kann die Zusammenhänge nur vermuten. Möglicherweise befindet sich die *Enora Time* im Anziehungskegel eines Kraftfeldes, das so gigantisch ist, dass es Licht- und Radiostrahlen absorbiert. Deshalb kann es von unserem Radar nicht erfasst werden. In den Karten ist jedoch kein Schwarzes Loch verzeichnet. Sekunden später, nachdem wir den Bericht zu Ende gehört haben, ist es für eine Kurskorrektur bereits zu spät.

09. August 2758, 21.35 Uhr Bordzeit. In einer engen Schleife versuchen wir die *Enora Time* aus dem Sog des Kegels herauszumanövrieren, doch selbst der Clausewitz-Antrieb kann das Schiff nicht auf Kurs halten. Die Schiffsaußenhülle kracht, die Verbände knirschen. Auf der Brücke hört es sich an, als würden Meteore die Legierung durchschlagen. Das Radar und zwei Ge-

neratorblöcke des Haupttriebwerks fallen aus. Nur noch wenige Sekunden bis zum Eintritt in den Ereignishorizont.

Ich gebe Alarm für alle Stationen an Bord und setze über alle Frequenzen einen SOS-Funkspruch ab. Automatisch laufen sämtliche medizinischen und technischen Vorbereitungen für den Eintritt an. Den Crewmitgliedern bleibt kaum genügend Zeit, ihre Plätze auf der Brücke einzunehmen.

Zehn Minuten später fallen die Systeme aus, Kabelbrand züngelt durchs Cockpit. In den Eingeweiden der *Enora Time* tobt es, als wollte das Schiff jeden Augenblick auseinanderbrechen. Für einen Moment fällt die Schwerkraft an Bord aus. Dann presst uns die Beschleunigung wie Marionetten in die Sitze. Ich bemerke noch, wie Doc Travis und Commander Bajt die Augen verdrehen und bewusstlos in den Gurten hin und her geschleudert werden. Mein Blick begegnet dem Captain Hardings – er starrt fasziniert durch die Blende des Cockpits, als wüsste er, was um uns herum vorgeht. Dann werde auch ich ohnmächtig.«

Clair verstummte und massierte ihre Schläfen; sie spürte noch immer die Schwellung auf der Stirn. Ähnlich dem Kraftfeld, war auch ihr Gedächtnis wie ein Schwarzes Loch, das keine weiteren Erinnerungen an die Oberfläche kommen lassen wollte. Wie hatten sie dem Sog entkommen können? Was war unmittelbar nach dem Austritt geschehen? Sie kaute an der Unterlippe. *Welche Details hast du vergessen?* Sie dachte wieder an das Kraftfeld. Wohin war es nach ihrem Austritt so plötzlich verschwunden?

Ein Stich im Oberschenkel ließ sie hochfahren. Ihr linkes Bein war eingeschlafen. Sie quälte sich aus dem Sitz, humpelte zur Konsole und drückte einen Pappbecher aus der Röhre. Wasserdampf löste das schwarze Pulver auf, und Sekunden später verbreitete sich der Geruch frisch gekochten Kaffees in der Kabine. Sie zog den Becher mit den Fingerspitzen aus der Konsole, nippte daran, steckte sich eine Zigarette an. *Nikotin hält wach.* Sie verzog das Gesicht. Der synthetische Geschmack klebte wie Plastikfolie an ihrem Gaumen. Clair versuchte, sich auf den gestrigen Tag zu konzentrieren.

»10. August 2758, 10.15 Uhr Bordzeit«, diktierte sie. »Ecco und Nakamura überleben den Austritt nicht. Der Druck zerquetscht ihre inneren Organe wie einen nassen Schwamm. Ich habe so etwas noch nie gesehen! Der Anblick ist schrecklich! Wir bringen die beiden Leichen zu den Ice-Tanks. Dort frieren wir sie ein. Commander Bajt beginnt mit den Arbeiten am Versorgungssystem. Clondayle liegt nach wie vor im Koma, und Reeves leidet immer noch an postreanimalem Raumfieber. Svensons Zustand verschlechtert sich, die Lähmung geht auf seine rechte Körperhälfte über. Entgegen Doc Travis' Meinung entscheide ich mich dafür, Svenson nicht im Ice-Tank zu deanimieren, sondern ihn bei Bewusstsein zu lassen. Ich möchte an dieser Stelle festhalten, dass ich dafür die alleinige Verantwortung übernehme. Ich hoffe, dass sich der Zustand von Reeves und Svenson verbessert, im Moment wird jedes Crewmitglied benötigt.«

Clair blickte zu den Systemanzeigen in der Kabine, danach auf die Uhr.

»11. August 2758, 08.05 Uhr Bordzeit. JOSEPH hat soeben seinen Systemcheck beendet: Die lebenserhaltenden Systeme der *Enora Time* sind zu neunundzwanzig Prozent ausgefallen. Doc Travis, Commander Bajt und Lieutenant Ferguson sind seit vierundzwanzig Stunden mit den wichtigsten Reparaturarbeiten beschäftigt. Captain Harding sehe ich kaum. Gelegentlich begegnen wir uns auf der Brücke, wo er meist mit einem Kaffeebecher an der geöffneten Blende steht und stumm ins All starrt.

JOSEPH steuert die *Enora Time* durch unbekanntes Gebiet. Unsere exakte Position konnten wir noch nicht bestimmen. Lieutenant Ferguson bat mich im Bordbuch zu vermerken, dass sie in der Messe das Verschwinden von Lebensmitteln bemerkt hat.

Ende der Bordbucheintragung. Clair K. Marlies, Captain der *Enora Time,* Verband der Galaktisch-Territorialen Streitkräfte.«

2.

Clair schaltete das Interface des Bordbuchs an ihrem Kehlkopf aus. Offiziell gab es zu den Ereignissen nichts mehr zu sagen. Sie ertappte sich dabei, wie sie mit den Fingern auf der Akte trommelte. »*Captain Harding*« stand auf dem Deckel. Wollte man Hardings Karriere und seinen krankhaften Hunger nach Macht in Worte fassen, müsste das Dossier einige Tausend Seiten dick sein. Doch für diesen Mann war die Akte viel zu dünn und verriet gerade deshalb mehr, als sie eigentlich verbergen sollte.

Clair sah auf und ließ ihren Blick über die Anzeige neben dem Bordfunk wandern. In etwa zwanzig Minuten würde sie Commander Bajt auf der Brücke ablösen. Aus der Brusttasche der Uniform zog sie ein in Kunststoff gebundenes Tagebuch, das sie seit Jahren bei sich trug. Doch bis auf ein lustlos hingekritzeltes *Ich …* auf der ersten Seite war es leer geblieben. Sie schlug das Buch auf und begann mit dem Laserstift dort weiterzuschreiben, wo sie vor fünf Jahren aufgehört hatte.

»… habe das Gefühl …« Sie setzte den Stift ab und starrte auf die Worte. *Ja, welches nur?* Zögernd schrieb sie weiter, kurz darauf wurden ihre Worte flüssiger. »… dass wir von Anfang an belogen wurden. Es hieß, wir würden eine Mission übernehmen, deren Erfolgschancen verschwindend gering wären. Verschwindend gering … und dennoch sind wir hier! Ich habe keine Ahnung, warum sich die Mitglieder meiner alten Crew auf diesen Flug eingelassen haben. Bajt und Travis hätten nicht mitmachen müssen, wir hätten andere gefunden, die so verrückt gewesen wären, sich uns anzuschließen. Selbst hinter Fergusons Fassade blicke ich nicht. Hat sie die Tragödie in ihrer Familie doch nicht überwunden? Zumindest hatten die drei auf unseren letzten Flügen nicht den Eindruck gemacht, als hätten sie nichts mehr zu verlieren. Weiß der Teufel, warum sie sich freiwillig für ausgerechnet dieses Himmelfahrtskommando gemeldet haben.«

Clair hielt inne, dachte nach, klopfte mit dem Laserstift gegen die Zähne. Dann schrieb sie weiter: »Der Rest der Crew besteht aus Freiwilligen, denen ich erst beim Training auf Camp Daytena begegnet bin. Ecco und Nakamura schienen nette Burschen gewesen zu sein und hätten sich gut in die Crew eingelebt, doch die Zeit war zu knapp, und ich hatte keine Möglichkeit, die beiden näher kennenzulernen. Ich weiß nicht einmal, ob zu Hause Angehörige auf sie warten. In den Akten steht nichts darüber. Von den anderen weiß ich nur, dass sie genauso verrückt sind wie wir. Wer sonst würde sich dorthin wagen, wo der kalte Sternenhimmel vielleicht das Letzte ist, das man in diesem Leben zu sehen bekommt?

Wir dachten, wir würden als Helden zurückkehren, wenn wir das Zwölfte Bataillon vor dem ersten Stützpunkt der Dracon absetzten. Reingehen, die Flanken der Außenposten zerstören, die Reaktoren des Stützpunkts bombardieren, die Soldaten im Feindgebiet platzieren und nach fünfzig Minuten die Truppen wieder auflesen und abhauen, haben sie uns auf Camp Daytena eingedrillt. *Reingehen – Zuschlagen – Abhauen!* Wie ein Einsatz aus dem Militärhandbuch! Nicht zu lange im Feindgebiet manövrieren! Der Einsatz hätte höchstens drei Stunden dauern sollen. Am Rande des Sternennebels der Sphinx hätten wir ohnehin wie eine Kerze auf der Geburtstagstorte geleuchtet. Die Simulatoren der Militärs hatten berechnet, dass nur wenige der Soldaten von dem Einsatz lebend zurückkehren würden.

Stattdessen sind wir woanders hingeflogen, von einem Kraftfeld eingesogen und irgendwo anders ausgespuckt worden, wo wir jetzt durchs All treiben. Die Ice-Tanks haben den Austritt gut überstanden, und die 40.000 Soldaten der Galaktisch-Territorialen Streitkräfte schlafen, einzig und allein Captain Harding leistet uns auf der Brücke Gesellschaft. Er spricht nicht viel, sondern beobachtet nur. Er und JOSEPH scheinen die Einzigen zu sein, die die Hintergründe kennen. Warum wurde der Kurs der *Enora Time* geändert? JOSEPH lässt uns nicht an seine Datenbank, und Harding ist alles andere als kooperativ. Er wollte nicht einmal wissen, weshalb ich ihn aus dem Ice-Tank geholt habe. Vermutlich kann er es sich denken. Ich habe mein Gespräch mit ihm schon zu lange hinausgezögert. Bajt meint, Harding würde nur auf eine Gelegenheit warten, um das Kommando des Schiffs an sich zu reißen. Ich muss auf der Hut sein.«

Clair klappte das Tagebuch zu und ließ es wieder in der Brusttasche verschwinden. Ihre Gedanken niederzuschreiben hatte zumindest ein wenig geholfen. Sie trank den Kaffee aus, warf den Becher samt der Zigarettenkippe in den Mülltank und stand auf.

»Gott …«, murrte sie, als sie vor dem Spiegel der Duschkoje stand und die Falten unter den Augen glattstrich. Ihre Wangenknochen standen hervor, und dunkle Ringe unter den Augen zeugten von zu wenig Schlaf. Früher war sie hübsch gewesen, zumindest hatte sie das öfters zu hören bekommen. *Doch heute …* Sie dachte den Gedanken nicht zu Ende, wandte den Blick ab und streifte das Freundschaftsband vom Handgelenk, das sie vor langer Zeit einmal auf ihrem Kopfkissen gefunden hatte. Ein Geschenk, das sie an zu Hause erinnerte, an eine Wohnung mit vielen hellen Zimmern, an Nachbarn, die oft zu Besuch gewesen waren, aber auch an Abschied, Tränen und vor allem an ihre Tochter.

Mit flinken Fingern band sie ihre Mähne zu einem Knoten zusammen; die ersten grauen Strähnen im blonden Haar, die ihr in die Stirn fielen, ließ sie rasch hinter dem Ohr verschwinden. Dann stopfte sie die blaue Uniformbluse in den Hosenbund und zog den Gürtel enger. Vom Regal über dem Spiegel nahm sie ein volles 30-Projektile-Magazin, klickte es in die Kammer ihrer DeGamak, wartete, bis der Sensor rot blinkte, schob die Waffe in das Holster und verließ die Kabine.

Auf dem Weg zur Brücke spielte sie in Gedanken mehrere Varianten durch, wie sie Harding dazu bringen konnte, mit offenen Karten zu spielen.

»Captain, was ich Sie schon immer fragen wollte …«, murmelte sie und versuchte dabei ein spitzbübisches Lächeln. Missmutig schüttelte sie den Kopf. Mit weiblichem Charme war bei Harding nicht viel zu erreichen, eher mit unverhohlener Autorität: »Captain Harding! Ich erwarte Sie in fünf Minuten zu einer Einsatzbesprechung in der Messe!«

Doch würde sie die Nerven besitzen, *so* mit dem Militär zu sprechen? Zwar hatte Harding den gleichen Rang wie sie, doch solange sie nicht im Feindgebiet manövrierten und keinen Einsatz flogen, war sie der Captain an Bord. Ob Harding das respektieren würde? Sie konnte ihn kaum einschätzen, doch musste sie es jetzt endlich hinter sich bringen, mit welcher Variante auch immer. Das Katz-und-Maus-Spiel hatte schon zu lange gedauert.

Ein Geräusch riss sie aus den Gedanken, von Weitem hörte sie aufgebrachte Stimmen durch den Korridor hallen. Sie lief den Gang hinunter, die Tür glitt mit einem elektronischen Surren auf und sie betrat die Brücke. Schlagartig verstummte der Lärm. Sämtliche Varianten hatten sich erübrigt. Captain Harding stand zwischen den Pilotensitzen und richtete den Lauf einer entsicherten Selmac7 auf Doc Travis und Commander Bajt.

3.

»Was zur Hölle ist hier los?«, rief Clair außer sich.

Als sich Captain Harding ihr langsam zuwandte, zielte der Lauf seiner Waffe schon längst auf ihren Kopf. Das Blinken des roten Laserpunkts blendete ihre Augen. Beinahe glaubte sie zu spüren, wie der Suchlaser ihre Stirn erwärmte und ihr gemächlich ein Loch in die Haut brannte.

Harding hatte die Kampfuniform der Galaktisch-Territorialen Streitkräfte angelegt. Sogar auf seine Orden und Rangabzeichen hatte er nicht verzichtet. Hager und steif wie eine Holzpuppe stand er vor ihr. Auch er machte einen ausgemergelten Eindruck. Wahrscheinlich erging es ihm nicht besser als den anderen an Bord, die sich alle seit vierundzwanzig Stunden auf den Beinen hielten.

Hardings kantiges, pockennarbiges Gesicht verfinsterte sich, als er Clair musterte. »Setzen Sie sich hin!« Sein Handgelenk bewegte sich ruckartig und der Laserpunkt zuckte zu einem der freien Pilotensitze.

»Ich werde mich *nicht* hinsetzen!«, zischte Clair, ohne zu überlegen. Wie würde Captain Harding darauf reagieren? Ihre Knie wurden weich. »Sie haben zwar das militärische Kommando über die *Enora Time*, aber im Moment ist der Kreuzer immer noch ein ziviles Schiff, das unter meinem Kommando steht, und Sie …«

»Das hat sich soeben geändert! Commander Bajt wird jetzt die Waffensysteme des Schiffs aktivieren und der Doc die Ice-Tanks vom Tiefschlaf-Versorgungssystem abkoppeln.«

Er will die Soldaten wecken!

Sie schluckte, zumindest wusste sie jetzt, dass bei Captain Harding weder weiblicher Charme noch autoritäre Befehle funktioniert hätten.

»Sie haben keineswegs die Befehlsgewalt über *meine* Crew«, sagte sie.

»*Ihre* Crew?« Harding lächelte.

Clair sah die Kälte in seinen Augen. Obwohl er in ihrem Alter war, hatte er bereits die von zahlreichen Falten durchzogenen Gesichtszüge eines alten, verbitterten Mannes. Clair zweifelte an der Richtigkeit der Daten in seiner Akte. Wahrscheinlich war Harding älter als in dem Dossier angegeben, und das Militär hatte einige Jahre aus seinem Leben verschwinden lassen.

»Ich sage Ihnen etwas über Ihre Crew. Mit der Handvoll Männer, die nicht gerade tot in den Ice-Tanks liegen oder nutzlos auf der Krankenstation herumlungern, kann man dieses Schiff nicht einmal manövrieren.«

»Ja, meine Crew ist mit einer Situation wie dieser ein wenig überfordert, die Mannschaft ist gereizt und übermüdet, aber trotzdem …«

»Korrekt! Ich habe Ihnen zwei Tage lang zugesehen, wie Sie Ihre Besatzung mit einem unkoordinierten, unsinnigen Befehl nach dem anderen beschäftigt haben, während *Sie* an dem Clausewitz-Antrieb herumgespielt haben.«

Clair schnappte wortlos nach Luft, instinktiv warf sie ihrem Commander einen Blick zu. Bajt sah sie mit weit aufgerissenen Augen an, seine Hände zitterten. Hinter Hardings hochgewachsener Gestalt wirkte Bajt mit seinem Dreitagebart und den unfrisierten Haaren, die ihm wirr ins Gesicht hingen, nicht nur chaotisch, sondern auch überarbeitet und im Moment völlig hilflos. Sie kannte ihn gut genug, um zu wissen, dass er jeden Augenblick die Nerven verlieren würde. Sie hoffte, er würde zumindest in einer Situation wie dieser seine Klappe halten und keinen Fehler begehen.

»Haben Sie überhaupt eine Vorstellung davon, was dieses Schiff der neuen Time-Generation eigentlich *kann?*«, fuhr Harding sie an.

»Wenn Sie die Waffensysteme meinen: Ja!«

»Können Sie sie bedienen?«

Clair zögerte. Der Mistkerl drängte sie in die Ecke. »Nein«, gab sie zu. »Als Captain eines zivilen Hin- und Rückflugs ist das keine meiner Aufgaben, aber die …«

»Richtig! Und deshalb verlange ich das Schiff klar zum Gefecht, bevor noch mehr Pannen passieren«, bellte Captain Harding, während er auf Clair zuging. »Wir sind nicht länger auf einer *zivilen* Mission!« Verächtlich spie er die Worte aus.

Sie wich keinen Schritt zur Seite und hielt dem Blick des Militärs stand. Sie fragte sich, ob Harding bemerkte, dass ihre Knie jeden Augenblick wie Pudding nachgeben würden. Neben sich hörte sie ein Knirschen. Doc Travis hatte sich von seinem Sitz erhoben, zaghaft ging er auf die Terminals zu. Die Stirn des alten Mannes glänzte im Licht der Deckenlampe. Der Arzt war genauso wenig wie Bajt eine Kämpfernatur. Clair schätzte, dass er alles tun würde, um ungeschoren aus der Sache herauszukommen. Und das bedeutete, dass er springen würde, sobald Harding seine Waffe auf ihn richtete und den Befehl dazu gab.

»Sie fahren sämtliche Waffensysteme hoch und reanimieren die Lieutenants und Ersten Offiziere des Bataillons!«, brüllte Harding. »Sofort!« Er riss die Waffe herum und zielte auf Bajts Stirn.

Clair fuhr zusammen. Sie sah, wie sich Bajts Rückgrat versteifte und er die Augen zusammenpresste. Auf seinen Schläfen glänzte ein Schweißfilm, ein Tropfen lief ihm über die Wange.

»Na los, Commander! Sind Sie taub?«, brüllte Harding. Seine Halsschlagader schwoll zu einem dicken Wulst an.

Clair machte einen Schritt auf den Militär zu. Dann blickte sie zum Doc. »Travis!«, befahl sie und hoffte, dass niemand das Zittern in ihrer Stimme bemerkte. »Bleiben Sie auf Ihrem Platz!«

Der Doc hielt inne, Harding legte den Kopf schief und starrte Clair an. Seine Mundwinkel verzogen sich amüsiert.

»Solange wir nicht im Feindgebiet operieren, habe *ich* den Oberbefehl über dieses Schiff, und ich verlange von Ihnen, dass Sie sich meinen Anweisungen unterordnen«, sagte sie, bevor Harding etwas erwidern konnte.

Der Militär warf den Kopf nach hinten, als wollte er laut auflachen, doch entrang sich seiner Kehle nur ein trockenes Krächzen. Im gleichen Moment griff Clair mit einer blitzschnellen Bewegung nach ihrem Hüftgurt und entsicherte die Handfeuerwaffe, noch während sie das schwere Modell hochriss. Sie hatte ihre Bewegung noch nicht zu Ende geführt, als bereits ein Projektil in die Kammer der DeGamak gesprungen war. Ein roter Laserpunkt blinkte auf Hardings Stirn. Während sich Clairs

Arm versteifte, entspannten sich Hardings Gesichtszüge. Er grinste breit.

»Muss das sein? Das ist doch lächerlich!« Fordernd streckte er die Hand nach ihrer Waffe aus. »Was wollen Sie mit der DeGamak?«, fügte er hinzu. »Mir meine Uniform versauen?«

»Genau!« Sie senkte die Waffe für einen kurzen Moment. »Ich schieße Ihnen die Kniescheibe raus.« Ihr Finger legte sich auf den gerippten Sensor am Abzug. Bleiern zog das Gewicht der Waffe an ihrem Arm. Ihre Hand begann zu schwitzen.

»Die tapfere Kommandantin will also tatsächlich in der ganz großen Liga mitspielen? Aber das ist kein Spiel für *alte Ladies!*«

»Sie haben recht«, fauchte Clair. Geflissentlich überhörte sie seine Anspielung. »Das ist kein Spiel! Und solange ich nicht erfahren habe, wo wir uns im Moment befinden, werden die Waffensysteme *nicht* aktiviert. Ich werde mit keiner tickenden Zeitbombe durch ein mir unbekanntes Gebiet fliegen, und schon gar nicht mit einem Schiff, über das ich noch keine komplette Schadensmeldung erhalten habe.«

Sie fixierte Hardings Waffenhand. Beim kleinsten Anzeichen einer Bewegung würde sie die Augen schließen und den Sensor nicht mehr loslassen, bis entweder Harding oder sie selbst tot am Boden lag.

»Solange ich nicht den Grund für unseren Eintritt in das Kraftfeld kenne«, fuhr sie unbeirrt fort, »wird hier an Bord überhaupt nichts geschehen, außer, dass wir unser Schiff wieder zusammenflicken, Sie Ihren Mund halten und meine Crew nicht bei der Arbeit stören.«

Captain Hardings Augenbraue zuckte amüsiert. Er öffnete den Mund.

»Ich bin noch nicht fertig!« Sie bemerkte aus dem Augenwinkel, wie sich Commander Bajt langsam aus seinem Pilotensitz erhob, als wollte er sich von hinten an den Militär heranschleichen. Travis riss die Hände hoch. Sein Gesicht wurde weiß, als erlitte er einen epileptischen Anfall, seine Stirn glänzte mehr denn je. Sie hoffte, der Schiffsarzt würde es nicht vermasseln. *Reden, reden, reden – und den Captain ablenken*, dachte Clair.

»Und solange ich nicht den wahren Grund für unsere Mission kenne, wird kein einziger Rekrut des Bataillons reanimiert, ist das klar? Denn was ich im Moment nicht brauchen kann, ist eine Horde wildgewordener Soldaten, die an Bord die Muskeln spielen lassen wollen. Das Schiff bleibt solange unter meinem Kommando, bis Sie oder JOSEPH sich zur Kooperation bereit erklären.«

»Da sieht man es wieder … Zivilisten«, spottete Harding.

Bajt schlich Schritt für Schritt näher, bis er sich eine Armlänge hinter dem Captain befand.

»Ich trage die Verantwortung für diese Crew, die immer noch meinem Befehl untersteht … und wenn Sie jetzt nicht auf der Stelle die Waffe weglegen, muss ich Sie unter Arrest stellen.«

»Unter Arrest?« Harding lachte. »Stecken Sie dieses alberne Ding weg. Sie schießen noch ein Loch in die Konsolen.«

Clairs Hand begann zu zittern. Bajt stand unmittelbar hinter Harding. Sie musste sich zwingen, nicht hinzusehen.

»Ich darf Sie daran erinnern, niemand von Ihnen unterliegt der Sicherheitsstufe, der dieses Projekt zugeteilt wurde«, flüsterte Harding mit trockener Kehle. »Sie sind Freiwillige und das berühmte Bauernopfer in einem Krieg, den Sie niemals verstehen und begreifen werden. Ich werde Sie alle töten müssen, bevor wir mit der *Enora Time* unsere tatsächliche Mission beginnen.«

Unsere tatsächliche Mission? Was meinte er damit? Clairs Augen zuckten zur Seite und trafen für den Bruchteil einer Sekunde Bajts Blick. Er stand hinter Harding und hatte die Hand zum Schlag erhoben. Harding bemerkte ihren Gesichtsausdruck. Noch im selben Moment feuerte er. Clair taumelte zurück. Als sie den Schlag gegen ihren Oberschenkel spürte, sah sie Harding bereits mit einer Drehung in die Knie gehen und erneut schießen, diesmal auf Bajt. Die Projektile jagten aus dem Lauf seiner Waffe. Ihr Commander hatte kaum die Zeit wegzutauchen. Mehrere Projektile versengten die Computerkonsolen hinter ihm, und eines davon zerfetzte ihm die Schulter und färbte den Stoff der Uniform rot.

Da feuerte auch Clair. Viel zu spät. Aber im Schock ließ sie den Sensor nicht mehr los. Ihre Waffe spuckte ohne Unterbrechung die Projektile aus dem Lauf. Der Griff prellte ihr gegen die Hand, der Kolben erhitzte sich. Sie hörte Bajt schreien, aus dem Augenwinkel sah sie Doc Travis über den Boden kriechen, die Arme über dem Kopf. Blindlings feuerte sie in Hardings Richtung. Dann traf sie ihn, und er sank vor ihr auf die Knie.

Sie zwang sich, den Griff der Waffenhand zu lockern. Der Lärm fand ein Ende. Clair atmete heftig aus. Hardings Oberkörper pendelte vor und zurück. Mit weit aufgerissen Augen blickte er auf seine Brust, bis er auf das Einschussloch starrte, das den Stoff der Uniform versengt hatte. Hinter ihm verwandelten sich die Computerkonsolen in einen stinkenden, verschmorten Klumpen aus Plastik, Metall und Silizium. Es knisterte und knackte in den Armaturen und roch nach Schwelbrand.

»Sie haben mich angelogen!«, presste Harding hervor. Seine Lippen färbten sich rot, ein dünner Faden hing ihm aus dem Mundwinkel.

»Was?« Clair blickte ihn verstört an.

»Sie sagten, Sie würden mir die Kniescheibe rausschießen.« Er grinste. Sein Lachen ging in Husten über, er spuckte Blut. »Guter Schuss«, keuchte er. »Mitten in die Lunge, ich werde langsam sterben.«

»Sie werden nicht sterben. Doc! Schaffen Sie Captain Harding in die Krankenabteilung!« Dann wandte sie sich an ihren Commander. »Bajt, hilf ihm!« Sie sah zu dem Militär. »Wir schließen Sie an die *Ambucam*, fahren Ihre Körperfunktionen runter und frieren Sie ein.«

»Ihr wisst nicht, worauf ihr euch mit diesem Flug eingelassen habt«, keuchte Harding.

Clair, Commander Bajt und Doc Travis starrten ihn verwirrt an.

»Verdammt«, fluchte er. Plötzlich begann sein Oberkörper unkontrolliert zu zucken. Er musste sich mit einer Hand auf dem Boden aufstützen und wirkte wie ein verletztes Tier, das vor ihr kroch, nur dass er dabei nicht winselte.

»Ich bin der einzige an Bord …« Keuchend rang er nach Atem. »… der Zugang zu Code Blau hat … ohne mich seid ihr beschissen dran.«

»Warum wurden nur Sie autorisiert?«, drängte Clair. »Reden Sie schon!«

Harding lachte, der rote Faden lief ihm übers Kinn und verschmierte sich auf dem Boden. Er begann wieder zu husten.

»Schnell, die *Ambucam*!«, rief Clair.

»Ihr könnt es nicht aufhalten.«

»Was aufhalten?«

»Fahrt doch alle zur Hölle!« Er riss die Waffe hoch und zielte auf Clair.

»Du zuerst!«, entfuhr es ihr. Automatisch zuckte ihr Finger gegen den Sensor der DeGamak.

Die Waffe vibrierte, dann erstarb das Spucken im Lauf. Captain Harding schlug mit einem Einschussloch im Gesicht am Boden auf.

4.

»Oh, Gott. Warum haben Sie das getan?« Travis strich sich mit der Hand über die Glatze. »Sie haben den Captain erschossen! Der Typ ist tot! Was soll ich jetzt tun?«

»Was wohl? Nichts! Der braucht keinen Arzt mehr. Besser der als ich«, murmelte Bajt, der ausgestreckt auf dem Boden lag, tief durchatmete und eine Hand auf die Schulter presste. Er wandte sich an Clair. »Du hättest mich beinahe zum Teufel gejagt, ist dir das eigentlich klar?«

»Hab ich aber nicht!« Ein widerlicher Geschmack breitete sich in ihrem Mund aus.

»Du hast den Kerl getötet, weil er dich *alte Lady* genannt hat, stimmt's?«

»Wie bitte?« Unwillkürlich strich sie sich mit zittriger Hand die Strähnen hinters Ohr. Der ätzende Geruch verschmorten Metalls und Plastik ließ ihre Augen tränen und reizte ihre Atemwege. Sie musste husten und rieb sich mit der Handfläche über die Augen. Die DeGamak steckte sie in den Hüftgurt und kickte Hardings Waffe weg, die mit einem Klappern über den gerippten Boden schlitterte und unter den Bordkonsolen liegen blieb.

»Das *K* in deinem Namen steht für *Killer*, habe ich recht?«

»Hör auf damit!«, rief Clair.

Bajt schwieg und starrte sie eine Weile an. »Klar! Ich will doch nicht so enden wie der«, sagte er und zeigte auf den Captain, der reglos mit dem Gesicht nach unten auf dem Boden lag.

»*K* steht für Karmelitha, okay! Und jetzt hör auf, mich zu verarschen!«, flüsterte sie.

»Oh, shit!«, rief Bajt. »Das glaube ich nicht.« Er wischte sich mit dem Hemdsärmel der Uniform über die geröteten Augen, wodurch sie vermutlich noch mehr brennen würden. »Lege dich nie mit Karmelitha an, die pustet dir sonst ein Loch in den Schädel!«

»Was zum Teufel hätte ich denn machen sollen?«, fuhr sie ihn an.

»Können wir die Gehässigkeiten dann beenden?«, rief der Doc. »Lasst uns lieber überlegen, was wir jetzt machen sollen.«

»Wie es aussieht, wissen wir ziemlich wenig«, sagte Clair.

»Ja, dank Ihnen! Sie gehören vor ein Kriegsgericht! Sie haben den Captain kaltblütig abgeknallt!«

»Von wegen kaltblütig! *Er* hat das Feuer eröffnet«, entgegnete Clair. »Er wollte uns alle töten, haben Sie das schon vergessen?«

Doc Travis schwieg.

»Ich bin der Captain an Bord und trage die Verantwortung für dieses Schiff. Nach §437 des Gesetzes der Galaktisch-Territorialen Streitkräfte über interstellare Raumfahrt in Kriegszeiten war das ein Akt von Meuterei.«

Doc Travis holte tief Luft. »Aber …«

»Und jetzt halten Sie die Klappe, sonst stehen *Sie* unter Arrest.«

Sein Mund klappte zu.

Clair vergrub das Gesicht in den Händen, dann fuhr sie sich mit den Fingern durch die Haare. Die Situation war ohnehin außer Kontrolle geraten, ein Militärverfahren wegen Mordes fehlte ihr gerade noch.

»Das Zwölfte Bataillon bleibt auf jeden Fall in den Ice-Tanks, und die Waffensysteme bleiben inaktiv.« Clair stemmte die Fäuste in die Hüften. »JOSEPH ist der Einzige, der uns jetzt noch weiterhelfen kann. Lass dir etwas einfallen, wie wir an seine Daten herankommen.«

»Das ist unmöglich«, widersprach Bajt.

»Deshalb sollst du dir ja etwas einfallen lassen!«

»Klar … *Karmelitha.*« Bajt erhob sich mühsam.

»Und Sie, Doc, sehen nach Svenson und Clondayle. Ich möchte, dass die beiden …«

»Du weißt es noch nicht?«, unterbrach Bajt.

»Was weiß ich noch nicht?«, wiederholte sie.

Bajt presste die Lippen aufeinander und starrte zu Boden.

»Svenson ist tot«, murmelte Travis und steckte sich eine Zigarette in den Mund. »Die Lähmung hat die Atemwege verengt und das Herz angegriffen.«

Ein Anzünder flammte auf und seine Stirn glänzte im flackernden Schein. Eine dunkelblaue Wolke waberte zur Decke. Clair blickte auf. Das war kein synthetischer Stoff aus dem Labor, wie in ihren eigenen Zigaretten, sondern echter Tabak vom Feld.

»Woher haben Sie die?«, schnappte sie. »Sind *Sie* es, der sich an den Vorräten in der Messe zu schaffen macht?«

Der Arzt starrte sie an, als hätte er als Schauspieler auf der Bühne seinen Einsatz verpasst.

»Was zum Teufel soll *das* jetzt?«, fragte Bajt. »Scheiß auf die Zigaretten. Svenson ist tot!«

Erst jetzt wurde ihr bewusst, was Travis zuvor gesagt hatte. Sie schloss die Augen. »Und warum habt ihr mir das nicht eher gesagt?«

»Wann denn?«, brauste Travis auf und fuchtelte mit der Zigarette in der Luft herum. »Sie haben fast die Hälfte Ihrer Crew verloren. Sie hatten dringend eine Ruhepause nötig, und als ich mit Ihnen sprechen wollte, hat unser Soldat hier begonnen durchzudrehen.«

Die Hälfte Ihrer Crew verloren, hallte es in ihrem Schädel nach. Ihr Magen schien sich jeden Moment umstülpen zu wollen.

»Wo ist Svenson jetzt?«

»Noch immer auf der Krankenstation.«

»In Ordnung«, seufzte Clair. »Wussten Sie, warum er sich ausgerechnet für diese Mission gemeldet hat?«

»Er hat seine Frau bei einem Unfall verloren«, sagte der Doc, »und soviel ich weiß, ist seine Tochter seitdem in einer Klinik für verhaltensgestörte Kinder.«

O verdammt! »Und wie geht es Clondayle?«

»Unverändert.«

Das heißt unverändert schlecht!

»Na großartig«, bemerkte sie. »Frieren Sie Svensons Leiche ein, und dann helfen Sie Ferguson, damit das Schiff in spätestens zwanzig Stunden volle Fahrt machen kann. Bis dahin ...«

»Ja, ja«, murmelte Travis müde. Die Zigarette hing ihm wie ein verbogenes Papierröllchen im Mundwinkel. »Zuvor sehe ich mir aber einmal Ihr Bein an. Sie bluten.«

Sie blickte an sich hinunter. Mit einem Mal ließ der Adrenalinschock nach und sie spürte im Oberschenkel das Blut pochen, das in pulsierenden Wellen ihr Hosenbein durchnässte.

»Und *ich* sterbe«, rief Bajt und riss beide Arme theatralisch hoch. Doch niemand lachte.

»Sie haben nur einen Streifschuss, Commander. Lassen Sie sich die Schulter von der *Ambucam* vereisen«, murmelte der

Doc, während er zum Notarzt-Schrankraum ging. »Aber das hier sieht viel schlimmer aus.« Er deutete auf Clairs Wunde im Oberschenkel. »Wir müssen die Blutung stoppen, Sie haben einen glatten Durchschuss.«

»Wie wollen Sie das von dort aus sehen?«, fragte Clair.

»Das Projektil hat hinter Ihnen ein Loch in den Boden gerissen. Genügt Ihnen das als Antwort?«

Clair blickte sich um. Hinter ihr qualmte ein versengtes Loch in den Paneelen. Plötzlich wurde ihr übel. Da hörte sie, wie der Doc den Schrankraum öffnete und ihm ein erstauntes »Hoppla!« entfuhr. Clair sah sich um. Der Arzt erstarrte zur Salzsäule, die Zigarette fiel ihm aus dem Mund. Über seine Schulter sah Clair ebenfalls in den Schrank und blickte in ein Paar blauer Augen, die von struppigen Locken umrahmt waren.

»Ein Engel«, platzte es aus Bajt heraus.

Das Mädchen saß zusammengekauert zwischen den Erste-Hilfe-Boxen und kaute an einer Packung Trockenfleisch.

»Das gibt es doch nicht! Wie bist du an Bord gekommen, Kleine?«, rief Clair. Travis und Bajt zuckten zusammen. Mit einem Mal gingen die Emotionen mit ihr durch. »Was hast du dir dabei gedacht? Das hier ist kein Spielplatz für kleine Gören!« Sie humpelte auf das Mädchen zu und drängte Travis zur Seite.

»Captain, Captain.« Der Doc hob beschwichtigend die Arme. »Sie ist doch noch ein Kind, sie hat Angst … und Hunger, sehen Sie das denn nicht?«

Er gab dem Mädchen die Hand und half ihm aus dem Schrank. Die Kleine reichte dem Arzt bis zu den Hüften und mochte nicht älter als fünf, vielleicht sechs Jahre sein. Rasch ließ sie das Stück Trockenfleisch in der Tasche ihres Overalls verschwinden und versteckte die Hände mit den langen, schmutzigen Fingernägeln hinter dem Rücken. Der Doc trat die Zigarettenkippe aus, ging in die Hocke und strich dem Mädchen durch das verfilzte Haar. Ihr Gesicht war ebenso verschmiert wie ihr Anzug.

»Wie bist du denn hierher gekommen, Kleine?«, fragte er mit der sanften Stimme eines Großvaters.

»Mein Papa wollte nicht, dass ich ins Heim komme«, flüsterte sie und wich Clairs Blicken aus. »Er hat mich an Bord geschmuggelt, zwei Tage vor dem Start, und mich in seiner Kabine versteckt.«

»Dein Papa?«, entfuhr es dem Arzt. »Wie heißt du?«

»Eleyna.«

»Eleyna … und wie weiter?« Der Doc runzelte die Stirn.

»Eleyna Svenson … ich möchte zu meinem Papa.«

»Oh, Gott.« Clair presste die Augen zusammen. Alles schien sich vor ihr zu drehen.

5.

»Bleib einfach hier sitzen, Kleine«, sagte Bajt und richtete in einer Nische mit Decken und Kopfkissen ein provisorisches Lager ein, sodass Eleyna nicht länger auf Hardings verrenkten Körper blicken musste.

»Ich komme gleich wieder. Ich hole dir frische Kleider, etwas zu trinken und zu essen. Hast du Lust auf Banane und Schokoriegel mit Nüssen?« Doch wartete er Eleynas Antwort nicht ab. »Klar hast du! Alle Kinder lieben das.« Die Tür glitt mit einem elektronischen Surren auf und er verschwand in Richtung Messe.

Clair bemerkte, dass sich das Mädchen auf die Seite rollte und wie ein Neugeborenes zusammenkauerte. Dann sah sie

Doc Travis an, der aus einer der Erste-Hilfe-Boxen eine Spritze entnahm, die Folie abriss und den Kolben aufzog. Clair legte sich auf das Notbett der anderen Nische. Dabei hatte sie kaum Kraft genug, das angeschossene Bein auf das Bett zu heben. Sie presste die Augen zusammen, als die Schmerzen in ihrem Oberschenkel wie Feuer zu lodern begannen. Dann hörte sie das Reißen von Stoff und spürte den kalten Stich einer Nadel.

»Was geben Sie mir?«, keuchte sie.

»Navradental. Das stoppt die Blutung und lindert den Schmerz. Innerhalb der nächsten sechsunddreißig Stunden werden Sie nur ein Jucken spüren.«

Ihr Körper entspannte sich und ihre Atmung beruhigte sich wieder.

»Sie hatten Glück, das Projektil hat nur Fleisch und Gewebe zerrissen.«

»Wie schön!«

»Ihre Ironie ist nicht angebracht, Captain. Wenn das Projektil den Knochen oder die Arterie getroffen hätte, dann hätten wir eine riesengroße Sauerei.«

Sie schielte zu dem Mädchen, die Kleine schien zu schlafen. Plötzlich kam ihr ein anderer Gedanke in den Sinn.

»Der Beschleunigungsdruck beim Eintritt in den Ereignishorizont ließ uns ohnmächtig werden«, erinnerte sich Clair. »Ecco und Nakamura starben, die Dekompression hat ihre inneren Organe zerquetscht. Der Rest der Crew kann von Glück reden, den Austritt aus dem Schwarzen Loch überlebt zu haben. Wie kommt es …?«

Sie deutete mit einem Kopfnicken zu der anderen Nische.

»Na ja.« Der Doc seufzte, als wusste er, worauf sie hinaus wollte. Er hob die Schultern. »Kinder haben einen Schutzengel.«

»Nicht alle«, entgegnete Clair. Ihre Tochter hatte keinen gehabt.

Sie zuckte zusammen, als in ihrer Erinnerung ein kleines Puzzleteil auftauchte, das genauso schnell wieder verblasste, wie es gekommen war. Eine Erinnerung? Woran? Viele Fragen, dachte sie, aber keine Antworten. Oder war es das Navradental, das in ihren Blutbahnen zirkulierte und sie durcheinander brachte?

Der Doc ließ die Spritze in der Tasche seines Overalls verschwinden. »Drehen Sie sich zur Seite, ich muss die Austrittswunde nähen.«

Das Bein wurde taub, Clair schloss die Augen. Von den Einstichen spürte sie nicht mehr, als tippte jemand mit der Fingerkuppe gegen das Bein.

»Besonders schön wird das nicht aussehen, aber bis Sie heiraten, ist das wieder in Ordnung.« Er lächelte.

Wie überaus charmant! »Warum sind Sie an Bord, Doc?«, flüsterte sie.

»Ich?« Er lachte. »Ich bin Arzt. Schließlich brauchen wir an Bord einen …«

»Sie wissen, was ich meine!«

Er schwieg. »Ja, ich weiß, was Sie meinen.«

Sie hörte das Ratschen einer Folie, dann presste er ihr einen atmungsaktiven Klebeverband um das Bein. Das Material war bitterkalt und roch nach chemischer Lauge.

»Sie sollten die Wunde von der *Ambucam* scannen lassen … sicherheitshalber«, schlug der Doc vor.

Sie nickte. »Sie haben meine Frage noch nicht beantwortet.«

Ein Anzünder flammte auf, sie roch das Aroma echten Tabaks.

»Wahrscheinlich sagt Ihnen der Begriff *secăre cata morph* nichts«, vermutete der Doc, »aber …«

»Doch.« Sie nickte. »Eine seltene unheilbare Krankheit, welche die Synapsen des Gehirns zersetzt.«

»Stand auf Ihrem Ausbildungsplan zum Captain etwa auch Medizin?«

»Nein, meine Tochter studierte Genetik an der Taytonna-Uni für Angewandte Biochemie. Ivi war im fünften Semester, als sie an einem Forschungsprojekt zu diesem Thema arbeitete. Das Ergebnis war damals aufsehenerregend. Soweit ich mich erinnere, wird die Krankheit durch genmanipulierte Hormonbehandlung ausgelöst und kommt angeblich in zehn Millionen Fällen nur einmal zum Ausbruch.«

Noch während sie wie aus einem Schulbuch rezitierte, wurde ihr bewusst, was sie soeben gesagt hatte. Sie verstummte.

»Nicht *angeblich*, Captain! In zehn Millionen Fällen nur ein einziges Mal. Können Sie sich das vorstellen?«

»Es tut mir leid, Doc.« Sie drehte sich wieder auf den Rücken. Über ihr hing eine blaue Rauchwolke und hüllte das Gesicht des Mediziners ein. Er versuchte zu lächeln.

»Ihnen braucht es nicht leid zu tun, wir alle haben unser Schicksal zu tragen. Ich habe ja noch einen Monat Zeit.« Er machte eine Pause. »Was ist Ihr Geheimnis?«

Unwillkürlich zuckte ihr Blick zur anderen Nische, in der Svensons Tochter lag. Die Kleine schlief ruhig, ihre Schulter hob und senkte sich langsam. Dann betrachtete Clair den Verband. »Wie lange muss das Ding oben bleiben?«

Der Doc verzog den Mund. »In achtundvierzig Stunden können Sie die Folie abnehmen. Bis dahin sollten Sie sich ein wenig schonen.«

Die Tür glitt auf, Bajt betrat das Cockpit mit einer 20-Liter-Lebensmittelbox im Arm. Darüber hatte er Kleider geworfen, deren Hosenbeine und Ärmel aussahen, als hätte er sie mit dem Küchenmesser gekürzt. Durch das Loch im Schulterteil seiner Uniform schimmerte ein weißer Verband. Ein Schokoriegel ragte aus der Brusttasche seines Overalls. Er stellte die Box neben Eleynas Nische zu Boden. Als er sich wieder aufrichtete, warf er dem Doc eine grün glänzende Biofrucht zu.

»Ist besser als rauchen«, erklärte Bajt. Er musterte Clairs Beine. »Das steht dir gut. Du siehst aus, als hättest du …«

»Spar dir die Komplimente! Kümmere dich lieber darum, wie wir aus diesem Schlamassel herauskommen, das Schiff flott kriegen und einen Heimatkurs anpeilen, nachdem du den Onkel für die Kleine gespielt hast.«

Mit einem Mal wälzte sich Eleyna herum und öffnete die Augen.

»Ja, Captain!«, bellte Bajt und verdrehte die Augen. »Weißt du«, erklärte er dem Mädchen, während er den Deckel der Box abnahm. »Sie kann manchmal auch ganz nett sein … mhm, aber eben nur manchmal. Hast du eigentlich gewusst, dass sie mit zweitem Namen Karmelitha heißt?«

»Ist nicht wahr!«, wisperte Eleyna.

»Und ob! Ulkig, nicht?«

»Ha, ha, witzig«, seufzte Clair, rutschte von dem Notbett, nahm dem Doktor die Biofrucht aus der Hand und ließ sie in der Jackentasche ihrer Uniform verschwinden.

»Da ich ohnehin bald ins Gras beiße, habe ich die Frucht wohl nicht mehr nötig«, murrte Doc Travis sarkastisch.

»Die Lebensmittel sind rationiert«, antwortete Clair und humpelte zur Kommunikationskonsole.

»Und wie lange?«, knurrte Travis.

»Bis wir wissen, wo wir sind.«

»In einem Monat kümmert mich das sowieso nicht mehr.« Er wandte sich ab.

Clair fiel auf, das Bajt dem Doc fragend hinterher blickte, doch kein Wort sagte. Sie schüttelte den Gedanken ab. Im Moment hatte sie andere Sorgen, doch wusste sie nicht, mit welchem Problem sie beginnen sollte. Mit dem Sensorfeld stellte sie die Verbindung zum Navigationsdeck her.

»Hi Clair, was gibt's?«, hörte sie eine müde Stimme, noch bevor der Bildschirm aufflammte. Der Monitor zeigte ein blasses Gesicht mit kurzgeschorenen, struppig blonden Haaren. Lieutenant Liv Ferguson sah aus, als hätte sie seit Tagen nicht mehr geschlafen und pausenlos ihre Sternkarten studiert.

»Liv, wir hatten einen Vorfall auf der Brücke«, sagte Clair in sachlichem Ton. »Captain Harding ist tot ...«

»Oh, mein Gott! Spätfolgen der Alarmreanimation?«

»Nein, wir haben ihn töten müssen!«

»Ihr habt *was?*«

»*Wir?*«, rief Bajt entrüstet, blickte auf und ließ die Packung Traubensaft in die Box fallen, die er soeben herausgenommen hatte.

»Das erkläre ich dir später«, sagte Clair. »Wir haben jetzt keine Zeit für langes Gerede. Du musst so schnell wie möglich unsere Koordinaten herausfinden. Ich muss wissen, wo wir uns befinden.«

»Das ist unmöglich!«

»Was soll das heißen? Bist du der Navigator an Bord oder nicht?«

»Clair, der Computer hat ...«

»Gib mir eine Antwort! Bist du der Navigator an Bord oder nicht?«

Sie hörte nur das Knistern elektronischer Störungen und Fergusons heftigen Atem.

»Ja, ich bin der Navigator an Bord«, antwortete sie ruhig. »Und der Computer findet auf keiner einzigen Sternkarte eine Übereinstimmung mit unserer derzeitigen Position.«

»Und was sagt uns das?«

»Dass wir uns nicht in unserer Galaxis befinden!«

»Blödsinn!«, schnappte Clair. »Das sagt uns, dass du einen Fehler im Programm hast. Überprüfe die Sicherheitskopien der Programme, kontrolliere die Datenbanken, scanne unsere derzeitige Sternenposition und jage sie durch den Computer.«

»Das habe ich schon dreimal gemacht!«

»Dann machst du es eben ein viertes Mal!«

»Ja, Sir!«, bestätigte Ferguson.

»Gut.« Clair ließ die angespannten Schultern sinken.

»Übrigens weiß ich jetzt, wer die Vorräte in der Messe geklaut hat.«

»Ja?«

»Wir haben einen blinden Passagier an Bord. Wenn später Zeit ist, erzähle ich dir mehr darüber.«

Sie betätigte den Sensor und beendete die Verbindung. Der Monitor wurde schwarz. Clair blickte sich um und sah Eleyna von einer Packung Traubensaft nippen.

»Trink nicht so gierig, Kleine! Die Vorräte sind rationiert!«

Doc Travis warf Bajt eindeutige Blicke zu, Bajt verdrehte die Augen.

»Was ist? Habt ihr nichts zu arbeiten?«, fuhr Clair die beiden an, doch im gleichen Augenblick tat es ihr leid. *Verflucht!* Sie ballte die Hände zu Fäusten. Sie hasste sich selbst für ihre Wutausbrüche, doch im Moment war alles zu viel für sie. Sie brauchte dringend einige Stunden Schlaf … und endlich eine Antwort auf die Frage, wo sie sich befanden.

Vorsichtig blickte sie zu Bajt, wie er reagieren würde, doch sagte er nichts. Wortlos schritt er zum anderen Ende des Cockpits, ging in die Hocke und rüttelte solange an der Verkleidung der Konsolen, bis sich eine Flutwelle von Kabeln und Chipboards über seine Raumstiefel ergoss.

»Was machst du da?«, fragte sie müde. »Zerlegst du unser Schiff jetzt komplett?«

»Ich nehme mir ein Souvenir mit, bevor die Mühle auseinander fällt.«

»Witzig!«

»Ich habe eine Idee.« Er kratzte über seinen Dreitagebart und wühlte in dem Kabelsalat auf dem Boden herum.

»Und zwar?«

»Sag ich dir anschließend.«

»Nein, auf der Stelle!«

»Ich brauche mal eine Verschnaufpause«, klagte er, während er den Bordspeicher aufbrach und einen Mikrochip daraus entfernte, den er zwischen den Fingern drehte. »Ich war schon seit Stunden nicht mehr auf dem Klo, mein Magen knurrt wie ein defekter Generator, und außerdem muss ich dringend duschen, okay?«

»Du sagst es mir *jetzt!* Wir haben keine Zeit zu verlieren. Wir wissen nicht, wo zur Hölle wir uns befinden! Jeden Moment könnten wir Besuch von weiß Gott wem bekommen.«

»Komm mit!«, seufzte er und klemmte sich den Chip zwischen die Zähne. Dann lud er sich den toten Captain auf die Schulter und stapfte mit schweren Schritten zum Ausgang der Brücke. Humpelnd folgte sie ihm.

»Doc! Passen Sie auf, dass die Kleine im Cockpit nichts anfasst!«, befahl sie.

»Ja, Sir!«

Die Tür glitt mit einem elektronischen Surren auf, sie traten auf den Gang.

»Wir werden JOSEPH einen Besuch in der Kommandokapsel abstatten«, presste Bajt aus zusammengebissenen Zähnen hervor.

»Gib Acht, dass du nicht den Chip verschluckst.«

»Ja, ja.«

Clair ging hinter Bajt her.

»Habe ich mich eigentlich schon bei dir bedankt, dass du mir das Leben gerettet hast?«, nuschelte er.

»Nein.«

»Vielleicht mache ich das ja noch.«

6.

Bajt schnaufte und rieb sich mit dem Unterarm den Schweiß von der Stirn. Als sie an der Messe vorbeikamen, ließ er den toten Captain von der Schulter gleiten und lehnte ihn achtlos an die Wand. Das Kreuz durchstreckend, betrat er den karg eingerichteten Raum.

»Was machst du hier?«, fuhr Clair ihn an. »Ich denke, du hast eine Idee, wie wir den Zugang zum System knacken?«

»Hab ich auch. Aber ich sagte bereits: Ich brauche eine Pause!« Er zog sich einen Becher Kaffee aus dem Automaten und ließ sich auf eine Bank neben den Gefrierboxen nieder. Auf dem Tisch vor ihm standen leere Becher, daneben lagen Essbesteck und schmierige Teller. Er schob alles beiseite und stützte die Ellenbogen auf den Tisch.

»Eine Pause?«, rief Clair. Ungläubig riss sie die Augen auf. »Eine Pause kannst du machen, sobald wir wissen, wo wir sind!«

»Wie lange kennen wir uns eigentlich schon?« Bajt musterte sie mit zusammengekniffenen Augen.

»Was soll *das* jetzt?« Sie betrat die Messe, es roch nach Essensresten und Kaffeebohnen. Bis auf das Knistern des Pappbechers herrschte Stille. Sie betrachtete ihn unsicher.

»Wir fliegen schon seit mehr als acht Jahren miteinander.« Bajt glotzte in die schwarze Brühe seines Bechers.

»Was ist mit JOSEPH?« Sie deutete in den Korridor zur Kommandokapsel. »Was denkst du eigentlich, wie viel Zeit uns bleibt?«

Bajt ging nicht darauf ein. »Wir sind genauso menschlich wie du«, sagte er langsam. »Auch wir machen unsere Fehler, und wir haben genauso viel Angst wie du, Clair.«

»Ich habe keine Angst.«

»Natürlich nicht«, sagte er ironisch. »Bloß die Anwesenheit eines Kindes bringt dich aus der Fassung.«

Sie schwieg.

»Hast du Angst davor, zu versagen?« Er sah sie an. Clair sagte aber nichts. »Eben! Dir geht es nicht anders als uns, aber wir sind nicht verbittert. Doch was machst du? Du versteckst dich hinter deiner harten Fassade, deinem Zynismus und spielst dir selbst die Rolle des unbeugsamen Captain vor.«

»Oh, ich wusste nicht, dass du auch Psychotherapie studiert hast!«, kommentierte sie schnippisch.

»Uns beeindruckst du nicht mit deiner harten Tour«, fuhr er fort. »Du nimmst uns nur den Glauben an einen Captain, den wir gern hätten. Und glaube mir, gerade jetzt brauchen wir einen solchen Captain! Wer weiß, was uns erwartet, wenn wir JOSEPH in der Kommandokapsel besuchen?«

Sie kaute an der Unterlippe und blickte zu Boden.

»Liv und ich wissen, was du in den letzten fünf Jahren durchgemacht hast«, sagte er. »Aber das ist noch lange kein Grund, deine Crew wie Abschaum zu behandeln. Wir sind Freiwillige auf diesem Schiff. Behandle uns mit dem nötigen Respekt!«

»Was wisst ihr schon, was ich durchgemacht habe?« Sie fuhr sich mit den Fingern durchs Haar und berührte ihr Freundschaftsband. Erschöpft setzte sie sich in der anderen Ecke des Raums auf eine Bank. Auch der Tisch vor ihr war nicht abgeräumt. Doch sie bemerkte es nicht und stierte über das Geschirr hinweg zu Boden.

»Alles«, sagte Bajt und nippte an seinem Becher. »Alles wissen wir. Liv hat durch Zufall die Nachricht gelesen, die uns damals von *Cybercorp* übermittelt wurde, als wir Lichtjahre von zu Hause entfernt mit dem Nachschub für das Bataillon in der Umlaufbahn von Theta-9 hingen.«

Clair schluckte. Sie nahm das Band aus den Haaren und streifte es übers Handgelenk. Die Haare fielen ihr ins Gesicht und in den Nacken. Trotz der verbitterten Gesichtszüge sah sie um Jahre jünger aus.

»Clair, selbst wenn du zu Hause gewesen wärst, du hättest es nicht verhindern können. Mit dir oder ohne dich … Ivi wäre in den Lebensmittelladen gegangen, den diese drei ausgebrochenen Häftlinge überfallen haben.«

»Aber ich hätte sie …« Sie wischte sich mit dem Handrücken über die Augen.

»Was hättest du? Die Corporation hatte Befehl zu handeln, seit Jahren nehmen sie keine Rücksicht mehr auf Geiseln. Du hättest Ivi nicht retten können. Wahrscheinlich hätte auch dich der Dehydrierungsstrahl des Secguards wie trockenes Laub zerbröselt.«

Clair zuckte zusammen. Die Vorstellung daran drehte ihr den Magen um. »Ivi lag noch eine Woche auf der Intensivstation, die Ärzte konnten nichts mehr für sie tun. Trotz der Infusionen brach sie vor ihren Augen auseinander … wie Papier … und ich war nicht da.«

»Es tut mir leid, Clair.«

»Es ist nicht so leicht, wenn man Lichtjahre entfernt in einem Schiff hockt und über Memofiles am Monitor miterlebt, wie man sein einziges Kind verliert … wenn man sieht, wie es nach einem ruft, täglich schwächer wird und dann …« Sie verstummte.

»Ich weiß, aber du darfst deinen Zorn nicht an Liv, dem Doc oder der kleinen Eleyna auslassen. Sie müssen an dich glauben …«

»Wenn ich mit der Situation umgehen könnte, dann wäre ich nicht hier, auf diesem verdammten Schiff!« Ihre Faust knallte gegen das Blech der Wand. Die Gefrierboxen vibrierten, hinter der Blechwand hallte es dumpf.

»Keiner von uns hat es leicht … du kennst doch Livs Geschichte, oder?«

Clair nickte stumm.

»Der Kreuzer ihres Mannes wurde von einem Dracon abgeschossen, und der Stützpunkt, auf dem ihre Eltern eine Farm hatten, wurde von Dracon wegradiert. Einfach so … *Flusch!*« Seine Hand wischte durch die Luft.

»Ja, verdammt! Ich weiß es! Ich kannte die Fergusons!«, rief sie.

»Und unser Doc beispielsweise …«

»Ich weiß, ich weiß! Er hat es mir erzählt. Verdammt, ich will das alles nicht mehr hören«, brüllte sie und fegte mit einem

Handschlag einen halbvollen Pappbecher vom Tisch. Die braune Flüssigkeit spritzte an die Wand. Clair sank in sich zusammen. Der Kaffee klebte an ihren Fingern, sie wischte die Hand an der Uniform ab.

»Der Doc ist schon ein seltsamer Kauz«, sinnierte Bajt, als wäre nichts passiert. »Also, wenn *ich* nur noch eine Woche zu leben hätte, würde ich mich bestimmt nicht freiwillig für ein Himmelfahrtskommando melden, sondern einen Urlaub auf Kost…«

»Es sind eben nicht alle Menschen so selbstlos wie du, mein Kleiner«, fuhr sie ihn an. »Außerdem hast du dich in falsches Datenmaterial gehackt. Von ihm selbst weiß ich, dass er noch einen ganzen Monat zu leben hat.«

»Einen Monat? Pah! Die Daten in seinem File sind richtig, er hat *dich* angelogen. In sieben Tagen beginnen sich die Synapsen in seinem Schädel zu zersetzen … *Smersch!*« Er rieb die Handflächen langsam und kräftig aneinander. »*Secăre cata morph*, nur einer von zehn Millionen … das ist eben Pech!«

»In sieben Tagen?«

»Sieben Tage vom Zeitpunkt der Reanimation.«

»Also bleiben ihm noch fünf Tage?«

»Genau«, bestätigte Bajt.

»Wozu ist er dann hier? Er hätte das Ende der Mission gar nicht mehr erlebt.«

»Merkwürdig, nicht? Eben darüber grüble ich schon seit unserem Start nach. Warum nimmt man ausgerechnet eine Person wie ihn an Bord? Konnten sie keinen anderen Arzt finden?«

»Wie bist du eigentlich an diese Daten gekommen?«, fragte Clair.

»Vor dem Abflug habe ich mir die Files der gesamten Crew angesehen.«

»Du bist für diese Files nicht autorisiert!«, stellte sie fest.

Er grinste. »Wir sind auch für Code Blau nicht autorisiert und werden ihn trotzdem knacken, nicht wahr?«

Das würde sich erst noch herausstellen. Clair wechselte das Thema. »Warum hast *du* dich eigentlich für diese Mission gemeldet?«

»Du bist doch mein Captain, wie könnte ich dich allein fliegen lassen? Wie du siehst, brauchst du mich!«

»Nein, ich meine es ernst. Was ist mit dir?« Clair stand auf und zog sich ebenfalls einen Becher Kaffee aus dem Automaten.

»Ja, was ist mit mir?«, wiederholte er. »Während meines letzten Landurlaubs haben sie mich beim Datendiebstahl erwischt.«

»Davon habe ich gehört. Besonders geschickt hast du dich dabei nicht angestellt. Angeblich wolltest du den Code der *Galactic Defense Corporation* knacken.«

»Nicht nur angeblich.« Bajts Augen leuchteten. »Ich hatte die Informationen schon in meinem Speicher. Sie haben mich erwischt, als ich die Daten an *Amnesty Intercom* transferieren wollte.«

»Und?«

»Todesstrafe wegen Landesverrat.«

»Wow! Und *das* war deine Chance?« Clair lachte bitter auf und breitete ihre Arme in der schäbigen, unaufgeräumten Messe aus.

»Nach erfolgreicher Mission wäre ich lebenslänglich nach GrimRap in den Knast gekommen.«

»Die Todesstrafe wäre allerdings die angenehmere Lösung gewesen, glaube mir«, sagte sie.

»Das hier kommt auf dasselbe hinaus«, antwortete Bajt und zuckte mit den Achseln.

Clair wusste nicht, ob er die Mission gegen die Dracon meinte, oder ihre augenblickliche Situation. Sie sah Bajt eine Weile wortlos an, ging dann auf ihn zu und legte ihm die Hand auf den Arm.

»Danke. Du hast recht; wie es scheint, muss ich mich zusammennehmen.«

»Ist schon in Ordnung … sei einfach nur ein wenig nett zu Eleyna. Wir sollten jetzt schleunigst mit unserer Arbeit beginnen, okay?« Er leerte seinen Becher in einem Zug.

Sie nickte. »Dann zeig mir mal, was du als Hacker so drauf hast.«

Bajt grinste nur.

7.

Vor ihnen zischte die Kommandokapsel auf. Clair stieg als erste durch die Luke, gefolgt von Bajt. JOSEPH empfing sie mit dem Aufflackern der Deckenbeleuchtung. Die kahlen Wände surrten genauso wie die hohe Kuppel über ihren Köpfen, und Clair hatte den Eindruck, als befände sie sich in einem engen, sterilen Labor, einige Tausend Meter unter der Meeresoberfläche.

Sie nahmen vor der Konsole und dem Bildschirm Platz und wuchteten Hardings Körper zwischen sich auf den Sitz. Clair stellte ihren dampfenden Pappbecher vor sich auf die Konsole. Dann zündete sie sich eine Zigarette an und zog gierig daran. Sie hatte sich vorgenommen, ihren Commander nicht bei der Arbeit zu stören, sondern ihn ohne Unterbrechung tüfteln zu lassen. Bajt war ein Computerfreak. Vielleicht wusste er tatsächlich, was er tat, und konnte die Maschine überlisten.

Bajt warf Harding einen schiefen Blick zu, bedeckte die Wunde in Hardings Brust mit einem Teil seiner Uniform und legte die Hand des Toten darauf. Dabei sank die Leiche in sich zusammen und schlug mit dem Kopf auf der Konsole auf. Clairs Becher hüpfte hoch, der Kaffee schwappte über.

»Blödes Schwein, kann nicht einmal aufrecht sitzen«, fluchte Bajt und hob Harding wieder in eine aufrechte Sitzposition. »Oh, shit«, entfuhr es ihm. »Überall Blut.«

»Das war mein Kaffee«, seufzte Clair und hob den Becher aus der Pfütze. Sie hatte einen ekelhaften Geschmack im Mund, den sie mit dem Rest des Kaffees hinunter spülte. Dann klemmte sie sich die Zigarette zwischen Zeige- und Mittelfinger und tippte in die Tastatur: »Zugang zur Sicherheitsstufe Code Blau«.

»Autorisieren Sie sich«, erschien JOSEPHs Antwort mit einem Piepen auf dem Monitor. Gleichzeitig schnappte hinter ihnen die Verriegelung der Luke zu.

»Schau dir *das* an.« Bajt deutete auf die schlecht leserliche Schrift des Bildschirms. »Bei den Triebwerken, Waffensystemen und den Ice-Tanks der Soldaten haben sie nicht gespart, die Herrn Generäle, aber die Kommunikationsanlage ist der letzte Schrott.«

Bajt nahm die kalte Hand des Militärs und drückte den Daumen auf den Fingerabdruck-Scanner. Das Gerät ratterte und blitzte zweimal auf. Danach hielt Bajt den heilen Rest vom Gesicht des Toten an den IRS-Abtaster.

»Ein Glück, dass du ihm nur ein Auge aus dem Kopf geschossen hast, *Karmelitha*«, ätzte Bajt.

Der Scanner surrte über Hardings Gesichtszüge, ignorierte die Wunde und las die Informationen aus der Iris des linken Auges.

»Sie sehen krank aus, wenn ich mir diese Bemerkung erlauben darf«, lautete JOSEPHs Kommentar am Monitor. »Und Ihr Körper scheint unterkühlt zu sein. Ich würde vorschlagen, dass Sie sich augenblicklich zur Ruhe begeben.«

»Das hat er schon, mein Freund«, antwortete Bajt.

»Danke, ich fühle mich auch wie ausgekotzt«, tippte Clair im Zweifingersystem in die Tastatur. Als sie fertig war, warf sie Bajt einen Blick zu und zuckte mit den Achseln. Würde sich die Maschine täuschen lassen?

»Das tut mir leid, Sir«, huschte die Antwort über den Monitor. »Stimm-Analyse!«

Clair hielt den Atem an. Bajt legte den Zeigefinger auf die Lippen, als er Clair zublinzelte. Dann klickte er das Interface des Bordbuchs von Clairs Kehlkopf und schob den Mikrochip aus dem Cockpit in den Datenschlitz. Auf dem Bordspeicher waren seit der Alarmreanimation alle auf der Brücke geführten Gespräche aufgezeichnet worden. Der Chip klemmte, Bajt presste ihn mit Gewalt hinein.

»Vermassle jetzt bloß nicht alles«, flüsterte Clair.

Es klickte.

»Schschscht!«, zischte Bajt, während sich die Lamellen des Stimmabtasters öffneten. Mit dem Interface zappte er an eine scheinbar willkürliche Stelle des Mikrochips, überprüfte die Zeitangabe am Display und zappte weiter zurück.

»Stimm-Analyse, Captain Harding!«, forderte JOSEPH sie erneut auf.

Clair tippte Bajt an die Schulter und deutete auf den Monitor. Unbeeindruckt zuckte er mit den Achseln. Er verglich die Tonfrequenzen der einzelnen Stimmen am Display und zappte mit der Feinabstimmung an eine bestimmte Stelle des

Mikrochips. Schließlich hielt er das Gerät vor die geöffneten Lamellen.

»Muss das sein? Das ist doch lächerlich!«

Unwillkürlich zuckte Clair beim Klang von Captain Hardings Stimme zusammen. Die Lamellen des Stimmabtasters schlossen sich wieder, und Bajt entfernte den Chip aus Clairs Interface.

»Danke, Sir«, schrieb JOSEPH. Auf dem Monitor erschien ein fertiger Textbaustein. »Sie sind für die Sicherheitsstufe Code Blau autorisiert. Ihnen stehen sämtliche Informationen der höchsten Sicherheitsstufe innerhalb der Galaktisch-Territorialen Streitkräfte zur Verfügung. Welche Auskünfte wünschen Sie, Captain Harding?«

Clair starrte ihren Commander bewundernd an und hob die Augenbrauen. Sie hatte nicht damit gerechnet, JOSEPH mit so einfachen Tricks überlisten zu können. Stumm bewegten sich ihre Lippen. *Alle Achtung*, konnte Bajt entziffern.

»Danke«, sagte er laut. »Aber du brauchst jetzt nicht mehr zu flüstern, wir sind drinnen, außerdem sind die Lamellen wieder verschlossen.«

Sie warf ihm einen auffordernden Blick zu. Bajt wischte sich über den Mund und griff zur Tastatur. Ohne zu überlegen, ließ er seine Finger über die Tasten rasen und tippte seine erste Frage in das Gerät.

»Warum wurde die Crew der *Enora Time* nicht ebenfalls für Code Blau autorisiert?«

»Die Crew ist nur Mittler«, hieß JOSEPHs Antwort auf dem Monitor. »Sie wird nach Erreichung der Zielkoordinaten eliminiert.«

Clairs Mund trocknete schlagartig aus. Ungläubig las sie den Satz noch einmal. Hardings Bemerkung war keine leere Drohung gewesen, der kaltblütige Mord an neun freiwilligen Crewmitgliedern stand also seit Beginn der Mission fest? Jetzt waren sie ohnehin nur noch zu viert. Ecco, Nakamura und Svenson waren tot, Reeves und Clondayle lagen auf der Krankenstation. Noch dazu hatten sie einen unberechenbaren Faktor in Form von 40.000 tiefgefrorenen Soldaten an Bord.

»Wann werden wir unsere Zielkoordinaten erreichen?«, lautete Bajts nächste Frage.

»Positiv!«

Bajts Stirn legte sich in Falten »Was bedeutet das?«, tippte er.

»Wir haben unsere Destination bereits erreicht, Captain Harding!«

Clair warf Bajt einen verständnislosen Blick zu.

»Der Autopilot steuert die *Enora Time* durch unbekanntes Gebiet«, flüsterte sie. »Liv konnte unsere Position bis jetzt noch nicht bestimmen. Sie glaubt, wir befinden uns in einer fremden Galaxis … aber das ist lächerlich!«

»Warum flüsterst du eigentlich noch immer?«, fragte Bajt und beugte sich über die Tastatur.

»Unsere ursprüngliche Route an den Rand des Sternennebels der Sphinx, wo wir die an Bord befindlichen Galaktisch-Territorialen Streitkräfte absetzen sollten, um die Stützpunkte der Dracon zu zerstören, war eine Falschinformation für unsere Crew?«

»Korrekt!«

»Das glaube ich nicht«, murmelte Bajt und tippte weiter. »Unsere tatsächliche Route an den Rand des Schwarzen Lochs war geplant?«

»Korrekt!«

»Aus welchem Grund wurde die Crew nicht sofort getötet, sondern am Rande des Schwarzen Lochs alarmreanimiert?«

»Während der Passage durch das Schwarze Loch hätten unvorhersehbare Systemschäden auftreten können, die eine computergesteuerte Reanimation der Ice-Tanks nicht mehr möglich gemacht hätten. Die Crew hätte danach die Reanimation am Ende der Passage von Hand einleiten müssen. Wie sich jedoch herausstellte, sind an den Ice-Tanks keinerlei Schäden aufgetreten, wodurch jetzt die Notwendigkeit der Crew hinfällig wird.«

»Unsere Passage durch ein Schwarzes Loch war von Anfang an geplant?«, rief Clair. Angewidert verzog sie das Gesicht. »Das ist doch verrückt! Was soll der Mist?«

»... wodurch jetzt die Notwendigkeit der Crew hinfällig wird«, äffte Bajt den Bordcomputer nach und beugte sich wieder über die Tastatur. Ein schrilles Piepen hinter ihrem Rücken ließ Clair hochfahren.

»Oh, Mann«, fluchte sie und ließ die Schultern sinken.

Bajt grinste. Sie wusste genau, was er jetzt dachte. Trotzdem machte er keine abfällige Bemerkung über ihr angespanntes Nervenkostüm. Bajt wandte sich um und knipste den Monitor der Kommunikationskonsole an.

»Was gibt es?«, fragte Clair ungeduldig. Auf dem Bildschirm erschien das Navigationsdeck. Lieutenant Ferguson rollte auf ihrem Drehstuhl in das Weitwinkelobjektiv der Kamera.

»Hi, Clair. Hi, Bajt. Na, wie geht es euch beiden da unten?«, hörte sie Fergusons Stimme aus dem knackenden Lautsprecher. »He, was macht denn Harding da? Ich dachte, ihr habt den Kerl getötet?«

»Wir sollten uns beeilen, bevor JOSEPH unseren Trick bemerkt«, drängte Bajt.

»Ich hoffe, du hast einen guten Grund, warum du uns hier störst«, sagte Clair, schloss die Augen und massierte ihre Schläfen. »Ich weiß nicht mehr, wo mir der Kopf steht, und im Moment tauchen immer mehr Rätsel auf.«

»Das kann ich mir denken«, antwortete Ferguson. »Ich glaube es zwar selbst noch nicht, aber ich habe unsere exakten Koordinaten feststellen können!«

»Und?«, stöhnte Clair auf. »Wo befinden wir uns?«

»Die Frage, meine Liebe, lautet nicht, *wo* wir uns befinden, sondern *wann* wir uns befinden!«

8.

»Ich habe es geahnt!«, ächzte Bajt und ließ den Kopf in die Hände sinken.

»Was hast du *geahnt?*« Clair betrachtete ihn mit einem Blick, den sie sonst nur einem Propheten zugeworfen hätte, der vergebens auf das Ende des Universums wartete. »Was soll dieses Spielchen, Liv? Wo befinden wir uns, oder bitte, wenn du so willst, *wann* befinden wir uns? Los, die Zeit ist knapp, und wir sind hier bei keiner Quizshow!«

»Im Jahre 1908.«

»Liv! Hör auf damit! Wo verdammt noch einmal befinden wir uns?«

»Am 30. Juni des Jahres 1908«, wiederholte Ferguson ruhig. »Die *Enora Time* schwenkt gerade in die Umlaufbahn eines Planetoiden ein, dessen Oberfläche aus gefrorenem Methan und Kohlendioxid besteht. Das Gute daran: Pluto ist zurzeit nur 246 Lichtminuten von der schönen, blauen Erde entfernt. Ende der Quizshow!«

Die Erde war alles andere als ein schöner, blauer Planet, wie Clair wusste, zumindest in ihrer Zeit. Die Erde war für die nächsten zwanzigtausend Jahre radioaktiv verstrahlt. Außerdem waren die Rohstoffvorkommen des Planeten vollends ausgebeutet, sodass sich nicht einmal mehr Rohstofftransporter in seinem Orbit befanden. Doch vor vielen Jahren, bevor das alles geschehen und das Klima des Planeten noch nicht gekippt war, hatte sich die Menschheit mit unerschrockenem Pioniergeist ins All vorgewagt. Zuerst wurden Raumstationen um den Trabanten der Erde gebaut, später um Mars und Uranus, bis sich die Menschheit mit den Prototypen des ersten überlichtschnellen Quantenantriebs aus dem Sonnensystem hinaus wagte. Doch jedes Abenteuer hatte einen Preis, und ihres hieß Krieg.

Vor mehr als vier Generationen, im Jahr 2631, am Rande des Sternennebels der Sphinx, war Captain Biehn auf die erste extraterrestrische Intelligenz gestoßen, ein Schiff der Dracon. Entsprechend des Gesetzes über interstellare Raumfahrt hatte er versucht, mit der fremden Zivilisation Kontakt aufzunehmen. Binnen weniger Sekunden war sein Rohstoffkonvoi, der aus achtzehn irdischen Raumtransportern bestanden hatte, mitsamt seinen drei Begleitschiffen im All verglüht. Diese unbekannte, spartanische Lebensform, die ihnen technisch und kriegerisch weit überlegen war, hatte nur ein Ziel: Die Zerstörung jeder anderen galaktischen Rasse! Geschickte Strategen waren die Dracon keine, aber sie agierten schnell und erbarmungslos, und Gefangene wurden keine gemacht.

Seit diesem Zusammentreffen vor zwölf Jahrzehnten tobte ein alles verzehrender Krieg in der Galaxis, der nicht nur Menschen, Maschinen und Rohstoffe verschlang, sondern auch ihre Hoffnung auf eine glückliche Zivilisation im All zunichte gemacht hatte. Ihre Großväter waren bereits in diesem Krieg gefallen, und sie selbst, die nie eine Zeit des Friedens erlebt hätten, kannten nur das Grauen der Vernichtung, mit dem sie aufgewachsen waren und das wie selbstverständlich zu ihrem Alltag gehörte.

Clair schreckte aus ihren Gedanken. Da war es wieder gewesen ... dieses Puzzleteil ... jenes kleine Ding, das noch fehlte, und einen Augenblick später ... wieder ihrer Erinnerung entschlüpft war.

»Hast du mich gehört?«

»Was?«, entfuhr es Clair. Sie schüttelte die Gedanken ab. Verwirrt starrte sie in Livs Gesicht auf dem Monitor und versuchte sich zu konzentrieren.

»Ich sagte 246 Lichtminuten von der Erde entfernt«, hörte sie Fergusons Stimme aus dem knisternden Lautsprecher.

»Das soll wohl ein Scherz sein«, flüsterte Clair. Sie blickte sich um, gerade wurde ihr wieder bewusst, dass sie neben einem Toten saß, dem sie ein Projektil in die Stirn gejagt hatte, und dass Doc Travis angedroht hatte, sie vor ein Kriegsgericht zu stellen.

»Leider kein Scherz, Captain«, widersprach Ferguson. »Denn wie du dich vielleicht daran erinnerst, habe ich mit den Sternkarten keine positiven Koordinaten ausmachen können.«

»Du wiederholst dich«, sagte Clair.

»Der Grund dafür ist, dass im Lauf der letzten achthundertfünfzig Jahre die Sterne in der Milchstraße weitergewandert sind, wodurch sich die Konstellation der Gestirne und daher auch die gesamten Koordinaten leicht verändert haben. Der Weltraum ist kein statisches Gebilde und ...«

»Ja, ja, weiter Professor ...«, drängte Clair.

Bajt verdrehte die Augen und machte keinen Hehl draus, dass er ihre gehässige Art verachtete.

»Außerdem befinden wir uns in einer völlig anderen Ecke der Milchstraße als ich angenommen hatte, tausenddreihundertsechzig Lichtjahre von unserem ursprünglichen Startpunkt entfernt«, fügte Ferguson hinzu.

»Ja, ich hab es kapiert. Weiter!«

»Okay!«, sagte Ferguson. »Wir haben also nicht nur im Raum eine Distanz von unglaublich vielen Lichtjahren zurückgelegt, sondern sind auch in der Zeit achthundertfünfzig Jahre in die Vergangenheit zurückgeworfen worden.«

»Danke Einstein!« Clair brach die Verbindung ab.

9.

»Schau mich nicht so an!«, verteidigte sich Clair. »Schließlich müssen wir uns beeilen.«

Bajt nickte stumm. »Welches Jahr ist unsere Destination?«, tippte er in die Tastatur.

»1908«, antwortete JOSEPH.

Liv hat also recht!

Clair blinzelte gedankenverloren auf den Bildschirm. Vor den grünen Lettern auf dem schwarzen Monitor sah sie ihr Spiegelbild. Das Haar hing ihr noch immer offen über die Schultern, graue Strähnen zeichneten sich darin ab. Sie konnte es nicht fassen, wie schnell die Zeit an ihr vorübergeeilt war. Sie hörte nur das Hämmern der Tastatur, und dann war es schlagartig wieder da, dieses kleine Puzzleteil, das ihr ständig wie ein Stromstoß durch den Kopf schoss. *Verdammt!* Zum Greifen nahe, doch kaum wollte sie die Hand danach ausstrecken, war es wieder verschwunden, wie in einem Albtraum. Bajt räusperte sich, sie schreckte hoch.

»Warum bist du plötzlich so blass?«, fragte er.

»Ich glaube, mein Unterbewusstsein will mir schon die ganze Zeit etwas Wichtiges mitteilen.«

»Aha.« Hastig tippte er weiter.

»Wie kommen wir zurück in das Jahr 2758?«

»Negativ. Der Tunnel hat sich wieder geschlossen, nachdem er sich für eine Dauer von 3 Millionstel Sekunden aufgebaut hat.«

»Konkretisiere diese Aussage!«

»Die Einstein-Rosen-Brücke bildet sich in unseren Koordinaten nur exakt alle 850 Jahre, 42 Tage, 8 Stunden und 14 Sekunden, mit einer Ungenauigkeit von plus, minus drei Sekunden, was auf die Krümmung des Raumes zurückzuführen ist.«

»Definiere *Einstein-Rosen-Brücke!*«

»Albert Einstein, 1879 bis 1955, und Nathan Rosen, 1909 bis 1995. Die beiden Wissenschaftler hatten ...«

»Stop!«, unterbrach Bajt das Erscheinen zahlreicher Textbausteine. »Definiere *Einstein-Rosen-Brücke* im Zusammenhang mit unserer Rückkehr in das Jahr 2758.«

»Die Einstein-Rosen-Brücke im Raumsektor des Senec-Doppelsternsystems ist eine der drei bekannten Brücken im Universum. Sie stellt eine Verbindung zwischen einem Schwarzen und einem Weißen Loch dar.«

»Was bewirkt diese Verbindung?«

»Mit dem Eintritt in den Ereignishorizont des Schwarzen Lochs ist die *Enora Time* mit Überlichtgeschwindigkeit in den Hyperraum eingedrungen. Dort hat sie die Passage von dem Wurmloch-Eintritt zu dem Wurmloch-Austritt zurückgelegt. Während dieses Transfers durch die Einstein-Rosen-Brücke wurden alle organischen und anorganischen Moleküle des Schiffs in Tachyonen umgewandelt und über ein Dreiviertel Jahrtausend in der Zeit zurückversetzt aus dem Hyperraum geschleudert, wo sie sich wieder materialisiert haben.«

Clair schüttelte den Kopf. »Verstehst du das etwa?«

Bajt hörte ihr nicht zu, sondern tippte an seiner nächsten Frage.

»Wie lautet unsere Mission in diesem Jahrhundert?«

»Sämtliches menschliches Leben auf der Erde vernichten!«

Clair fuhr in ihrem Sitz hoch. »Was soll das heißen?«

»Beruhige dich doch«, murmelte Bajt, griff vorsichtig nach ihrer Schulter und zog sie zurück auf den Stuhl.

»Ich soll mich beruhigen?«, rief sie aufgebracht. »Wir fahren mit einem bis an die Zähne bewaffneten Schiff mit 40.000 Soldaten an Bord fast tausend Jahre in eine Zeit zurück, wo sie wahrscheinlich noch nicht einmal das Rad erfunden haben, um dem verdammten Planeten das Licht auszulöschen, der in hundertfünfzig Jahren ohnehin verstrahlt sein wird … ohne Aussicht auf Rückkehr in unsere Zeit … *und ich soll mich beruhigen?*«

»Warte doch ab«, murmelte Bajt, ohne aufzublicken, und hämmerte die nächste Frage in die Konsole.

»Warum sollen wir die Erde vernichten?«

»Um die Menschheit für immer auszulöschen!«

»Kennst du die Konsequenz dieser Alternative, JOSEPH? Die Dracon würden die Zivilisationen der gesamten Galaxis unterjochen«, schrieb er.

»Korrekt!«, lautete JOSEPHs Antwort.

»Ha!«, rief Clair. »Die Maschine hat einen Absturz im System! Ein Virus in den Datenbanken! Einen defekten Speicherchip! Das kann doch nicht ihr Ernst sein?«

Bajt hob beschwichtigend die Hände. Er suchte nach einem Vergleich, dann tippte er: »JOSEPH, ist dir bewusst, dass wenn beispielsweise auch nur ein einziger Dracon hier an Bord wäre, er wie eine im Blutrausch wütende Maschine über die Besatzung herfallen würde? Die Crew hätte trotz der weit angelegten Räumlichkeiten der *Enora Time* so gut wie keine Chance auf Überleben binnen der nächsten zwölf Stunden!«

»Das ist nicht korrekt, Sir!«

»Sondern?«

»Wahrscheinlich wäre es nur eine Stunde, Sir!«, antwortete JOSEPH.

»Großartig!« Clair stieß die angehaltene Luft geräuschvoll aus.

»Beunruhigt dich das nicht, JOSEPH?«, tippte Bajt.

»Nein, Sir!«

»Ich fasse es nicht!«, rief Clair.

»Okay, beruhige dich. Ich bin kurz davor, das Rätsel zu lösen.« Bajt klapperte wieder mit den Fingern auf der Tastatur.

»In wessen Autrag sind wir hier?«

»Sir?«, antwortete JOSEPH. »Ich verstehe Ihre Frage nicht.«

Clair rückte nach vorn an die Kante des Sessels und deutete mit der Hand auf den Monitor. »Du hast dich vertippt, *Auftrag* schreibt man mit f.«

»Aha«, murrte Bajt und korrigierte seine Frage.

»Im Auftrag der Dracon!«, antwortete JOSEPH.

»JOSEPH? Wurdest du neu programmiert?«, tippte Bajt in die Tastatur.

»Ja, von Ihnen selbst, Captain Harding!«

»Na bitte!«, rief Bajt, als verstünde er die Welt plötzlich. »Der Mistkerl hat JOSEPH mit völlig neuem Datenmaterial eine Gehirnwäsche verpasst.«

»Und wozu?«, flüsterte Clair. Sie erinnerte sich an Captain Hardings Akte. »Er ist machthungrig und verrückt, doch ob *das* reicht?«

»Gute Frage«, antwortete Bajt. »Was habe ich dir über meine Beweggründe mitgeteilt?«, tippte er.

»Dass die Menschheit eine kranke Selektion der Natur sei und im Universum kein Platz für dekadente Lebensformen wäre.«

Bajt nahm die Finger von der Tastatur, lehnte sich zurück und knabberte an einem Fingernagel. Clair rückte näher an seine Seite und tippte mühsam im Zweifingersystem: »Weißt du, wie es mir gelingen konnte, das Zwölfte Bataillon der Galaktisch-Territorialen Streitkräfte für meine Mission zu gewinnen?«

»Sir? Ich verstehe Ihre Frage nicht.«

»Sind die Soldaten in meine Pläne eingeweiht oder nicht?«, schrieb Clair.

Plötzlich begann JOSEPHs Elektronik ungewöhnlich zu surren. Der Bildschirm blieb leer.

»Welche Soldaten?«, fragte JOSEPH schließlich.

Clair schluckte und warf Bajt einen unsicheren Blick zu.

»Der Zeuge gehört wieder dir«, sagte sie leise und schob ihm die Tastatur über den Tisch.

»Ich meine die Soldaten in den Ice-Tanks, JOSEPH!«, tippte Bajt und seine Finger begannen zu zittern.

»Sir, Sie scheinen vergessen zu haben, dass die Nachricht über die Soldaten des Zwölften Bataillons nur als Falschinformation für die Crew, die Regierung und den Ausschuss der Galaktisch-Territorialen Streitkräfte gedacht war.«

»Was ist in den Tanks?«

»Sie fragen, was sich in den Tanks befindet, Sir?«, wiederholte JOSEPH die Frage. Langsam schien die Maschine misstrauisch zu werden. »Sie selbst hatten angeordnet, die Ice-Tanks vor der Beladung der *Enora Time* im Schiffshangar auszutauschen. Das

Frachtshuttle ging mit der Ersatzladung in den Orbit und dockte an die *Enora Time* an.«

»Was befindet sich darin?«

»Dracon, Sir!«

Clair gefror das Blut in den Adern. »Dracon«, wiederholte sie und tastete nach dem Kolben ihrer DeGamak.

Die ganze Zeit hatten sie ohne ihr Wissen die Hölle an Bord gehabt, durch das All transportiert und sogar in die Frühgeschichte der Menschheit gebracht. Ihr standen die Nackenhaare zu Berge. Sie warf ihrem Commander einen Blick zu, sein Gesicht war genauso blass und wächsern wie das Captain Hardings. Bajt schien um Jahre gealtert, er sah aus, als hätte er soeben, ähnlich wie Doc Travis, von seiner eigenen unheilbaren Krankheit erfahren ... *wie Doc Travis?*, dachte Clair ... und da war es wieder, zum Greifen nahe. *Doc Travis!* Und plötzlich brach dieses Puzzleteil, das sie seit Äonen von Zeiten zu quälen schien, wie ein Projektil durch die Oberfläche ihres Unterbewusstseins. Sie erinnerte sich wieder an jene Szene, kurz nachdem sie Captain Harding auf der Brücke erschossen hatte. *Das ist es verdammt nochmal!*

Das Piepen des Bildschirms riss sie aus den Gedanken.

»Erlauben Sie mir eine Frage, Captain Harding?«

»Ja, nur zu!«, tippte Bajt, während Clair die Worte des Doktors immer und immer wieder in ihrem Gedächtnis nachklingen hörte.

»Aus welchem Grund führen Sie dieses Gespräch mit mir?«

Clair warf Bajt einen beängstigten Blick zu. Der letzte Puzzlestein fügte sich in das Ganze, sie schien es endlich begriffen zu haben. Dann piepte der Bildschirm erneut.

»Wenn Sie mir erlauben, möchte ich noch einmal Ihre Körpertemperatur über den Fingerabdruck-Scanner messen.«

Clairs Gedanken überschlugen sich. *Sie haben den Captain erschossen! Der Typ ist tot! Was soll ich jetzt tun?*, hatte Doc Travis gemurmelt, während er sich mit der Hand über die Glatze gefahren war. Und was zum Teufel hatte Bajt ihm darauf geantwortet? Es war zum verrückt werden! Sie wühlte durch ihr offenes Haar, als wollte sie damit die Blockade ihres Unterbewusstseins aufreißen.

»Aufgrund der Alarmreanimation bin ich noch immer ein wenig durcheinander«, tippte Bajt und kratzte sich die Bartstoppeln am Kinn. »Ich musste meine Gedanken neu ordnen und brauchte jemanden zum Reden.«

Was soll ich jetzt tun? wiederholte Clair immer wieder in Gedanken. Und Bajt hatte ihm geantwortet: *Was wohl? Nichts! Der braucht keinen Arzt mehr.* Doch *so* hatte es Travis nicht gemeint. *So* nicht! Nicht in seiner Eigenschaft als Mediziner.

»Bajt«, murmelte sie. »Ich …«

»Schau doch!«, unterbrach er sie und deutete auf den Monitor.

Clair hob den Blick und ließ die grünen Worte mit einer entsetzlichen Klarheit auf sich einwirken.

»Sir, soweit mir bekannt ist, benötigen Sie für das reibungslose Reanimieren der Dracon einen Arzt. Deshalb ist Doktor Earl Travis an Bord. Weshalb sprechen Sie nicht mit ihm? Er ist doch in Ihre Pläne eingeweiht!«

10.

Bajt und Clair sprangen gleichzeitig von ihren Sitzen hoch und liefen gemeinsam zur Luke. Die Verriegelung löste sich und die Kommandokapsel zischte auf.

Mit einem Satz schlüpfte sie durch die Luke, gefolgt von ihrem Commander. Hinter ihnen tönte ein schrilles Piepen aus den Konsolen, aber der Monitor der Kommunikationskonsole blieb schwarz. Nur ein panisches *»Hallo … Hallo!«* drang aus dem Lautsprecher. Fergusons Stimme! Doch Clair ignorierte sie und hetzte weiter den Korridor entlang.

Sie hatten den Aufgang zum Brückendeck noch nicht erreicht, als ihnen vom Ende des Korridors ein Schatten entgegeneilte. Clair hörte das Trampeln schneller Schritte. Instinktiv griff sie zum Kolben der DeGamak, bereit, die Waffe aus dem Holster zu ziehen.

»Da!«, rief Bajt.

Sie sah die kurzgeschorenen, blonden Haare von Lieutenant Ferguson vor sich und atmete erleichtert auf.

»Clair!«, keuchte Ferguson von weitem. »Ich konnte euch nicht mehr erreichen und …«

»Wir müssen auf die Brücke«, unterbrach Clair sie und bog in den nächsten Gang ein.

»Die Soldaten in den Ice-Tanks …«, hörte sie Ferguson hinter sich japsen. Erschöpft lief sie hinter ihnen her.

»Es sind keine Soldaten in den Ice-Tanks«, antwortete Bajt. »Sondern Dracon!« Sie rannten über die Decks zur Brücke.

»Ist das ein Scherz?«, rief Ferguson.

Clair wandte sich um. Fergusons Gesicht war so weiß wie die Wand des Korridors. »Was ist mit dir?«

»Travis hat das Reanimationsprogramm sämtlicher Ice-Tanks gestartet«, keuchte Ferguson.

»Oh, nein«, stöhnte Clair. »Wie lange ist das her?«

»Wenn überhaupt, dann bleiben uns wahrscheinlich nur noch wenige Minuten, in denen das Programm gestoppt werden kann.«

»Verdammt!«, fluchte Clair. Wie dumm war sie gewesen! Wenn sie das Puzzleteil doch schon viel früher gefunden hätte. In ihrem Bewusstsein vermischte sich ihr Keuchen mit dem Klappern der Stiefel zu einem Lärmpegel, der wie ein Donner den endlos langen Korridor des Schiffs entlang rollte. Trotz des Navradentals schmerzte ihr Bein, als hätte sie es mit brennendem Öl übergossen. Sie hasteten über Treppen, den gerippten Boden der Aluminiumpaneele, durch Luken, vorbei an der Messe, dem Navigations-Center, den Quartieren und der Krankenstation. Endlich mussten sie nur noch durch den Verbindungsgang hindurch, und vor ihnen glitt die Tür der Brücke mit einem elektronischen Surren auf.

Wie erwartet, saß Doc Travis im Kommandositz. Darauf war sie vorbereitet gewesen, doch saß neben ihm noch jemand, den sie längst vergessen hatte.

»Wer ist das Mädchen?«, presste Ferguson hervor.

Doc Travis lächelte. »Meine Geisel.«

Eleyna Svenson presste die Augen zusammen und vergrub ihre Hände in den Ärmeln des Pullovers. Noch bevor Clair etwas anderes erkennen konnte, fiel ihr Blick in Travis Schoß. Er ließ ein neues Magazin in Hardings Waffe gleiten, die sie selbst noch vor wenigen Stunden über den Boden getreten hatte.

»Verdammt!« Sie ballte die Hand zur Faust bis die Knöchel knackten. Wie viele Fehler konnte man an ein und demselben Tag denn noch begehen?

Travis schien ihre Gedanken zu erraten. Er grinste und entsicherte den Sensor der Selmac7. Wieder blinkte auf Clairs Stirn ein roter Laserpunkt.

»Ich nehme an, Ihr kleiner Trick hat funktioniert«, stellte er süffisant fest und erhob sich langsam aus dem Kommandositz.

»Oh, Ihre Wunde hat zu bluten begonnen. Ich sagte doch, Sie sollten sich ein wenig schonen.«

Ihr Magen krampfte sich auf Fingernagelgröße zusammen, ihre Kiefer mahlten wie die Kolben einer Maschine. Sie biss die Zähne zusammen und humpelte einen Schritt auf Doc Travis zu.

»Langsam, Clair«, warnte Ferguson. »Wir haben noch etwas Zeit.«

Clairs Blick wanderte zur Anzeige des flüssigen Stickstoffs, deren Ziffern gerade von minus 30 auf minus 28 Grad Celsius sprangen und im Sekundentakt weiter nach oben zählten.

»Nicht mehr viel. Dracon sind anders konzipiert als Menschen«, flüsterte Bajt hinter ihr. »Bei diesen Monstern setzt die Alarmreanimation früher ein.«

»Richtig!« Travis lächelte wieder. »Bei minus 12,1 Grad Celsius, um exakt zu sein – eine biologische Feinheit, die für den Gesundheitszustand unserer Dracon wichtig ist. Danach kann das Programm nicht mehr gestoppt werden. Ich möchte Sie deshalb noch um sechzehn Sekunden Geduld bitten.« Bei diesen Worten senkte er den Suchlaser unter Clairs Augenbraue und ließ ihn über ihre rechte Pupille wandern. Sie blinzelte.

»Nur weil *Sie* noch fünf Tage zu leben haben, muss die gesamte Menschheit ausgerottet werden?«, fuhr Clair ihn an.

»Oho!« Travis setzte eine entrüstete Miene auf. »Sie wissen ja bestens Bescheid über anderer Leute Seelenleben!«

»Sie haben keines!«, fauchte sie.

»Bald haben auch *Sie* keines mehr«, entgegnete Travis amüsiert. Der Suchlaser wanderte über Clairs Nasenrücken und blinkte auf der Netzhaut ihres linken Auges. »Außerdem brauchen wir mit dem Proviant nicht mehr zu sparen. Ich möchte Sie jetzt um meine Biofrucht bitten, Captain.«

Clair schob die Jacke beiseite und riss die Pistole aus dem Hüftgurt. Die Laserpunkte beider Waffen kreuzten sich und verteilten sich wie ein roter Fächer im Raum.

»Sie geben nicht so schnell auf, oder?«, sagte Travis.

»Nicht, nach alledem, was ich bisher herausgefunden habe.«

Diesmal zitterte ihre Hand nicht. Ihre Augen fixierten seine Schusshand. Unterdessen hüpften die Ziffern des Displays auf minus 18 Grad Celsius.

»Stoppen Sie das Reanimationsprogramm, Sie verdammter Idiot! Wissen Sie eigentlich, was Sie damit anrichten?«

»Ich weiß es, und Sie wissen es auch, Captain«, antwortete Travis. »Mich können Sie aber nicht so leicht abknallen wie Hard…«

Ein Schuss krachte, und Travis' Kopf flog nach hinten. Eleyna zuckte zusammen. Sie schrie auf, als sie auf den toten Doc starrte.

»Alles in Ordnung, er kann dir nichts mehr tun«, sagte Clair.

Nachdem der tote Körper am Boden aufgeschlagen war, hüpften die Ziffern des Displays auf minus 15 Grad Celsius. Mit einem Satz sprang Bajt über Travis hinweg zur Konsole des Reanimationssystems. Er knallte mit der Handfläche auf den Deanimationsschalter, und die Anzeige verharrte blinkend bei minus 14 Grad.

Clair steckte die Waffe in den Hüftgurt und blickte sich um. Ferguson stand in eine freie Nische gepresst und hielt den Atem an.

»Nach dem Gesetz der Galaktisch-Territorialen Streitkräfte ist das ein Akt von Meuterei und räumt dem Captain des Schiffs jede nur erdenkliche Handlungsvollmacht ein«, rechtfertigte sich Clair. »Liv, du kannst die Augen wieder öffnen.«

»Ich wusste es … K steht für Killer«, flüsterte Bajt, während er die angehaltene Luft aus den Lungen presste. Clair ignorierte die Bemerkung. Misstrauisch beobachtete sie die Stickstoffanzeige. Langsam kletterten die Ziffern wieder nach unten.

»Tiefschlaf reaktivieren«, befahl Clair. Sie nahm Captain Hardings Waffe an sich und ließ sich erschöpft in den Kommandositz fallen. Mit einer müden Handbewegung drehte sie den Stuhl des Copiloten zu sich. Eleyna kauerte mit angewinkelten Beinen im Sitz und starrte sie aus weit aufgerissenen Augen an. Clair beugte sich vor, damit die Kleine nicht den Leichnam des Docs sehen musste. Doch Eleyna starrte nur in Clairs Augen.

Rasch sah sie zu Boden. Warum nur hielt sie dem Blick des Mädchens nicht stand? Die Kleine hatte in den letzten Stunden zu viele schreckliche Dinge mit ansehen müssen, die sie als guter Captain hätte verhindern können. Außerdem wurde es Zeit, dass sie das Schmelzen des Eisbergs in ihrem Herzen endlich zuließ. Doch wie beginnen? Einfacher war es, zu schweigen und die Kleine in Bajts Obhut zu geben. Immerhin konnte er besser mit Kindern umgehen. Clair legte beide Waffen auf das Kommandopult und massierte ihre schmerzenden Schläfen.

»... viel schöner«, flüsterte das Mädchen.

Clair blickte auf. »Was hast du gesagt?«

»Die offenen Haare sehen viel schöner aus.«

»Tatsächlich?«

Die Kleine nickte. Clair lächelte.

»Wo ist mein Papa?«, fragte Eleyna plötzlich.

Clairs Herz begann schneller zu pochen.

»Eleyna?«, murmelte sie und starrte das Mädchen an, das in einem viel zu großen Pullover steckte und sich wie eine Katze in den Sitz kauerte.

»Mhm?«

»Komm her.« Clair streckte die Arme nach der Kleinen aus. Eigentlich hatte sie nicht damit gerechnet, dass sich das Mädchen bewegte, doch Eleyna schob tatsächlich ihre Beine über die

Kante des Stuhls und kletterte zu Clair auf den Schoß. Der Pullover des Mädchens war angenehm warm. Beinahe hatte Clair vergessen, wie es sich anfühlte, einen Menschen so nahe an sich heranzulassen.

»Bin ich zu schwer?«, wollte Eleyna wissen.

Clair schmunzelte und schüttelte den Kopf. »Du bist zu leicht. Du solltest mehr essen.«

»Aber die Vorräte sind rationalisiert …«

»*Rationiert!*« Clair lachte. »Aber nicht für dich.«

Sie wandte sich an Lieutenant Ferguson. »Liv? Ich glaube, Eleyna hat Durst. Bringe uns bitte die Packung Traubensaft, die dort in der Nische steht.«

Vorsichtig fuhr sie mit der Hand unter die Jacke und kramte die Biofrucht heraus und reichte sie dem Mädchen. Eleyna griff danach, legte den Kopf auf Clairs Brust und schloss die Augen.

»Hast du schon einmal richtige Bäume, Wiesen und Bäche gesehen?«

Eleyna schüttelte den Kopf.

Clair zuckte mit den Achseln. »Ich auch nicht.« Plötzlich lächelte sie zufrieden. »Commander Bajt?«

»Captain?«

»Neuer Kurs … Erde!«

»Aye, aye, Captain!«

11.

In den Tiefen des Alls löste sich ein gigantischer Raumkreuzer aus der Umlaufbahn des Pluto und nahm Kurs auf die Erde. Im Inneren des Kreuzers hallte die unregelmäßige Abfolge mehrerer Schüsse durch die Korridore. Captain Clair K. Marlies feuerte die Magazine einer Selmac7 und einer DeGamak in den Datenspeicher des Bordcomputers. Für ihre neue Mission benötigte sie nur loyale Crewmitglieder, für JOSEPH sah sie keine Verwendung mehr.

Commander Bajt flog die *Enora Time* per Handsteuerung. In wenigen Stunden würden sie in die Umlaufbahn der Erde einschwenken. Danach würde er das gesamte C-Deck mit den Ice-Tanks vom Mutterschiff abkoppeln und mit einer Geschwindigkeit von annähernd dreißig Kilometern pro Sekunde in die Erdatmosphäre schießen. Selbst ein Dracon würde die Hitze von 4500 Grad Celsius nicht überstehen und zu Raumpartikel verglühen. Der Rest würde als ein großer geschmolzener Klumpen Metall in der sibirischen Region Tunguska runtergehen und in unbewohntem Gebiet einschlagen. Danach würde Clair die *Enora Time* in einer weit entfernten Umlaufbahn im Orbit parken, gemeinsam mit der Crew im Shuttle auf einem einsamen Ort der Erde landen und von Bord gehen.

Ein neues Leben beginnen?

Wer konnte das schon wissen!

Alles Weitere würde sich ergeben, dachte Clair. Sie hielt die Hand des Mädchens, das an ihrer Seite saß und neugierig durch die Scheibe des Cockpits blickte. Mit der anderen Hand aktivierte Clair das Interface des Bordbuchs an ihrem Kehlkopf.

»Bordbuch der *Enora Time*: Captain Clair K. Marlies«, begann sie. »Wahrscheinlich der 30. Juni 1908, 20.24 Uhr Bordzeit. Ich glaube, unsere Mission hat gerade erst begonnen …«

Nachwort

Da, wo ich jetzt bin, geht es mir gut. Ich erhalte täglich meine Pillen von einer kleinen dicken Frau im weißen Kittel mit schrecklich langen gekrümmten gelben Fingernägeln. Sie spricht nie, ihre Lippen bleiben stets verschlossen. Ebenso wenig sehe ich, was sich hinter ihrer dunklen Brille verbirgt. Nur manchmal blitzt da ein merkwürdiges rotes Licht auf.

Die anderen Menschen in dem Asylum sind ebenfalls nett zu mir. Aber ich bin mir nicht sicher … sind sie wirklich menschlich? Sie bewegen sich so seltsam.

Sie sprechen nie mit mir, machen nur ihre Experimente. Stumm und völlig emotionslos.

Ich habe mich daran gewöhnt. Mein Freund, der Rezensent Thomas Fröhlich, und der Engländer aus Brighton von dem Kreuzfahrtschiff sind auch hier, ebenso wie viele andere. Gegen die Schmerzen im Kopf erhalten wir mehrmals täglich Infusionen. Meistens schließe ich die Augen, um nicht zu sehen, wie lang die Nadeln sind und was sie damit machen. Ja, ich kann die Augen schließen, aber die Geräusche, die ich höre, kann ich nicht ausblenden.

Ich höre alles. Es ist schrecklich.

Es ist fast nichts mehr in meinem Kopf. Nahezu alles haben sie herausgeholt und analysiert.

Vielleicht gelingt mir eines Tages die Flucht aus dem Asylum in Space. Genauso wie Pete Mallick. Aber bis dahin bleibt eine angenehme, tiefe Ruhe …

Herzlichst,
Ihr Andreas Gruber

QUELLENVERZEICHNIS

Vorwort: Warum das mein letztes Buch ist
- Erstveröffentlichung

Ecke 57th Street
- Erstveröffentlichung

Duell im Mintauer
- Erstveröffentlichung

Ex Libris: Achtzehntausend Gigabyte
- Erstveröffentlichung

Das Motel
- in: Welten voller Hoffnung, BeJot, 2002

Rendezvous
- Erstveröffentlichung

Zeitreise Inc. – Wir korrigieren alles
- Erstveröffentlichung

Dr. Stein
- Erstveröffentlichung

Das Planspiel
- in: Die großen Prophezeiungen, Edition DUM, 1999

Joyce
- Erstveröffentlichung

Heimkehr nach Algata
- in: Der Himmelspfeifer, Lerato, 2008

Die letzte Fahrt der Enora Time
- Erstveröffentlichung

alle Texte wurden für diese Ausgabe überarbeitet